CB078596

Não é da sua conta

Valerie Block

Não é da sua conta

Tradução de
ANA BAN

EDITORA RECORD
RIO DE JANEIRO • SÃO PAULO

2006

CIP-Brasil. Catalogação-na-fonte
Sindicato Nacional dos Editores de Livros, RJ.

Block, Valerie, 1964-
B611n Não é da sua conta / Valerie Block; tradução
de Ana Ban. – Rio de Janeiro: Record, 2006.

Tradução de: None of your business
ISBN 85-01-06992-2

1. Romance americano. I. Ban, Ana. II. Título.

CDD – 813
06-0398 CDU – 821.111(73)-3

Título original norte-americano:
NONE OF YOUR BUSINESS

Copyright © 2004 by Valerie Block

Publicado mediante acordo com Ballantine Books, uma
divisão de Random House, Inc.

Todos os direitos reservados. Proibida a reprodução,
no todo ou em parte, através de quaisquer meios.

Direitos exclusivos de publicação em língua portuguesa somente para o Brasil
adquiridos pela
EDITORA RECORD LTDA.
Rua Argentina 171 – Rio de Janeiro, RJ – 20921-380 – Tel.: 2585-2000
que se reserva a propriedade literária desta tradução

Impresso no Brasil

ISBN 85-01-06992-2

PEDIDOS PELO REEMBOLSO POSTAL
Caixa Postal 23.052
Rio de Janeiro, RJ – 20922-970

CÓPIA NÃO AUTORIZADA É CRIME
ABDR
ASSOCIAÇÃO BRASILEIRA DE DIREITOS REPROGRÁFICOS
RESPEITE O DIREITO AUTORAL
EDITORA AFILIADA

Este livro é dedicado a Alexis Romay.

NOTA

O Esquadrão de Crimes de Informática descrito neste livro é uma representação fictícia da verdadeira Computer Investigations and Technology Unit [Unidade de Investigações e Tecnologia Computacional] da Divisão de Investigações Especiais do Departamento Municipal de Polícia de Nova York. O Departamento de Fraudes descrito neste livro é uma representação fictícia do Special Prosecutions Department [Departamento de Processos Especiais] do gabinete do Promotor-Geral do distrito de Manhattan. Apesar de os detetives, advogados e casos descritos serem fruto da imaginação da autora, a estrutura de comando é verdadeira, assim como a descrição dos procedimentos da polícia. Esta é uma obra de ficção. À exceção das figuras históricas, qualquer semelhança com pessoas vivas ou mortas é coincidência.

PRÓLOGO

Quando chegou a Nova York, em 1967, Patricia McCarey não podia andar na rua sem que alguém lhe perguntasse qual ônibus ia para onde, se estava disposta a doar meio litro de sangue, ajudar a empurrar um carro afogado em um cruzamento, ajudar a estudar para uma prova de assistente de consultório médico ou ir ao aeroporto buscar um cachorro. Patricia chegou à conclusão de que devia ter um luminoso em néon cor-de-rosa piscando na testa: PODE PEDIR, EU GOSTO MUITO DE AJUDAR.

E ela gostava mesmo. Uma pessoa levava a outra e, aos vinte anos, Patricia McCarey tinha fome de gente. Tudo que acontecera com ela em Nova York era resultado de ter conhecido alguém em uma festa a que tinha ido com o colega de apartamento de alguma outra pessoa, que tinha conhecido na rua completamente por acaso, porque tinha feito o favor de ficar esperando dentro de um carro estacionado em fila dupla no horário de limpeza da rua enquanto a dona do carro ia fazer um teste para um comercial de produtos de beleza, por exemplo. Nas raras ocasiões em que ela se negava a atender um pedido (tirar um chiclete da boca travada de uma criança insolente, ou remexer em um balde de iscas para selecionar os pedaços BONS de peixe) era um momento de choque. O luminoso na testa dela deveria dizer: AJUDO SEM RECEBER RECOMPENSA E AINDA AGRADEÇO! NÃO HÁ TAREFAS MUITO TRABALHOSAS OU MUITO NOJENTAS! FUI CRIADA NA VIRGINIA! NÃO TENHO TV! É ISSO QUE EU FAÇO PARA ME DIVERTIR!

Agora, empurrando os dias com a barriga, sem nunca saber qual seria a próxima bomba ridícula a desabar em sua cabeça, Patricia Greiff se perguntava o que faria para o próximo desconhecido azarado que lhe pediria ajuda.

— Sorria — pediu um entregador da UPS empurrando um carrinho de mão. Isso foi no dia em que ela perdeu seu apartamento em Nova York, o dia em que foi morar com o filho e a namorada dele e descobriu que ele continuava usando cocaína, além de vender também, principalmente para adolescentes. E aquele era o filho bom.

— Ah, vamos lá, não vai machucar. SORRIA!

— Quem você pensa que é para fazer pedidos emocionais a estranhos com quem cruza na rua? — gritou ela como resposta, sem pensar.

O entregador se contorceu, e toda a pilha de pacotes desabou em volta dele, no meio na rua. Ficou olhando para ela, assustado.

— Como é que você pode saber o que aconteceu comigo hoje?

— Desculpe. — O homem vestido de marrom afastou-se com as duas mãos na frente do corpo.

Patricia atravessou a rua pisando firme, esbarrou em uma jovem mãe empurrando um carrinho e quase perdeu a cabeça de novo. Estava se transformando em um problema. Estava gerando a mesma quantidade de merda que lhe desabava na cabeça.

A VIDA DE PATRICIA tinha se transformado em uma espiral decadente incansável em uma manhã de segunda-feira no final de outubro do ano anterior. Estava na cama, falando no telefone com Cynthia Landau, discutindo os ingredientes ativos e inativos dos descongestionantes nasais, quando o interfone tocou. Pensou em ignorá-lo; estava se sentindo péssima. A campainha tocou e tocou, feito um alarme de incêndio. Ela se arrastou até a cozinha e atendeu.

Eram um tal de Scopiletti, representante da seguradora, e um Sr. Garvin, oficial de justiça. Ela pediu ao porteiro para falar com eles.

— Viemos para fazer uma avaliação do seu apartamento — anunciou o Sr. Scopiletti, com uma bela fatia do Bronx na voz.

Ela não entendeu.

— Trabalho para a Global Net Enterprises, Incorporated, uma agência licenciada de apreensão de bens — gritou ele lentamente. — De acordo com a apólice da Maritime Atlantic Life and Casualty Company de número 432H traço 69, que designa a unidade 8A do prédio localizado à Park Avenue, número 1.167, em Nova York, estado de Nova York, código postal 10.128, e os bens nela contidos, como as posses principais de Mitchell Allan Greiff, sócio da empresa Friedman, Greiff e Slavin.

Patricia estava com dor de cabeça por causa da sinusite, tinha uma cirurgia dentária marcada para mais tarde naquele mesmo dia e estava esperando a resposta do periodontista, para saber se o descongestionante que tinha acabado de tomar podia ser misturado ao anestésico.

— Este não é um bom momento, de verdade. Será que poderíamos discutir esse assunto mais para o fim da semana?

— Sra. Greiff — latiu ele com a força de uma porta batendo. — Neste momento, desapareceram US$ 14 milhões da empresa do seu marido, e o seu marido, o Sr. Mitchell Alan Greiff, também desapareceu. A Maritime Atlantic Life and Casualty Company tem todo o direito de realizar um levantamento completo deste local, e o Sr. Garvin, oficial de justiça do condado de Nova York, será testemunha. Também tenho todo o direito de vir aqui e apreender o conteúdo de sua supracitada residência. Mas, por enquanto, só viemos fazer um levantamento. Vamos subir AGORA.

Os homens já estavam lá em cima antes que ela tivesse tempo de se vestir. Estava dentro do *closet*, pulando para dentro de uma calça, quando enfiaram o dedo na campainha com muita insistência, como se a quisessem enterrar na parede. Quando correu para o *hall* de entrada, abotoando a primeira camisa que viu pela frente, teve o pressentimento de que aquele som, aquele barulho alarmante, ofensivo e incessante, viria a ser a trilha sonora de sua vida a partir daquele dia.

Tinham chegado pela porta da frente, não pela de trás, e irromperam porta adentro quando ela abriu, como se fossem os Quatro Cavaleiros do Apocalipse, enormes oficiais de sobretudo com pranchetas nas mãos.

— EI! — gritou quando passaram por ela, empurrando, espalhando-se pela sala de estar, pela de jantar e pela cozinha como se fossem a polícia secreta.

— Entramos — latiu o líder em um *walkie-talkie.*

— O que é isso? Quem são vocês? Como se atrevem? — disse ela, impressionada com a própria calma. Devia ser por causa do descongestionante.

O líder agia como se ela não tivesse falado nem estivesse ali; apoiou e abriu uma pasta gorda em cima da poltrona estofada de seda bege no *hall* de entrada. Dali de dentro, tirou uma xícara de café e uma broa de milho. Deu uma mordida na broa e mastigou com a boca aberta. Tomou um gole do café. Tinha traços rudes e cavanhaque castanho-avermelhado. Como se tivesse pensado melhor, enfiou a mão no bolso e tirou um cartão: *Alphonse Scopiletti, Especialista em Apreensões em Geral, Global Net Enterprises, Inc.*

Passeou pela sala para apreciar a vista.

— Quanto a senhora paga por este lugar?

Ela queria que eles fossem embora. Queria voltar para a cama. Onde diabos estava o Mitch?

Um homem estava na sala de jantar, abrindo o aparador e examinando a louça dela. Outro abriu a cristaleira onde máscaras africanas repousavam sobre armações de metal delicadas. Um terceiro estava no escritório, na frente da ex-amante de seu marido: o aquário de coral de 760 litros, que a certa altura abrigou enguias, cirurgiões-amarelos e sete tipos diferentes de coral vivo das Ilhas Salomão. Agora estava vazio, a não ser pela água lodosa e parada e um navio afundado. Deu uma olhada em si mesma no espelho do *hall* de entrada: uma mulher prestes a ultrapassar os 49 anos de idade, com uma dor de cabeça fortíssima e nenhuma informação, abordada por desconhecidos, com medo de falar dentro do próprio apartamento.

— EI! ESTOU FALANDO COM VOCÊS! QUE NEGÓCIO É ESSE? LARGUE JÁ ISTO. EU NÃO DEI PERMISSÃO PARA MEXER NAS MINHAS COISAS!

O homem da sala de jantar aproximou-se segurando um pegador de cubos de açúcar para dizer-lhe que era Garvin, oficial de justiça, e que seria melhor ela não atrapalhar seus colegas, que só estavam fazendo seu trabalho.

As coisas estavam acontecendo rápido demais para que ela conseguisse processar as informações.

— Que negócio é esse de US$ 14 milhões terem desaparecido?

— Cadê o seu marido? — perguntou o oficial de justiça, brandindo o pegador.

— Eu é que pergunto — respondeu ela. A dor de cabeça agora tinha chegado aos dentes, misturando-se à dor de dente que a tinha prendido à cama durante todo o fim de semana; tanta dor que até a impedira de tentar localizar o marido, sentindo-se feliz da vida, para falar a verdade, por ele não estar por perto, com seus humores, suas necessidades, seus malditos peixes.

O sócio dele, Glenn Friedman, tinha ligado na sexta-feira anterior, pela manhã. Onde estava Mitch? Fazia três semanas que não aparecia no escritório, aparentemente de férias no Japão. Será que ainda estava no Oriente?

— Não faço a menor idéia de onde ele esteja — respondeu ela, sem maiores esclarecimentos.

— Então, ele não foi para o Japão?

— Vai ver foi.

— Ele já devia ter voltado há uma semana e meia — disse Glenn. — Será que a gente devia começar a se preocupar, ligar para o Esquadrão de Pessoas Desaparecidas?

— Bom, eu, pelo menos, não estou sentindo a menor falta dele — disse, absolutamente ciente da impressão que aquilo passava.

Dentro de uma hora, um tal detetive Andrew Herrick do Esquadrão de Pessoas Desaparecidas do Departamento de Polícia de Nova York ligou e pediu para se encontrar com ela. Chegou logo depois com seu parceiro, o detetive John O'Hare. Tinham cheiro de cigarro e café. Sentaram-se no sofá da sala, ficaram olhando em volta, fazendo-lhe as perguntas de praxe. Quando foi a última vez que o viu? Para onde ele estava indo? Tinha feito reserva? Como estava seu humor antes de sair? Sabia de alguém que quisesse prejudicá-lo?

O tipo de perguntas que deixariam qualquer boa esposa morta de medo. E, quem sabe, se aquilo tivesse acontecido um pouco antes, talvez ela até tivesse ficado preocupada. Mas, naquele momento, só se sentia incomodada: até mesmo em sua ausência, tudo girava em torno de Mitch.

— Ele já sumiu desse jeito alguma vez?

— Para falar a verdade, não, mas estamos morando separados no mesmo apartamento já faz algum tempo.

Os detetives assimilaram a informação sem mudar de expressão.

— Tem alguma namorada na jogada? — perguntou O'Hare, bem direto.

— Não, a menos que ela seja um pedaço de coral vivo.

O detetive O'Hare ergueu os olhos azuis atentos do bloquinho de notas.

— Bom, se existe alguma namorada específica, eu não sei o nome dela.

Os detetives fecharam os caderninhos sem pressa alguma. Disseram que fariam algumas investigações preliminares e dariam retorno. Saíram bem devagar, como se estivessem visitando a propriedade.

Patricia se perguntou se deveria dar alguns telefonemas (para a irmã, a mãe, Cynthia), mas estava acanhada. Fazia quase um mês que não o via nem tinha notícias dele. Para que procurar se não desejava encontrá-lo?

O Esquadrão de Pessoas Desaparecidas tinha feito sua visita na sexta-feira. Ela dormiu até depois do meio-dia tanto no sábado quanto no domingo, pediu sopa, suco e gelatina pelo telefone e comeu tudo na cama, assistindo a programas de culinária e jogos de beisebol; deixou a secretária eletrônica atender todas as ligações. E não foram muitas.

CONCHITA ENTROU na sala de jantar vinda da cozinha, ainda de casaco, segurando as chaves, pálida e assustada.

— Sra. Greiff?

Patricia nunca ficara tão feliz ao ver alguém na vida.

— Conchita!

— Desculpe o atraso... O que está acontecendo?

Patricia a puxou para dentro da cozinha.

— Tem alguma coisa esquisita, e eu não consigo achar o Mitch.

— A senhora tentou em Long Island?

Por que ele estaria em Long Island? Por outro lado, por que a polícia, oficial de justiça e a Maritime Atlantic Life and Casualty Company estariam atrás dele? Patricia tentou ligar para a casa que tinham em Amagansett. Quando a secretária eletrônica atendeu, ela digitou a senha e ouviu três recados de instituições pedindo doações.

Scopiletti abriu o baú de mogno e deu uma olhada no faqueiro de prata do casamento, examinando cada faca de manteiga em ritmo glacial.

Não havia como escapar agora: ligou para a irmã de Mitch, que dificultava sua vida a partir de uma casa no centro de Westport, e deixou um recado curto e cheio de urgência. Ligou para a mãe de Mitch, que dificultava sua vida a partir de um apartamento na East 72nd Street. Ninguém atendeu, nem a secretária eletrônica. Passou as mãos pelo cabelo sem lavar e tentou contatar a secretária de Mitch.

— Patricia! — sussurrou Carol. — Tem um detetive aqui que quer falar com você.

O detetive Dennis Sprague, do Esquadrão de Crimes de Informática do Departamento de Polícia de Nova York, disse que estava a caminho naquele mesmo instante. Ela não devia se ausentar do local.

— Ausentar-me do local! — A risada saiu igual a uma buzina. — Tem quatro gorilas fuçando cada porcaria de gaveta da minha casa! Para onde é que eu posso ir?

Scopiletti voltou os olhos amarelados para ela. Ela percebeu que ele gostava tanto de seu trabalho quanto do incômodo que causava.

CAPÍTULO UM

O ônibus estava lotado. Com o *laptop* entre os pés, Erica King ficou de pé, com passageiros em diferentes estados de exaustão, agarrados a pastas, sacolas de compras ou crianças melecadas com seus acessórios inconvenientes. Uma mulher com um celular em uma orelha e um dedo na outra enriquecia a experiência com *flashes* de notícias oportunas.

— Estou no ônibus — gritava ela. — Estamos na 53rd Street. Estamos na 52nd Street. Estamos na 51st Street. Não, na 2nd Avenue...

Erica tinha tido mais uma briga na empresa: um contador novo tinha entrado no escritório dela para se apresentar. Depois de apertar a mão dela e a examinar de cima a baixo, perguntou:

— Judia?

— Não.

— Você parece judia.

— Perdão?

— Eu podia jurar que você era judia.

— O que a minha religião, se é que eu tenho alguma, tem a ver com qualquer coisa?

— Então, você não é praticante, mas nasceu judia, certo?

Erica ficou olhando para ele, estupefata com tal intromissão.

— Mas você é alguma coisa, certo?

Não dava para erguer mais as sobrancelhas.

— Alguma coisa?

— Você é italiana, armênia, russa, ou qualquer coisa assim? Grega? Eu geralmente adivinho de primeira. E sempre acerto.

— Você acertou. Eu sou alguma coisa. Sou uma pessoa atrasada. Com licença.

— Ah, entendi. Devo me retirar agora, como se eu a tivesse ofendido?

Quem é que contratava essa gente? Quem é que criava essa gente? O que é que essa gente tinha na cabeça? As pessoas incomodavam Erica. Todo mundo se achava muita coisa.

Uma mulher magrinha de setenta e tantos anos, com cabelo branco, liso e escovado para dentro entrou no ônibus e, ao ver que não havia lugar vazio, ficou em pé, segurando em uma barra. Uma mulher sentada falou bem alto:

— Senhora, quer sentar aqui?

A senhora magrinha de cabelo branco não ouviu a oferta.

— Senhora! — Ela puxou o casaco do homem que estava em pé ao lado dela. — Será que o senhor pode chamar a atenção daquela mulher, por favor?

— Quem? Aquela senhora?

— É, a velhinha.

— Senhora! — gritaram três pessoas para ela.

A velhinha de cabelo branco se virou, assustada, e agradeceu a oferta. Foi bem aí que uma senhora idosa, gorda, sentada no primeiro banco do ônibus, agarrou-a pelo pulso e ofereceu seu lugar. No entanto, os passageiros que iam entrando bloquearam a passagem. Nesse meio-tempo, a senhora gorda já estava gritando para todo mundo no ônibus, falando muito alto e de maneira elaborada em italiano.

A senhora de pé olhou em volta de si minuciosamente surpresa, observando todo aquele bafafá.

— O quê? O que ela está dizendo?

O que a mulher estava dizendo era o seguinte: "Olhem para mim! Tenho noventa anos e estou dando o meu lugar para aquela coitada! Minha saúde é muito boa, graças a Deus! Não dei meu lugar para você, com o bebê no carrinho e a criancinha que não pára de chorar, porque você é negra e parece bem forte. Mas aquela mulher ali, ela é velha e patética. Deve ter só uns setenta anos, mas olhem só para mim, toda robusta, e estou com noventa! Estou dando o meu lugar!"

O desfile de seres humanos transformando a si mesmos em espetáculo na linha M15 era revoltante. Será que não era possível um ser humano oferecer uma coisa a outro sem insultar o objeto de suas gentilezas nem se gabar?

O ônibus deu um tranco, e Erica segurou o *laptop* para impedir que caísse.

Um homem sentado ergueu os olhos por baixo da viseira de seu boné do time de beisebol Mets e perguntou:

— Você está grávida?

— Perdão? — disse Erica, com o máximo de ultraje que conseguiu colocar na voz.

— Eu perguntei se você está grávida.

— Eu o conheço?

— O quê?

— Mesmo que conhecesse, esta pergunta nunca é adequada — disse Erica bem alto.

— Estou dizendo que, se você estivesse grávida, eu ofereceria o meu assento.

— E se eu não estiver, você simplesmente vai me insultar e me deixar ficar em pé? Quanta gentileza.

Ele se virou para a mulher ao lado dele.

— Ela não parece estar grávida?

A mulher ficou olhando para a frente, recusando-se a se envolver no dia ruim de outra pessoa. Erica abriu caminho entre as pessoas para descer pela porta da frente. Fez a pé o resto do trajeto até sua casa.

Na verdade, não era judia e não estava grávida. Era alguma coisa. E por que aquilo estava aberto à discussão pública? Foi até o apartamento de Marjorie e encomendou uma manta de chenile azul para Marjorie, do catálogo da Living Cove. Erica andava se divertindo muito com os benefícios da proprietária.

❖

Em seu primeiro Natal no novo emprego, Erica tinha chegado no último dia antes do fim de semana prolongado do feriado, e encontrou uma caixa prateada da loja de departamentos Bergdorf Goodman em sua mesa. Dentro dela, um par de luvas de couro vermelho-tomate com fivelas douradas chamativas acomodava-se em uma cama de papel de seda branco e macio. O cartão, escrito com a caligrafia tombada para a esquerda da secretária de Mitch, dizia: "Cara Erica, Boas Festas, Mitch Greiff."

Voltou a embalar as luvas e foi cuidar do seu serviço.

No final do dia, Mitch perguntou:

— Recebeu o seu presente?

— Recebi... Só um instante. — Foi correndo até a sua sala para buscar as luvas. — Fico contente pelo gesto, mas não posso aceitar o presente. — Entregou a caixa para ele.

— Por que não?

— Eu estou aqui para cumprir uma função — disse sem emoção. — Espero ser paga por meu tempo e meu esforço. O senhor não precisa me dar presentes. O senhor já me deu aquele vaso com o logotipo da empresa.

— Aquilo foi um presente dos sócios. As luvas são da minha parte. Eu gosto de mostrar meu reconhecimento pelas pessoas que trabalham comigo. Não gostou?

— O senhor não está compreendendo. Foi o senhor mesmo quem escolheu?

— Não — confessou ele.

— Agora eu tenho de escrever um bilhete de agradecimento e correr no meio de multidões fazendo compras de Natal para encontrar um presente para o senhor, algo de que provavelmente não precisa e, pela aparência do seu guarda-roupa, provavelmente nada que vá usar algum dia.

Ele sorriu de leve.

— Eu não espero receber presentes seus.

— Então, será que podemos simplesmente dispensar as delicadezas de fim de ano?

Ele pensou melhor.

— Prefere receber em dinheiro?

— Como assim, em um envelope? Guarde isto para o porteiro. Pague só o que eu mereço, e vamos eliminar toda essa bobagem.

Ele suspirou.

— Não é algo tão importante assim.

— Eu sei que trabalho para o senhor; eu gosto de trabalhar para o senhor. Não preciso dos rituais feudais; eles me deixam desconfortável e me distraem do meu trabalho. Se isso o incomoda, adicione a soma que gastaria com presentes ao meu salário anual.

Ele ficou lá parado, com a cabeça inclinada. Ela era fascinada por ele: pela altura, pela autoridade, pelo volume dos cachos grisalhos, pelos olhos com pálpebras pesadas. Era difícil saber no que ele estava realmente pensando. Aquilo também era fascinante.

— Como quiser — disse ele, em tom cansado e aborrecido.

— Que bom. E, se o senhor não se incomodar — acrescentou quando já estava de saída —, eu prefiro não comparecer à festa de Natal. Tenho trabalho a fazer.

Ela não queria ofendê-lo, mas já não conseguia nem mais fingir neutralidade em relação a cerimônias sociais.

NO DIA 3 DE JANEIRO, Angie, a gerente, apareceu com o cheque dela.

— Você está no lugar principal, garota — disse, entregando o envelope a Erica.

Mitch Greiff tinha lhe dado um aumento de US$ 5.000.

Belas luvas.

❖

Mitch Greiff gostaria de que todos os seus funcionários fossem tão fáceis quanto Erica King. Ela ficava lá empoleirada, com seu rosto branco úmido e seu cabelo áspero com aparência de náilon, piscando, alerta, sem rodeios, sem perder tempo. Ela não fazia perguntas a respeito de sua esposa, seus filhos, seus peixes. Ela não tinha paciência para fofocas (fosse do escritório ou de celebridades) nem para tolos de qualquer espécie. Se ele perguntasse: "Como passou o final de semana?", ela respondia: "Recebeu meu *e-mail* sobre as deduções de entretenimento de McPhain?", e o dia já estava encaminhado. Erica era a única pessoa em todo o escritório que de fato lia todas as vinte e cinco páginas do *Relatório Diário dos Impostos* todo santo dia.

Erica roía as unhas e rasgava as cutículas até sangrar, e até mais. Sua intensidade de lábios ressecados era um pouco demais para algumas pessoas às onze horas da manhã de uma terça-feira, e, a cada seis meses, Marty Slavin trazia à tona o assunto de "mandá-la embora" na reunião dos sócios.

— O trabalho dela é muito bom — insistia Mitch. — Ela praticamente mora aqui.

— Exatamente: ela é lenta. Ela é esquisita! Ela fica se esgueirando pelos corredores.

— Ela é minuciosa e tem iniciativa, e isto aqui não é um concurso de personalidade.

— Ainda bem que também não é concurso de beleza.

— Já reparei que as suas qualificações para contadoras incluem beleza, e cabelo loiro, e vinte e seis anos ou menos. — Mitch voltou-se para ele. — Por acaso alguém da sua equipe ficou aqui mais do que um ano? — As contratadas por Marty iam embora porque ele se cansava da companhia delas no serão, e achava emprego para elas em outra empresa. — Erica King trabalha para mim e meus clientes, e ninguém tem nada de negativo a dizer a respeito dela. Ela fica.

— Será que dá para colocar um saco na cabeça dela?

Ela era inteligente, e conseguia ser divertida de uma maneira seca. Gostava de estratégia, de jogar, de ser mais esperta do que a estrutura. Todos os dias inventava maneiras, pequenas e grandiosas, ardilosas e fora do comum, para ganhar vantagens para o cliente, o departamento ou a empresa. Às vezes, Mitch achava que Erica King estava no lugar errado, que não devia ser desperdiçada apenas nos registros contábeis e no planejamento de impostos, que devia colocar seus serviços à disposição de alguma coisa maior, como dar jeito no Pentágono, por exemplo. Mas ela era inestimável para ele. Uma CDF, pensava, em uma profissão CDF. E daí? A única coisa que ela pedia era poder trabalhar em paz, e o trabalho dela era extraordinário.

Por outro lado, para alguém tão voltada ao trabalho, ela tinha problemas demais no escritório. Brigava com alguém pelo menos uma vez por semana.

— Ela é tão sensível! — reclamava Glenn Friedman. — A gente não pode nem dar bom-dia; ela já pula na garganta da gente dando um sermão, dizendo que a gente está tirando sarro dela.

Marty Slavin fingia ter certa fascinação por ela.

— O que você acha que ela faz no sábado à noite? — perguntou a Mitch no banheiro depois de cruzarem com Erica no corredor, com aparência melancólica e úmida. — Ouvi dizer de fonte segura que ela faz *strip-tease* em uma casa noturna russa em Ocean Parkway.

A opinião generalizada era de que a língua azeda, os tênis brancos encardidos com meias soquete e as saias escuras que arrastam no chão significavam que Erica era virgem e que ia morrer assim; da mesma forma, acreditavam que ela tinha trinta e sete gatos e que acabaria seus dias falando sozinha em um banco de praça, alimentando-se de saquinhos de *ketchup* e de açúcar roubados de lanchonetes. Apesar de Mitch não gostar de raciocínios reducionistas, achava que Erica não tinha vida pessoal e tinha dispensado o romance em sua vida. Como boa contadora que era, provavelmente tinha elaborado uma análise de custo-benefício e concluíra que aquilo não teria futuro.

❖

Apesar de ser uma mulher meticulosa, que ensinara a si mesma como dedicar toda a atenção aos detalhes, Erica King nutria apreço profundo pelo ar de renovação que de vez em quando invadia sua vida quando um escorregão no teclado abria uma avenida inteiramente nova que ela nunca imaginara existir. Todo mundo comete erros, pensava. O que faz diferença é a maneira como lidamos com eles.

Por exemplo, por acaso, ela tinha entrado no *e-mail* interno da Sunshine, uma agência de turismo corporativo no início da 5th Avenue. Era uma noite abafada de domingo em setembro, e a idéia de sair para comer não fazia o menor sentido. Sentiu-se ofendida por cada um dos canais da televisão. Ao pedir uma comida chinesa, escorregou inadvertidamente para dentro do universo das chicotadas mesquinhas internas entre os agentes de viagem da Sunshine.

Heidi ficaria fora durante uma semana, visitando instalações para convenções em Marina Del Rey. Enquanto estava fora, queria que Cecile autorizasse a contratação de um funcionário temporário para passar o banco de dados dela para o novo programa, como Cecile tinha prometido *oito meses antes*. Em outro *e-mail*, Erica ficou sabendo que Cecile ia tirar uma semana de férias a partir de segunda-feira. Um informe geral: desde que se mudara havia pouco para o terceiro andar, o departamento de informática estava com trabalho acumulado nos reparos de computadores. Um recado rápido para Heidi: o *laptop* dela estaria consertado e pronto para uso na terça-feira de manhã. A resposta atravessada de Heidi: isso ia ajudar muito mesmo em Marina Del Rey.

Na terça-feira de manhã, às nove e meia, a primeira parada de Erica foi no departamento de informática da Sunshine, em suas novas instalações no terceiro andar.

— Estou aqui para pegar o *laptop* da Heidi — anunciou.

Estava pronta para receber todo tipo de objeção, mas tudo o que precisou fazer foi assinar um papel em uma prancheta. Ficou esperando o elevador com o *laptop* de Heidi.

Uma mulher com vinte e poucos anos, de pernas de fora com uma saia curta, virou-se para Erica e cantarolou:

— Eu estou me sentindo tããããão bem... Quando acordei hoje de manhã, estava me sentindo toda inútil e com TPM. Mas dei uma passada no quiroprático e agora estou me sentindo maravilhosa! Estou tããããão relaxada... — Deu um sorriso beatificado para Erica.

— E você acha que precisa me contar isso por quê...?

Uma aparência de densidade bovina instalou-se no rosto da moça.

— Perdão?

— Estou aqui parada, cuidando da minha vida, esperando um elevador. Por que você está me falando da sua menstruação?

— Eu vi você, você é mulher, achei que ia entender.

— Você fala sobre menstruação com toda mulher que vê pela frente? De que tipo de compreensão você precisa? É tão ruim assim?

— É um horror — concordou ela, esticando a mão para tocar Erica. — Você não detesta?

Erica olhou para a mão que segurava seu pulso e disse com firmeza:

— Eu não quero ser sua amiga.

— O quê? — A mão foi removida.

— Você está querendo fazer amizade comigo, e eu estou dizendo que não estou a fim de ser sua amiga. Não é apropriado conversar a respeito de menstruação com desconhecidos, em público. Não é apropriado tocar pessoas que você não conhece. Acho que você deve voltar ao seu quiroprático para ser reajustada. Vai ver que está um pouco relaxada demais.

— Que vaca! — gritou a mulher, surpresa. — Meu dia estava ótimo. — Afastou-se com determinação.

— O meu também — contribuiu Erica.

— E daí vem você para estilhaçar toda a minha paz de espírito.

— Exatamente o que eu estou dizendo.

— Ah, vai se foder! — berrou a mulher anteriormente relaxada, que se arrastou pelo corredor, de volta ao quiroprático.

Erica subiu até o sexto andar com seu *laptop* novo, encontrou a Sunshine no final do corredor e foi interceptada por uma mulher de meia-idade vestida de azul-marinho.

— Sou funcionária temporária — disse Erica, tranqüilamente. — Fui chamada para trabalhar para uma tal de Heidi qualquer coisa... Será que estou no lugar errado?

— De jeito nenhum, mas Cecile está de férias. Preciso que você assine alguma coisa... Hmm, onde será que ela guarda isto? — Remexeu no cubículo de Cecile e pegou uma prancheta. — Qual é a sua agência?

— Ah, eu uso várias. Quando a gente começa, eles não costumam dar trabalho, não importa o quanto a gente queira.

Um olhar de pena cruzou o rosto da mulher quando ela lhe entregou a prancheta. Erica escreveu o nome da mesma agência que o funcionário temporário anterior tinha anotado. Devolveu a prancheta, e as duas foram até o cubículo de Heidi.

A mulher se sentou na frente da mesa de Heidi, abriu o sistema para ela e lhe deu a senha de Heidi, que era *Heidi*. O escritório foi acordando, e Erica passou cerca de uma hora organizando as contas de Marjorie, usando o computador da mesa de Heidi. Então ligou o *laptop* dela e chegou a uma tela de senha. Qualquer restinho de culpa que Erica poderia sentir desapareceu em uma onda de desprezo quando digitou *Heidi* na caixa da senha e o Windows começou se abrir à sua frente.

Quando terminou o serviço, limpou o teclado e a mesa com um lencinho que encontrou em uma das gavetas de Heidi. Saiu com as hordas em direção ao almoço, levando o *laptop* de Heidi em uma sacola de compras por baixo de um jornal. Aquele não era o primeiro computador em que Erica colocava as mãos por meio de uma combinação de sorte e planejamento.

❖

Quando começou a trabalhar na Friedman, Greiff e Slavin, Erica fora solta dentro de uma toca de coelhos de cubículos acarpetados com divisórias de um metro e vinte de altura no meio do andar.

Todo mundo escutava o que todo mundo estava fazendo; não havia nada que pudesse impedir alguém de surgir do outro lado da divisória para olhar por cima, ou pairar atrás de você, na sua mesa.

Durante esse período, tinha gasto muita energia lidando com Charlie Tierney, um dos contadores, que ficava fazendo comentários a respeito de suas conversas telefônicas enquanto elas se desenrolavam e tirava todas as coisas dela do lugar no momento em que ela saía da mesa. Tinha reclamado para Angie, a gerente. Como é que ela sabia que tinha sido ele? Porque quando ela foi ao banheiro, explicou para Angie, a sua banana estava na posição de doze horas, e o iogurte, de três horas. Quando voltou, a banana estava na posição de nove horas, e o iogurte, de seis horas. Ela viu o "Olhar", e percebeu que Charlie e Angie iam rir dela tomando uma cerveja depois do expediente.

Mas Charlie era fichinha, no que diz respeito ao tempo despendido, na comparação com as mulheres do escritório, que saturavam o ar com seu tagarelar constante, e freqüentemente iam até seu pequeno espaço para oferecer-lhe vislumbres inapropriados a respeito de sua vida pessoal e pedir que ela fornecesse detalhes íntimos em troca disso.

Em uma quinta-feira comum, enquanto cuidava da própria vida, Erica foi surpreendida por Heather quando voltava do banheiro e bombardeada por um míssil: o que ela realmente precisava era se livrar daquele corte de cabelo antiquado. Um pouco de delineador para os olhos e uma passada na academia, algo muito condizente com suas habilidades. De repente haveria um tom de autoconfiança na aura dela, e uma onda de pretendentes iria chover na sua horta.

— Heather, de onde você tirou a idéia de que eu queria que você me melhorasse?

— Eu só achei, sabe como é, que você poderia aproveitar alguns conselhos.

— Conselhos a respeito do quê?

— Ah, sobre o que vestir, como pentear o cabelo, esse tipo de coisa. Maquiagem. Acessórios. Coisa de mulher. Sabe como é.

— Então, você está me dizendo que eu não sei me vestir, não sei pentear o cabelo nem usar maquiagem.

— Só estou dizendo que talvez esteja a fim de atualizar o seu estilo.

— Por que é que eu ia querer atualizar o meu estilo?

— Ah, só para mudar um pouco.

— Uma mudança que faria você se sentir melhor?

— Olha, esquece.

— Sabe, Heather, acho que vou esquecer mesmo. — E voltou ao trabalho.

— Caramba — grasnou Heather a dois cubículos de distância. — Sei lá, cheguei a pensar que ela fosse ficar agradecida por receber alguns conselhos.

— Eu ficaria feliz com um pouco de silêncio — disse Erica. — Eu ouço tudo o que você diz, Heather, e se você acha que insultar uma colega pelas costas, apesar de ela ser capaz de ouvir, é alguma coisa pela qual ela deveria se sentir grata, por que você não vem até aqui e fala logo na minha cara, para que eu possa expressar minha gratidão pessoalmente?

Um silêncio se ergueu dos cubículos adjacentes, seguido por consternação deliciada e abafada.

— Ela tem integridade — disse Charlie cheio de ironia, e todo mundo mandou que calasse a boca.

Durante o infernal período no cubículo, Erica só conseguia trabalhar depois do expediente.

JÁ FAZIA DEZ ANOS que Erica trabalhava para a empresa, e tinha visto todo mundo envelhecer. Sentia-se fascinada pela altura de Mitch (mas eram só as pernas: quando ele se sentava para falar com ela, ficavam no mesmo nível), pela maneira como ele se dobrava em uma cadeira ou jogava para o lado um formulário 1.099. Pensou em ficar sócia da academia para vê-lo. Mas rejeitou a idéia antes mesmo de ela tomar forma. Ele nunca poderia saber. E que diabos ela poderia fingir estar fazendo em uma academia?

Quando saiu do escritório, viu o anúncio do ônibus em preto-e-branco que cobria toda a extensão do veículo. Trazia um rapaz deitado de bruços. Além de cuecas brancas justas, a única coisa que trazia era uma expressão de desejo e incômodo, como se estivesse dizendo: olhe só o que você está fazendo comigo.

Na nova *chaise-longue* de Marjorie, da Living Cove, Erica refletiu sobre a vida de Marjorie, em trânsito de um hotel a outro, a simpatia forçada das vendas, as horas infinitas dentro do carro. Será que Marjorie comia sozinha em cada parada pelo caminho, ou será que marcava jantares com seus contatos comerciais?

Erica decidiu que, mesmo que Marjorie tivesse um homem em cada porto, nenhum deles teria relação com o trabalho. E, depois de um dia exaustivo fazendo vendas e dirigindo, serviço de quarto e TV era provavelmente tudo o que ela queria. Marjorie devia mesmo adorar o carro dela, Erica decidiu, e refletiu se, em nome da verossimilhança, não devia ser vista de carro nas proximidades do apartamento de Marjorie.

Não que Erica soubesse dirigir; aquele era um calo no pé dela que já estava lá havia muito tempo.

— Por quê? Aonde você vai? — quis saber a mãe de Erica quando ela implorou mais uma vez para fazer auto-escola. — Quando é que você vai ter oportunidade de dirigir? — caçoou ela, reduzindo os horizontes de Erica ao tamanho das cinco zonas servidas pelo transporte metropolitano de Nova York.

Anos mais tarde, aquela presunção ainda a irritava.

Quando o céu ia passando do pôr-do-sol limpo para o brilho espesso alaranjado da noite urbana, Erica colocou alguns dos acessórios de Marjorie em sua bolsa de pano e saiu do apartamento com suas próprias roupas e o cabelo embaixo de um chapéu de chuva e um poncho. No caminho de volta para casa, pegou a correspondência na caixa postal de Maria e uma pasta no apartamento de Maria. Um casal de 23 anos no elevador de menos de meio metro quadrado do prédio de Maria estava se beijando e se agarrando como se Erica não estivesse ali, a dois centímetros do sangue quente que lhes corria pelas veias.

— Quanta falta de educação — falou bem alto.

— Ah, é mesmo? — balbuciou o namorado, quase de maneira retórica, passando a mão na bunda da namorada.

Por que não é possível passar um dia sequer sem enfiar o nariz no prazer de alguma outra pessoa? Cada vez que ela ia até ali, era ofendida novamente naquele elevador; talvez fosse por causa disso que raramente usava o apartamento de Maria. Erica sentia-se exausta quando voltava para casa a pé, mas consolou-se com a idéia de que poucos bens produtivos eram capazes de se sustentar de maneira autônoma.

CAPÍTULO DOIS

— Estou em um nível de frustração que eu nem sabia existir — reclamou Patricia para Cynthia Landau na manhã em que a segunda agência de apreensão de bens invadiu seu apartamento e remexeu nas suas coisas. — Estou com vontade de matá-lo.

Patricia tinha todo o direito de estar brava, violenta e ansiosa, e de se lamentar. Mesmo assim, Cynthia não sabia até quando ia agüentar tudo isso, toda manhã, às sete e quarenta e cinco.

— Ninguém vai te culpar — acalmou-a, tirando um fio de cabelo errante da testa.

Cynthia estava totalmente chocada. Fazia 28 anos que ela jantava com aquela gente. Mitch era o melhor amigo da faculdade de seu marido. Ela nunca gostara dele. Mitch era daquele tipo que estava sempre olhando além da sua cabeça, para ver se alguém melhor chegava. Sempre tinha algum tipo de *hobby* absurdamente envolvente e ficava dando palestras intermináveis a respeito dele. Antes dos peixes, era o *jazz*. Antes do *jazz*, era a Segunda Guerra Mundial. Aos trinta anos, com um casamento breve deixado para trás, Mitch transmitia uma certa imaturidade calculada e maldosa.

Patricia tinha sido uma das moças das propagandas do salão de beleza refinado Vidal Sassoon no início da década de setenta; seu cabelo cor de chá, curto e arrebitado para fora, estava por todos os lados no ano em que começou a sair com Mitch. Cynthia se lembrava de a ter conhecido em um encontro duplo em Asbury Park. Patricia passara boa impressão logo de início. Tinham ido com o Buick de Mitch, ouvindo-o dar uma palestra a respeito do general Rommel.

Patricia tinha esperado até Mitch fazer uma pausa para respirar, em algum lugar da Garden State Parkway. Então, gritou:

— Mitch! Pare com a guerra! Agora!

Quando saíram da estrada, um *outdoor* (mostrando a cabeça enorme de Patricia) aparecera. Jack e Cynthia lhe deram parabéns, Patricia fez algum comentário modesto e Mitch prosseguiu com sua palestra, sem nem se dar conta. Quando Mitch manobrou o carro em sua segunda tentativa de fazer uma baliza para estacionar em uma vaga próxima ao minigolfe, Patricia falou bem alto, impaciente, do banco de trás:

— Sai do carro, você não vai conseguir.

— Consigo, sim — respondeu ele, sem se aborrecer. Jack com toda certeza teria ficado irritado.

— Mitch. Sai do carro — disse ela. — Não temos a semana toda.

E ele saiu. Todo mundo saiu. Ficaram parados no passeio de madeira observando-a estacionar. Fez uma linda manobra. Ele nunca mais precisou estacionar.

O que Patricia estava fazendo com Mitch? Naquele tempo, o mistério não era assim tão grande: ele era alto, bonito, já bem-sucedido, e, antes de se tornar conhecida, pensava-se que Patricia fosse uma daquelas moças cristãs do interior que não sabem nem chamar um táxi. Naquele tempo, as pessoas eram esnobes.

Aos 58 anos, Mitch ostentava um ar de superioridade melancólica e cansada. Ele não tinha se revelado bom marido nem bom pai. Havia mulheres no círculo deles que, com todas as vantagens e toda a sorte do mundo, tinham sucumbido à letargia, à força da gravidade, ao desespero. Mesmo depois de os filhos terem se transformado em uns canalhas, Patricia estava sempre tentando fazer alguma coisa. É claro que boa parte de sua energia se exauriu quando passou a cuidar em tempo integral de três crianças perturbadas (incluindo Mitch) e um aquário cheio de corais vivos. Estranhamente, a cada ano que passava, Patricia parecia ficar cada vez mais bonita, à medida que seus fardos iam ficando mais pesados.

Os bancos tinham seguro, de acordo com o marido de Cynthia, Jack; recuperariam o dinheiro. Mesmo assim, era um ultraje. Cynthia nunca sabia o que dizer a Patricia. Se demonstrasse solidariedade, Patricia ficava brava. Se fosse dura, Patricia se ofendia. Se tentava ser uma boa ouvinte e deixar que Patricia colocasse tudo para fora, Patricia dizia:

— Pode falar: eu aproveitei quando tudo ia bem, e agora tenho de sofrer quando vai mal. Pode falar!

Cynthia se sentia péssima. Mas Patricia realmente devia ir se consultar com um terapeuta ou um advogado, alguém que pudesse ajudá-la, ou pelo menos alguém que fosse pago para escutar. Patricia estava agora gritando com alguém em seu apartamento, e Cynthia ouviu alguma coisa valiosa se espatifar. Cynthia terminou logo a conversa e ligou para Nancy. Falar *sobre* Patricia era mais fácil do que falar *com* ela.

❖

Os zagueiros da agência de apreensão fediam a notícias muito ruins; o mais gordo apontou para um dos quadros bagunçados dos Greiff e perguntou a Conchita Santos, antes de a cumprimentar:

— Quando foi que ela arrumou isto?

Como ela não respondeu, ele revirou os olhos e fez a pergunta de novo, mais alto e mais devagar.

— EU... NÃO... SEI — gritou ela em resposta.

Ele rosnou para ela, e ela voltou para a cozinha, para evitar qualquer contato a mais. Aqueles fulanos eram uns animais.

Dois detetives então irromperam pelas portas de vaivém. Enquanto o mais velho, o gordo, falava com Patricia, o mais novo bombardeava Conchita com perguntas. Ele até que não era feio, de um jeito brigão, arrogante, italiano. Quando ela tinha visto o Sr. Greiff pela última vez? Ela raramente o via; geralmente já tinha saído quando ela chegava. O Sr. Greiff lhe pedira que fizesse sua mala no mês anterior? Não. Será que ela tinha reparado no que ele tinha levado ao partir? Não. Onde ficavam as roupas dele?

O detetive mais moço não usava uniforme, só um sobretudo com uma espécie de terno por baixo. Trinta e poucos anos e casado, ela conseguia sentir o cheiro: cabelo bem cortado, unhas limpas e casaco impecável. Tinha alguém para tomar conta dele. O outro sujeito, o relaxado de meia-idade, *aquele* era solteiro. Não que algum deles usasse aliança.

E até parece que aquilo tinha alguma relevância. Como Hector ressaltou, *ele* usava aliança, mas Ignacio, seu pênis, não usava.

O Sr. Greiff algum dia pedira para ela fazer algo para ele? Tipo o quê?, perguntou enquanto conduzia o detetive pelo corredor, até o *closet* do Sr. Greiff. Tipo arrumar para ele uma carteira de identidade falsa. Às vezes pedia a ela que passasse uma calça para ele, respondeu. Era o tipo de homem, poderia ter dito, mas não disse, que precisava de alguém para fazer tudo para ele, mas não queria se envolver com ninguém... nem com ela, nem com a esposa, nem com os filhos. Quando chegaram ao quarto principal, ela contou que o Sr. Greiff estava dormindo no escritório já fazia algum tempo, e que a cama dele no escritório, um sofá-cama, não era usada havia mais de um mês.

— Este é o *closet* dele? — perguntou ele. Ela assentiu com a cabeça. — Está com a aparência de sempre?

Conchita deu uma olhada para dentro do *closet*. Um *closet* espaçoso, assim como as paredes lisas, a ausência de fios à mostra e o controle climático invisível daquele apartamento, era o tipo de elemento básico, que nem chega a ser um luxo, que sempre estaria além de suas posses. O *closet* parecia ainda maior agora que estava vazio.

Tinham entrado no quartinho onde os Greiff guardavam as malas. Não havia mala nenhuma. Logo, provavelmente também não haveria mais emprego para ela.

Quando voltaram para a cozinha, dois brutamontes estavam remexendo a roupa suja do cesto.

GRACIELA COSTUMAVA ir para casa tagarelando alegremente. Agora, a filha de Conchita desfilava uma lista de necessidades. Tiffany tinha patins. Brittany tinha um CD *player* portátil. A menina queria tênis que custavam US$ 135. Tiffany tinha aqueles tênis; todo mundo tinha aqueles tênis; até a professora tinha aqueles tênis. Conchita devia para o cartão de crédito US$ 13.765,79. Queria ser capaz de pensar em alguma outra coisa.

Uma sirene cortou o ar. Quando se mudou para a cidade, Conchita arrastava Grachy para qualquer desgraça com que deparasse. Carro de bombeiro? Bombeiros. Carro de polícia? Policiais. Ela adorava homens de uniforme. Tinha conhecido Hector, o pai de Graciela, em uma batida envolvendo três carros, quando começou a conversar com o parceiro dele. Mesmo no auge, o negócio com Hector era cheio de idas e vindas. Ele continuava trabalhando na polícia, continuava casado com a mulher, com três filhos do casal. Conchita tinha processado Hector para conseguir pensão para a filha, e conseguira. O que era bom, mas não era o bastante para comprar patins.

O parceiro de Hector era solteiro. Solteiro, mas não tinha se interessado.

CHEGANDO EM CASA, Grachy foi diretamente para o quarto e bateu a porta. Nydia estava deitada no sofá com um pano de prato por cima dos olhos. O telefone tocou, e Conchita atendeu.

— Homens são o problema — falou Nydia bem alto. — Não a solução.

Conchita marcou de sair com Gustavo na sexta-feira à noite, ignorando-a. Gustavo não era casado. Usava uniforme de entrega da FedEx e ia tirar licença para dirigir limusine. Logo ia dirigir um carro seu, e alugar outro para o primo. Quando a gente o ouvia falar, até se conseguia acreditar que teria sua própria frota no ano seguinte. Conchita não tinha muitas esperanças. De todo modo, precisava achar outro emprego. Logo logo, Patricia não ia mais precisar de empregada em tempo integral.

Uma pena: o salário era baixo, mas dentro da média, e Patricia nunca se opunha a emergências relacionadas à filha. Nunca se importava se Grachy fosse para o trabalho com ela.

Claro que a criança tinha tentado praticar extorsão com Patricia.

— Nintendo! Bom, eu vou ter de pensar um pouco — respondera Patricia.

Conchita teve vontade de dar uma porrada na cabeça da filha.

— Sabe, quando eu era criança, sempre recebia um não como resposta a qualquer pergunta que eu fazia — confidenciou Patricia, apoiando-se em um dos vários balcões despojados da cozinha glamourosa dos Greiff. — Então, com os meus próprios filhos, tentei ser razoável. Mas eles queriam tudo. — A voz dela foi ficando baixinha. — E sempre conseguiam, de um jeito ou de outro.

Conchita nunca fazia perguntas sobre esses filhos.

Patricia suspirou.

— Não desista do seu Nintendo. Mas, de todo modo — concluiu, com sabedoria —, a gente não pode gastar o que não tem.

O que não era exatamente verdade.

OS RAPAZES GREIFF não eram boa coisa. Brian vivia fazendo piada e a tratava com intimidade demais; vivia convidando Conchita para ir dançar no bairro latino. Àquela altura, devia pesar uns 200 quilos. Agora era ator de novela, e Nydia o assistia na TV do salão de beleza todas as tardes. Toda noite, tinham a mesma conversa: como era possível que o lindo Trevor McBride fosse representado pelo anteriormente obeso e espinhento Brian Greiff? Toda noite, Nydia repicava:

— Você devia ter saído para dançar com ele quando teve a oportunidade.

Estava bem claro que havia algo de muito errado com Randy Greiff, o filho mais velho. Em uma noite quente de junho, Conchita o vira caminhando furtivamente entre as prateleiras da biblioteca pública da 96th Street com um casacão sujo. Abriu uma janela e começou a andar para trás com ar despreocupado na direção de uma prateleira e, sem olhar para trás, agarrou dois livros e os enrolou em uma manta de bebê azul, suja, enfiou a trouxa em uma sacola plástica e colocou a sacola no parapeito da janela. Tomou um gole de água no bebedouro, foi de novo até a janela e, de frente para o salão, empurrou a sacola janela abaixo e escapuliu descendo as escadas.

Ela olhou pela janela. Em um instante, o viu pegando a sacola de cima de uma pilha de lixo no beco lá embaixo.

Como é que alguém criado na Park Avenue pode roubar da biblioteca pública?

❖

Os detetives Dennis Sprague e Anthony Ballestrino, do Esquadrão de Crimes de Informática, estavam na sala de espera forrada de azul-marinho na Daley Consulting. Conchita Santos enganara-se a respeito deles: Ballestrino era solteiro, e Sprague, casado. Na verdade, Sprague era do tipo casamenteiro, em sua terceira tentativa. Sprague era um caucasiano robusto de origem inglesa e alemã, com cabelo ralo sem cor e a boca cheia de dentes defeituosos. Sua mãe tinha dado muita risada quando ele disse que queria ser policial.

Joseph Patrick Daley, fundador da Daley Consulting, tinha trabalhado como detetive-sargento no Departamento Especial de Fraudes, no tempo em que a unidade se chamava "Esquadrão de Batedores de Carteira e Confiança". Tinha montado seu negócio no início da década de 1980 e, a cada ano, empregava diversos oficiais que deixavam a força policial. Todo mundo que ainda estava na ativa acabava se metendo em investigações particulares ou fazia bicos como segurança, e por que não? Tinha dias em que não se falava de outra coisa.

Na sala de reuniões, William Flynn cumprimentou Sprague e Ballestrino com pompa simpática e uma certa discrição por respeito aos clientes. Flynn tinha sido um dos primeiros parceiros de treinamento de Sprague. Era um daqueles que cumprira seus vinte anos de serviço e se aposentara com a metade do salário. Agora parecia distinto em seu terno risca-de-giz, como se o serviço particular e o dinheiro extra lhe caíssem mesmo muito bem. Apresentou seus ex-colegas *workaholics* para seus clientes corporativos rosados.

Flynn então apresentou seus três jovens colegas que tinham passado as últimas setenta e duas horas atolados em extratos bancários. Pareciam consideravelmente menos descansados. Todo mundo se sentou ao redor de uma mesa lustrosa dando vista para uma paisagem deslumbrante ao norte, que incluía o topo prateado elegante do prédio da Chrysler.

Não havia nada para petiscar.

Flynn foi direto ao assunto:

— Na sexta-feira do fim de semana antes do Dia do Trabalho*, entre as 11 e as 15 horas, 57 transferências eletrônicas isoladas tiveram início a partir de diversos *laptops*. Entre essas transferências, 48 envolviam contas de clientes da Friedman, Greiff e Slavin, seis envolviam contas de funcionários ou sócios da Friedman, Greiff e Slavin, e três envolviam contas de colegas profissionais da Friedman, Greiff e Slavin.

— É preciso ressaltar que nós três fomos seriamente afetados — disse Glenn Friedman, ofendido, apontando para Marty Slavin, o outro sócio, e Jack Landau, o advogado. — E Marty e eu também fomos atingidos de maneira coletiva, no que diz respeito à sociedade.

— Naquele dia — prosseguiu Flynn —, foi transferido o total de US$ 96.564.217,78 para diversas contas no estrangeiro, em vários países.

Um assobio escapou de Sprague.

— Costa Rica, Ilhas Cayman, São Cristóvão e Névis. Em alguns casos, todo o conteúdo da conta de um cliente foi transferido para a conta externa do próprio cliente, e depois retransferido para algum outro lugar, também no estrangeiro.

*O feriado do Dia do Trabalho nos EUA é comemorado na primeira segunda-feira de setembro — (*N. do T.*)

Sprague colocou a mão sobre uma das caixas na ponta da mesa: registros bancários de todos os clientes.

— Estas aí são para vocês — disse Flynn. — Passem quanto tempo quiserem examinando-as aqui. Joe, pode nos dar o histórico?

Um dos jovens de terno falou:

— Houve uma série de transferências que ocorreram nos seis meses anteriores ao grande dia de transferências. Essas transferências foram menores, e feitas exclusivamente a partir de contas-correntes de clientes.

— Testando, testando, um, dois, três? — perguntou Sprague.

— Parece que sim — respondeu Joe. — Então, com início três meses antes do grande dia de transferências, quantias cada vez maiores foram transferidas, somando US$ 6,5 milhões. Então, estamos falando de um total de US$ 103 milhões.

— Havia extratos falsos? — perguntou Ballestrino.

— Como assim, da firma para os clientes? Acreditamos que não.

— Talvez essa gente não examine extratos — disse Sprague.

— Se examinassem, teriam encontrado novas contas em seu nome na Costa Rica, nas Ilhas Cayman e em São Cristóvão e Névis. Todos os clientes atingidos abriram novas contas no estrangeiro no decorrer dos últimos 12 meses. A pessoa que fez isso simplesmente tirou todo o dinheiro delas no dia anterior ao fim da semana de feriado do Dia do Trabalho.

— Para onde foi?

— Para outras contas no estrangeiro — respondeu Joe.

— De quem?

— Deparamos com certa resistência. — Joe ergueu as mãos. — A segurança dos bancos nas ilhas.

— Vamos ver o efeito de uma intimaçãozinha — disse Sprague, ciente de que aquilo era praticamente inútil na Costa

Rica, nas Ilhas Cayman e em São Cristóvão e Névis. — Neste ínterim, vamos levar os computadores para a delegacia. Vamos administrar-lhe um laxante como ele nunca viu.

— Sinto muito, mas os *laptops* desapareceram — explicou Flynn. — Mas sabemos, no entanto, que as linhas têm origem na Faculdade de Direito de Columbia. Quando fizeram a reforma mais recente no lugar, colocaram uma tomada e um ponto de telefone a mais ou menos cada metro. A pessoa que fez isso usou vários *laptops* ao mesmo tempo.

— Alguma câmera de segurança? — perguntou Ballestrino.

— Em algumas partes da Faculdade de Direito há câmeras instaladas, mas não no local específico que foi usado. Aqui estão os detalhes do prejuízo — disse Flynn, e lhes entregou cópias do relatório; os outros já tinham as suas em mãos. — Leiam junto comigo.

— Dezesseis milhões de Jerry Fabrikant — disse Marty Slavin sem se alterar.

— TRINTA E DOIS MILHÕES DE DÓLARES? — disse Ballestrino.

Sprague examinou a folha.

— De quem?

— Celestina, a cantora — disse Flynn. — Ela foi a mais atingida.

— É, e ela tem dinheiro para isso — ajuntou Slavin.

Sprague perguntou:

— Alguma identificação dos *laptops*?

— Traçamos um deles a uma empresa de advocacia a uns dois quarteirões daqui — respondeu Joe. — O gerente de informática disse que tinha sido roubado há dois anos.

— Há alguma razão para acreditar nele?

— Ele joga beisebol no time do meu primo em Belport — disse Joe sem sorrir. — Além do que, ele declarou o roubo há dois anos.

— E os outros?

— Estamos examinando — respondeu Flynn.

— Isso é mesmo um absurdo. — Glenn Friedman começou a andar de um lado para o outro. — Como foi que isso aconteceu?

— A empresa tinha procuração para movimentar a conta dos clientes? — perguntou Ballestrino. Os sócios assentiram. — Uma sexta-feira quente, fim de semana de feriado, todo mundo fica trabalhando com um pé para fora da porta. Dá para entender como isso pode ter acontecido.

— Temos alguma coisa que conecte isso a Greiff — perguntou Sprague —, além do fato de ele ter desaparecido de forma muito conveniente ao mesmo tempo em que todo esse dinheiro?

— Não — respondeu Flynn.

— Ele é tão incompetente — afirmou Friedman. — Não conseguiria fazer uma transferência eletrônica nem que sua vida dependesse disso.

— Não, acho que isso não é justo — discordou Slavin. — Mitch é o tipo de cara que faz as coisas sem parecer que se esforçou muito, como se fosse por sorte, ou por alguma conexão, ou alguma coisa, mas ele trabalhava mesmo.

— Olha, precisamos ligar para todo mundo que foi afetado — disse o advogado Jack Landau. — No final, eles vão poder processar a empresa, mas se forem *vocês* a lhes dar a notícia, como vítimas também, vai ser muito melhor para vocês. Não é a empresa como um todo, só um sócio patife.

— Por que não podemos processar os bancos? — gritou Friedman; seus óculos redondos de armação de tartaruga refletiam o sol. — Transferências multimilionárias para o exterior e eles nem avisam? Se isso não é o caso de fazer um relatório de atividade suspeita, *o que mais pode ser*?

Joe e Flynn trocaram um olhar.

— Os bancos se deram conta, sim, e ligaram para confirmar — disse Flynn. — Parece que todas as transferências foram confirmadas.

— Por quem? — berrou Friedman.

— É o que precisamos descobrir — respondeu Flynn, e com muita sutileza dividiu o grupo em duas reuniões: os sócios e os advogados, que precisavam dar conta dos telefonemas, e os investigadores, que precisavam suar com a papelada. Como os sócios eram os clientes, eles ficaram na sala bacana de reuniões com vista para o prédio da Chrysler. Os tiras e os *nerds* receberam um quartinho abafado perto da cozinha, sem janela.

Nada de petiscos.

Ballestrino se engalfinhou com o resumo que os consultores tinham preparado. Sprague encontrou os extratos de Celestina em uma das caixas, bem organizados e marcados com etiquetas chamativas nos locais em que a Daley Consulting tinha observado atividade.

Sprague não tinha se tornado policial para ficar remexendo caixas de papelão cheias de extratos bancários. Por outro lado, apreciava o luxo de poder desenvolver seus casos com calma e método no Esquadrão de Crimes de Informática. Não sentia falta do ódio, das vísceras e da atmosfera emergencial das ruas. Tinha cozinhado em banho-maria durante tempo demais naquele poço de raiva e negatividade. Parecia que todo mundo estava arrastando os filhos pelos túneis cravejados de pregos do inferno.

Certa noite, enquanto sonhava com algum ser desprezível que precisava prender mais uma vez por estuprar vez após outra integrantes da família menores de idade, viu que estava com as mãos em volta da garganta de Sara. Estava estrangulando sua segunda esposa.

Que já não estava mais na jogada. E quem poderia culpá-la?

Todos ergueram os olhos quando a porta se abriu.

Flynn sentou-se na beirada da mesa para bater um papo.

— Aqui está o meu homem. — Deu um tapa no ombro de Sprague. — Como vão as coisas?

Sprague sorriu.

— Bem melhores, agora que estou conversando com você.

Desde que Flynn tinha partido para a iniciativa privada, eles se viam cada vez menos. Mas tinham ficado amigos no Distrito Policial Quatro-Oito, em Fort Green, também conhecido como "Escola de Gladiadores". Compraram heroína disfarçados juntos no conjunto habitacional Ingersoll. Perderam um colega em uma tentativa de prisão em flagrante, que não deu certo. Foram promovidos a detetive ao mesmo tempo.

— Você sabe que a porta está aberta para você aqui — Flynn ofereceu mais uma vez.

— É uma oferta tentadora — disse Sprague. Fez um gesto em direção aos extratos bancários das celebridades na caixa. — Fale-me a respeito disto. Cento e três milhões! — Riu. — Não dá simplesmente para beber tudo isso.

— Bom, dá para tentar — disse Flynn. Tinham tentado, os dois, na Atlantic Avenue, em Fort Green.

— Cento e três *milhões?* — Sprague olhou para o enorme monte de caixas de arquivo. — Será que esse cara está financiando algum exército de libertação?

— A única razão pela qual o Friedman e Slavin repararam nisso tão cedo — Flynn sentou-se — foi porque Jerry Fabrikant ligou para eles na quarta-feira passada com fumaça saindo das orelhas. Você se lembra dele?

— *"If I ever thought, ever thought, I'd fall in love again"* — cantarolou Sprague, e Ballestrino cobriu os olhos com as mãos. — Aquela música tocou em todos os elevadores, de todas as cidades, durante quarenta anos. Ele deve nadar em dinheiro.

— Estava comprando uma casinha simples em Riverhead e lhe disseram que não tinha dinheiro suficiente na conta para pagar. Só estava comprando a propriedade porque o ex-sócio... o que o tinha processado, lembra?, o ex-sócio estava querendo comprar a casa. Jerry queria impedir que ele comprasse o lugar.

— Que picuinha — disse Sprague.

— Os ricos são diferentes — respondeu Ballestrino.

— Algumas dessas pessoas são tão ricas que ainda nem sabem que o dinheiro delas sumiu — observou Flynn. — Sonny McPhain, aquele roqueiro de estádio, sabe? Sumiram 16 milhões da conta dele desde junho. Nem reparou.

— É disso que eu gosto, crime sem vítima — disse Sprague. — Então, Fabrikant ligou para Greiff e foi informado de que Greiff tinha sumido?

Flynn assentiu.

— Enquanto Friedman falava com o Esquadrão de Pessoas Desaparecidas, o empresário da Celestina ligou, procurando uma parte da grana dela. E foi aí que Friedman ligou para nós.

Sprague se ajeitou na cadeira.

— Então, cadê a mulher? Sempre tem uma mulher.

— Dêem uma checada na Heather Perkins, gerente de contas júnior e responsável pelas autorizações de transferências eletrônicas — aconselhou um dos *nerds*.

— É mesmo?

Ele assentiu, com a boca recurvada para baixo.

— Muito bonita.

SPRAGUE E BALLESTRINO lutaram contra as multidões que saíam dos escritórios às 18 horas. Ao entrarem nas instalações de Friedman, Greiff e Slavin, foram conduzidos por corredores compridos e acarpetados até os escritórios dos sócios. Alguém colocou a cabeça para fora de uma sala, e logo voltou para dentro. O lugar parecia zumbir de tanta expectativa. Ballestrino foi para a esquerda para ter com Slavin. Sprague pegou a direita, na direção de Friedman.

Glenn Friedman era um enfarte pronto para acontecer: para começo de conversa, sua pele tinha um tom fúcsia forte, que ia se agravando à medida que ele falava e andava de um lado para o outro, espetando o ar à sua frente com o indicador em riste.

— *O que é que vocês estão fazendo?* Não percam tempo falando comigo, vão logo *encontrar* esse filho da puta.

Sprague tomou consciência da enorme vontade que tinha de dar na cara daquele sujeito. Esperou um instante, bem imóvel.

— Precisamos falar com o senhor, e com todo mundo deste escritório, para obter informações a respeito do desaparecido — explicou Sprague. — Vocês podem cooperar?

— O que o senhor quer saber? — Friedman apontou para uma cadeira. Sprague se sentou. — Ele era um canalha pretensioso, mas já estava no fim da vida útil. Fazia anos, anos que não se empenhava muito aqui no escritório.

Não tinha nada que Sprague gostasse mais do que um colega de trabalho que só pensava em si mesmo.

— Prossiga. Qual era a parte dele no trabalho da empresa?

— Ele supervisionava as áreas de planejamento de impostos e os registros. A maior parte dos clientes dele têm grande renda líquida e estão conosco há anos, mas já não rendem tanto para nós quanto antes, e ele não se esforçava para trazer novos clientes.

Friedman engrenou num discurso monótono, andando de um lado para o outro.

— Ele também não era muito agressivo no que diz respeito a *cobrar* os clientes. Fazia trabalhos para amigos e depois ficava se lamentando que eles não pagavam.

Friedman estava começando a gostar de desabafar. Estava bem claro que aquele sujeito não ia oferecer nem um café nem um copo d'água para o detetive.

— Quando as pessoas não pagam, *a gente liga para elas e diz: PAGUE!* Não pagamos caro o aluguel do escritório para fazer favores para os outros! Se alguém quiser que um sócio vá avaliar a sua propriedade, cobramos US$ 400 por hora! Este é o valor de mercado! Não fazemos planejamento de impostos por caridade para milionários! Ele não telefona. Ele prefere ter prejuízo do que se rebaixar ligando para alguém.

Friedman cuspia de tanta raiva. Bom, ele tinha suas próprias contas para pagar: como Sprague descobrira depois da busca automática que fizeram aquela tarde nas contas de todo mundo no escritório, o sócio-gerente tinha vida requintada no Upper East Side, pagando hipoteca, além de todas as despesas de um filho na faculdade e uma filha que estudava Direito. A mulher era da diretoria de um banco de sangue, trabalho voluntário. Seu primeiro barco, sua segunda casa e seu segundo carro ficavam em um lago na região dos Adirondacks. Desde que tinha voltado para a mulher, depois de um ano e meio separados, passara a fazer doações chamativas, talvez mais do que pudesse pagar.

A bile continuava esguichando:

— Ele não cobra, não traz novos negócios? Está certo, isso é uma coisa. Mas o senhor sabia que ele *me* impediu *de verdade* de criar novos negócios?

— Como?

— Em mais de uma ocasião, consegui uma dedução fabulosa para algum cliente, e o príncipe se recusava a assinar. Dizia que não se sentia *à vontade* com aquilo. Dizia que era uma área *nebulosa*.

— Ele queria ser ético?

— Queria ser um bundão — concluiu Friedman.

— Vocês têm seguro?

— É CLARO QUE TEMOS! O QUE É QUE O SENHOR ACHA QUE A GENTE FAZ AQUI? ADMINISTRA UMA *EMPRESA DE TÁXI CLANDESTINA*?

Sprague continuou lá sentado, só olhando.

Friedman se levantou e andou devagar, em um tom mais escuro de violeta.

— Mas o senhor por acaso acha que ele teve consideração suficiente para desviar só a quantia que o seguro paga?

Friedman agora estava olhando para fora, para o que seria, até mesmo com sol, apenas uma parede de concreto suja.

— Ele parecia gostar da posição que tinha no mundo. Nem sei como esse dinheiro todo pode fazer alguma diferença para ele, se precisar ficar escondido. Ele não é do tipo fugitivo. Mora na Park Avenue com uma ex-modelo. É o tipo de cara que gosta de aparecer.

— Família?

— Patricia, a mulher, apesar de parecer que eles andam meio brigados há um tempo. Patricia é ótima. Os filhos são esquisitos. Quer dizer, *esquisitos*. Uma irmã, um dos clientes que não pagam. Também tem mãe. A família dele se resume a isso.

— Com quem mais devemos falar por aqui?

— Com Carol, a secretária. Com Heather Perkins, responsável pelas autorizações de transferências eletrônicas. Com Erica King, o monstro no final do corredor. Ele amava aquela mulher.

— Amava?

— *Eca!* Por favor, não me faça enjoar antes do jantar. Não, ela era a funcionária dele que vivia encontrando maneiras de tirar vantagem da lei. Ela é gerente de contas sênior e muito boa no que faz. — Pausou. — Pode ser que ele tivesse alguma coisa com a Heather.

— E foi ela quem aprovou todas as transferências?

— Ela jura que não aprovou, mas a assinatura dela está em todos os papéis.

— Que tipo de relacionamento o senhor tem com essa Heather?

Ele bufou, incomodado.

— O senhor vai descobrir de qualquer jeito, então eu mesmo conto: tivemos um caso que durou alguns meses quando eu estava separado. Mas já acabou.

Sprague absorveu a informação sem alterar a expressão.

— Só por curiosidade, por que demoraram tanto tempo para entrar em contato com o Esquadrão de Pessoas Desaparecidas?

— Porque achei que ele só estava bancando o babaca. Tinha falado demais nessas férias dele. Queria tirar três semanas, um mês. Mandamos ele se foder. E nós combinamos que ele voltaria depois de duas semanas.

— Para onde ele ia?

— Para o Japão! Filho da puta!

VOLTARAM A SE ENCONTRAR no acarpetado do corredor com iluminação de lâmpadas fluorescentes quando iam saindo.

— E aí? — perguntou Ballestrino, quando entraram no elevador.

— É o tipo de cara que dá vontade de surrar bem devagar com um cassetete dentado — respondeu Sprague.

Compararam anotações a respeito da visita ao centro, despediram-se na frente do prédio e foram para casa, cada um para a sua vidinha.

Depois que o jantar já tinha sido entregue e consumido, Sprague segurou o vídeo que tinha escolhido, *Rebeldia indomável*.

— Quer dormir assistindo a isto aqui?

— Por que temos de assistir a esse filme o tempo todo? — reclamou Cathy, tentando fazer o gato novo sentar no colo dela.

— Faz com que eu lembre a minha juventude.

— A sua juventude como presidiário? — perguntou a terceira Sra. Dennis Sprague.

Ele assistia àquilo a cada doze meses mais ou menos, para revisitar a sensação de poder que teve na primeira vez que o vira.

Você apanha, logo levanta. Não fica caído para evitar a dor: sempre levanta, até que o matem. Tinha sempre aquela escolha básica, mesmo que não tivesse mais nada.

Agora Sprague não enxergava o personagem de Paul Newman como um inconformado que se recusava a obedecer à lei. Aquele fracassado sempre era arrastado de volta à prisão porque *queria* ser pego. Ele só conseguia definir sua personalidade em área muito restrita, com limites bem definidos e pouquíssimas opções.

❖

Na manhã seguinte, às 11h30, indo para o norte da cidade no carro de Ballestrino, Sprague viu quando Ballestrino deu uma conferida em seu reflexo no espelho retrovisor.

— Você está lindo — disse. — Não mude nem um fio de cabelo nesta sua cabeça espetacular.

Ballestrino olhou de viés para ele e fingiu estar muito ocupado ajeitando o espelho.

Anthony Ballestrino não era o primeiro parceiro italiano de Sprague, nem o primeiro pretenso galã cuja loção pós-barba ele tinha o privilégio de cheirar todo dia. Apesar de todas as provas em contrário, Sprague chegou à conclusão de que seu parceiro não era vaidoso. Tinha a teoria de que esses sujeitos italianos bombados, bem arrumados de um modo até agressivo, solteiros e que moravam com a mãe, de fato viviam paralisados por insegurança e autodesprezo. A vaidade de verdade era estar vinte quilos acima do peso e não fazer absolutamente nada a respeito.

Nem é preciso dizer que a primeira Sra. Sprague, e mais especificamente a segunda Sra. Sprague, tinham algo a dizer a respeito dessa teoria. A terceira Sra. Sprague não fazia lá muito exercício, a não ser que se considere disputar o controle-remoto uma atividade aeróbica.

— Você acha que Patricia Greiff tinha algum caso? — perguntou Tony.

— *É claro* que ela tinha algum caso — respondeu Sprague, dando uma mordida em um chocolate com amêndoas, contente e irritado. — Você viu só como ela ficava com aquela camiseta? Você acha que uma mulher daquelas fica em casa cuidando dos peixes?

A parceria entre Ballestrino e Sprague tinha quatro meses. Ballestrino era um bom detetive, e não tinha havido maiores problemas. Mas não era como a união de cinco anos entre Sprague e Drucker, em que eles se entendiam quase que por telepatia. Sprague manteve o hábito de acreditar que sabia o que ia na cabeça de seu parceiro, apenas para descobrir, irritado, que nunca estava nem perto da realidade no caso de Ballestrino. Tinham algumas coisas em comum mas, de modo geral, Tony era obscuro para ele.

— Com quem nós vamos almoçar? — perguntou Ballestrino quando estacionaram perto da Friedman, Greiff e Slavin. — Com a gostosa que assinou as transferências?

— Não, vamos almoçar com aquela que gosta de encontrar maneiras para tirar vantagem de tudo — adiantou-se Sprague, folheando suas anotações. — A Sra. Erica King.

Enquanto esperavam, deram uma olhada na foto, e Ballestrino leu alto, do relatório ao levantamento que tinham feito a respeito de Erica King, que apresentava um quadro completo dela, com idade (36 anos), escolaridade (bacharelado, cursos de especialização), gastos (parcos), propriedades (inexistentes) e relacionamentos conhecidos (poucos). Então se colocaram a par do que tinham descoberto naquela manhã.

Ela apareceu às 12h15 e foi caminhando na direção leste com passos muito decididos. Os dois seguiram atrás dela, mantendo seu casaco azul-marinho à vista, até que ela desapareceu dentro do edifício da Citicorp. Do alto da escada-rolante, viram quando ela se acomodou em uma mesa no pátio público lá embaixo. Tirou da bolsa um saco plástico.

— Que pena, eu estava querendo comida de verdade — disse Sprague. Era a sua vez de providenciar o almoço. — O de sempre?

Tony assentiu.

Ballestrino desceu para pegar uma mesa. Sprague ficou esperando em uma fila absurdamente comprida para comprar a comida absurdamente cara e insípida do centro da região comercial. Estava prestes a interrogar uma contadora. Era um dia como outro qualquer. Um dia como outro qualquer três anos antes teria envolvido um hambúrguer com *chile* consumido antes de uma perseguição por telhados, culminando com a captura e o interrogatório de um estuprador de criancinhas.

Sentiu uma espécie de nostalgia estranha daquele tempo. Sprague nunca ficava mais calmo do que quando entrevistava alguém que desejava espancar. Considerava-se a via de acesso entre a vítima e a cela de prisão. Não podia se dar ao luxo de praticar algum tipo de punição, senão o bandido seria solto e não diria nada. Então, tinha de ir conduzindo o depoimento pouco a pouco. Pegava sua bomba de ar imaginária, ia bombeando devagar, fazendo com que ele se sentisse à vontade, cheio de confiança, levado em consideração. Precisava encontrar alguma coisa em comum, conquistar sua confiança. Então o monstro confessava. Não era à toa que Drucker costumava dizer: "O Sprague é tão bom que seria capaz de tirar as suas meias sem remover os sapatos."

As coisas eram mais refinadas no ECI, mas não tanto. Sprague tinha trabalhado em alguns casos com Anita Clemente, que anteriormente fazia parte da Unidade de Relacionamento com Vítimas Especiais e que agora se concentrava em crimes sexuais na internet. Tinham perseguido e desbaratado uma rede de esteganografia conduzida por um bandido que incorporava pornografia infantil a seus *sites*; quem não tinha o *software* via *closes* de um animal de olhos arregalados. Quem tinha recebia uma refeição completa de uma menininha de quatro anos, com *links* para uma dúzia de outros *sites* criptografados. Sprague e Toby Crouch, um ex-*hacker* que agora fazia parte do esquadrão, visitavam com regularidade salas de *chat* infantis, fingindo serem uma menina de seis anos chamada Samantha que gostava de coelhinhos. Esperavam até que alguém tentasse atraí-la para tomar um leite com chocolate e, de vez em quando, pegavam alguém. O mesmo canalha, em ambiente diferente. Todo dia inventavam um jeito novo de cometer um crime antigo.

Quando Sprague retornou ao átrio, todas as mesas estavam ocupadas. Comeram calmamente no espaço atulhado de gente. A Sra. King jogou o lixo em uma lata e então tirou um livro em brochura da bolsa.

— Deve ser uma porcaria — comentou Ballestrino. — Ela cobriu a capa com papel pardo.

— Ela está falando com aquele cara?

— Ele quer sentar à mesa dela. Ela está fazendo cara feia.

— Ah, vamos lá, compartilhe a sua mesa. Pode ser que você goste do cara.

— Ele parece um canalha que eu mandei para a prisão por agressão em segundo grau — disse Ballestrino, dando uma mordida no sanduíche com seus dentes perfeitamente brancos.

DEPOIS DO ALMOÇO, mostraram os distintivos para uma recepcionista apavorada e anunciaram que iriam interrogar os funcionários da empresa com relação a uma investigação. Ballestrino examinou uma lista de funcionários e disse, como se tivesse escolhido um nome aleatoriamente:

— Que tal começar com... a Sra. Erica King?

A contadora abriu a porta e os examinou sem disfarçar, de maneira sóbria. O escritório minúsculo dela era quente demais e coberto de papéis. Embaixo de uma franja pesada de cabelos espetados porém muito lisos e castanhos, tinha olhos sem cor afundados no rosto e pele com aparência nada saudável. Sprague fez as apresentações, e ela começou a transferir os papéis da cadeira para o parapeito atrás dela com cuidado.

— Posso ver algum tipo de identificação? — perguntou Sprague.

Ela tirou o cordão que trazia em volta do pescoço e lhe mostrou seu crachá. Não usava maquiagem nem cuidava da pele.

— Outro tipo de identificação?

A boca dela fez um bico de aborrecimento e ela foi até seu livro, que estava pendurado em um gancho na parede. Sprague reparou nos punhos desfiados de seu blazer, na meia-calça castanho-avermelhada de supermercado e nos tênis brancos encardidos.

Erica King entregou-lhe uma carteira de identidade. Cutículas malcuidadas.

— Identidade de quem não tem carteira de motorista. A senhora não dirige?

— Não. Por acaso isto é crime?

— De maneira alguma — ele riu. — Gostaria que mais nova-iorquinos fizessem esta opção. Dou-lhe parabéns por não dirigir.

— É raro alguém não ter carteira — disse Ballestrino.

— Não nesta cidade — disse ela, sombria.

— Ah, cresceu aqui? — perguntou Sprague informalmente. Ele sempre tentava usar um tom que passasse a idéia de *tenho-todo-o-tempo-do-mundo* e *a-única-coisa-que-gostaria-de-fazer-agora-era-falar-com-VOCÊ*. Ele gostava da parte de bater papo de seu trabalho. Ele era bom nesse quesito.

— Por que estão aqui? — Erica King cortou logo o papo furado.

— Estamos investigando o desaparecimento de um monte de dinheiro de contas dos clientes da empresa — disse Sprague —, além do desaparecimento do Sr. Greiff.

— Sei.

— Ele ia sair de férias. Disse algo a respeito disso a você?

— Por que é que ele iria dizer alguma coisa para mim sobre isso? — perguntou ela sem se afastar.

— Por que não? — sorriu Sprague. — Ele estava animado. Japão? Sua primeira visita ao Extremo Oriente e tal?

— Nós raramente discutíamos assuntos pessoais.

— Isso é pessoal?

— Bom, não é trabalho — respondeu ela.

Ballestrino perguntou:

— A senhora acha que há alguém disposto a prejudicá-lo?

— Por que alguém ia querer prejudicá-lo?

— É o que queremos saber — explicou Ballestrino. — A senhora acha que ele podia ter algum tipo de mau hábito?

— Como assim? Drogas? Duvido muito. Duvido mesmo.

— Como era a sua relação com o Sr. Greiff? — perguntou Sprague com neutralidade delicada.

— Boa.

— Tipo pai e filha? — sugeriu ele.

— Tipo chefe-funcionária — retrucou ela.

— Romântica? — tentou Tony.

Ela ergueu uma sobrancelha rala para ele e lhe lançou um olhar gélido.

— Quem a senhora acha que o ajudou? — perguntou Sprague.

— Eu o ajudava — ela começou a enumerar. — Carol o ajudava, e às vezes Heather, e o Joshua e Charlie. Juan ajudou quando o computador dele quebrou.

— Não, quem o ajudou a fazer esse serviço?

Ela virou um pouco em sua cadeira giratória.

— Vocês acham mesmo que ele fez isso?

— Quem mais pode ter sido?

— Bom, todo mundo aqui tem acesso às contas dos clientes.

— Todo mundo? Não tem segurança interna?

— Tem, mas não o suficiente.

Ela era o que se podia chamar de uma mulher *sem sal*. Ele estava só imaginando o que Tony falaria dela quando voltassem para o carro.

— Deve ser muito interessante trabalhar para tanta gente famosa, não é mesmo? — tentou.

— Na verdade, não — respondeu ela, seca. — Mitch participa de sessões de estratégia com os clientes e, uma vez por ano, talvez receba uma ligação de um deles. Mas só quando há alguma emergência. Se não, só falamos com os empresários que cuidam do dinheiro e com os assistentes pessoais. Cuidamos dos registros, do planejamento de impostos. Nada muito emocionante.

— Fale a respeito de Mitch Greiff — sugeriu Sprague. — Ele não é o tipo de pessoa detalhista, é? Tem mais jeito de quem enxerga as coisas de maneira geral, não é mesmo?

— Para falar a verdade, às vezes ele sabe ser bem detalhista.

— Dê um exemplo.

— Uma vez, pegou um erro que eu fiz em um relatório de vinte e duas páginas. Eu tinha combinado duas contas em um só registro. Ele pegou. Fiquei chocada.

— Ficou surpresa porque ele não era do tipo detalhista — pressionou Sprague.

— Pode ser que, para um contador ou advogado, ele não prestasse tanta atenção aos detalhes quanto algumas pessoas. Mas o trabalho dele como *planejador de impostos* faz com que a visão geral seja mais importante.

— A senhora estava ciente de alguma atividade incomum relativa às contas?

— Como assim?

— A senhora notou que alguns dos clientes de perfil mais destacado, com maior rendimento líquido, de repente abriram contas no exterior durante o primeiro semestre?

— Foi mesmo?

Sprague disse:

— Será que a senhora pode dar uma olhada nos arquivos?

— Agora?

— Bom, até hoje à noite vamos ter um mandado de busca, e então poderemos ver pessoalmente. Mas, por enquanto, só estou curioso para saber a respeito das contas no exterior, e os donos da empresa nos asseguraram de que todos os funcionários cooperariam conosco.

Ela ficou olhando para eles, inabalável.

— Experimente a Celestina — apressou-se Sprague.

Quando ela saiu da sala, ele examinou as planilhas na mesa dela, enquanto Ballestrino correu até o outro lado da mesa para ver o que estava na tela do computador.

— Desligada — avisou.

Erica King voltou com uma braçada de arquivos.

— Vocês disseram que ela abriu uma conta no exterior quando?

— No final do primeiro semestre. Maio, junho.

Ela folheou os extratos bancários.

— Bom, aqui está um documento de uma transferência eletrônica no dia 16 de junho. — Apontou para a linha correspondente. Os dedos dela apresentavam peles soltas perto da unha em diversos estados, algumas sangrando, outras com casquinhas escuras de sangue seco.

— A senhora não devia roer as unhas — disse Ballestrino.

— Por que não? — foi sua resposta.

— Não fica bonito.

Ela fez uma pausa para examiná-lo.

— E daí?

Sprague perguntou:

— Onde estão os documentos a respeito da abertura da conta?

— Fazemos um arquivo diferente para cada conta nova. — Ela deu uma olhada nas pastas de papelão. — Parece que não está aqui. Vou procurar.

Saiu de novo. Demorou cerca de quatro minutos, durante os quais Ballestrino examinou a papelada no peitoril da janela e Sprague bisbilhotou na bolsa dela. O livro que ela estivera lendo era uma coletânea da revista *MAD*. Mostrou para Tony, cujo rosto se abriu em descrença. Sprague estava se sentando quando ela voltou.

— Não encontrei o arquivo e não me lembro de ela ter uma conta nesse banco.

— Onde a senhora estava entre as 11 e as 15 horas na sexta-feira antes do Dia do Trabalho? — perguntou Sprague.

Pegou um fichário e virou algumas páginas.

— Estava doente.

— Onde a senhora estava?

Ela pareceu irritada.

— Na cama, com sinusite.

— Alguém pode confirmar isso? — perguntou Tony.

— A Lucille Ball e o Desi Arnaz.

Agora Ballestrino estava irritado.

— O quê?

— Bom, fiquei assistindo a *Lucy*. — Abaixou a voz até um sussurro. — Mas acho que eles não estavam me vendo. — Ficou olhando fixamente para os dois.

— Em que canal?

— No vídeo.

— Ah é? — perguntou Ballestrino. — Qual é a sua locadora?

— Eu tenho a fita.

Sprague mudou de assunto.

— Será que o arquivo pode estar em outro lugar?

— Não, a menos que tenha sido perdido ou que outra pessoa esteja usando. Quem trata de Celestina geralmente sou eu e Heather — ofereceu ela, adiantando-se à próxima pergunta.

— Acho que a gente devia conversar com Heather. — Tony se levantou.

— Façam isto mesmo — disse Erica King.

Sprague fez uma pausa. Não gostava nada de ser dispensado.

❖

Heather Perkins usava um *tailleur* vermelho com uma saia que ficava logo acima do joelho quando estava de pé, subindo pela coxa quando ela se sentava. Tinha cabelo loiro com luzes, rosto radiante bem maquiado e unhas bem-feitas, pintadas de vermelho-coral.

— Quem sabe a senhora possa lançar uma luz sobre essa série de transferências eletrônicas na sexta-feira, dia 2 de setembro — disse Ballestrino, com indiferença afável.

Heather Perkins respirou fundo e sorriu.

— Não consigo entender como isso aconteceu — respondeu ela, e folheou um fichário preto até encontrar o que estava procurando. — Aqui está o papel timbrado e a assinatura dele no pedido de transferência. Mas eu não me lembro de ter recebido o pedido nem de autorizar a transferência.

— A senhora se lembraria?

— Eu não me lembro de jeito nenhum. Mas não se esqueça de que isso aconteceu há meses.

— Fale sobre aquele dia — pediu Sprague.

Pegou a agenda.

— Foi meu último dia antes das férias.

— A que horas a senhora foi embora?

Ela assumiu um ar de soldado culpado que se dirige a um castigo.

— Não tenho como esconder, detetive, eu confesso. Escapei mais cedo.

— A que horas?

— Acho que peguei o ônibus de 13h30. Então, devo ter saído às 13 horas.

— Para onde a senhora foi?

— Para a república de minha irmã em East Hampton.

— A senhora tem o bilhete do ônibus?

— Duvido muito.

— A senhora pediu para alguém lhe dar cobertura? — prosseguiu Ballestrino.

— Não. Se eu não estivesse aqui, as transferências teriam simplesmente de esperar até segunda-feira.

— Quem ficou a cargo das transferências eletrônicas quando a senhora saiu de férias?

— O meu amigo Charlie Tierney. O escritório dele é logo aqui ao lado.

— A senhora assinou alguma transferência naquela manhã, antes de sair?

— Não me lembro de absolutamente qualquer transferência eletrônica naquele dia — disse, empurrando o fichário para longe. — Estava tentando limpar a minha mesa e cair fora.

— Quando foi que a senhora passou a ser a responsável pelas autorizações de transferências eletrônicas?

— Era *Erica* quem fazia isso. — Ela se inclinou para a frente. — E daí aconteceu uma coisa.

— Uma coisa.

— Uma briga séria, entre ela e Glenn — disse baixinho, olhando em torno de si de maneira teatral, para se assegurar de que ninguém estivesse ouvindo. — Ela estava fazendo o trabalho da gerente, além do dela, *além* de ser responsável pela compra de novos programas de computador. Ele achou que era demais para ela. Então passou as transferências para mim. Em fevereiro.

— Fale a respeito do seu relacionamento com o Sr. Friedman — pediu Sprague.

— É bom — respondeu ela.

— Ouvimos boatos — disse Ballestrino.

— De fato.

— Então, os boatos de que a senhora teve casos com os três sócios e também como um dos gerentes de conta sênior são verdadeiros — sugeriu Ballestrino.

— O QUÊ? Eu *não* vou me dignar a responder a isso. Que *vaca.* — Soltou uma risada ofendida.

— Então, a senhora teve um caso com o Sr. Friedman?

— Bom, tive. Quando ele estava separado. Acabou faz muito tempo.

— Será que ele a nomeou como responsável pelas autorizações de transferências eletrônicas por favoritismo?

— Em primeiro lugar, *ele* não me nomeou coisa nenhuma. *Eles*, os sócios, votaram. E os senhores não acham que o Glenn ia se empenhar justamente em *não* demonstrar favoritismo? E ainda mais depois que tudo já tinha terminado? E, não, não tive caso com os outros.

Sprague olhou em seu arquivo.

— A senhora, Charlie Tierney e Erica King começaram a trabalhar aqui na mesma época, certo?

— Certo.

— E, no entanto, os dois já são gerentes sênior, e a senhora continua sendo júnior.

O rosto dela congelou. Sprague se preparou para lágrimas.

— A senhora acha que esse trabalho nas transferências eletrônicas foi um tipo de prêmio de consolação?

— A coisa pode ser vista assim.

— A senhora ficou brava?

— Brava? É, posso dizer que sim.

— Brava o bastante para ir procurar emprego em outro lugar?

Deu um sorriso maroto.

— Isto, veremos.

Bateu na mesa, de modo furtivo.

— Brava o bastante para roubar dinheiro dos clientes da empresa?

— O senhor está me acusando?

— A sua assinatura está em cada uma destas transferências, Sra. Perkins.

— Isto só pode ser falsificação.

— Isto ainda será determinado — disse Sprague.

— Quem tem acesso aos registros das transferências eletrônicas e aos arquivos das cartas de autorização? — apontou Ballestrino para o fichário na mesa dela.

— Todo mundo que trabalha nos registros tem a chave. Guardo a minha aqui. — Girou na cadeira para chutar o arquivo atrás dela. — Não é exatamente a Casa da Moeda.

— Fale a respeito da sua relação com o Sr. Greiff — adiantou-se Ballestrino.

— É boa.

— Boa?

Ballestrino ficou esperando, olhando diretamente para ela.

— Bom, está bem, nós nos beijamos. *Uma vez* — disse com firmeza. — Depois da festa de Natal do ano passado.

— Quem começou?

Ela deslizou a mão pela lateral do braço da cadeira como se estivesse em um barco a remo, experimentando a água.

— Foi ele. Nada além disso.

Ballestrino prosseguiu:

— A rejeição foi pública?

Ela sacudiu a cabeça.

— Ele ficou bravo a ponto de armar uma para a senhora? — apontou para a assinatura dela.

— Fala sério. — Ela se ajeitou na cadeira. — Ele é *sócio* aqui. Por que ia roubar dos próprios clientes? Porque estava bravo *comigo*? Não faz sentido algum.

EM UMA NOITE DE TERÇA-FEIRA qualquer, sem fazer muito progresso, evitavam o Gotham, o bar freqüentado por policiais logo atrás da delegacia, que sempre estava até a tampa de chefões e pessoas comemorando apreensões, condenações ou promoções. Iam ao Hanratty, um lugar irlandês discreto nas vizinhanças da delegacia, por onde todo mundo acabava dando uma passada pelo menos uma vez por semana.

Sprague cumprimentou todo mundo.

— Ô, Enfermeira? — chamou a garçonete. — *Guiness* para o meu colega, vodca com suco de *cranberry* para mim.

Ballestrino tirou o casaco e o ajeitou com cuidado no encosto da banqueta.

— Você acha que Perkins está mentindo, que eles estão juntos na história?

— Ele desaparece, ela continua em cena, para acompanhar os desdobramentos? Pode ser. Sempre tem uma mulher envolvida. E essa aí parece fazer bem o tipo...

— Essa aí não conseguiria mentir para salvar a vida.

A garçonete chegou com as bebidas e Sprague virou o líquido doce e gelado.

— Estou pensando na roedora de unhas. — Ele gostaria de ter colocado as mãos no disco rígido do computador dela antes do interrogatório.

— O quê? — Ballestrino ficou ofendido. — Ele ia largar a esposa, ex-modelo, uma mulher classuda com um corpão, por uma solteirona bunduda com aquela cara de dar desespero? Por quê?

— Talvez ela seja uma boa contorcionista. — Sprague mastigou um pouco de gelo, e acenou para o dono do bar, um ex-policial. — Nunca dá para saber o que acontece entre as pessoas, Tony.

Ele riu.

— Quanto você quer apostar?

— Ela tinha acesso.

— Eu tenho o meu sexto sentido de italiano — Ballestrino sorriu.

Houve um período de silêncio cansado entre os dois enquanto os homens de terno davam as notícias na televisão suspensa, e os colegas do Esquadrão de Pessoas Desaparecidas pareciam quietos e abstratos sobre seus copos de vodca no balcão.

— Na verdade — disse Tony —, todo mundo tinha acesso.

— Isso é verdade — Sprague suspirou.

Mesmo assim: havia qualquer coisa a respeito da maneira como Erica King tinha aberto as pastas de Celestina, um jeito deliberado e pouco à vontade, como se estivesse à espera deles, e como se estivesse ciente de que eles a observavam.

CAPÍTULO TRÊS

Anthony Ballestrino não se dava bem com telefones.

Certa vez, tinha interrogado uma mulher em um caso. Aparentemente, tinha dito que ia ligar para ela e não ligou, porque ela o assombrava esporadicamente havia anos, ligando para o celular dele a qualquer hora para lhe dar uma bronca. Sempre que estava no telefone em alguma sala do esquadrão, alguma coisa acontecia: um advogado ligava para denunciar um *site* vandalizado, por exemplo, e teve um enfarte enquanto estava falando com Ballestrino. De vez em quando, alguma mulher que ele conhecia aqui e ali ficava obcecada por ele e começava a ligar para a delegacia sem parar. Sempre tinha alguma nova, e o telefone parecia ser o meio de comunicação das obcecadas. Atenção feminina indesejada era apenas uma das coisas que ele tinha de agüentar na vida.

Sprague estava errado a respeito de Ballestrino. Na verdade, ele era bem vaidoso.

DURANTE A PRIMEIRA SEMANA de novembro, Ballestrino e Sprague concentraram-se nos *laptops* utilizados para fazer as transferências eletrônicas. Um deles tinha sido comprado com o cartão de crédito de Sonny McPhain pelo telefone em maio, e retirado por seu motorista; outro tinha sido comprado com o cartão de crédito de Jerry Fabrikant pelo telefone em maio, e retirado pelo motorista *dele*. Ambos os músicos e seus motoristas negaram ter algum envolvimento com esses ou outros *laptops*. Os números de cartão de crédito utilizados estavam corretos; as celebridades tinham pagado suas contas em junho, ou melhor, os *contadores* das celebridades tinham pagado as contas, sem contestar os gastos.

O terceiro *laptop* tinha sido roubado diretamente da caixa de Correio de um escritório de advocacia próximo ao Columbus Circle, dois anos antes. Tinha sido registrado pelo diretor de informática da firma, que originalmente dissera não se lembrar de nada a respeito do incidente. Tinha ligado para dizer que se lembrava de uma funcionária temporária estranha que estivera no escritório na época do roubo. Não podia dar mais detalhes.

Ballestrino e Sprague interrogaram funcionários que trabalhavam atualmente no escritório de advocacia e funcionários de dois anos antes que, desde então, tinham se aposentado ou trocado de escritório. Ninguém mais se lembrava de uma funcionária temporária esquisita. Encontraram o endereço de duas das seis mulheres que tinham feito bico no escritório de advocacia três meses antes do roubo.

Entre as outras quatro, uma tinha parado de trabalhar no ramo, outra tinha trocado de agência, uma terceira tinha mudado para a Georgia e a quarta tinha morrido em um acidente bizarro com um andaime em Chelsea. Os detetives arrumaram uma foto em um departamento de RH e outra no departamento de veículos. Então passaram três dias localizando as outras duas mulheres e tirando fotos escondidas delas. Armados com suas amostras fotográficas, retornaram ao diretor de tecnologia.

Conrad Nunzio era um garotão de Long Island com pele ruim. Estava comendo um megassanduíche fedido, cheio de coisas gordurosas e horrorosas. Ballestrino apresentou uma seleção de fotos, incluindo a de uma das temporárias.

— Por favor, examine estas fotos com atenção — disse Ballestrino.

— Foi há dois anos! — argumentou Conrad, e deu uma mordida enorme no sanduíche.

— Por favor, examine uma de cada vez, na ordem que preferir, por quanto tempo quiser. Depois, olhe para mim.

— Não me lembro dela. Não me lembro dela. Não me lembro dela — disse, apontando para cada foto. Depois ajuntou, de boca cheia: — E, só porque a mulher *disse* que era funcionária temporária, não quer dizer que fosse *mesmo*.

— Pode ter sido qualquer pessoa — concordou Ballestrino. Apresentou um segundo conjunto de rostos que incluía, entre cinco criminosas brancas com óculos e cabelo castanho-escuro, uma foto mal-humorada da ficha pessoal da Sra. King.

— Agora vou mostrar outro grupo de fotos. Olhe para elas com muito cuidado, uma de cada vez, na ordem que preferir. Depois, olhe para mim.

— Digamos que a mulher de dois anos atrás fosse *mesmo* feia — Conrad Nunzio levantou a hipótese. — E esta aqui também é feia. Apontou para a foto de Erica King. — Mas é feia do mesmo jeito? Não sei dizer.

— Olhe para as fotos — disse Sprague. — Reconhece alguém?

— Não.

— E neste grupo? — Ballestrino mostrou uma terceira seleção de fotos, que incluía a foto do crachá de Heather Perkins, entre cinco criminosas brancas com cabelo comprido, loiro e com luzes. Tinham-na visto na noite anterior, quando ela saíra do escritório para um encontro secreto em TriBeCa. Uma hora e meia depois, saiu do restaurante com um cavalheiro corado, de terno.

— Negociante de ações casado de Nova Jersey — dissera Sprague sem hesitar. Uau! Um manobrista dobrou a esquina e abriu a porta de uma BMW vermelha com placas de Nova Jersey.

— Ah, você é bom mesmo — Ballestrino riu. Seguiram o carro até o SoHo Grand, e encerraram os trabalhos por ali.

Agora o Sr. Nunzio apontava para a foto de Heather Perkins.

— Ela é bonita.

— O senhor reconhece a número quatro? — perguntou Sprague.

— Não. Eu teria reparado nela. Não que ela seja assim de arrasar, mas sabe como é, poderia ser aceitável. Tipo uma pessoa de verdade que circula pelo escritório.

— Olhe para as fotos, Conrad — disse Sprague asperamente. — Tem alguém aí que o senhor reconhece por qualquer razão?

— Ah, não.

— Se nenhuma destas mulheres é a funcionária temporária que esteve por aqui na época do roubo do *laptop*, o que tinha de diferente nela?

Conrad Nunzio tomou um gole de refrigerante.

— Acho que era mais feia, mas não sei descrever.

Que semana produtiva.

NA SEGUNDA-FEIRA, ao meio-dia, Ballestrino entrou no Hanratty bem na hora em que Sprague ia se ajeitando no banco deles no fundo, com o capitão.

O capitão Schmidt era um bom homem. Não ficava enchendo o saco deles o tempo todo, tratando as pessoas como idiotas, querendo saber de todos os detalhes, como os dois chefes anteriores de Ballestrino. Tipo o tenente. Apesar de não ter experiência com computadores, Schmidt já era detetive havia muitos anos, diferentemente de muitos de seus colegas em posições de autoridade dentro da estrutura.

O capitão disse:

— Vocês estão sabendo que os federais querem entrar no caso do Greiff?

— Ah não, não aqueles incompetentes do FBI — sussurrou Sprague.

— Aquele bando de idiotas — concordou o capitão.

— Um monte de italianos que só enchem o saco — ajuntou Ballestrino.

Assim como quase todo mundo de seu nível, Schmidt tinha sido fuzileiro naval e carregava dez quilos extras no meio do corpo, no formato de bola de basquete. Inclinou-se para a frente, apoiando-se na pança, e disse, sorrateiro:

— Ouvi dizer que o agente que querem mandar para cá é um dos bons. Bem diferente dos outros.

— Falaram a mesma coisa a respeito do último — disse Sprague. — Era do Idaho, lembram dele? Aquele cara não conseguiria encontrar um chinês em Chinatown.

— Aquele cara não conseguiria encontrar a própria bunda se estivesse com as duas mãos em cima dela — concordou o capitão.

— Eles tiram, mas não dão nada — resmungou Sprague. — Cagaram em cima de tudo da última vez.

— Estamos lutando contra isso — disse o capitão para encerrar o assunto. — Então, o que vocês têm para eu apresentar para o chefe? Arrumaram um informante?

Ficaram olhando para ele.

— Certo, nada de informante. Então, cadê a mulher?

— Tem uma loira — afirmou Ballestrino. — A assinatura dela está em todas as transferências, apesar de ela dizer que não estava lá no dia. Mas o meu amigo aqui não acha que ela seja "A Mulher".

— Não? — O capitão virou-se para Sprague, que sacudia a cabeça com firmeza.

— *Ele* acha que A Mulher é a gerente de contas sênior.

— A gerente de contas sênior tem mestrado em achar maneiras de tirar vantagem — insistiu Sprague. — De acordo com o sócio-gerente, que não gosta dela.

— Então, podemos ligá-la às transferências?

Trocaram olhares.

— Não — disse Ballestrino.

— E onde é que *ela* estava no horário das transferências?

Ballestrino respondeu:

— Ela *diz* que estava em casa com sinusite.

— Empurraram Humpty Dumpty — disse o capitão, deleitado, virando um pouco de uísque e soltando o fôlego ruidosamente. — Ninguém sabe quem foi.

❖

O tenente Greeley tinha cabelo preto azulado, seboso, e pele branca, branca, com manchas azuladas irregulares na área da barba; essa pele ficava vermelho-escura quando se aborrecia ou falava ao telefone, o que estava fazendo quando Sprague e Ballestrino responderam a seu chamado.

— Fomos além das nossas tarefas, de acordo com a nossa combinação inicial — gritou Greeley, e Sprague e Ballestrino deram meia-volta para sair. Ele estalou os dedos para os dois, e eles se empoleiraram nas cadeiras das visitas.

Sprague e Ballestrino já tinham reparado como o tenente ficava bravo ao telefone, e como ficava contente ao ler relatórios. O capitão, por outro lado, ficava feliz ao telefone e bravo ao escrever relatórios.

— Se você se lembra — disse ele e seu rosto se paralisou. Ficou olhando para o fone. — O imbecil desligou na minha cara!

Sprague silenciosamente abençoou o dia em que não passou no exame de sargento. Na época, foi uma recusa humilhante, e ele com certeza faria bom proveito do dinheiro extra. Mas, a longo prazo, evitar a carreira de chefe fora um movimento sábio. Quem é que precisava de tanta dor de cabeça, de tanta diplomacia?

Greeley respirou fundo, torceu a cabeça de um lado para o outro, recuperou a palidez e esfregou as mãos.

— Então, em que pé estão em relação àquele tal de Greiff?

De fato, Sprague explicou, o laboratório tinha confirmado que as assinaturas de Heather Perkins nas transferências eletrônicas eram mesmo dela. No entanto, não eram originais aos documentos: tinham sido escaneadas e reimpressas. Os detalhes de cada transferência eletrônica tinham sido impressos diretamente no papel que tinha a assinatura da responsável pelas autorizações de transferências eletrônicas, impressa com a tinta azul utilizada em todos os cartuchos de impressora da empresa. Quem fez isso ou estava no escritório e colocou o papel assinado na impressora, ou então falsificou os registros depois do acontecimento.

Mas isso não significava a exclusão de Heather da lista de suspeitos.

Nos meses anteriores à sexta-feira do feriado do Dia do Trabalho, o computador de "Sonny McPhain" tinha sido usado apenas para as transações de Sonny McPhain, o computador de "Jerry Fabrikant" tinha sido usado apenas para as transações de Fabrikant e o computador roubado de Conrad Nunzio tinha sido usado apenas para as transações de Celestina. Na sexta-feira do Dia do Trabalho, o infrator tinha ficado preguiçoso ou descuidado: tinha feito transações para diversas pessoas usando apenas duas das máquinas. Quase todas essas transações tinham sido assinaladas pelos bancos, que tinham ligado para os titulares das contas para confirmar.

E os titulares das contas tinham confirmado as transações, na época. *Agora*, todo mundo negava veementemente ter aprovado qualquer coisa.

— Então, quem confirmou? — perguntou o tenente.

— O número de confirmação da conta de Jerry Fabrikant na Costa Rica, que agora está vazia, é um número que dá em uma caixa-postal de voz de Jerry Fabrikant — disse Sprague.

Era um número com código de área 818: Santa Barbara, na Califórnia. A caixa-postal de voz, no entanto, era virtual. A conta tinha sido aberta em junho. Quando Sprague ligou para o número, uma voz masculina disse: "Aqui é Jerry Fabrikant. Não estou disponível no momento, mas deixe um recado que eu ligo assim que puder."

Jerry Fabrikant negou ter conhecimento a respeito desse número e da caixa-postal de voz. O laboratório de som confirmou que a voz não era dele, mas não pôde confirmar se era a voz de Mitch Greiff sem ter uma gravação para comparar.

Os olhos do tenente brilharam.

— Para onde vai a conta?

Ballestrino sacudiu a cabeça.

— Um ano de serviço pago adiantado, em dinheiro.

— Não tem nenhum nome no recibo?

— Claro que tem: Jerry Fabrikant.

Um sorriso azedo do tenente, que apreciava um movimento inteligente.

Havia uma mensagem falsa parecida, com uma voz feminina sussurrante, na caixa-postal de voz virtual de Celestina, com código de área de Miami, e na de Sonny McPhain, com código de área de Santa Fé. O serviço de caixa-postal de voz tinha sido pago em dinheiro, um ano adiantado.

— Mexam-se — Greeley se levantou. — Nem preciso falar sobre a investigação paralela dos federais. E não esqueçam dos relatórios. Quem vão interrogar primeiro? Quanto tempo acham que vai demorar? Vocês vão até o local? E depois, para onde vão?

FIOS ENTRECRUZAVAM-SE no céu azul e calmo de Long Branch, em Nova Jersey. Sprague tocou a campainha de uma porta branca e suja com uma tela rasgada. Nenhuma resposta. Olharam através das janelas, que estavam bloqueadas por persianas verde-escuras que pareciam encostadas no vidro, como se algo as empurrasse por trás.

Alguém abriu a porta com violência. Um homem branco, magro, sujo, com a barba por fazer, de vinte e tantos anos, de cabelos cacheados pretos e opacos empurrou para abrir a tela e estava parado, descalço, no batente, usando uma calça verde militar e uma camiseta manchada.

— Os senhores estão atrás do meu pai — disse Randy Greiff.

— Estamos. — Sprague mostrou o distintivo e se apresentou. — Gostaríamos de fazer algumas perguntas. Podemos entrar?

Randy Greiff não respondeu, mas deu meia-volta e entrou em casa. A porta de tela bateu atrás dele. Ficou lá parado, esperando-os entrar.

Uma vez dentro, Sprague foi atingindo por um cheiro de casas de apostas em um dia chuvoso: urina, suor, cigarro, café, jornal, loucura e desespero. Cada superfície horizontal visível estava coberta por pilhas de livros, papéis, peças metálicas sortidas, abajures e fios elétricos.

— Posso ver sua carteira de identidade? — perguntou Sprague.

— Por quê? Esta é a minha casa, eu sou quem eu sou. Os senhores é que *me* mostrem a sua carteira de identidade.

— Nós já mostramos a nossa identidade — disse Ballestrino. — O senhor *tem* identidade?

— Claro que *tenho* identidade — respondeu, furioso.

— Então, deixe-me ver — disse Ballestrino.

— Não.

Sprague se intrometeu:

— Quando foi que o senhor viu seu pai pela última vez?

Suspiro ruidoso.

— Há um ano e meio. Quase dois.

— Então, o senhor diria que não são muito próximos?

— Pode-se dizer que não. — Randy Greiff recostou-se na armação cheia de farpas de uma escada escura, olhando para o chão sujo.

— O senhor tem muitos livros.

— Os senhores têm mais perguntas? Estou bastante ocupado.

— No que o senhor trabalha?

— Estou fazendo minha tese de doutorado — respondeu, os olhos virando para a esquerda.

— Onde?

— Na Universidade da Virginia.

— É bem longe.

— É, mas, bom, a parte das aulas já terminou. Agora só falta a tese.

— Sobre o que é a sua tese?

— Sobre a história do ar na América.

Sprague conteve uma risada.

Randy Greiff mordeu um pedaço de unha solta que sangrava.

Ballestrino disse:

— Ar.

— É.

— A história do ar.

— Ah-hã.

Sprague disse:

— O senhor está dando uma de espertinho?

Estava bem claro que Randy Greiff já tinha deparado com esse tipo de incredulidade.

— Desde as culturas nativas anteriores à chegada de Colombo até o final do século vinte, a percepção do ar como substância — ensinou.

Fez uma pausa, depois prosseguiu, com desdém irritado:

— O desenvolvimento, a ascensão e o declínio do movimento ambiental. A diminuição do interesse pela idéia do ar.

Ballestrino perguntou:

— Todos estes livros são sobre ar?

— Não. Tenho todos os tipos de livros.

Sprague pegou um.

— Ei! Toma cuidado! Isso aí vale muito.

— *Eu* não estou sangrando, Sr. Greiff — disse.

Randy Greiff tirou-lhe o volume das mãos e o devolveu à mesa.

— Os senhores acham que vão pegar o meu pai?

— Com certeza iremos tentar — respondeu Sprague. — Sabe de algum lugar aonde ele possa ter ido?

— Ele não se ligava a lugares.

— Como assim?

— Ele não gostava de ir a lugar algum. Gostava de ficar sentado no armário de discos dele, com a porta fechada. Ou parado por cima do aquário dele. É um cara estacionário.

BALLESTRINO SE ESTICOU enquanto dirigia.

— Lembra daquele outro cara com os livros?

— O que enterrou a família toda no quintal, tudo bem arrumadinho, em Ridgewood?

— É. Não parece esse aí?

— Só a parte dos livros. — Sprague folheou suas anotações e começou a disparar informações. — Carol, a secretária chorona, trabalha para ele há três anos. Disse que ele só começou a usar agenda há seis meses, o que pode ser o motivo pelo qual todos aqueles telefones da agenda dele não levaram a lugar algum. Agenda falsa. Carol disse que ele raramente recebia ligações da família imediata, mas várias de parentes mais distantes e de amigos em janeiro e fevereiro, quando precisavam fazer a declaração de imposto de renda. Disse que ele começou a fechar a porta com mais freqüência de seis meses a um ano atrás.

— Erica King é o alvo das piadas do escritório inteiro — disse Ballestrino.

— Quem falou?

— Heather Perkins, que é bem gostosa. Quando você estava falando com a secretária, eu bati um papinho bem amigável com ela.

Sprague sorriu.

— Você tem jeito mesmo com as mulheres.

— Olha: aquela contadora não me parece o tipo de mulher por quem alguém abandonaria a esposa. — Ballestrino olhou seu reflexo no retrovisor. — Apesar de ela ser nova, posso garantir.

— Ela é bem inteligente para realizar esse feito — disse Sprague.

— Mas isso nós ainda precisamos confirmar — respondeu Ballestrino.

— Por outro lado, cada vez que conversamos com alguém novo, Greiff parece ser um cara mais derrotado. Então, se isto aqui fosse uma aposta, eu colocaria dinheiro no palpite de que vamos chegar a Mitch Greiff por meio de Erica King.

— Está apostado — respondeu Ballestrino. — Para mim, vamos pegar o cara com os peixes dele.

— Quanto?

— Um jantar — disse Tony.

Quem é que aposta um jantar?

— De que tipo?

— Se eu ganhar, ou se você ganhar? — Tony sorriu.

Passaram por um lugar cheio de construções industriais enormes e em ruínas.

— Por que o céu é sempre branco por cima de Turnpike? — perguntou Ballestrino.

— A gente devia ter perguntado ao historiador do ar americano quando tivemos a oportunidade.

Havia milhares de pessoas de carro naquela extensão de estrada específica.

— Ele poderia estar em qualquer lugar — disse Ballestrino.

Sprague tirou o papel de um pirulito.

— Anime-se: até o John Dillinger foi ao cinema.

❖

Na academia, Ballestrino viu a mulher que mais fazia sucesso por ali de macacão justo preto, fazendo exercícios com pesos no colchonete. Devia ter entre 28 e 33 anos. Usava luvas, mas antes ele não tinha visto anel algum nos dedos dela.

— Oi, e aí? — Ela retribuiu o cumprimento dele. — Qual é mesmo o seu nome? Eu esqueci.

— Tony. — Ele sorriu. — Parece que você anda levantando bastante peso. — Apontou para a palma das luvas dela, sujas.

— Melhor sujar as luvas do que as mãos — disse, mascando seu chiclete, com indiferença.

Ele não aceitava de jeito nenhum esse negócio de mascar chiclete, e tentou ignorar. Você é bom demais para essazinha, é o que a mãe dele diria. Foi até um aparelho. Se ele fosse o instrutor dela, iria lhe dizer para largar os pesos e trabalhar a bunda.

— Ei, detetive — disse um fisiculturista com quem Tony às vezes se exercitava.

— Você é *detetive?* — perguntou a diva, com um grito estridente. De repente, estava ao lado dele, em pé. — De que delegacia?

Ele terminou todas as doze séries antes de responder.

— Da Primeira.

— Na central! — Ficou animada de novo, como na primeira vez em que se falaram.

Usava tênis de salto alto: será que deveria dizer-lhe que estava correndo o risco de se machucar?

— Homicídio?

— Esquadrão de Crimes de Informática.

— Ah. — Ela pareceu decepcionada. — Mesmo assim, é na central. Bacana.

Dava para comprar viciadas em policiais que mascavam chiclete por dez centavos a dúzia. Ela devia ter pelo menos trinta anos. Quem é que precisava daquilo? Ultimamente, estava se dando bem com Janice. Ballestrino acenou para se despedir, deixando-a para se machucar sozinha e trabalhar as partes erradas do corpo.

O celular dele tocou.

— Qual foi exatamente a resposta dos agentes de abertura de contas nas Cayman, em São Cristóvão e na Costa Rica? — perguntou Sprague.

— "Vão se foder", três vezes — explicou Ballestrino. — Apesar de terem dito usando um pouco mais de jargão legal. — Desligaram.

As coisas estavam melhorando, mas não tinham começado nada bem com Sprague. Ballestrino tinha onze sólidos anos de experiência; era obscena a maneira como Sprague lhe pedia para decifrar canções obscuras da década de sessenta para comprovar seu valor. Também não gostou da maneira como Sprague perguntou logo se ele era membro da Sociedade Italiana Beneficente, como se sua única vantagem fosse ser italiano.

No caminho de casa, parou na lavanderia. A coreana amável sempre tinha um sorriso para ele, apesar de parecer que ela trabalhava ali vinte horas por dia, sete dias por semana. Ela tinha mesmo que rir para ele: suas manchas mandariam os filhos dela para a faculdade. Por outro lado, havia um verdadeiro flerte no ar cada vez que ela separava as roupas dele.

— Detetive! Diga para a sua mãe pegar leve com esse molho vermelho — brincava ela, rindo.

O apartamento estava imaculado, como sempre. A mobília era retirada, o chão era encerado e depois a mobília era recolocada, todos os dias. Roseanne Ballestrino mantinha a casa deles organizada como um submarino. Quando entrou na cozinha, os pés dela estavam apoiados na mesinha onde tomavam o café-da-manhã, e o transmissor da polícia tagarelava no balcão.

— Ei, você atendeu aquele 10-13 na Myrtle Avenue? — falou ela à guisa de um cumprimento. O coração da mãe dele residia na patrulha; ela não fazia a mínima idéia do que era o trabalho dele no Esquadrão de Crimes de Informática.

O telefone tocou; ela atendeu.

Ele deu uma olhada embaixo do papel-alumínio. Apesar de todas as conversas que tinham tido a respeito de preparar alimentos no vapor e na grelha, de comer frango e peixe, havia um prato de berinjela à milanesa, nadando em óleo, e uma travessa de lasanha, feita de carne de vaca e/ou de porco.

Quando se sentaram para comer, o transmissor informou a respeito de uma confusão doméstica em Boerum Hill.

— Você não tem oportunidade de encontrar a mulher certa — começou a mãe.

Ele largou o garfo no prato.

— Toda noite é a mesma coisa! — gritou.

Ela não se calou.

— Aquelas policiais de quem você fala? Com toda certeza são sapatonas. E aquelas outras todas... enfermeiras, vendedoras, instrutoras de aeróbica... ou são vadias, ou psicóticas, ou odeiam tiras.

— Mas que merda, toda noite! — gritou de novo.

— Foi você mesmo quem disse.

O celular dele tocou. Era Sprague.

— Perguntamos a todo mundo na empresa se já tinham estado nas Ilhas Cayman, na Costa Rica ou em São Cristóvão e Névis, certo?

— Certo, mas ninguém nos mostrou passaporte.

Sprague resmungou.

— Isso está me deixando incomodado.

Desligaram.

— A Gloria, sobrinha da Shirley Florentine — prosseguiu a mãe. — Ela ainda é nova, está estudando para ser fisioterapeuta, cozinha bem.

Todas as frutas maduras óbvias, esperando para ser colhidas, já tinham sido apresentadas a ele: agora, a mãe e sua rede de informantes estavam fazendo uma busca exaustiva. Pegou mais uma fatia de berinjela, apesar de com certeza não precisar dela. Roseanne estava com a aparência envelhecida e cansada. Resolveu ser simpático.

— Para que é que eu vou ligar para ela? Tenho à minha disposição a melhor comida da cidade e a companhia mais agradável.

A mãe empurrou as travessas de comida na direção dele com modéstia. Ele escavou mais uma porção de lasanha e ficou observando enquanto ela o olhava comer. Tirou um pedaço de papel pardo do bolso do cardigã e passou para o outro lado da mesa. Um número de telefone. Ele o deixou ali, no meio da mesa.

Ela passou a mão pelo cabelo curto, crespo e grisalho.

— Eu nunca vou ter netos?

— O que me diz de Jason e Courtney? — disse quando o celular tocou. — Você mesma foi visitá-los no domingo, em Jersey. — Atendeu ao telefone. — Ballestrino.

— Adivinha só? — disse Bobby Setzer, o primeiro cara que ele conheceu na academia de polícia.

— O cara com que você está dividindo o apartamento vai se casar.

— Nunca falha! É só vir morar comigo, já está ficando ridículo.

Bobby e o primo dele, Ryan, também policial, pediam a ele que fosse dividir apartamento com eles já fazia dez anos. No começo, o pai dele estava doente, e Tony não conseguia achar nenhum argumento razoável para sair da casa dos pais. Bobby e Ryan tinham acolhido uma série de inquilinos, todos jovens policiais; cada um deles tinha conhecido a mulher de seus sonhos em Bensonhurst, casado e se mudado para a casa dos pais dela. Quando Ryan se casou com uma mulher de Bensonhurst e se mudou para a casa dos pais dela, Bobby implorou para que Tony fosse dividir o apartamento com ele.

Àquela altura o pai dele já tinha morrido, e não dava mesmo para deixar a mãe sozinha. Roseanne tinha passado dias longos com Connie Falcone, cujo marido tinha sido um sargento que trabalhava no setor burocrático no Distrito Seis-Três em Red Hook, antes de morrer por causa da comida que ela preparava. Roseanne e Connie ficavam na cozinha dos Falcone jogando cartas, escutando o transmissor da polícia, desfilando calúnias sobre vizinhos e parentes. Quando a própria Connie morreu desabando sobre a comida que ela mesma preparara, dois anos depois, Roseanne herdara o transmissor. Mas não encontrara outra amiga. Se mencionasse a possibilidade de se mudar agora, Roseanne com toda certeza desabaria.

— Eu te dou um retorno — disse ele a Bobby.

— Não, não dá nada — Bobby riu.

Tony colocou o telefone na mesa. Roseanne limpou o prato com uma fatia de pão, fingindo não saber do que ele estava falando.

— Você já está com 33 anos. Quando é que vai ter filhos?

— Quando eu tiver.

— A minha vesícula — prosseguiu ela — pode falhar a qualquer momento.

— Então, opere.

— Você sabe como eu teria de ser idiota para fazer uma cirurgia opcional na minha idade?

— Você ainda é nova, mãe.

— E, do meu coração, nem se fala. Pode parar amanhã mesmo.

— E vai — ele não conseguiu segurar a observação —, se continuar comendo deste jeito.

Ela lhe lançou um olhar atravessado. O *pager* dele vibrou: o Esquadrão de Casos Especiais. Ele retornou a chamada. Estavam com pouco pessoal: o sargento pediu que ele se apresentasse à meia-noite para auxiliar em um seqüestro em Washington Heights. Ele aceitou trabalhar um turno duplo, desligou o telefone e o colocou de novo na mesa.

Roseanne Ballestrino disse, como se estivesse pensando alto:

— E aquela Christine, ela era simpática. O que aconteceu com ela?

As coisas tinham chegado mesmo a um ponto crítico, já que Roseanne Ballestrino estava perguntando da simpática Christine, que tinha chamado de alemã vagabunda apenas dois anos antes. Agora, se a moça tinha ovários e conseguia andar sozinha, era *perfeita*: por que ele era tão exigente? Que escolhesse uma, qualquer uma; ele simplesmente precisava se casar e ter filhos.

Aquilo era uma decepção. Era a própria mãe dele.

— É Janice — disse ela, incomodada, quando o telefone tocou de novo. — Ela sempre liga na hora do jantar.

Tony entrou na cozinha com o telefone. O transmissor anunciava um roubo em progresso em Flatbush Avenue. Janice disse que queria vê-lo, mas teria de esperar até quinta-feira à noite. Marcaram de se ver.

A mãe dele chutou a porta de vaivém, colocou uma travessa na pia com uma mão e entregou-lhe o papel de novo com o telefone anotado.

— Gloria Florimonte. Vinte e oito anos. Estudando para ser fisioterapeuta. Solteira.

Ele colocou o pedaço de papel no bolso.

— O que tem de sobremesa?

— Nada, se você não ligar para ela.

— Certo. — Saiu da cozinha. Colocou um terno limpo, então reuniu todos os seus aparelhos de comunicação e suas armas.

— Você já está velho demais para isso — veio entoando atrás dele.

Mas por que se mudar para uma casa imunda em Bensonhurst? Se fosse para sair dali, ele queria um lugar bacana e limpinho só para ele, em Manhattan.

DEU A VOLTA NO QUARTEIRÃO, para se assegurar de que não havia ninguém por ali, à toa ou à espreita. Ligou para o celular dela quando dobrou a esquina.

— As crianças estão bem acordadas — disse Janice, e ele ouviu os berros.

— Estou aqui na frente da sua casa. Ainda tenho um tempinho antes de precisar me apresentar de novo. — Ele queria que ela saísse à janela. — Quem sabe você tem um minuto?

— Vai ser difícil. — Ela estava na janela, toda gostosa, com o cabelo solto. Levantou a mão e foi sugada mais uma vez para o turbilhão de sua vida por um dos pirralhos que agora exercia controle total sobre ela.

Ele pegou o maço de cigarros. Não tinha exatamente voltado a fumar, mas acendeu um: tinha esperado o dia todo por aquilo. A marca que ele fumava era Kool. Colocou para tocar uma fita do primeiro álbum do The Cars. As janelas da casa dela, no segundo andar, estavam emolduradas por luzinhas de Natal vermelhas que piscavam.

Apertou o botão de discagem direta para ligar para o parceiro. Sprague atendeu logo.

— Acho que devemos mostrar a foto de Greiff nas lojas de aquário das Ilhas Cayman, de São Cristóvão e da Costa Rica — disse.

— Mas a Sra. Greiff tinha dito que ele não tem a menor paciência para lugares e comidas exóticas.

— Então, vamos nos concentrar nas ilhas mais organizadas, onde se fala inglês. Quantas lojas de peixes tropicais raros será que existem nas ilhas mais organizadas, onde se fala inglês?

— Mas acontece que lá — disse Sprague —, ele só precisaria colocar uma linha de pesca no quintal para pegar peixes tropicais raros.

— Mesmo assim, ele ia precisar de um aquário, de produtos químicos e tudo o mais.

— Você está certo. Acha que tem chance de nos mandarem para lá?

— Na alta temporada? Você está sonhando. — Ballestrino deu uma tragada.

— Amanhã vou examinar o histórico bancário da Sra. Erica King — afirmou Sprague.

— Você também foi chamado para o negócio do Casos Especiais?

— A gente se vê lá.

Na sala cheia de policiais, Ballestrino e Sprague se destacavam: quase todo mundo tinha mulher, filhos e bichos de estimação em uma casa no Queens, em Staten Island, em Nassau County ou em Rockland County, e um jipão que não cabia na garagem externa por causa do cortador de grama, do limpador de neve, dos brinquedos de plástico vermelhos, gigantescos, e da churrasqueira. Sprague morava em um apartamento de dois quartos em Riverdale; não tinha filhos, e aquilo não parecia incomodá-lo. Ballestrino ficava se perguntando se aquilo o incomodaria, e quando.

Uma boa mulher, casamento: aquele era o próximo passo. Mas como é que um policial podia ter filhos naquela cidade? Como é que os sustentaria, onde é que os enfiaria e quando os veria? Dinheiro, espaço e tempo. Além disso, crianças eram exaustivas. E se não era para ter filhos, então por que se casar?

Ballestrino acendeu mais um Kool. No dia anterior, tinha feito dupla com Anita Clemente em um novo caso de assédio sexual pela internet em Staten Island. Um sujeito tinha fingido ser a ex-namorada em pelo menos seis salas de *chat* de sexo, enviando fotografias muito íntimas dela, além do telefone de casa, do celular e do trabalho dela, o *e-mail* e o endereço de casa, e também suas preferências. A mulher não teve mais sossego.

Qualquer integrante do ECI que pegava um caso sexual de destaque acabava fazendo dupla com Anita Clemente, a não ser que ela estivesse ocupada demais. Ela era mulher e, como não podia deixar de ser, de ascendência hispânica e negra: uma três em um. Parecia uma isca: magrinha, ombros largos, pernas compridas, cinturinha fina. Em raríssimas ocasiões, ria, exibindo dentes grandes, brancos e extravagantes que ele achava estranhamente atraentes. Cada vez que trabalhava com ela, Tony ficava imaginando se ia acontecer alguma coisa. Nunca acontecia nada.

Naquela manhã, enquanto esperavam o computador de Anita ligar, Ballestrino perguntou:

— E então, o que você é?

— O que eu *sou*? — ela ficou olhando para ele com seus olhos grandes, redondos e salpicados de verde.

— É. Você é negra? Hispânica? Irlandesa? Qual é a sua ascendência?

Anita se postou bem empertigada ao lado do arquivo e respondeu:

— Não.

— Você sabe que eu posso descobrir tudo que eu quiser no setor de RH.

— Então vá lá *fazer* isto, Tony. — Ela devia ter menos de 1,77m, e estava usando plataformas, que usou para dar meia-volta e sair suavemente.

Como é que ela tinha coragem de dar as costas para ele? Dava para sentir que o restante da unidade estava prestando atenção. Anita Clemente era ambígua. Havia rumores a respeito de namorados, namoradas, filhos. Ela nunca conversava, e aquilo devia ser parte do tipo que fazia.

ÀS NOVE HORAS, as luzes se apagaram na sala da frente. Tony ligou para Janice de novo, mas ela tinha desligado o celular. Jogou o quarto cigarro pela janela e deixou entrar um pouco de ar. Ligou para o telefone da casa dela.

Ela logo atendeu.

— Preciso ver você — disse ele, apreciando a urgência da voz.

— Não é daqui — disse Janice, bem alto, como se quisesse lhe dar uma lição.

E desligou.

Ele ligou o carro e voltou para Manhattan com um gosto ruim na boca.

❖

A mãe de Erica King trabalhava como enfermeira na escola Bradley, que tinha classes da quinta série ao terceiro ano do ensino médio.

— Quê-que-quê? — ela cumprimentava os alunos que entravam nas instalações brancas e limpas dela. — Quevofazercovocê? — dizia, olhando o jovem bem nos olhos. Se estivesse fingindo dor de estômago ou qualquer outra coisa, ela saberia. Aquele olhar gracioso, mirando bem dentro dos olhos, com ou sem a lanterninha dela, dava arrepios na filha dela, Erica.

Geri King era adorada por todos, recebia ruidosos aplausos na cerimônia de encerramento do ano letivo, aparecia com destaque no livro da escola, envelhecia bem com sua maquiagem pesada, com uma pinta charmosa em cima da boca, o cabelo loiro preso para cima, desarrumado. Geri tinha nascido na Polônia e fora para Chicago aos 15 anos. Era totalmente fluente, apesar de, aqui e ali, às vezes, uma palavra ou frase sair meio carregada. Mas é preciso dar ênfase ao que é positivo, ela diria.

Durante o jantar, a mãe de Erica, enfermeira da escola, dizia:

— Vi você conversando com a Alison Chernik na cantina. Sabe, ela não é tão interessante assim. Agora, aquela Melissa Berend, aquela sim é boa companhia, e não só porque é bonita.

Melissa Berend tinha dito a Erica, do nada, enquanto lavavam as mãos na pia funda do ateliê de cerâmica: "Você não estudaria aqui se a sua mãe não fosse enfermeira. Não ia ter dinheiro para pagar a Bradley."

— Com quem eu falo não é da sua conta — respondeu Erica à mãe.

— Será que alguém acordou hoje com o pé esquerdo? — cantarolava Geri alegremente. — O Tom Dolan esteve na enfermaria por conta de um machucado. Acho que as coisas não vão bem na casa dele.

E a mãe de Erica, enfermeira da escola, continuava a descrever o ambiente da casa de Tom Dolan, contando tudo para a filha: o pai indisponível para conversar, a mãe de óculos escuros, claramente para esconder um olho roxo. No dia seguinte, na aula de matemática, Tom olhava de relance para Erica e desviava o olhar, e Erica não sabia o que fazer. Queria expressar alguma coisa (desculpa pela intrometida da minha mãe; sinto muito pelos problemas que você tem em casa), mas não fazia idéia do que seria adequado. Era uma coisa ouvir histórias a respeito dos alunos da Bradley quando Erica estudava em outra escola. Agora que ela própria era aluna da Bradley (isso mesmo, com bolsa escolar), o negócio estava ficando desagradável.

A mãe de Erica, enfermeira da escola, falou a ela a respeito da Srta. Kaiser, sua atual professora de estudos sociais e ex-babá, que se casaria às quatro e meia da tarde de terça-feira, e teria de levar o vestido (que não era branco) para a escola e se trocar no banheiro do terceiro andar, porque estava grávida. Erica não acreditou. Geri também disse a Erica o que era possível fazer para evitar a gravidez, no que Lisa Kaiser não tinha prestado a menor atenção, de idiota que era.

E a mãe de Erica, enfermeira da escola, falou a ela a respeito da Srta. Walsh, a professora de ginástica de Erica, que estava de licença havia dois dias, supostamente com gripe, mas na verdade porque tinha feito um aborto. Erica não acreditou.

— Querida, ela veio me procurar para pedir indicação. Não diga que você não acredita. — Geri fez uma pausa para despejar mais batatas no prato de Erica. — Por que você sempre fica contra mim?

Erica evitava o gabinete da enfermeira como se o lugar fosse infeccioso, mas a aula de inglês dela era na sala bem ao lado, então precisava passar ali pela frente todos os dias. A mãe sabia o horário dela, com freqüência a pegava no corredor, pedia que entrasse um minuto para conversar sobre alguma coisa.

— Você conhece a minha filha, não conhece, Robbie? — disse Geri enquanto amarrava o dedo da estrela de tênis em uma tala, com Erica paralisada na cadeira de espera. — Erica me disse que vocês estão na mesma classe de biologia!

— Claro que sim. — Rob Ehrenreich jogou a franja preta brilhante para o lado, ignorando Erica, e parecendo gostar dos cuidados de Geri.

A vergonha latejava dentro de Erica. Ela não queria que Rob Ehrenreich ficasse achando que ela reparava nele, muito menos que falava com a mãe a respeito dele. E lá estava Geri, chamando o garoto de "Robbie", conversando sobre biologia. Era um ultraje.

O assunto tão urgente a respeito do qual Geri precisava conversar geralmente incluía o Centro do Luto, um lugar no bairro onde ela passava muito tempo e onde gastava muita energia. Era administrado por um ex-aluno de teologia que tinha se tornado psicoterapeuta, chamado Sheldon. Em sua casa na East 30th Street, Sheldon oferecia terapia individual e de grupo, aulas de ética, religião comparada e ioga, celebração de feriados, festas e massagens. Também cortava cabelo.

A maior parte dos membros do centro era composta de viúvas e divorciadas de meia-idade e acima do peso, que viviam em apartamentos alugados ali por perto. Depois de um período de tristeza e inércia, a maior parte das mulheres que se dirigia ao Centro do Luto transferia sua atenção, de boa vontade, do marido ausente para o carismático Sheldon. Se não fosse possível pagar por uma aula ou pela terapia, Sheldon as mantinha ocupadas cozinhando para ele, arrumando os livros dele ou passando aspirador nos tapetes da casa. Era possível organizar uma venda de bolos em prol das vítimas do furacão na Nicarágua ou levá-lo de carro até Washington, onde ele queria conscientizar o Congresso a respeito das dificuldades que os agricultores salvadorenhos viviam. Ou então, ainda se podia limpar os porta-incensos.

Desde os sete anos, Erica pegava a correspondência e fazia favores para Theresa Collecelli, uma senhora idosa e cada vez mais caduca, que a mãe conhecera no Centro do Luto. As obrigações dela logo passaram a incluir outra viúva, Maddie Olsen. Aquelas mulheres não falavam com Erica diretamente, e sim por intermédio de sua mãe. Então, Geri aparecia correndo no corredor, um clarão de cardigã cor-de-rosa e uniforme branco, e arrastava Erica para seu gabinete para anunciar:

— Você vai buscar um remédio de Maddie na farmácia e depois precisa levar Theresa para o centro.

— De novo? — Levar Theresa a uma palestra significava que ela mesma teria de assisti-la, para depois levar Theresa para casa.

— Erica — Geri a repreendia —, aquela mulher nunca sai de casa! Tenha dó!

Quando era menor, Erica tirava os sapatos, sentava no chão e ficava passando os dedos pelo carpete felpudo de lã de iaque que cobria o chão do estúdio de Sheldon durante palestras incontáveis, e, se não prestava atenção, pelo menos também não tinha nada contra aquilo. Mas, depois que Sheldon começara a promover cultos quase religiosos nas manhãs de domingo, Erica começou a se sentir ofendida com aquilo tudo. Aos treze anos, ficava observando como todas as mulheres competiam pela atenção de Sheldon, e chegou à conclusão de que o centro era um culto de personalidade. Erica não tinha paciência para Sheldon, a personalidade. Se alguém chamado Sheldon podia ser líder de alguma coisa, aquilo comprovava que os Estados Unidos eram mesmo a terra das oportunidades.

Geri falava de Sheldon com freqüência.

— Ele não é um *charme*?

— Ah, faça-me o favor! — respondia Erica.

— O Sheldon acha que você não quer ir às reuniões porque tem raiva dele, porque ele me afasta de você — dizia Geri a Erica.

Erica largou o livro para comer mais salgadinhos.

— E como exatamente o Sheldon ganha a vida? — perguntava à mãe.

— Que mal-humorada! — Geri ria.

❖

Quando estava na sétima série, as tarefas de Erica compreendiam serviços na vizinhança, aguar plantas, trabalho leve de *office-boy* e consertos eletrônicos para Theresa Collecelli, Maddie Olsen, Dorothy Findlay e seu filho retardado, Davey, e outras integrantes necessitadas e com pouca mobilidade do Centro do Luto. Suas obrigações envolviam nada menos do que cinco molhos de chaves. Erica era recompensada com bolachas, beijos e às vezes uma nota de cinco dólares. A noção de injustiça ia crescendo dentro dela.

Escolhia suas batalhas. Numa certa manhã fresca de novembro, anunciou que não ia mais aos cultos de domingo, não iria às palestras de quarta-feira e, se já tinha idade o suficiente para ter cinco molhos de chaves sob sua responsabilidade, também já tinha idade suficiente para ficar em casa sozinha quando Geri fosse ao centro.

A mãe contra-atacou:

— Vamos sair com o Sheldon hoje à noite.

Na verdade, Erica tinha planejado acabar um relatório de laboratório e devorar o livro *A mulher dele não é problema meu*.

— Prefiro ficar em casa.

— É sábado à noite! O sobrinho dele também vai... ele é um ano mais velho do que você. É bem bonito, eu vi a foto.

— Por que eu tenho de ficar com gente de quem eu não gosto?

A raiva chegou ao rosto de Geri.

— Qual é o seu problema?

— Eu gostaria é de ir para longe, para algum outro lugar, para variar.

Isso deixou Geri perplexa.

— Algum outro lugar?

— Para a Califórnia? Para Roma?

— O que tem de tão bom em ir *para longe*? Tudo de que você precisa está aqui.

— Não é disso que estou falando.

— E há pessoas que dependem de nós. De você.

— Theresa tem artrite, e por isso eu nunca vou poder sair de Nova York?

— Olha, eu nunca ouvi nada tão egoísta.

NA SEMANA SEGUINTE, a mãe dela a agarrou na frente do gabinete da enfermeira:

— Preciso que você passe na farmácia para pegar um remédio para a Dorothy depois da escola.

Mandou Erica sentar na cadeira de espera enquanto cuidava de um idiota bonitinho da oitava série.

— Ei, Sr. Dor de Cabeça — disse Geri toda animada enquanto colocava uma aspirina na mão do paciente, com um copinho branco com pregas. — Lembra da minha filha, aquela que você não tirou para dançar na sexta-feira passada? Lembra? Tem alguma desculpa, seu espertinho?

Erica se levantou e saiu.

— Ah, lá vai ela, saindo toda furiosa. — E gritou tão alto que a professora de história colocou a cabeça para fora da sala para ver o motivo de toda aquela confusão. — Eu estou do seu lado, Erica! Por que você nunca consegue perceber isso?

❖

Em uma sexta-feira à noite, depois do trabalho, Erica esticou-se no sofá de Marjorie com o controle-remoto na mão, alternando entre uma biografia de Clare Booth Luce e mais um documentário sobre os Kennedy. JFK tinha tanta energia sexual! CBL estava sempre rodeada por homens tão poderosos! Joe Kennedy tinha tido um caso com Gloria Swanson, que tinha se casado com um aristocrata e alpinista social francês sem nenhum tostão! CBL estava sempre à procura de seu próximo homem! Tanto Joe quanto Jack Kennedy tiveram caso com Marlene Dietrich no mesmo *resort* francês!

A seguir: mulheres muito seguras de si gesticulando loucamente a respeito do seguinte tema: "Quero que meu homem pare de ter filhos com outras mulheres!"

A seguir: mulheres nervosas gesticulando loucamente a respeito do seguinte tema: "Quero que minha filha de treze anos pare de fazer sexo dentro do carro depois da escola!"

A seguir: mulheres furiosas gesticulando loucamente a respeito do seguinte tema: "Meu parceiro não presta atenção em mim na cama."

Ah, chega. Ela desligou a TV e ligou o *laptop* de Marjorie.

Os detetives já tinham voltado quatro ou cinco vezes para examinar arquivos e fazer perguntas. O ar ficava tenso o dia inteiro, todo dia. Glenn Friedman só ficava dando bronca em todo mundo. Marty Slavin gritava em seu escritório com a porta berta. Erica ficava de nariz abaixado e tentava se manter no presente.

Quando abriu o *e-mail* de Marjorie, havia seis mensagens de *sites* que tinham orgulho de oferecer pornografia. Estavam ocorrendo simultaneamente vários casos escandalosos de sexo no trabalho. Havia SEXO SEXO SEXO na capa de todas as revistas femininas. A moda feminina para todas as estações compreendia alças de sutiã aparecendo e calças de cintura baixa que mostravam os ossos do quadril, para quem tinha ossos do quadril. Mulheres de todas as idades e tamanhos mostravam a barriga na rua e até no escritório (às vezes só uns dois centímetros e às vezes dez, para cima e para baixo do umbigo), como se estivessem oferecendo uma janela para sua alma.

"Estou fazendo muito sexo", os abdominais desnudos pareciam gritar.

A cada seis semanas havia um *outdoor* novo, diferente, de algum rapaz de 18 anos sem pêlos no peito com a mão enfiada na cueca dele ou na calcinha de alguém ao lado da entrada do Midtown Tunnel.

Naquela tarde, Heather tinha entrado na sala dela, fechado a porta com um trejeito e anunciado para quem quisesse ouvir que, sim, ela pode *parecer* bonita mas, como o tio dela a tinha molestado aos 12 anos, ela não se sentia bonita *por dentro*.

Já era bem ruim Erica ter de ouvir esse tipo de conversa; por que é que as pessoas precisavam insistir para que ela participasse do papo?

— E *por que* é que você está me dizendo isso?

— Hmm, não sei. Porque achei que talvez você pudesse ser solidária comigo.

— Porquê? Porque eu própria tenho cara de vítima de abuso sexual?

— Ah, não...

— Porque eu entendo o que é ser feia por dentro? É isso?

A intrusa irrompeu em lágrimas.

— Lágrimas não são moeda corrente neste território — disse Erica. — Você vai ter de tentar alguma outra coisa.

— Desculpe, eu...

— Aceito a sua desculpa, Heather, e espero que o seu trauma de infância não interfira no nosso trabalho conjunto.

Antigamente, ninguém ficava falando dessas coisas. Agora, ninguém parava de tagarelar a respeito delas. Naquela noite, Erica transferiu pelo computador o rendimento dos fundos de títulos municipais de Maria para a segunda conta-corrente de Maria. Um pouco de repressão era muito bom, Erica achava. Ficar conversando era algo supervalorizado, assim como tudo o mais na televisão: sexo, cabelo, confrontos, poder. Bom, talvez não o poder.

❖

Na sétima série, Erica usava um gorro tricotado listrado de lã todos os dias.

— Não agüento isso nem mais um minuto — disse a mãe certo dia, em março. — Pode tirar.

— O que você tem a ver com isso?

— Está imundo. Dá aqui que eu vou lavar.

— Para você jogar fora? Acho que não.

— Então, você lava.

— Lavo mesmo.

A mãe saiu da mesa. Foi para trás de Erica e pegou o prato e a touca dela.

— Pronto! — cantarolou, triunfante. — Peguei!

A mãe ficou olhando para a cabeça dela, e deixou o prato cair no chão.

— O que está acontecendo com o seu cabelo, aqui?

Erica catou os cacos do prato, extremamente magoada.

Geri levou-a a dois médicos no dia seguinte. Fizeram exames. Os exames foram inconclusivos, mas ambos os médicos mencionaram a possibilidade de alopecia, doença em que o cabelo e os pêlos caem, todos ou em parte, e nunca mais crescem. Não havia explicação nem solução. Queriam observá-la.

— Observe, observe — disse Erica ao endocrinologista. — Todo mundo que fique observando meu cabelo cair. Isso parece mesmo algo muito divertido.

— Erica — disse Geri por entre os dentes, com desaprovação e graça.

Geri, nesse ínterim, estava no meio de sua primeira série de quimioterapia, e ela própria estava perdendo cabelo. Até aquele ponto, ninguém tinha mencionado o fato. A caminho de casa, compraram um boné de beisebol dos Yankees para Erica e um gorro de tricô vermelho para Geri. Geri disse a Erica que morria de medo do que aconteceria se alguém descobrisse na Bradley. Ninguém podia saber que ela estava em tratamento. Ninguém queria uma enfermeira doente.

Quando se sentou com a filha à mesa na noite seguinte para jantar, Geri começou:

— Sheldon acha que uma peruca seria uma boa solução para você.

A raiva que passou pelas veias de Erica quase fez seu metabolismo entrar em curto-circuito. Erica pegou os cinco molhos de chave e saiu.

Na farmácia, comprou uma caixinha de balas de hortelã e roubou um livro.

Chegou em casa depois da meia-noite, cansada e com fome. Sheldon apareceu na sala, com uma cruz egípcia balançando no peito cheio de cabelos brancos. Olhou para ela com desprezo.

— Da próxima vez, você deve pensar no que a sua mãe está sofrendo antes de aprontar uma idiotice dessas.

— E você, está? — Erica olhou para o líder da seita, que conhecia havia nove anos. Reparou nas cuecas largas, nos ombros peludos.

Ele ficou olhando para ela.

— Estou preocupado com a sua mãe.

— Certo — disse ela, e se enfiou em seu quarto.

Erica ficou imaginando o que seu pai, que morrera em um acidente envolvendo cinco carros em Chicago quando ela tinha três anos, teria achado do Centro do Luto e das várias direções que os membros da família teriam tomado.

Na terça-feira seguinte, Geri escreveu um bilhete para que Erica fosse dispensada ao meio-dia e providenciou uma substituta para si mesma. Não queria que ninguém a visse fazendo aquilo por ali, então pegou o trem até a Filadélfia, onde as duas mandaram fazer sobrancelhas e perucas sob medida.

CAPÍTULO QUATRO

Sprague estava em casa às 20h15. O cachorro atual, um *schnauzer* agitado que não parava de latir, cumprimentou-o como se fosse um herói voltando do campo de batalha. Às vezes Cathy o recebia daquela maneira. Naquela noite, deu-lhe um beijo na boca e continuou a regar as samambaias. Ela parecia uma universitária de calça de moletom e cabelo molhado.

— Você chegou cedo — disse ela.

Ele tinha aceitado uma carona do sargento Dave Sarkos, que morava em Rockland County. No trajeto pela Henry Hudson Parkway, colocaram a fofoca em dia, reclamaram do serviço e do tenente. Quando Sarkos reduziu na rampa de saída, perguntou, como sempre:

— Então, quando é que vocês vão ter filhos? — como quem não quer nada, como se estivesse perguntando a respeito dos planos para as férias de verão.

— Nada de filhos — respondeu Sprague. — Bichos de estimação e plantas.

— Nada de filhos! Como assim? A gente não é homem até trocar uma fralda cheia e fedorenta!

A pergunta vinha à tona pelo menos uma vez por mês, e o pai que perguntava sempre parecia se ater ao tema da merda. Porque *eles* viviam no meio da merda e do caos, *ele* também tinha de viver no meio da merda e do caos? Na verdade, Sprague de fato vivia no meio da merda e do caos, parecia um malabarista descoordenado. Sempre tinha alguma coisa que escapava, ia para o lixo, vomitava no armário, escolhia o sofá para se expressar.

— Não tenho nada para provar no que diz respeito a excrementos — afirmou.

Por que esta questão sempre vinha à tona? Tanto ele quanto Cathy tinham sido diagnosticados como inférteis em casamentos anteriores. Nenhum deles tinha vontade de adotar; ambos se sentiam gratos por ter escapado do assunto. No entanto, ninguém mais estava disposto a deixar aquilo quieto.

— Eu só quero que você saiba — soltou Sarkos, cheio de pena — que eu compreendo.

— Bom, fico feliz por você compreender — disse, apontando seu prédio. — E eu perdôo você.

— Perdoa? Por quê?

— Bom, se você precisa perguntar, então talvez *não* compreenda.

Sprague agradeceu a carona e entrou no prédio. Que gente: ou se vive a vida dessas pessoas, ou deseja viver e, assim, falha.

Ficou imaginando como Erica King lidava com aquele tipo de compreensão.

Tinha ligado para ela naquela manhã, pedindo alguns documentos, e ela fora, como sempre, perfeitamente correta. Tinha lhe dado o que pedira, nada mais, nada menos. Tinha respondido às tentativas dele de bater um papo com silêncio de pedra. Ela era incolor, desaparecia no meio de suas planilhas. Por outro lado, ela era incolor por *escolha própria*: ouviu-a piscar na outra ponta da linha.

Com o cachorro saltitando em suas pernas, ele reuniu os ingredientes para um gim com limão e tônica, cada um em proporções iguais. Cathy jogou para ele o envelope com cardápios de entrega, e ele pegou o chinês. Diferentemente de Sara, que tinha alguma espécie de convicção religiosa de que uma família (até mesmo a família de um policial) tinha de sentar à mesa para saborear uma refeição de três pratos à mesma hora toda noite, Cathy nunca reclamava do horário dele, do que comia, do estilo de vida nada saudável e dos exercícios que não fazia.

Sprague sempre pensava a respeito das três Sras. Sprague:

- Escocesa / Porto-riquenha / Germano-irlandesa.
- Presbiteriana praticante / Católica praticante / Católica não-praticante.
- Tamanho 40 / Tamanho 36 / Tamanho 50.
- Professora de matemática / Corretora de imóveis / Administradora de hospital veterinário.
- Lê o horóscopo primeiro / Lê os obituários primeiro / Faz as palavras cruzadas primeiro.
- Cabelo castanho liso de comprimento médio com permanente para compensar / Cabelo preto crespo e curto com relaxamento para compensar / Cabelo loiro-escuro cacheado e comprido deixado à própria sorte e geralmente molhado.
- Gosta de cachorro / Cheia de alergias / Protetora de todo o reino animal.

Não dava para dizer que Sprague tinha um tipo.

Entrou no segundo quarto, que tinha sido preparado para trabalhar em casa. Ligou o *laptop*, inseriu um disquete com a cópia do disco rígido da sala de Erica King e começou a bisbilhotar. A verdade era que ele não gostava de morar sozinho, mas não agia de maneira especialmente interativa quando morava com alguém. As número Um e Dois não compreendiam aquilo. Cathy compreendia, e tinha descoberto como conseguir o que queria dele (contato freqüente, raramente profundo). Eram muito felizes juntos.

Tinham se conhecido quando ele trabalhava na divisão de Entorpecentes em Washington Heights. Uma das enfermeiras da clínica dela estava guardando pacotes de heroína nas gaiolas dos animais perdidos recolhidos ali, e Cathy a tinha denunciado. Ele se sentiu à vontade com ela imediatamente. Ela era uma pessoa para cima, positiva.

Por outro lado, todo mundo no hospital veterinário parecia feliz de maneira nada natural. Era uma cultura de solidariedade, afagos e gentileza: o extremo oposto da divisão de Entorpecentes em Washington Heights. Às vezes ele chegava em casa depois de um dia ruim, Cathy olhava bem no fundo dos olhos dele e afagava sua cabeça. Ele se sentia como um labrador que tinha encontrado alguém que não sabia como ele tinha sido mau com o tapete.

Todos os animais que não eram adotados eram conduzidos por ela do veterinário para casa e vice-versa na van toda batida e fedida do hospital. No momento, havia o *schnauzer* que bagunçava os sapatos nos armários, duas cacatuas cagando em cima de jornais em uma gaiola perto da janela e um gato preto que mijava pela casa toda. Até ele bater o pé, Cathy levava para casa até pombos feridos encontrados no ponto de ônibus.

MAIS TARDE, O CELULAR dele tocou, no meio da comida chinesa.

Era Ballestrino.

— Você acha que ele morreu?

Estavam cuidando de 16 casos ativos entre si, mas só falavam de Mitch Greiff.

— Ele morreu e outra pessoa está nadando em toda aquela grana das celebridades nas Ilhas Cayman? — Sprague refletiu sobre aquilo. — Pode ser. — Uma onda de medo passou por ele. — Nós enviamos um aviso para os necrotérios?

— O pessoal das Pessoas Desaparecidas mandou, antes de entrarmos no caso.

— Faz oito semanas que o Greiff sumiu. Ele não está morto. Provavelmente está na Costa Rica, desfrutando da boa sorte que teve em um *resort* ecologicamente sustentável.

— Então, ele passou a vida toda comendo sorvete de pistache — disse Ballestrino —, e agora resolveu passar para baunilha? Não faz muito sentido.

— Acontece. — Sprague sorriu. — Um dia, você vai olhar em volta do seu apartamento espaçoso e bem localizado, olhar para a sua linda esposa, jovial, ex-modelo, e dizer: "Que tudo isso vá para o inferno! Quero viver sempre com medo!"

Cathy tirou os óculos e esfregou os olhos, sorrindo com desdém.

— A gente vai encontrar esse cara — disse Sprague. — Dá muito trabalho se esconder. Ele já deve estar cansando.

Enquanto Cathy passou a noite limpando gaiolas e correndo atrás dos fugitivos, Dennis examinou os arquivos de Erica King; não encontrou nada mais interessante que os relatórios de impostos de celebridades. Ela era organizada, aquilo podia ser dito a respeito dela.

❖

Depois que a história explodiu na TV e nos jornais, houve uma enxurrada de pessoas bem-intencionadas que se dispuseram a ajudar Patricia. Houve também uma série de telefonemas mesquinhos de amigos, clientes e completos desconhecidos que de algum modo conseguiram o telefone dela e ligaram para externar exatamente o que pensavam a respeito do marido dela.

Houve uma cena no restaurante Tessio, onde pessoas que ela nem conhecia a viram jantando com Cynthia e Jack Landau, e começaram a vociferar sobre como ela podia ter a coragem de ser vista em público. Eram amigos de Jerry Fabrikant, alegavam, demonstrando raiva justificada, que descambou para o confronto, bem quando as entradas chegaram.

— Se vocês parassem um minuto para pensar — respondeu ela aos gritos —, não iam me atacar em público.

— Eu poderia *cuspir* em você em *público* — disse a mulher, mas não cuspiu.

— E quem são vocês, que levam essa aí para jantar vitela à milanesa? — o marido acusou Cynthia e Jack. E, verdade seja dita, Cynthia se ofendeu menos com o comportamento deles do que com o fato de eles nunca terem ouvido falar dela.

Ainda bem que a mãe dela já tinha morrido. Pelo menos Patricia não precisava explicar para Grace McCarey que seu marido, o judeu, era ladrão, sim; mas que existiam outros judeus bacanas, que não eram ladrões. Na verdade, muitos, se não a maioria de seus clientes eram judeus, então sabiam que Mitch tinha roubado deles não por ser judeu, mas porque tinha perdido a cabeça, ou porque era simplesmente um canalha egoísta que deixou os clientes e os colegas na mão e a família em desgraça.

Quer dizer, isso se foi mesmo ele quem fez isso, o que ainda não tinha sido provado.

Numa certa manhã, evitando as contas a pagar, ela folheou sem objetivo um catálogo meio cafona de roupas esportivas e reconheceu Laurie Charlotte, modelo com quem andava em 1970, quando tinha uma vida completamente diferente. Laurie Charlotte estava com 52 anos, e ali estava ela, parecendo, claro, mais velha, porém espetacular.

Encontrou o telefone da agência Clave na lista. Continuava na 57th Street.

— Trafalgar-nove-cinco-mil! — cantarolou o número enquanto discava e deixou recado para Marcia Clave com alguém que parecia ter 14 anos.

Patricia deu uma passada na farmácia para comprar um batom novo. Havia catálogos que apresentavam mulheres de uma certa idade com conjuntos de *plush* confortáveis, usando um aparelho de aromaterapia em uma página, e calcinhas para incontinência, suplementos vitamínicos e aparelhos para exercitar o queixo em outra. Patricia estava em ótima forma. Todo mundo dizia que ela parecia ter 37 anos. Podia reativar seus antigos contatos. Mas é claro que quase todos os fotógrafos que conhecia estavam mortos.

Quando pegou um xampu (da Vidal Sassoon: gratidão, nostalgia), viu Judy Eisenfleiss, de viés, na frente do mostruário da Lancôme. Não tinha tido notícias dos Eisenfleiss, nem boas, nem ruins. Era estressante não saber se eles sabiam e, se soubessem, qual era a posição dela em relação a eles? Dirigiu-se para o caixa para evitar ter de falar com ela. Judy podia fazer alguma pergunta constrangedora, como por exemplo: "Quais são as novidades?"

Uma mulher atrás do balcão começou a passar os itens de Patricia. Judy Eisenfleiss deu a volta e ergueu uma sobrancelha na direção dos produtos sobre o balcão:

— Você não devia estar fazendo compras numa loja de departamentos, Patricia?

Esposa inocente! Destilou. Assinou o recibo do cartão de crédito com raiva, orgulho e humilhação misturando-se por cima das balinhas de menta. Voltou para casa batendo os pés, sem o batom novo que mudaria sua vida.

Judy Eisenfleiss mandava os cachorros dela para a creche todo dia. Por que Patricia não podia comprar xampu? De tudo que Mitch tinha deixado para trás, o pior era aquele odor em volta dela do qual ela não conseguia se livrar. Ela se sentia suja. A todo lugar que ia, alguém a relembrava de que era ladra por associação.

ANTES DO JANTAR DO Dia de Ação de Graças na casa dos Landau, Cynthia sentou-se em um apoio de pés bordado perto da poltrona de Jack e ficou olhando para ele como se fosse um *cocker spaniel*. Será que aquilo era para mostrar a Jack que ela estava literalmente do lado e abaixo dele? Será que Patricia sozinha representava ameaça a ela? Patricia não se interessava por Jack: Cynthia tinha de saber daquilo.

Os filhos de Cynthia estavam lá, com ar entediado e bravo. Elliott estava criando abrigos feitos de plástico à prova d'água para os sem-teto de São Francisco; Jack pareceu ficar enjoado com tal notícia. Dominique ainda trabalhava praticamente como *office-girl* depois de três anos em uma estação de TV local; ela reclamou de como a filha estava desperdiçando seus estudos. Cynthia sussurrou para Patricia:

— Você acha que ela seria promovida se penteasse o cabelo?

Empregos, expectativas, cabelos. Aquela era a trama da vida em família, em uma família normal. Os Greiff nunca tinham sido uma família normal. As crianças eram problemáticas demais. Mitch era muito egocêntrico e obsessivo. As atividades sociais dela se davam entre amigas, durante o dia. Como diria sua mãe, Patricia não andava com gente normal já fazia algum tempo.

NA MANHÃ SEGUINTE, ela preparou um banho quente de banheira. Era o finzinho da espuma para banheira, mas será que ela podia se arriscar a ser vista comprando mais? O telefone tocou. Ela saiu da banheira de um pulo quando ouviu Marcia Clave na secretária eletrônica.

— Vi a sua foto no jornal outro dia, Patricia. Sinto muito.

— Marcia, estou em uma situação impossível, e não tenho culpa.

— Bom, você está maravilhosa, se isso serve de consolo. O que posso fazer por você?

Patricia fechou os olhos.

— Preciso trabalhar.

— Bom, a minha secretária vai para Milão na semana que vem e ainda não achei uma pessoa para ficar no lugar dela. Você sabe trabalhar com a última versão do Word Perfect?

— Na verdade, eu estava querendo fazer trabalhos para catálogo.

— Patricia, o mercado para mulheres com mais de quarenta cresceu de maneira exponencial, e você tem o visual que um certo tipo de empresa deseja. Mas como é que eu posso dizer para alguém colocar o seu rosto em um catálogo se o seu rosto está todos os dias no jornal da TV, ilustrando uma investigação criminal? Eu sei que não foi você. Mas pense bem, Patricia.

— Claro que sim. Muito obrigada, Marcia.

— E o Word Perfect?

— Eu telefono quando aprender a ligar o computador sozinha.

UM JANTAR SOFRÍVEL de Ação de Graças aconteceu na casa da desgraçada família Greiff no sábado à noite. Patricia sentou-se na cabeceira da mesa, o lugar do marido, e olhou para os filhos, a maior proeza de sua vida.

Brian estava conferindo o cabelo no espelho e achando sua aparência altamente satisfatória; ela reparou que ele já nem se preocupava em tirar a maquiagem de estúdio. *Chamas do desejo* sempre passava no salão de manicure, na academia, na lanchonete e no banco. Desde quando tinha televisão no banco? Ele tinha ligado naquela manhã, como fazia todos os dias, e falou de maneira despreocupada dos dramas de bastidores, fazendo vozes e sotaques teatrais, dos sapatos novos, do trânsito, até ela o interromper ou o cabeleireiro dele chegar. Dava para ver que ele fazia isso o dia inteiro, percorrendo sua caderneta de telefones. Patricia achava aqueles telefonemas profundamente desconcertantes. Brian era um fofoqueiro preguiçoso. Mas pelo menos tinha emprego.

Randy mordia as peles sanguinolentas de suas unhas, e limpava o sangue na toalha de mesa. Tinha chegado ao amanhecer no Dia de Ação de Graças, segurando uma caixa grande e marrom, preenchida por um lustre de vidro lapidado, coberto pela poeira de séculos.

— Tire isso daqui AGORA — disse ela a ele. — Não quero ser acusada de posse de objetos roubados para somar a todos os meus outros problemas.

— Tenho uma reunião hoje — disse Randy, irritado.

— No Dia de Ação de Graças? Uma reunião para roubar o banco da 42nd Street? Será que devo chamar a polícia?

Com raiva, fez a caixa deslizar pelos *jeans* sujos até o chão.

— O que eu faço com isto, então?

— Não dou a mínima para O QUE você vai fazer com isto — respondeu ela. — Você não pode deixar em lugar algum deste apartamento, nem no porão, nem em qualquer canto deste edifício. — Com os anos, aprendeu a ser legalmente precisa com Randy.

Patricia tinha sido criada em uma loja de ferramentas: havia sempre uma maneira de consertar uma coisa, fosse o que fosse. Mas nenhuma maneira dera jeito naqueles dois. Ela gostaria de apagar ambos. APAGAR. Começar de novo com uma fita em branco.

Será que ela poderia simplesmente abandonar os filhos? Aquilo não era uma coisa sensata de se fazer, mas era uma opção: extrema, claro, mas a ser levada em consideração. Era viável: olha só o marido dela.

❖

Um viciado em heroína jogado em uma cidade desconhecida sempre encontra sua droga. Todos os dias, Ballestrino entrava em Aquarium.net e navegava, fazendo uma lista de todos os freqüentadores das salas de *chat* e anotando os novos vendedores que ofereciam equipamento. Entrou em contato com todas as lojas *top* de linha especializadas em aquários nos cinqüenta estados dos Estados Unidos, nas cinco províncias do Canadá e também no Reino Unido, na Irlanda, na Austrália, na Nova Zelândia, na Suíça e em dez das ilhas de língua inglesa mais organizadas do Caribe; uma vez por semana, ligava para todas mais uma vez. Nada. Sprague tinha feito o mesmo com lojas de álbuns de *jazz*. Juntos, tinham entrado em contato com a família e os amigos de Greiff, seu alfaiate, a loja onde comprava sapatos, seus médicos, seu consultor de assistência técnica. Nada.

Naquela manhã, Sprague estava parado em pé na frente da escrivaninha, devorando uma rosquinha.

— Erica King — disse. — Ela está me incomodando, mas não sei dizer por quê.

— Ela também está me incomodando — completou Ballestrino —, mas eu sei por quê.

— Nem toda mulher é gostosa.

— Eu já tive muitas noites românticas bem-sucedidas com mulheres que você não descreveria como gostosas. Tem uma coisa chamada humor, personalidade. Tem troca, interação. Isso pode ser muito sensual.

Sprague continuou mastigando.

— Mas essa aí! Ela não tem habilidade para se apresentar nem habilidade para se socializar — afirmou Ballestrino. — Quando alguém é tão fechada desse jeito, tão incapaz de dar qualquer retorno, *você* é que se fecha. Ela faz com que *você* se sinta mal e pouco à vontade, e daí *você* pára de tentar. Erica King é simplesmente um buraco negro.

— Ela é o buraco negro que estamos procurando?

— Prepare-se para me levar para jantar — anunciou Tony. — Acho que os amigos e colegas de Mitch Greiff, e nós também, subestimamos radicalmente as capacidades dele.

BALLESTRINO TINHA FEITO turno noturno e estava fazendo hora extra em um tribunal, esperando para testemunhar contra um *hacker* de 16 anos. Tinha conversado com um sargento da delegacia de Midtown South, que ficou surpreso ao saber que Ballestrino tinha sido chamado para testemunhar.

— Vocês fazem investigações? — perguntou ele, incrédulo. Ele achava que era para o número do Esquadrão de Crimes de Informática que se devia ligar quando o computador dava o prego.

Solucionavam um caso atrás do outro, mas não tinham nenhuma divulgação na imprensa. Toda vez, os chefões impediam a divulgação das informações. Durante os primeiros cinco anos, o número do ECI nem aparecia na lista interna de ramais. Aquilo o enfurecia.

Depois de testemunhar, Ballestrino foi se arrastando até Center Street, deprimido mais uma vez pelas margens estreitas da moda em vigor. Todas as mulheres estavam vestidas de preto dos pés à cabeça, com batom marrom. Todas usavam as unhas postiças de cinco centímetros que se pareciam com garras fluorescentes e se arrastavam pelas ruas com plataformas pretas de borracha que faziam muito barulho: sapatos de Frankenstein.

ÀS 16 HORAS, Ballestrino tirou as calças cinza bem passadinhas e uma camisa de seda cinza do plástico da lavanderia. Destravou a arma, ajustou o coldre, pegou o celular e o *pager*. Colocou um casaco cinza de *tweed* e enfiou o chaveiro miniatura com lanterninha cor-de-laranja no bolso. Comprou uma garrafa de vinho em Court, pegou o carro e foi direto para Glendale; deu uma olhada na casa e estacionou em local permitido a um quarteirão de distância. Nunca abusava dos benefícios de um carro da delegacia. Estava adiantado. Foi caminhando em ritmo de passeio pela calçada, apertando a lanterninha-chaveiro de maneira ritmada.

Aquele era um dos imóveis de seu primo Nick; tinha estuque, telhas, tijolos e ripas de madeira. O apartamento pequeno e pouco iluminado era ideal para abrigar o material de construção de Nick e a vida privada de Tony. Ele retribuía o favor dando ingressos de primeira para os jogos dos Mets para Nick sempre que os conseguia. Passou aspirador, tirou lençóis limpos de uma sacola de compras, arrumou a cama, colocou música, abriu o vinho e esperou. Janice tinha inventado uma aula na Faculdade Comunitária do Queens às quintas à noite. As crianças ficavam com os pais dela. O marido tinha um jogo de pôquer que nunca acabava antes das 23 horas.

Ele tinha cometido um erro com Janice. Agora já dava para admitir. Aos 21 anos, ela estava pronta, mas ele não. Naquela época, a idéia de casamento era um salto de dez metros. Quem era casado? Passou um verão inteiro reclamando daquilo para os amigos: como ela tinha *coragem*? Terminaram. Ela achou um marido em menos de um ano. Naquela época, ele dissera: "Ela só queria casar. Teria se casado com qualquer pessoa que parasse na frente dela naquela época."

JANICE CHEGOU atrasada.

— Tenho uma hora, ponto final. — Jogou o casaco no balcão da cozinha, ajeitando o cabelo castanho-escuro.

— Mas você disse que seus pais iam ficar com as crianças.

— Elas estão ficando impossíveis. — Ela parecia mais alta do que o normal. — Minha mãe fala que estão deixando ela apavorada.

— Você está fazendo um curso, e eles deviam respeitar isso.

— Não estou fazendo curso algum, Tony.

— É, mas eles não sabem. Um dia, você *vai* fazer um curso, e é esse o tipo de apoio que você espera de sua família? — Entregou a ela uma taça de vinho. — Duas horas e meia, uma vez por semana. Não é pedir muito.

— O que você quer que eu faça? Não tenho muito tempo de sobra. — Ela caminhou até a janela e olhou para a rua. — Eu *devia* estar fazendo um curso. Daqui a pouco, todo mundo vai estar na escola em tempo integral. E o que eu vou fazer? Não quero parecer uma retardada na frente de um editor de texto.

Ela usava sapatos de Frankenstein de plataformas pretas.

— Vamos lá — disse ela, tirando o suéter para revelar um sutiã tipo suporte para praticar ginástica enorme, cinzento e horroroso. — Não quero discutir e não tenho muito tempo.

ELA FOI EMBORA, como prometido, depois de uma hora. Ele tirou os lençóis da cama. Levaria os lençóis para Kim, a moça simpática da lavanderia, com o resto das roupas sujas. Ficou imaginando qual seria a história dela. Será que o sujeito que ficava passando calças sem proferir uma palavra do outro lado da janela era seu marido? Ele devia segui-la uma noite, depois de fechar, quer dizer, se é que alguma hora fechava.

Saiu à rua sob a melancolia da noite no Queens. Colocou o chaveiro no bolso, desconsolado demais até para apertá-lo uma vez que fosse. Reparou que gostava mais de se preparar para essas visitas do que das visitas em si.

❖

Quando Erica estava no meio da nona série, Geri terminou com Sheldon, o qual tinha encontrado transando com Jane Childress perto do mimeógrafo na mesa da despensa dele, no dia anterior à operação de Geri. Jane Childress, que tinha dito: "Você precisa tirar uma folga para descansar, Geri. Pode deixar que eu organizo o Ano-Novo Chinês, o Dia de São Patrício e o Pesach."

Quando Geri confrontou Jane Childress enquanto ela fechava o zíper de seu macacão de *plush* violeta, Jane disse: "Como assim, então eu estou indo atrás dele *agora*? Ele e eu estamos *indo um atrás do outro* há sete anos! Sinto muito pela sua mastectomia, Geri, mas abra os olhos: você não é a única disponível por aqui!"

Sheldon estava calmíssimo, quase ao ponto da imobilidade; estava acostumado a lidar com mulheres histéricas. Colocou um braço ao redor de cada mulher e disse, com mágoa tão sincera na voz que dava para achar que ele estivesse falando sério: "Às vezes, eu simplesmente acho que não há o bastante de mim para dar conta de tudo."

E então, a próxima paciente dele chegou, uma loira trêmula com trinta e tantos anos, nova no centro. Geri e Jane ficaram lá olhando uma para a outra, entre as folhas roxas mimeografadas antiquadas na despensa enquanto Sheldon foi correndo para a sala de tratamento (onde as duas tinham sido tratadas) para "fazer uma sessão".

— Não acredite no que um homem diz para você — disse Geri a Erica naquela noite. — E não ouça o que as outras mulheres dizem. Cada uma tem seus próprios planos.

E ela se derramou em lágrimas, por um instante, o que foi muito desconcertante para Erica.

GERI ERA MUITO ANIMADA por natureza para ficar deprimida durante muito tempo. Voltou à vida depois da quimioterapia. Retomou as corridas. O cabelo dela cresceu de novo. Resgatou as confissões de sexta-feira à noite com Lisa Kaiser e Frieda Walsh: a Srta. Kaiser continuava dando aula de estudos sociais para a sétima série; tinha tido um aborto natural e estava solteira de novo. A Srta. Walsh continuava sendo a professora de educação física de Erica.

Começavam a falar de Erica no minuto em que ela saía da sala.

— Ela só fica lá *parada* — sussurrava a Srta. Walsh. — Ela não pega a bola.

— Ah, Frieda, oqueupossofazer?

— Alguns alunos foram dispensados da ginástica — disse a Srta. Walsh. — Por outro lado, ela está engordando. Não devia desistir dos exercícios agora. Quem sabe ela pudesse ficar correndo na pista no horário da aula de ginástica? Isso! É isso mesmo. Vou avisar para todo mundo no departamento.

Então Erica corria bem devagar em volta do perímetro do ginásio barulhento e brilhante com seu moletom verde-caçador enquanto o restante de suas colegas lutava por bolas no centro, cochichava sobre ela entre cada ponto marcado e esquecia de sua presença quando o jogo ficava animado. Certa vez, três meninas saíram correndo atrás de uma bola e ultrapassaram os limites da quadra, colidiram com ela por trás e a derrubaram no chão. As quatro se estatelaram sobre o piso de madeira bem encerado, em uma confusão de coxas brancas, algodão verde grosso e cabelo suado. Ela soube, sem ter que tatear, que a peruca tinha ido para a frente.

O apito tocou.

No processo de se levantar, ela tinha desalojado a peruca de seu último ponto de fixação. O cabelo tinha caído, e ela não se apressou para colocar de novo: sentia-se melhor daquele jeito. As meninas voltaram mancando para seu jogo, desviando o olhar dela com toda a educação, diferentemente do resto da classe, que olhava sem nenhum acanhamento para a careca dela. Ouviram-se risadinhas nervosas.

O apito tocou.

— O QUE É QUE VOCÊS ESTÃO OLHANDO? — gritou a Srta. Walsh. — Voltem já para as posições! Agora! Eu disse AGORA!

A Srta. Walsh foi correndo até ela. Agachou-se e colocou o braço em volta dos ombros de Erica, como os técnicos fazem.

— Tudo bem?

A palma da mão dela estava esfolada e os joelhos ardiam. A peruca continuava em cima da madeira esplêndida de tão reluzente e luzidia, a um metro dela.

— Você quer ir pegar um, hmm, gelo com a enfermeira?

— Não.

A Srta. Walsh tinha uma luz nos olhos; deve ter pensado que Erica ia se levantar, se limpar, colocar o animal na cabeça e começar a correr de novo. Se aquilo fosse um filme, ela podia jogar o cabelo na arquibancada e continuar a correr cheia de triunfo em volta do ginásio, a cabeça careca brilhando por sob as lâmpadas de sódio.

Mas aquilo não era filme; aquilo era a vida dela. Levou o cabelo para fora da quadra, ajeitou na cabeça no vestiário e saiu da escola sem que ninguém se opusesse. Dobrou a esquina, comprou um maço de cigarros e roubou um pacote de chicletes.

❖

Dois anos antes, quando Angie, a gerente, tirou licença médica para cuidar de uma hérnia recorrente, Erica se ofereceu para assumir as funções dela durante seis semanas. Desse modo, ganhou acesso a todos os armários, os códigos de segurança, as senhas de todo mundo e o disco rígido de todo mundo. Qualquer pessoa idiota o bastante para deixar alguma coisa no disco rígido do escritório era idiota o bastante para merecer uma invasão de privacidade. E essas pessoas, os colegas dela (que viviam discutindo os detalhes mais íntimos de sua vida no local de trabalho, onde é de se esperar que mantenham, se não certa *reserva*, pelo menos comportamento neutro e decoro, algo mais discreto do que adolescentes galinhando no ônibus), mereciam algo muito pior do que aquilo.

Como gerente temporária, ela manteve a política da porta fechada: todos os pedidos chegavam até ela por *e-mail*. Todo mundo ficou bem contente por não precisar falar com ela. Nunca tinha ficado tão ocupada.

Então, não era raro encontrá-la no escritório na quinta-feira à noite, às 23h45, trabalhando em suas próprias funções, que tinham se acumulado enquanto o ar-condicionado estava quebrado. Dava para perceber, pela algazarra abafada, que o pessoal da limpeza tinha chegado. Alguém bateu na porta dela.

Era uma mulher filipina de uniforme cor-de-rosa, empurrando um aspirador. Erica tinha trocado a fechadura, e não tinha fornecido uma cópia ao pessoal da limpeza. Não gostava de ninguém mexendo nas coisas dela.

— Tudo bem, não precisa limpar aqui — disse, e se levantou para pegar um arquivo do armário do corredor. A mulher ficou parada ao lado do aspirador, olhando para ela. Erica tirou um arquivo de uma gaveta.

— Certo? Você não precisa limpar aqui — disse, mais alto.

— Só tô olhano pra ver que ocê emagreceu.

— Perdão?

— Acho que ocê perdeu mutcho peso. Já vi ocê antis. — A mulher abaixou a voz para obter efeito dramático, esticou os braços para assinalar grandes dimensões e disse por entre os dentes, com repugnância: — Ocê era *bem gorda*.

Todo mundo tinha uma crítica a fazer. Passou pela mulher e entrou na sala.

— Tô dando parabéns — gritou a faxineira atrás dela, ofendida. — Pur que num agradece?

Erica fechou a porta e começou a examinar com atenção a conta de investimento em ações de Marty Slavin.

❖

Em um fim de tarde do verão depois do primeiro ano, um gordo com terno azul-pálido estava sentado no sofá, suando, chamando a mãe de Erica de "Sra. Carlson".

Remexia em uma maleta preta no colo e dizia a Geri que a coisa toda tinha sido um erro: uma secretária no escritório tinha confessado ter cometido um erro com a papelada. O presidente do sindicato e o presidente regional desejavam que a Sra. Carlson e Maria Carlson soubessem que podiam contar com todo o seu apoio, que tragédia, será que podiam fazer qualquer coisa para compensar esse sofrimento adicional, o sindicato estava disposto a zelar pelos parentes de Hugh Carlson depois de todos esses anos.

Durante seu discurso, Geri ficou andando de um lado para o outro na sala, arrumando cinzeiros e livros.

— Vamos entrar em contato com os senhores por meio do meu advogado, Sheldon Linzer — disse Geri, e colocou-se abruptamente na frente dele com a mão estendida.

Erica nunca tinha visto a mãe agir com tanta falta de tato. Depois de ele ir embora, Erica tirou a peruca e a jogou no sofá.

— Que diabo foi isso?

— Está certo, você já tem idade suficiente — disse Geri; pegou o cabelo e passou os dedos pelos fios. — Seu pai não morreu em um acidente de carro.

— O quê?

— Ele foi pego praticando desfalque no sindicato. Ele se jogou da janela no dia anterior ao julgamento. Você tinha acabado de entrar no maternal, em uma escolinha boa na Clark Street. Tínhamos acabado de comprar um Buick novo.

Erica absorveu aquilo por um instante, imaginando se a informação mudaria alguma coisa.

— Carlson? — ela logo perguntou.

— Troquei de nome quando nos mudamos. Mudei o seu também, para que ninguém fizesse perguntas. — Colocou o cabelo bem ajeitado no braço do sofá. — Você era Maria Carlson. Mas nunca combinou com você. Nem quando era bebê.

— É por isso que nós não temos parentes do outro lado?

— Elas queriam manter contato, a mãe, a irmã. — Tirou um Lark do maço e acendeu com rapidez. Exalou. — Eu nunca gostei delas, elas nunca gostaram de mim, e eu só queria fugir daquele cenário todo — disse ela, nervosa. — Todo mundo ficava ligando para nós, ameaçando, o sindicato todo atrás da gente, gritavam comigo no supermercado: "Elena, esse seu vestido é novo? Onde é que você arrumou dinheiro para comprar?"

— Elena?

— Elena Krupalski Carlson. Quando vim para Nova York, mudei meu nome legalmente para Geri King. Foi o fim da Elena Krupalski Carlson, mulher de um ladrão, mulher de um suicida.

— Mas ele não era ladrão, de acordo com aquele cara.

Geri exalou e sacudiu a cabeça, cheia de desgosto.

— Ele era ladrão.

— Mas e a secretária?

— Essa é uma confissão interessante, você não acha? — Ela apagou o cigarro. — O que eu acho? Os dois fizeram tudo juntos — disse, com os olhos semicerrados. — O seu pai cometeu esse tal errinho com a papelada. Era bem o estilo dele.

— Por que você disse que o Sheldon é seu advogado?

— Porque eu não tenho advogado.

— Isso não o *transforma* em advogado; você precisa arrumar um de verdade.

— Eu sou solteira... para que preciso de advogado?

SHELDON LINZER não era advogado, mas *de fato* era especialista em ética.

— Aceite o dinheiro — disse ele imediatamente.

— Ele era ladrão.

— *Você* lucrou com isso?

— Não, ele foi pego antes de conseguir gastar. Bom, teve o Buick. Mas eu devolvi logo depois do enterro.

— E você não recebeu dinheiro da pensão dele, do seguro de vida dele? Nenhuma indenização depois de todos esses anos? O que eles estão oferecendo?

— Não sei... eu só queria que ele saísse do meu apartamento.

— Posso descobrir para você?

— Pode. Aliás, eu disse a ele que você era meu advogado.

Sheldon deu retorno naquela noite.

— Querem oferecer um pagamento em uma parcela de US$ 100.000 por indenização pelo engano. Acho que podemos conseguir mais um pouco.

— Mais um pouco quanto?

— Bom, os meus honorários.

— Os seus *honorários*?

— Pelos serviços legais.

— Mas você não é advogado.

— Eles não sabem disso.

Ela suspirou rispidamente.

— Eu sei com toda a certeza que o meu marido, aquele canalha, roubou do sindicato.

— O sindicato em si é ladrão — ponderou Sheldon. — Rouba de seus afiliados. O dinheiro que ele roubou devia estar destinado para comprar o apartamento de alguém na Flórida. Foi por isso que foi pego tão logo. Por que é que *você* tem de sofrer?

— Como é que eles vão me pagar?

— À vista.

Geri pensou sobre o assunto.

— Não estou gostando nada disso.

— Você não gosta de cem mil à vista? Por quê? É louca?

ENTÃO, GERI ACEITOU um pagamento único. Veio pelas mãos do mesmo homem de Chicago, bem empilhadinho, igual a dinheiro de drogas na TV, em uma maleta preta rígida. Sheldon queria estar presente, mas uma viúva nova estava tendo crise de pancreatite.

— Você não pode ficar com todo esse dinheiro aqui — disse Erica. — Não é seguro. Por outro lado, se você colocar no banco, vão querer saber de onde veio. É legal?

— Não sei.

— Arruma um advogado, Geri. Parece que você tem dinheiro para contratar um.

Geri chamou Sheldon, que disse que ela podia levar a mala de dinheiro para um banco na Suíça, onde ninguém lhe perguntaria de onde veio.

Depois de algumas semanas, Geri resolveu que não precisavam ir para Genebra, era mais fácil ficar em casa, pegando dinheiro das diversas caixas de sapatos espalhadas pelos armários.

❖

Certa noite, naquele mesmo verão, Erica voltou para casa e encontrou o Sr. Urbino, chefe do departamento de matemática, suando no sofá, segurando com a mão enorme uma das delicadas xícaras de café de porcelana da mãe. Evitava olhar para ela.

Depois que ele foi embora, Geri lavou as xícaras e os pires com toda a calma na cozinha.

— O Sr. Urbino é casado, Geri — disse Erica à mãe.

— Eu sei — Geri suspirou.

— O filho dele estava na minha classe de italiano — continuou.

— Eu sei.

— Ninguém tem vergonha nesta casa?

Geri riu alto.

— Acho que não! — Ficou gargalhando, toda contente, por um instante, e então ficou séria. — Quero que você saiba que eu nunca teria me metido nesta situação se eu não sentisse de verdade que ele é *o homem perfeito para mim*.

Erica foi para o quarto e bateu a porta. Por acaso, sabia que a versão de homem perfeito da mãe não usava camisas brancas com manchas amarelas de suor nas axilas, nem calças de veludo marrom desbotadas. O Sr. Urbino era perfeito *em quê*?

CAPÍTULO CINCO

Em um dia escuro no final de dezembro, Sprague examinou bem de perto os arquivos da Friedman, Greiff e Slavin em sua mesa, acompanhado por um café vital, grosso e fervido demais. Fazia meses que Mitch Greiff pairava sobre a vida deles, sem se materializar. A investigação tinha descambado para as tangentes: o empresário, o assistente pessoal e o motorista de Celestina. O empresário, o assistente pessoal e o motorista de Jerry Fabrikant. O *personal trainer*, o assistente pessoal e o motorista de Sonny McPhain. O negociante de ações casado que tinha um caso com Heather Perkins.

Sprague e Ballestrino tinham voltado à Friedman, Greiff e Slavin pelo menos uma dúzia de vezes. Juntos e separados, tinham interrogado os funcionários e os donos da empresa a respeito de detalhes sobre sua vida, sobre a vida dos outros e sobre a vida de Mitch Greiff. Tinham descoberto um lugar repleto de dor, descontentamento pessoal e disfunções corporativas, mas não tinham chegado mais perto do fugitivo. Todas as histórias a respeito dele tinham cinco ou dez anos: parecia que as pessoas tinham parado de enxergar Mitch Greiff muito antes de seu desaparecimento.

Sprague pegou uma rosquinha coberta com açúcar de uma caixa. O que teria levado Mitch Greiff a fazer o que fez? Ele tinha todo o dinheiro de que precisava para pagar o estilo de vida que escolhera, que era bem bacana. Por que agora, e não antes? A única coisa que poderia explicar o roubo, a magnitude do roubo, seria algum hábito dispendioso. Mas ninguém tinha mencionado nada específico, além de arrogância, falta de ambição profissional e tendência a divagar a respeito de seu aquário.

Por que Greiff, e não Friedman ou Slavin, por exemplo? Respeito? Medo das conseqüências? Será que Greiff teria roubado US$ 103 com a mesma facilidade com que roubara US$ 103 milhões? Ele não tinha histórico de roubo, apesar de seu filho ter, e de o pai de Greiff ter sido acusado de trapacear em um jogo de canastra no clube de praia na década de cinqüenta, embora nada tenha sido provado.

Na verdade, Mitch Greiff parecia nutrir indiferença quanto ao dinheiro. Será que fizera aquilo por vingança? Nunca tinha maltratado ninguém que lhe devesse dinheiro. De acordo com Friedman, Greiff só tinha roubado de clientes que pagavam as contas deles, sócios que não lhe deviam nada e de seu melhor amigo/advogado, Landau, que aparentemente o incentivara a abrir a empresa, para começo de conversa.

Alguma coisa não estava se encaixando. As pessoas costumam roubar para retificar desequilíbrios. As pessoas costumam roubar para se vingar de outras pessoas. Mitch Greiff era a última pessoa que podia querer se vingar de alguém: tinha tido todas as oportunidades na vida.

AINDA NAQUELA MESMA tarde, Sprague sentou-se na frente de Erica King. Em última instância, todo mundo deseja fazer sua confissão. O segredo era criar a atmosfera apropriada. Foi até a sala dela, onde ela se sentia à vontade e achava que tinha controle sobre tudo. Tinha ido sozinho; a Sra. King parecia não gostar de Ballestrino no mesmo grau em que ele não gostava dela.

Começou criando um clima.

— Sabe, estou impressionado com o quanto a senhora consegue ser eficiente.

— Só faço meu trabalho — respondeu ela, com os olhos no monitor.

— Tem sido um prazer trabalhar com a senhora.

Ela ergueu os olhos, com ligeiro contentamento.

— Estou à sua disposição.

— Sabe, Sra. King, a senhora é inteligente demais para ficar aí só preenchendo cheques para pagar as contas de telefone dos outros — arriscou.

Ela ergueu uma sobrancelha grossa.

— É meu ganha-pão.

— A senhora é formada em Direito. Já pensou em trabalhar com isso?

— Para falar a verdade, não penso nisso, não.

— Tenho amigos no gabinete do promotor de Manhattan — disse ele, simpático. — Posso apresentá-la...

— É muita gentileza de sua parte, detetive. — Suspirou, cansada. — Trabalhei lá durante um verão, quando estava na faculdade. Percebi que não é o tipo de trabalho apropriado para mim.

— A senhora seria ótima...

— Em que mais posso ajudá-lo? — interrompeu.

Chega de papo furado.

— Quando foi que a senhora reparou na existência desta conta de correio de voz? — Sprague entregou-lhe uma pasta.

— Não me lembro de ter reparado nesta conta.

— Como assim, não reparou?

— Quer dizer, para alguém que não gosta nada de telefones, Jerry Fabrikant dispõe de várias maneiras para que se entre em contato com ele. Dá licença? — ela pediu e foi até o corredor.

Voltou e espalhou a grande quantidade de arquivos de comunicação de Jerry Fabrikant por cima da mesa. Jerry tinha quatro casas, com duas linhas de telefone em cada uma. Tinha vários celulares, alguns que funcionavam na região leste do país, outros na região oeste. Quando ia para o exterior, alugava celulares. Além disso, pagava contas de celular para o motorista, o assistente, o cozinheiro, a empregada e a instrutora-massagista-nutricionista.

Sprague a observou com atenção.

— Esta firma está à beira da falência, não é mesmo?

Ela cruzou os dedos em um gesto fechado e olhou para ele sem expressão.

— A senhora está procurando emprego? — perguntou.

— Todo mundo está.

— A senhora se importa se eu perguntar onde?

— Obrigada por sua preocupação, detetive; eu o manterei informado.

A vida não tinha sido fácil para ela: de acordo com Angie, a gerente, o pai de Erica tinha morrido em um acidente de carro quando ela tinha três anos e a mãe morrera de câncer quando ela estava com 23. Visual simplório, personalidade de um cadáver. Solteira, sem muitos interesses, pensou, e então se lembrou da coletânea da revista *MAD*.

A vida dela não era nada fácil, mas ela sabia se virar. Ele a pegaria.

❖

Patricia ficou olhando para o espelho de aumento, horrorizada com sua pele. O espelho, a mesa por sobre a qual se acomodava e a cadeira na frente dele eram a única mobília que sobrara no quarto, além da cama. Louça, faqueiro, arte... tudo tinha ido embora. Cada vez que atravessava os cômodos vazios e empoeirados, sentia-se acabada.

O apartamento estava à venda. A casa estava à venda. Tinha começado a estacionar na rua. Precisava de dinheiro, mas, se não conseguisse arranjar nenhum, não havia mais nada mesmo que pudessem fazer contra ela.

O telefone tocou, interrompendo sua avaliação das bolsas sob os olhos, das manchas, das sombras, das rugas avermelhadas serpenteantes e da pele que sobrava no pescoço. Era Marcia Clave, ligando para avisar que uma produtora de Nova York tinha expressado seu interesse em comprar a história da vida de Patricia para fazer um filme de TV.

— Não estou interessada.

— Não dê uma de convencida. Podemos fazer um bom acordo.

— Eu não conseguiria fazer isso. Mas muito obrigada.

— E se você pudesse fazer o seu próprio papel? — disse Marcia, negociando. — Na maturidade, claro. Outras atrizes fariam o seu papel até os 35 anos.

Patricia rosnou de tanta frustração.

— Certo, trinta.

— Você não está entendendo.

— Não, não estou. Estou tentando arrumar dinheiro para você. Achei que estivesse precisando.

— Estou, mas não vou tirar a roupa em rede nacional, por nenhuma quantidade de dinheiro no mundo.

— Não falaram nada sobre nudez.

As duas desligaram.

Onde estava o marido dela? Não que se importasse: só queria saber. Para encerrar o assunto. Se tivesse se divorciado dele, poderia ter evitado aquele terceiro ato bizarro. Tinha chegado tão perto... Cinco, dez, até 15 anos antes. Até no ano anterior, quase tinha feito. Mas tinha perdido a coragem: não conseguia pegar o telefone e dar o primeiro passo.

O telefone tocou.

— Achei o cara perfeito para você — disse Cynthia.

— Cara? — A palavra era esquisita. Fazia trinta anos que não se aplicava àquele contexto.

— Um cara! Com estudo, elegante, inteligente, conhece todo mundo; é muito bem-sucedido.

— E?

— Quer detalhes? Trabalhava no mercado financeiro mas se aposentou, só que faz um monte de coisas. Mora em Denver, mas está por aqui esta semana, e achei que deveria convidá-lo para jantar... a menos que você ache estranho eu e o Jack estarmos lá.

— Idade?

— Tem 76.

— Ele tem 76 anos?

— Tem, foi o que eu disse: 76.

— Ele tem 76 anos e mora em Denver? E isso é maravilhoso?

— Ele é divertido.

— Você o conhece?

— Eu? Não. Mas Lois disse que ele tem uma casa linda na montanha, e que é muito divertido. Ah, vamos lá. O que você tem a perder?

— Setenta e seis anos e mora em Denver. — Não tinha ninguém disponível com *menos* de 76 anos, *nem* em Denver. Em Nova York, então, nem se fala: não havia nem sequer *um* homem de 76 anos disponível em Nova York.

— Estou tentando — avisou Cynthia.

— Então nem tente, se você acha assim tão difícil.

Retornou ao horror das rugas verticais que se formavam acima de sua boca. O telefone tocou de novo, de imediato. Era Lenore.

— Acho que seria uma boa idéia você se socializar mais — disse a sogra. — Se houvesse um homem na sua vida, seria bom para todo mundo.

— Você tem alguém específico em mente?

— Claro! Aquele advogado simpático do clube de praia que se divorciou no ano passado.

— Tem razão: um advogado me seria bem útil. Será que eu devo contratá-lo para processar o seu filho?

— Você podia ligar para ele e convidá-lo para almoçar. Para se aconselhar a respeito da sua situação. — A sogra de Patricia era do tipo que a aconselharia a quebrar um braço para conhecer um médico bonito.

— PARE COM ISTO. Se você deseja aconselhamento legal, Lenore, sugiro que você ligue para um advogado e marque uma reunião. Tem a ver com trabalho. Não com almoço.

— Você almoça com ele, faz suas perguntas, sai para jantar, se envolve, ele se interessa por você, conhece a sua família em um jantar.

Patricia tinha aprendido, com os anos, a escutar Lenore com muito cuidado.

— Onde você iria jantar?

— Ah! — Havia um quê de animação em sua voz. — Eu adoraria experimentar aquele italiano novo que saiu no *Times*.

— Eu levo você para jantar lá na quinta à noite, às oito.

— Não posso comer — disse Lenore, sem fôlego — assim tão tarde. Não consigo fazer a digestão direito. — Patricia a imaginou batendo no peito ossudo. — Preciso fazer cinco pequenas refeições por dia.

O casamento tinha terminado, mas a família dele continuava lá.

Mitch tinha uma quantidade normal de culpa judia. O que teria acontecido com ele, para conseguir ignorar completamente a mãe? Além do mais, aquele sujeito era incapaz de sair de casa sem o cartão de crédito, não podia ir a um restaurante sem reserva, nem que fosse para almoçar.

Onde ele estava morando era uma informação secundária: *onde ele andava comendo?*

❖

O chefe dos detetives confiava no inspetor, o inspetor confiava no capitão, o capitão confiava no tenente e o tenente confiava em Sprague e Ballestrino. Tudo chegou ao ponto mais crítico em uma terça-feira de neve no meio da loucura do Natal; o FBI exigiu que fosse montada uma força-tarefa.

— Mas precisa ser um caso federal? — Greeley estava andando de um lado para o outro na frente da mesa do capitão. — Certo. Saio para dançar com o Serviço Secreto, com o Tesouro e até com o Serviço Postal. Mas não vou trabalhar com o FBI; eles já ferraram comigo vezes demais. — Parecia doente, como sempre.

— O Tesouro, o Serviço Secreto e o Serviço Postal não ficam me ligando a cada cinco minutos para dar início a uma força-tarefa — respondeu o capitão.

— Da última vez, levaram meu informante embora e me proibiram de falar com ele. — O tenente ficava andando de um lado para o outro enquanto desabafava. — Eles me fritaram *de propósito*.

Todas as cabeças assentiram, demonstrando apoio.

— Você já reparou que eles não cometem erros? Nunca há um erro no que fazem.

— Como é que alguém pode saber? — concordou Sprague. — *Eles* não colocam a roupa suja para secar na primeira página.

— Eles querem formar uma força-tarefa porque *não têm* nada — gritou Greeley.

— Estou ouvindo. — O capitão atendeu o telefone que tocava. Ficou escutando durante um momento. — Se o caso deve ir para algum lugar, é para a Interpol — terminou por dizer. — Os bancos das Ilhas Cayman não respeitam mais os federais do que respeitam a gente.

Ouviu mais um pouco, tentou falar, foi interrompido e finalmente disse "obrigado" quatro vezes. Mandou lembranças para a mulher e os filhos de alguém. Colocou o fone no gancho e sorriu.

— Certo, garotos, façam por merecer. Consegui mais uma chance para vocês. É a última.

Sprague se inclinou para a frente.

— Você se lembra de Erica King?

— Você sabe que eu sofro de NLPN — avisou o capitão. — Não Lembro Porra Nenhuma.

— Eu também tenho isso — respondeu Sprague.

— Quando foi que você pegou?

— Não lembro.

Os dois riram. Greeley ficou sério.

— Temos aqui a ficha dela, se você quiser — disse Ballestrino, como um recruta dedicado, mostrando ao capitão uma pasta cheia de papéis.

O capitão deu um sorriso pálido. Ele preferia relatórios orais.

Sprague assumiu a dianteira e refrescou a memória do capitão a respeito da Sra. King.

— Será que podemos dar uma olhada nela de novo? — perguntou Sprague. — Tenho um pressentimento.

O capitão cruzou as mãos atrás da cabeça.

— Certo. O que você quer?

— O maior tempo possível. Dois, três dias?

— Trabalhando vinte e quatro horas por dia?

— Bom, ela é escrava do escritório. Duvido que ela fique bebendo até cair em altas horas da noite, mas vamos colocar uma equipe atrás dela a noite toda, só por precaução. Vamos ver o que acontece.

JOE FAUSTO E CECILE BIALKIN da vigia seguiram Erica durante três dias, e voltaram com o seguinte relatório:

Saiu de seu apartamento às 7h30 e pegou um ônibus na 3rd Avenue para ir para o escritório. Almoçou o que tinha trazido de casa no Citicorp Center às 12h15 e voltou para o escritório. Às 19h30, voltou para casa. E ficou lá. No dia seguinte foi a mesma coisa, só que ela não saiu para almoçar, pode ter comido no escritório o almoço de casa ou pode ter pedido alguma coisa, trabalhou até as 19 horas e voltou para casa. No terceiro dia, saiu de casa às 7h30, foi caminhando até o Citicorp às 12h10, parou em uma farmácia na volta (sabonete) e ficou no escritório até as 20 horas. Comprou o jantar em um lugar que vende sanduíches na esquina do prédio dela, foi direto para casa e ficou lá. Não tinha telefone celular. Todas as ligações que recebeu no escritório tinham relação com o trabalho; não bateu papo. Durante o período, fez uma ligação de casa: para saber a previsão do tempo.

— Agora eu me lembrei por que eu tinha me esquecido dela — disse o capitão, ao ouvir o relatório. — Você tem alguma outra pessoa para seguir?

Todo mundo na empresa tinha sido vigiado. Heather Perkins continuava se encontrando com o negociante de ações casado uma vez por semana no SoHo Grand. O negociante de ações casado também se encontrava com outras mulheres no SoHo Grand, mas estas ele pagava. Charlie Tierney alugava filmes de Scorcese enquanto a mulher dele estudava para entrar em um curso de pós-graduação. Juan Mendez treinava um cachorrinho e saía com um enfermeiro. Glenn Friedman jogava *squash* quatro vezes por semana e levava a mulher para jantar toda noite, cada vez em um restaurante elegante diferente do Upper East Side. Marty Slavin tinha comprado o fígado picado mais caro da cidade e não queria deixar a mulher comer. Angela, a gerente, tinha arrumado outro emprego e estava prestes a pedir demissão. Patricia Greiff estava entocada em um apartamento vazio. Teve de dispensar a empregada porque não podia mais pagá-la. Conchita Santos, a empregada, estava fazendo faxina em meio-período e também cuidava de crianças, namorava um funcionário da FedEx no Bronx. Brian Greiff traficava e provavelmente usava cocaína; tinha consulta psiquiátrica duas vezes por semana. A namorada, Ivy Pelt, que morava com ele, abusava de seus funcionários, fazendo-os trabalhar demais, e ia três vezes por semana ao psiquiatra. Randy Greiff tinha um histórico juvenil impressionante de bibliocleptomania. No dia em que as transferências de dinheiro foram feitas na biblioteca da Faculdade de Direito de Columbia, ele tinha sido pego vadiando perto das prateleiras de livros raros na biblioteca Huntington, em Pasadena.

— Não sobrou ninguém — disse Sprague, de mau humor.

— Não vou trabalhar em porcaria alguma de força-tarefa com aqueles incompetentes do FBI — disse o tenente. — Se não somos capazes de mantê-los longe, então vamos logo entregar o caso para eles. De qualquer jeito, eles só iam ficar nos dando ordem e levariam a fama pelo nosso trabalho.

— Então está certo — disse o capitão. — Vamos seguir em frente.

O caso estava encerrado, à espera de novos avanços; todas as anotações, os disquetes e as caixas de registros bancários foram mandadas para o depósito. No caminho de volta para o gabinete, o tenente jogou dois casos simultâneos para eles, como se quisesse se vingar.

❖

Geri King, a enfermeira da escola, e o Sr. Urbino, o chefe do departamento de matemática, foram pegos se beijando no fundo do auditório durante a terceira aula; a Srta. Walsh (do segundo aborto, que todo mundo misteriosamente tinha ficado sabendo) informou ao diretor e, na hora do almoço, a escola inteira já estava comentando.

Erica King e Danny Urbino, garoto tímido e magrelo, transformaram-se em celebridades instantâneas. A todo lugar que ia, ela se sentia examinada. Erica nunca conseguiria perdoar a mãe.

O Sr. Urbino chamou Geri imediatamente, chorando, para dizer que nunca mais poderia se encontrar com ela. Saiu da escola, não por vontade própria, depois das provas de meio de semestre. Logo Geri também saiu e foi substituída por uma mulher mais velha e carrancuda, que não tinha jeito para tratar doentes. Danny Urbino ficou até o Natal, depois foi transferido. Como favor a Geri, Erica obteve permissão para terminar o ano na Bradley. Foram seis meses excruciantes.

Geri fez um intervalo decente antes de ligar para as amigas (em casa, claro) e convidá-las para tomar uma vodca e fumar um cigarro, comer comida chinesa e demonstrar compaixão. A Srta. Walsh e a Srta. Kaiser a dispensaram; ambas disseram (a Srta. Kaiser um pouco mais acanhada) que já não se sentiam bem travando relações com ela.

Geri se desfez em lágrimas por cima da mesa e disse que Erica era sua única amiga, e que a amizade era uma bobagem, assim como os homens.

Geri voltou com Sheldon um minuto e meio depois disso. Ele largou uma viúva de luto como se fosse uma batata quente quando Geri apareceu no centro completamente transtornada. Arrumou um serviço de administradora em meio período em um centro para idosos no bairro. Apesar de se sentir magoada por não trabalhar mais como enfermeira, Geri, por alguma razão, não procurou qualquer serviço nessa área.

A escola pública foi uma bênção para Erica. Ninguém falava com ela, e estava muito bem. Ela fazia seu trabalho, respondia a perguntas da maneira correta e se esbaldava com seu anonimato. Quase conseguiu esquecer todas as provações que enfrentara na escola Bradley.

❖

Apesar de algumas atividades do serviço comunitário de Erica terem diminuído por forças maiores (a morte de Delia Pleasance), Theresa Collecelli e Dorothy Findlay estavam em declínio acelerado e precisavam de auxílio diário. Davey Findlay não podia mais ficar na clínica de tratamento diário em que estava e ainda não tinha sido aceito em outra. Cada vez que Erica ia à casa de Dorothy, Davey pegava no pau e o esfregava de maneira obscena, gritando: "Charlie! O Charlie gosta da Erica!"

Erica passava a tarde tentando evitá-lo, enquanto ele a perseguia pela casa e a mãe fingia não notar. Diferentemente de muitos dos adolescentes na clínica, Dorothy lhe dissera, enquanto Erica trocava os lençóis, Davey era funcional no quesito atividades cotidianas e se orgulhava muito de escovar os dentes sozinho.

Davey tinha mais de 1,80 metro de altura e era quase bonito, com cabelos cacheados escuros e olhos azul-claros. Se seu desenvolvimento fosse normal, Davey seria um partidão. Mas tinha aparência estúpida e desconjuntada, e falava em um tom monótono, como que submerso. Às vezes, parava no meio de uma conversa e ficava em pé, imóvel, com a cabeça tombada para o lado, escutando com muita atenção, como se estivesse recebendo sinais de satélite.

Um dia depois da escola, Davey encurralou Erica na cozinha e se esfregou no traseiro dela. Foi agradável. Depois que ela deu comida a Dorothy, fez com que engolisse os comprimidos e fechou as persianas para ela dormir, ficou lavando a louça enquanto Davey apalpava seus seios. Ela poderia ter colocado fim naquilo a qualquer momento mas, por alguma razão, talvez curiosidade, talvez desejo puro, deixou que prosseguisse. Ele a puxou para seu quarto, decorado com dinossauros e caminhõezinhos de brinquedo.

Ela sentiu um cheiro esquisito.

— Quando é que Davey toma banho?

— Nunca! — Ele agarrou a blusa dela, pegando em seus peitos.

— Davey gosta de tomar banho de chuveiro?

— Davey toma banho de chuveiro, Erica — balbuciou ele, puxando-a para a cama.

Ela cheirou o cabelo dele quando ele enfiou o rosto em seus peitos. Ela o puxou para o banheiro.

— Erica vai dar um banho no Davey.

E deu. Ela o enxugou e o seguiu de volta para o quarto.

— Charlie pesado — murmurou quando ela subiu em cima dele.

Ela fez com que se calasse.

— Fica quieto, Davey. Dorothy está dormindo.

Ela tentava não pensar nele, nem na mãe dele no quarto ao lado, nem no vestibular para o qual precisava estudar, nem nas compras ou na correspondência de Theresa, nem nos remédios de Maddie. Tentou não imaginar a mãe fazendo aquilo com Sheldon, nem com o Sr. Urbino, nem com o pai dela. Abriu os olhos para observá-lo. Davey estava exultante e inconsciente do que fazia. Será que ela apodreceria no inferno por causa daquilo?

❖

Não conversaram sobre o assunto, mas Erica inscreveu-se apenas em faculdades de Nova York. Refletiu se aquilo era uma decisão sábia, mas o auxílio financeiro era melhor e ela era tão ocupada que a idéia de ter ainda mais formulários para preencher não lhe parecia animadora.

Ela tinha muito trabalho para fazer com que Davey tivesse prazer com discrição. Por outro lado, ele vivia gritando e cantando e fazendo barulhos obscenos. Erica queria acreditar que Dorothy não sabia, mas não dava para ter certeza.

— Ah, Erica — disse Dorothy, fraca e confusa, quando Erica chegou para trocar a roupa de cama. — É tão bom você vir sempre aqui, você é a única pessoa que eu e Davey temos visto ultimamente. Ele simplesmente adora as suas visitas.

— O prazer é todo meu, Dorothy — disse Erica, sentindo-se deplorável e falsa.

Ela relaxava bastante com Davey. Certa tarde, em vez de enrolar a cabeça com uma toalha, tirou a peruca no chuveiro com ele.

Ele ficou felicíssimo.

— Sem cabelo! Sem cabelo!

Depois, teve prazer na cama dele com um rebanho de animais de pelúcia e de borracha assistindo a tudo do parapeito da janela.

— Eu amo Erica — balbuciava Davey depois, brincando com os dedos dela.

— Eu amo Davey.

— Erica me ama — dizia ele contente, sacudindo-se todo na cama.

Será que era tão errado assim?

NA VISITA SEGUINTE, ele já estava em cima dela antes mesmo de ela ter oportunidade de colocar as compras na mesa da cozinha.

— Tira o cabelo — gritou ele, e puxou a peruca dela.

O rosto de Dorothy empalideceu de terror. Ela cuspiu café em cima de si mesma.

Ele dançou pela sala com o cabelo, gargalhando. Erica o ignorou e se concentrou na limpeza com uma esponja.

— Charlie gosta de Erica.

— Davey malvado, devolve — avisou Dorothy, sem olhar para Erica.

Ele não era muito inteligente, mas não dava para se ter tudo. Mais velho, mais alto, charmoso de um jeito excêntrico, capaz de caminhar sozinho. Ela podia dar conta do resto.

Mesmo assim, não podia contar para a mãe. O que Geri diria?

O QUE GERI FEZ FOI entrar correndo no quarto de Erica com o rosto branco como papel.

— Por que você não me disse que Davey estava incomodando você?

— Ele não estava me incomodando.

— Dorothy disse que achava que ele tinha molestado você.

— Ele não me molestou.

— Achei que ela estivesse ficando louca — disse Geri, aliviada. — Ela falou que viu você na cama com ele.

Dorothy não podia ter *visto* nada, Erica pensou. Ela poderia ter ouvido alguma coisa, ou Davey poderia ter contado alguma coisa. Por que negar?

— É. Eu fui para a cama com ele.

Houve um momento de silêncio enquanto a informação era absorvida.

O rosto de Geri ficou roxo.

— Você enlouqueceu?

— É tão estranho assim? Eu gosto dele.

— Há quanto tempo isso está acontecendo?

— Desde o ano passado.

Geri cobriu a boca com a mão e sumiu para dentro do quarto dela como um raio. Meia hora depois, abriu a porta do quarto de Erica (sem bater, apesar de todos os avisos) e insistiu para que Erica fosse fazer terapia. Ela compreenderia se Erica não quisesse falar com Sheldon, apesar de Sheldon não cobrar nada.

— A gente recebe pelo que paga — disse Erica, feliz por ter aberto o jogo.

— VOCÊ SABE QUE O SEU AMIGO não tem capacidade para uma conversa adulta — disse o terapeuta, cofiando o bigode. De acordo com a exigência de Erica, ele nem conhecia Sheldon. Ele não tinha cara de terapeuta. Parecia policial. — Ele não tem capacidade para usar dinheiro, sair sozinho, dirigir.

— Bom, eu também não sei dirigir.

— Muito bem. Então, você diria que é uma coisa mais física?

— É. E qual é o problema? Eu já tive várias situações mais físicas com outros caras... os ditos normais... e eu nem conhecia ou gostava deles a metade.

— É mesmo? Com outros caras? — O terapeuta tinha ficado interessado. — Fale sobre isso.

— Vai assistir a um filme de sacanagem — respondeu Erica, nervosa e incomodada. — E pára de se intrometer na minha vida. Não acho que o que eu fiz, o que a gente fez, foi errado.

— Você o levaria para a sua casa para conhecer a sua mãe, ou o apresentaria para os seus amigos?

— Isso é um teste? Bom, eu não tenho amigos, e a minha mãe é a razão pela qual venho aqui três vezes por semana. Se ela acha que é tão horrível assim, por que me mandou ir lá?

— Você ia lá para cuidar da mãe de Davey.

— E eu cuidei. Eu cuido. Você não está entendendo. Nós não vamos nos casar. Só estamos nos divertindo. Quem é que vai sair magoado?

O terapeuta ficou em silêncio, observando através dos óculos pretos opacos refletindo quadrados bege de luz na escuridão de sua sala.

— Você não deseja mais para si mesma?

— Quem você tem em mente? Acha que tem uma fila de homens dando a volta no quarteirão atrás de mim?

Apesar do pedido de Erica, a mãe ficou esperando na antesala. Apesar do pedido de Erica, Geri foi falar com o terapeuta depois.

Erica saiu de lá o mais rápido que pôde. Comprou um maço de Marlboro e roubou uma latinha de pastilhas para a garganta em uma lojinha na esquina do terapeuta. Foi caminhando para casa pela 5th Avenue, fumando furiosamente, mastigando os losangos que deixavam a boca dormente.

Claro que Geri estava em casa, fumando de sutiã, quando ela chegou. Quando é que Geri não estava em casa, fumando de sutiã? Geri imediatamente insistiu para que ela a acompanhasse para comprar maquiagem em uma loja de departamentos.

— Foi isso que o psicoterapeuta disse para você? Que eu precisava de maquiagem? Foi essa a opinião *profissional* dele?

Saiu de casa batendo a porta e foi até a casa dos Findlay. Dorothy não estava na cama, mas sim parada à porta, recurvada porém firme, para impedir que seu filho de dezenove anos tivesse vinte minutos de diversão com uma menina normal de dezessete anos.

— Oi, Dorothy.

— Erica malvada! — gritou Davey.

— A sua mãe vai assumir a partir de agora. Não precisamos mais de você.

— Vim aqui para falar com Davey. Davey, quer dar um passeio?

— Aonde? Aonde é que você vai levá-lo, sua pervertida!

— Sem briga! — berrou ele.

— Você não percebe que ele é frágil? Você pensou além de si mesma por um minuto sequer?

— Davey, quer passear?

— Não, Davey. Você fica aqui. Erica, vá embora e não volte.

— Davey. — Ela a empurrou para o lado e entrou na sala.

Dorothy:

— Não, Davey.

Erica:

— Vamos, Davey!

Davey:

— Erica malvada!

E o negócio assim prosseguiu, e empurrando puxando e se debatendo à porta de entrada, a correntinha de segurança balançando enquanto Dorothy empurrava Erica porta afora e a cabeça de Erica bateu no batente, e uma mão ficou presa na porta que Dorothy bateu. Davey urrou de dor. A porta se abriu de supetão. Dorothy se apoiou na porta do armário de casacos e caiu no chão.

Deixando Dorothy no lugar em que caíra, Erica levou Davey ao pronto-socorro segurando gelo em uma toalha enrolada na mão dele. Nas cadeiras de plástico da sala de espera, ele ficou fazendo sons de baleia durante meia hora. As pessoas ficavam olhando e se afastavam. Então, de repente, ele ficou quieto.

— A mamãe não gosta de Erica — disse ele.

— Davey gosta da Erica?

— Sem falar — respondeu bem conciso e começou a se sacudir para a frente e para trás.

A cabeça dela latejava no lugar em que tinha batido.

— Erica gosta de Davey — disse, sentindo a maior tristeza que já sentira na vida. — Davey gosta de Erica?

— Charlie gosta de Erica. — Davey deu tapinhas carinhosos no joelho dela. — Davey não sabe.

Depois do raio X e dos curativos, ela o levou para casa. Ele correu para o quarto da mãe, para mostrar a tala. Erica foi embora sem se despedir.

❖

O fugitivo acordou às 8h15, o que era tarde para ele, mas tinha ficado muito agitado para conseguir dormir na noite anterior. Tinha ido até a porta sem fazer barulho e espiara pela janela da frente. O dia estava ofuscante de tão claro. Será que ele devia esperar até que a rua se esvaziasse das pessoas que iam para o trabalho, para minimizar sua exposição? Ou será que devia se movimentar na hora em que tivesse mais gente na rua, para que assim se fizesse notar menos? Parecia uma caricatura da culpa. Precisava ficar escondido até que lhe crescesse um pouco de pêlo facial e ficasse com aparência normal. Um homem de *short* caminhava ao lado de uma bicicleta. Parecia sábado.

E *era* sábado, lembrou-se de repente, sentando-se com as costas apoiadas na porta de entrada. Era o sábado do fim de semana do Dia do Trabalho. Ele não podia esperar até que as pessoas fossem para o trabalho: agora ia ter de se misturar à cena do fim de semana, seja lá o que isso significasse naquele bairro.

Passara a noite toda andando de um lado para o outro na casa escura e suja, em frenesi paranóico. Estava morto de fome. Não havia nada na cozinha, e ele tinha medo de sair ou de pedir alguma coisa pelo telefone. E para quem ligaria? Por volta das 23h30, ele se queimou ao colocar água fervente em um pouco de mingau de aveia instantâneo.

Durante os vários anos que passara como criador de um ecossistema tropical em um aquário de corais de 760 litros, Mitch Greiff compreendera que era possível controlar vários fatores (temperatura, luz, água, alimento), mas sempre tinha alguma coisa fora do controle, alguma coisa que ia se desintegrando, alguma coisa que morria, alguma coisa surgindo do nada para atacar, dominar, fazer aumentar o nível de nitrato. Dava para arrumar um desproteinador, mas aquilo podia agitar os peixes ou fazer com que a água se espalhasse pelo chão. Mesmo que conseguisse fazer com que funcionasse perfeitamente, ainda assim ia ter algas crescendo em camadas sobre as pedras e limo cobrindo o fundo do aquário. Dava para colocar lâmpadas mais fracas para limitar a fotossíntese da invasão das algas. Mas com isso o coral podia adoecer.

Se havia uma coisa que Mitch aprendera com a paternidade (sendo pai de dois dos filhos mais impossíveis que já caminharam, chuparam uma chupeta até a idade de 13 anos ou começaram sua vida de crimes aos três anos) era que não havia como controlar outras pessoas.

E se havia algo que Mitch aprendera com os negócios, era que às vezes a gente dava uma simples ordem e era ignorado.

Ele tinha lhe dito para cancelar tudo. Tinha dito que não estava pronto, e ela simplesmente passara por cima dele, porque ela tinha a razão, porque *ela* estava pronta, porque o ímpeto *dela* estava fazendo com que seguisse em frente.

Mitch não tinha certeza se sua presença se faria notar na casa (outra coisa sobre a qual deviam ter conversado com antecedência), então apagou as luzes e ouviu as notícias na cama com o ouvido colado no rádio, como um adolescente louco por música em um filme antigo de *rock'n'roll*, morrendo de medo de que o barulho o denunciasse. Manteve as luzes apagadas. Entrou e saiu correndo do banheiro a noite inteira, tremendo de diarréia e cólicas.

De manhã, usou o anti-séptico bucal do armarinho do banheiro, mas não conseguiu usar a escova de dentes de outra pessoa. Será que era dela? Ele não fazia a menor idéia. Todas as roupas dele estavam em um dos apartamentos dela, aquele de que ele gostava menos. Já devia ter tirado tudo de lá àquela altura, mas tinha enrolado tanto que chegara lá só com as roupas do corpo.

Se havia uma coisa que tinha aprendido como ser humano e contador, era que planejamento era fundamental. Nenhuma daquelas questões representaria problemas se ele tivesse ido até lá com antecedência e feito um estoque de comida, por exemplo. Mas ele não estava pronto para ir até o fim. Tinha feito listas de coisas que precisavam ser feitas, mas não tinha feito nenhuma delas. Agora, estava morto de fome. Estava operando de modo deficitário, tentando se recuperar.

ERA IRÔNICO QUE, no Queens, fosse possível ter uma casa (minúscula) com gramado e uma garagem com entrada para o carro, que provavelmente custava um décimo do que ele pagava por seu apartamento. Ele poderia viver melhor em Jackson Heights do que no elegante Upper East Side, foi a piada que fizera quando viu o lugar pela primeira vez. Claro que a casa era uma caixa de tijolos vermelhos cafona, com grades de ferro preto sobre degraus de concreto rachados e cerca de arame. Os vizinhos da frente, que moravam em uma réplica exata da casa, tinham enchido o gramado de gnomos de plástico, que zombavam dele enquanto considerava a idéia de sair de casa.

Lá dentro, havia uma aura de atenção intermitente: alguém tinha tido o cuidado de mandar dedetizar, mas não voltara para varrer os insetos mortos dos peitoris das janelas. Alguém tinha escolhido mobília barata de modelo luxuoso em diversos tons de creme, mas não tinha voltado para dar um jeito nas manchas. Patricia, é claro, entraria e sairia do lugar todos os dias com abajures novos e amostras de tecido, até mesmo para uma casa alugada e mobiliada no Queens. Ele tinha achado que Erica ajeitaria tudo antes de ele se mudar.

Mas não ajeitou. Bom, e por que o faria? Ela trabalhava em tempo integral e ainda precisava cuidar de três apartamentos, afinal de contas. Será que ela tinha achado que *ele* ia fazer a decoração? Era impossível saber o que se passava pela cabeça dela, e fazer perguntas estava ficando cada vez mais difícil, agora que ela tinha perdido a paciência com ele.

O ar-condicionado funcionava, graças a Deus.

Às 13h20 daquela tarde, ele já não agüentava mais. Mandou-lhe um recado pelo *pager*.

Ela ligou em seguida.

— Aqui não tem nada para comer! — reclamou ele.

— Por que não?

— Eu não comprei comida ontem — confessou ele.

— Por que não?

Ele devia ter aproveitado o dia anterior para encher a geladeira, levar as coisas dele para lá, fazer tudo que estava marcado na lista. Em vez disso, passou o dia na Tower Records; tinha comprado dez CDs novinhos, e não tinha onde escutar. Desligou o telefone e correu para o banheiro mais uma vez.

A conversa seguinte, dez minutos depois:

— Estou com fome!

— Olha — respondeu ela. — Não posso ir correndo aí toda vez que você quiser um sanduíche. Você vai ter de se virar sozinho.

Ele precisava tomar cuidado com o jeito como falava com ela. Ela já não trabalhava mais para ele, não da mesma maneira. Lembrava-se de diversas ocasiões em que Erica tinha arrancado a cabeça de alguém ao se sentir incomodada ou pressionada.

— O que eu faço?

— Arruma comida.

— Você acha seguro?

— Você está com fome, não está? Coloca o chapéu e os óculos.

— Que chapéu? Que óculos?

— Veja no armário do corredor. Arranjei um chapéu e óculos para você.

— Eu realmente não estou me sentindo à vontade com tudo isso. Você pode vir aqui?

— Termino por volta das 7h30.

Sentiu um calafrio de medo e fome. Estava com cólica.

— O que eu faço até lá?

— Pede comida chinesa.

— Estou com uma diarréia horrível.

— Pede comida naquela lanchonete da Roosevelt Avenue.

— Você acha que é seguro?

ÀS 14 HORAS, ELE SAIU apressado da casa. Fazia um calor sufocante; precisou desacelerar. Havia algumas pessoas na rua, lavando carros, cuidando dos gramados ressecados e das plantas murchas em roupa de banho ou de ficar em casa. Ele se sentiu chamativo com suas calças sociais. Tirou a camisa e amarrou na cintura. Só com a camisa de baixo, foi até a pizzaria mais próxima, a dois longos e quentes quarteirões de distância. As casas eram caixas idênticas, feitas com os mesmos tijolos vermelhos, e se estendiam infinitamente. Cada uma delas se esforçava para ser original no tratamento dado às janelas, aos ornamentos do gramado e ao número da casa. Será que as ruas eram mais compridas no Queens?

Três pessoas ergueram os olhos quando ele entrou na pizzaria, e um cheiro gorduroso de alho o tomou de assalto. Ele recuou rapidamente e prosseguiu até a esquina, onde tinha visto um telefone público na frente de um posto de gasolina na 35th Avenue.

— Realmente, não me sinto à vontade saindo de casa — sussurrou ele, enquanto ali perto um homem coberto de tatuagens esfregava uma peça de carro com um trapo encardido.

— Então, pega uma *pizza* e vai comer em casa.

— O cheiro é horrível lá dentro. E já vai estar fria quando eu chegar em casa.

— Qual é o seu problema? — perguntou ela, como se de fato quisesse saber. — Se a temperatura da *pizza* é assim tão importante...

— Eu detesto *pizza* — interrompeu.

— Então, por que você não comprou seu filé-mignon vitela e toda a sua comida glamourosa ontem, quando deveria ter comprado? Por que você está me incomodando com toda essa tolice?

O que ele estava fazendo? Fugido, em uma casa vazia e cafona no Queens, totalmente dependente daquela mulher nervosa e difícil. Será que tinha perdido a cabeça? Comprou bolachas, chocolates e refrigerante no posto de gasolina. Voltou para casa, recebendo olhares dos poucos pedestres de sua rua. As coisas não podiam piorar.

Mas, quando usou o banheiro de novo, seu coração quase parou: a privada estava entupida. Apertou a descarga de novo, e a água subiu a uma altura perigosamente próxima à borda do vaso. As mãos dele começaram a tremer.

Estava fugido, em uma casa vazia, suja e com a privada entupida, totalmente dependente daquela mulher nervosa e difícil que provavelmente não sabia usar um desentupidor. A privada começou a transbordar. Estava em uma choça insalubre, como um refugiado. Tinha abandonado um apartamento perfeitamente adorável em Park Avenue para viver no Queens sem o conforto da alimentação ou do encanamento. Se é que já não era o caso, logo teria disenteria amébica.

CAPÍTULO SEIS

Erica colocou o *tailleur* de calça preto com botões dourados de Marjorie para a entrevista. Calçou sapatos de verdade, colocou jóias discretas, aplicou maquiagem e colocou a precura loira de Marjorie. Era um marco.

Antes de Erica ter a oportunidade de fazer seu discurso ensaiado, a diretora de RH sentou-se pesadamente e divagou sobre os detalhes de seus tratamentos de fertilidade durante uns bons dez minutos. A cabeça da mulher ia assentindo enquanto ela falava, primeiro de leve, depois de maneira exagerada. Erica segurou-se para que a sua cabeça não acompanhasse os movimentos da da outra.

— O impacto emocional... — prosseguia a diretora de RH, com a voz embargada. — Ninguém prepara a gente para isso.

— Há quanto tempo você trabalha aqui? — Erica tentou mudar de assunto.

— Seis anos. A empresa é ótima. Os benefícios são fantásticos, dá licença maternidade quando se tem filho — disse e bateu na mesa três vezes.

— Entre — Erica disse.

— O quê?

— Você bateu três vezes e eu falei para entrar.

— Eu bati na madeira porque quero ficar grávida.

— Talvez eu esteja no lugar errado. — Erica sorriu. — Vim aqui para uma entrevista com a diretora de RH. Para falar sobre uma vaga nesta empresa.

— É que ando muito nervosa. É a terceira vez, e o meu marido disse que vai ser a última. Sabe aquele tom de voz que os maridos às vezes assumem?

Erica colocou no rosto um sorriso profissional.

— Eu gostaria de falar a respeito do que eu tenho feito nos últimos dez anos na Friedman, Greiff e Slavin.

— Claro. Mas não estou vendo cartas de referência aqui. — Deu tapinhas em uma pasta.

— Vou fazer uma confidência. — Erica escolheu as palavras com cuidado. — Você deve ter ouvido falar do meu chefe, Mitch Greiff.

— Não!

— Isso mesmo. Mitch Greiff seria minha principal referência, já que era o sócio com quem eu trabalhava mais de perto. Com toda a certeza posso obter uma referência, mas simplesmente não queria alertar a empresa de que eu estava pensando em sair.

— Claro que não — disse a mulher. Não havia a menor dúvida de que ia contar para todo mundo que conhecia. — Como era trabalhar para ele?

— Ele era inteligente, justo, respeitava meu horário. Um chefe excelente.

— Inacreditável.

A diretora de RH então a conduziu até uma sala de reuniões, e fez com que se sentasse em uma cadeira de couro luxuosa. Ela mandou entrar vários sócios, e apresentou Erica como "contadora muito talentosa que passou dez anos na", aí abaixou a voz, "Friedman, Greiff e Slavin, trabalhando diretamente para o *Mitch Greiff*, de quem tenho certeza que vocês se lembram, não? Erica pediu que esta entrevista seja sigilosa".

Os homens de mais idade apertaram a mão dela vagarosamente.

— A senhora sabe de algum cliente que esteja em busca de novos contadores? — perguntou o sócio mais velho.

— Todos os clientes de Mitch estão saindo da empresa, e muitos dos clientes que trabalhavam com algum dos outros sócios também estão pensando em mudar.

Dava para sentir a umidade aumentando na sala.

— Compreendo que os senhores têm escritórios em Chicago. — Adiantou-se.

— Isso a interessa? — perguntou o sócio mais novo.

— Interessa.

— Ligue para o Jerry, em Chicago, e marque uma reunião para que a Sra. King vá até lá e os conheça — o sócio mais novo disse à diretora de RH, que foi até um telefone e fez exatamente isso.

ERICA PAROU PARA trocar de peruca no banheiro de um bar irlandês na frente da Bloomingdale's e foi caminhando até o escritório.

— Que *tailleur* bacana! — exclamou Charlie.

— E olhe só a maquiagem dela! — disse Heather.

— Quem é essa? — perguntou Glenn, na maior seriedade.

Ela passou direto por eles e se sentou em sua mesa com a porta fechada.

Alguém bateu com força.

Ela tinha examinado a sala para ver se havia alguma coisa fora do lugar. Tinha sido interrogada cinco vezes pelo detetive Dennis Sprague, às vezes sozinho, às vezes com seu parceiro italiano convencido. Fazia duas semanas que o vira pela última vez. A polícia poderia estar seguindo-a ou não. Presumivelmente, tinham acesso (legal ou não) a tudo que era possível saber a respeito dela. Podiam estar grampeando o telefone dela ou não. Podiam saber sobre a existência do *pager* dela ou não. Sem saber do que eles sabiam, ela continuaria a ter cuidado. Tirou o batom de Marjorie, preparou-se para mais perguntas e abriu a porta.

— Hoje o meu cabelo está um horror — Heather entrou, ajeitando o cabelo que crescia naturalmente, sentando-se sem ser convidada a fazê-lo. — Não olhe para mim.

Heather claramente estava ali para conversar a respeito de algum detalhe relativo ao que Glenn Friedman chamava de "Plano de Recuperação Friedman/Slavin", mas o que tinha vontade de fazer, na verdade, era reclamar ferozmente durante uma quantidade indefinida de tempo sobre como Mitch Greiff tinha sido egoísta e acabado com a vida de todo mundo, principalmente com a dela. Ficou jogando sua loirice de um lado para o outro enquanto cruzava, descruzava e recruzava as pernas esguias e nuas, cheia de si.

Não bastava que *ela* vencesse. Heather tinha de perder.

— Heather — interrompeu. — Compreendo que você precise conversar, mas por que você acha que eu preciso ouvir o que você tem a dizer?

Ela ficou observando quando a cara de Heather caiu no chão e depois se recompôs.

— Vaca — disse Heather e saiu em um turbilhão de cabelo.

A mudança para Chicago não fazia parte do plano inicial, mas o parceiro relutante também não. Mitch não era talhado para a vida clandestina no Queens. Ela não queria mais ouvir falar daquilo.

Ligou para a primeira auto-escola que aparecia na lista telefônica.

❖

Patrícia sentou-se na frente das contas, dos talões de cheque, da calculadora, dos envelopes e dos selos. Onde é que ele poderia ter ido para que ninguém o encontrasse? Será que faria uma operação plástica e se mudaria para a Argentina? Ela tinha precisado *implorar* para que fosse para Paris. Ele detestava transporte, moeda estrangeira, quartos de hotel, coisas que não conhecia. Não conseguia lidar com mapas, banheiros diferentes. Quando estava em casa, era incapaz de ir à *lavanderia* sozinho. Parecia uma *criancinha*: ela é que tomava conta de tudo. Quem estaria fazendo isso agora?

O telefone tocou. De novo. Estava preenchendo cheques sem fundo em um apartamento vazio. Que diabos queriam com ela? A secretária eletrônica disse: "Aqui é Eddie Fleisch. Foi Marcia Clave que meu deu o seu telefone." O corretor de imóveis dos tablóides? Será que Mitch também tinha roubado dele? "Vou deixar o telefone da minha *casa*", ele disse ao gravador.

Ela ligou para a casa dele.

— Gosto de mulheres que não fazem joguinho. Jante comigo — disse ele, sem fazer pausa. — Tenho algumas ocupações amanhã em que preciso dar uma passada. Venha comigo. Vamos ver e ser vistos, depois jantamos.

— Na verdade, estou preferindo a discrição ultimamente...

— Então, é claro que você está precisando sair — disse ele. — Pego você às 19h30. Só que eu não posso escapar destas coisas. Exigem a minha presença.

Ela pensou a respeito das cinco esposas e das companheiras variadas dele (modelos, animadoras de torcida, atrizes pornô), todas altas e loiras.

— Não posso aparecer no jornal de novo, simplesmente não tenho estômago para isso — disse ela.

— Publicidade negativa não existe — cantarolou Eddie Fleisch, e desligou.

Ela ligou para Marcia Clave.

— Ah, ele está cheio das adolescentes que andamos mandando para ele — explicou Marcia. — Mencionei você como uma senhora sábia, e ele tinha visto a sua foto no jornal, lembrou os anúncios do Sassoon. Amanhã você vai estar na coluna social, com uma legenda bem diferente... espere só para ver.

Ela ficou com vontade de vomitar.

— Que tipo de homem vê uma mulher em uma reportagem de escândalo e pensa: "Ei, esta mulher está para mim!"?

— Bom, mas, ei, toda moça precisa se alimentar — disse Marcia Clave. — E já faz bastante tempo que você não tem intimidade com um homem, certo?

— Perdão?

Qualquer um falava mesmo qualquer coisa para ela.

— Ele poderia acabar com todas as suas dívidas com um único telefonema — disse Marcia, cruel. — Ele pode facilitar muito a sua vida.

— E qual é a diferença entre isto e prostituição?

— Não seja ingênua, Patricia.

Desligou o telefone e olhou para as contas que não tinha como pagar espalhadas pelo chão. Quem mais ia *querer* ser visto com ela?

O telefone tocou. O que seria agora?

— Sra. Greiff? Aqui é o detetive Ballestrino, do Esquadrão de Crimes de Informática, do Departamento de Polícia de Nova York. Como vai?

— Detetive — disse ela, exausta. — Estou enlouquecendo neste apartamento vazio.

— Posso convidá-la para tomar um café?

— Como assim, agora?

— Não há hora melhor do que o presente — respondeu ele.

Ela tentou se lembrar dele. Tanta gente relacionada à investigação tinha passado por ali...

Encontrou-o na lanchonete da esquina. Ele era o bem vestido, com loção pós-barba. Uma onda de reconhecimento percorreu o lugar quando ela caminhou a extensão do balcão. Algumas cabeças se viraram quando ela se juntou a ele em um reservado nos fundos.

— Isto tem a ver com o caso?

— Sim e não. — O detetive a observava com cuidado. — Vamos pegar para viagem?

Foram até o balcão. Ele pediu dois cafés normais e perguntou se havia rosquinhas. O detetive foi informado de que as rosquinhas tinham acabado; disse a ela que escolhesse um doce e pagou. Ela agradeceu. Ele pegou no cotovelo dela e a dirigiu para a saída com muita cortesia.

Dentro de casa, na sala vazia, ela deslizou pela parede até o chão, fazendo um gesto elaborado, típico de uma anfitriã, para o chão ao lado dela. Ele ajeitou as pregas bem marcadas das calças e se sentou.

Os dois tomaram golinhos exploratórios do café normal.

— Nós saímos do caso... agora está na mão da polícia federal. Mas ando incomodado: seu marido não parece ter o tipo de domínio de detalhes necessário para fazer uma coisa dessas.

— Exatamente! — disse ela, saboreando o pão-doce pegajoso, delícia que não se permitia consumir devia fazer pelo menos 35 anos. — Ele gosta de achar que é um sujeito meticuloso, mas só se conseguir alguém para fazer o serviço para ele e depois culpar essa pessoa. Pegue os peixes, por exemplo: *eu* media a solução de estrôncio. *Eu* trocava a água. Mitch é muito preguiçoso. Se eu fosse vocês, estaria procurando uma mulher nova e boba — e aqui, ela pensou em si mesma, em 1971 —, que na verdade está fazendo todo o trabalho para ele.

Ela reparou que ele não estava comendo o doce dele. Ele se aprumou e tomou um gole com muita delicadeza; provavelmente não queria derramar café em seu paletó de *pied-de-poule*, nem na camisa, nem na gravata.

— Onde ele está? — O detetive amassou o copo de café e jogou na caixa em que tinham levado o lanche para cima. — Estamos enlouquecendo!

— Nem me diga!

Ela terminou o pão-doce. Ficou imaginando se devia comer o doce dele também. Estava faminta.

— Será que alguém queria prejudicá-lo? — perguntou ele.

— Quer dizer, você acha que ele passou desta para melhor?

— É uma possibilidade.

— Em algum momento, todo mundo se aborrecia com Mitch. Mas aborrecer-se o bastante para querer matá-lo? Duvido — concluiu ela. — Mas como é que eu vou saber?

O detetive Ballestrino assentiu com a cabeça. Era bacana ele parecer preocupado com o caso dela. Dobrou o guardanapo e jogou na caixa. Continuava sem tocar no doce.

— O que mais anda acontecendo?

Ela respirou fundo.

— Recebo ligações de jornalistas sensacionalistas e visitas constantes de agências de apreensão de bens.

Houve uma pausa.

— Então, qual é a parte que não tem a ver com o caso? — quis saber Patricia.

Ele alisou a gravata.

— Eu só queria saber como a senhora estava — respondeu e olhou para ela cheio de simpatia. Deixou que aquilo fosse absorvido, então se inclinou e entregou o doce para ela.

Ela tentou se segurar, mas se desmanchou em lágrimas.

❖

Sprague e Henry Chang tinham descoberto um esquema de fraude, em que o infrator, um holandês que morava em um contêiner de metal em um estacionamento de Hell's Kitchen, tinha vendido centenas de milhares de moedas Krugerrand de ouro pela internet para 36 clientes que tinham pagado pela mercadoria e, de algum modo, não receberam. Ele e Ballestrino tinham pegado um chefão de identidade colombiana que falsificava cheques e passaportes em uma lojinha de fotocópias em Elmhurst. Aquele bandido tinha perdido a cabeça completamente com Sprague, e lhe despejou um monte de palavrões em espanhol de dentro da frieza da cela de Tombs.

— Você pode ficar *falando* quanto quiser como eu sou idiota — disse Sprague com muita calma. — Mas é *você* que está aí de macacão laranja de presidiário.

No tempo livre, Sprague tinha começado a visitar salas de *chat* infantis como Evan, um fã de nove anos dos X-men. Em uma tarde gélida do início de fevereiro, recebeu uma mensagem instantânea de alguém chamado Billy, cujo perfil da AOL informava que tinha dez anos. Billy, no entanto, era o chefe daquela sala, mandando perguntas como "Clones elaborados pela engenharia genética são seres conscientes?". Billy escreveu isso sem cometer erros de ortografia, ao mesmo tempo em que mandou a mensagem instantânea para Evan, perguntando onde ele morava.

Sprague pediu a Ballestrino que entrasse na sala como Tim, um fã de dez anos dos X-men e, claro, Billy logo enviou uma mensagem instantânea para Tim, perguntando onde *ele* morava.

— Ele é daqui? — perguntou Anita Clemente. Ela tinha conseguido pegar incontáveis pedófilos pela internet.

— Eu moro na West 84th Street — digitou Sprague. — Onde você mora?

— Somos vizinhos! — digitou Billy. — Quer vir ver a minha coleção alguma hora?

— Pega logo esse canalha — disse o tenente de passagem.

— Vou faltar à escola amanhã — escreveu Sprague.

— Não, não, não! — disse Anita. — Assim parece fácil demais, ele vai logo desconfiar.

— Tarde demais, ele já mandou — avisou Ballestrino.

— Isso aí é adolescente demais; crianças de nove anos não falam em cabular aula — disse ela, cheia de autoridade.

— Eu cabulava quando tinha nove anos — respondeu Sprague.

Billy não respondeu à mensagem instantânea. Logo, seu nome desapareceu da lista dos participantes da sala de *chat*.

— Ah, que pena — disse Sprague, voltando-se para Anita. — Como vai o seu esteganógrafo?

— Fiz um belo avanço — respondeu ela, e voltou para sua mesa. — Um dos meus ex-colegas da delegacia de entorpecentes conseguiu o *e-mail* dele, não sei como. Hoje é o dia.

— Como é que você vai pegá-lo? — perguntou Tony.

— Vou mandar um *e-mail* com um programa de captura de código — disse ela, entregando-lhe uma folha de papel.

Sprague e Ballestrino deram uma olhada no código que ela anotara. Era um programinha que entraria no computador do pornógrafo quando ele abrisse o arquivo ligado no *e-mail* dela.

— Legal — Sprague se entusiasmou.

— O que você vai mandar para atrair a atenção dele? — perguntou Ballestrino.

— O prospecto de fotos de meninos de 12 anos sem calça.

Se o pornógrafo abrisse o arquivo, o programa de Anita entraria no disco rígido dele e enviaria uma mensagem para ela, dizendo, essencialmente, "entrei", e revelaria a localização atual do pornógrafo na internet. Se ela então fizesse com que o computador dela se dirigisse para aquele endereço na internet, seria capaz de ver tudo que ele faz em seu computador. Poderia pegar cada caractere digitado por ele, incluindo senhas e os códigos usados para criptografar a pornografia que ele enviava a seus assinantes. Cada vez que o esteganógrafo se conectasse à internet, seu computador se abriria para Anita; ela poderia entrar no disco rígido dele e fazer cópias dos arquivos dele sem que ele soubesse. Esse tipo de ação é chamado de Cavalo de Tróia; exigia mandado de busca e só tinha sido usado com sucesso umas poucas vezes. Havia as questões da privacidade, obviamente. Os *hackers* usavam a mesma técnica para invadir o computador de seus alvos.

— Então, agora eu só posso esperar — Anita Clemente sorriu.

SPRAGUE DEU UM PULO quando viu os olhos verdes brilhando na escuridão do *closet*: a gata atual, em seu novo esconderijo. Ele a enxotou e revirou o armário, inutilmente, em busca de calças que servissem.

— Também não tenho nada que me sirva — disse Cathy, melancólica.

Sprague não queria sair para comprar roupas novas. Não queria fazer uma visita ao alfaiate.

— Será que a gente devia emagrecer para o verão? — perguntou Cathy.

— Não se for exigir esforço — respondeu ele.

— Tem um regime que está circulando lá na clínica.

— Um regime? Tipo, comer coisas específicas em cada refeição? Acho que isso não tem nada a ver com a realidade.

— Bom, você podia abrir mão das rosquinhas. Aposto que você ia emagrecer dez quilos em um mês.

— Largar as rosquinhas — disse ele, ouvindo a porta da prisão se fechando.

— Ou fazer ginástica.

Ele suspirou.

— Fazer compras de repente está me parecendo uma boa alternativa.

— Na Cabrini, tem uma aula de culinária saudável às terças à noite — disse ela, insistente. — Ensinam a fazer molho de salada sem óleo.

— Eu posso diminuir as rosquinhas. Só duas por dia a partir de agora.

Dennis colocou as calças sobre as quais derramara molho no dia anterior. Ficou imaginando se Erica King mandava aumentar aquelas saias que arrastavam pelo chão, ou se simplesmente saía para comprar novas. Onde é que ela arrumava aquilo?

SPRAGUE E BALLESTRINO passaram um dia inteiro tentando descobrir quem tinha patrocinado um festival de *hackers* na noite anterior, quando entre dez mil e doze mil *hackers* tinham invadido o *site* de um dos hospitais mais importantes da cidade, sendo que o anfitrião tinha fornecido cópias grátis de um novo programa que ainda não tinha sido lançado para o público em geral. Não estavam conseguindo chegar a lugar algum. Assim como a maior parte dos *hackers*, o organizador daquilo era inteligente demais para usar seu próprio computador para cometer o crime. Fizeram uma pausa para almoçar cedo.

Sprague deu uma mordida no rolinho primavera frito e, com relutância, perguntou a Ballestrino qual ele considerava a melhor maneira para perder peso.

Ballestrino ficou com o rosto iluminado. Apresentou os fatos, falando pausadamente, como se não quisesse assustar sua presa.

— Mas o mais importante é saber se você vai seguir o programa. Se não, pode esquecer: só vai ganhar mais peso a longo prazo.

— Foi exatamente o que eu disse à Cathy. É melhor não fazer nada.

— Ou então, você pode fazer pequenas mudanças que surtem resultado a longo prazo.

— Tipo o quê?

— Tipo usar mostarda em vez de maionese. Tipo beber água em vez de refrigerante. Tipo não comer comida chinesa, nem tailandesa, nem *pizza*. Tipo escolher coisas grelhadas em vez de fritas. Tipo cortar as rosquinhas.

Sprague derramou molho de pato na outra perna da única calça que servia.

De volta à delegacia, Sprague pensou em Erica King. O que sabiam a respeito dela? Era canhota. De acordo com Angie, a gerente, o pai dela tinha morrido em um acidente de carro em Chicago quando ela era pequena. A mãe dela morrera de câncer quando Erica tinha vinte e poucos anos. Ela se formara com honra e distinção na Universidade de Fordham e trabalhara para o informativo sobre Direito *Fordham Law Review*. Começou a trabalhar na Friedman, Greiff e Slavin duas semanas depois de receber sua certificação como contadora. Os colegas de faculdade não se lembravam dela. Os colegas que estudaram Direito com ela lembravam de seu nome e nada mais.

O tenente passou por ali.

— Dennis, você não ganha para ficar olhando para o nada com cara de idiota.

— Vou me lembrar disso, senhor — ele disse, sem desviar a atenção de Erica. O caso estava fechado, mas continuava a incomodar. Ela era contadora sênior de muitas, se não da maioria, das contas de onde o dinheiro tinha sido roubado. Não tinha vida social e era o alvo das piores piadas do escritório. Tinha conta-corrente, conta-poupança e conta de investimento. Fazia grandes contribuições para seu plano de aposentadoria. Tinha cartão de crédito, mas raramente usava. O porteiro e os vizinhos não relataram qualquer barulho, um amigo, nem qualquer atividade. Ela mandava lavar e secar roupa fora, mas limpava o próprio apartamento. Com freqüência, pedia comida chinesa. O entregador informou que ela lhe dava gorjeta de um dólar toda vez, mesmo quando estava chovendo. Não assinava nenhuma revista. Não tinha endereço de *e-mail* pessoal. Não fazia ligações de longa distância. Raramente fazia ligações locais.

Será que alguém podia ser assim tão chata e desconectada? Dennis Sprague ficava imaginando se sua vida pareceria assim tão desinteressante para alguém que o seguisse.

Não, ele tinha mulher, e o trabalho dele era emocionante.

As moscas-das-frutas da lata de lixo dele e as pilhas de papelada amassada dos outros espalhadas por sua mesa quebrada sob as lâmpadas fluorescentes sujas caçoavam dessa idéia. Era mesmo um serviço emocionante. Ballestrino estava certo: Erica King era um buraco negro. Ela fazia a gente se sentir mal, como um reflexo de sua aparência.

QUANDO CHEGOU EM casa naquela noite, Cathy estava de moletom, suando. O *schnauzer* saltitava ao redor dela, ansioso. A cozinha estava abarrotada de verduras, frascos de vitamina e páginas xerocadas de receitas de baixas calorias. Uma fita métrica estava enroladinha ao lado da torradeira, pronta para atacar.

— Estou até com medo de perguntar — disse ele.

— Saúde. Ginástica — respondeu ela, sem fôlego. — Exercício. Perda de peso.

— O que tem para o jantar?

— Não sei — arfou ela. — Estou acabada depois das compras e dos exercícios, cansada demais para pensar nisso.

Ele assentiu com a cabeça.

— Tailandês?

— Ótimo.

Ele sabia o telefone de cor, e ela começou a guardar toda a comida saudável.

— Amanhã — disse a ele —, começamos o novo regime.

— Então, vamos nos livrar das coisas boas hoje à noite. Tem sorvete?

NA MANHÃ SEGUINTE, chegou cedo e colocou o almoço dietético na geladeira da delegacia. Anita estava se arrastando na sala do esquadrão, com cara de acabada.

— Já faz um dia e meio — disse. — Ele não vai abrir o *e-mail*. O que será que ele está fazendo?

— Nada dentro da lei, provavelmente. Vá para casa — ordenou ele. — Vá dormir um pouco. Eu fico de olho no seu computador.

— Você não pode ficar de olho nele o dia inteiro — respondeu ela. — Tem outras coisas de que cuidar.

— Nada de interessante. Se acontecer alguma coisa, eu ligo para você na hora.

Ela olhou de novo para a tela do computador.

— Espera aí! Entrei!

Conforme o pessoal ia chegando para trabalhar, todos se reuniam em volta do computador de Anita para observar enquanto ela examinava o *e-mail* dele, xeretando em várias mensagens, programando modificações no *site* e no boletim dele. Cada página do boletim tinha uma foto diferente de um menino nu, com menos de 15 anos, e Anita Clemente gravou tudo. Examinou todo o conteúdo do disco rígido, fez cópias da lista de *e-mails* dele, de seus representantes e de sua agenda. Tinha elaborado um mandado antes do almoço, e saiu à tarde com Henry Chang para efetuar a prisão.

No almoço, Sprague sofreu com o sanduíche seco de atum que Cathy preparara. O tenente passou por ali, reparou no saquinho de cenoura crua na mesa dele.

— Está de regime?

— Estou pensando no assunto — respondeu Sprague.

— Não deixe a sua energia abaixar. Vai afetar o seu trabalho.

❖

Erica tinha sido aceita em Fordham com bolsa integral, sem alojamento.

— Mas para que você precisa de um dormitório barulhento? — observara Geri, e Erica sentiu uma porta se fechando com violência na frente de seu nariz. — Aquela meninada ia deixar você louca. Vai continuar morando aqui.

Quando é que ela conseguiria fugir daquele apartamento?

Erica usava transporte público para ir a Fordham. Por que não tinha se inscrito em faculdades de outros estados, ou pelo menos em faculdades que ficassem fora da cidade? Mesmo assim, ela gostava do *campus* gótico e obscuro, de enormes salas de aula com assentos de madeira manchados, das salas de seminário reformadas, pequenas e com móveis tubulares de metal. Adorava fazer o próprio horário, adorava o trabalho na biblioteca, adorava ler no longo trajeto pela linha 6 do metrô.

Naquele mês de dezembro, Geri descobriu um caroço novo no seio que restara e recomeçou o tratamento. Erica assumiu todas as tarefas domésticas, além de cuidar de Theresa Collecelli, que exigia cada vez mais atenção; levava a mãe a consultas e a exames e ao hospital a cada três semanas para aplicação intravenosa de veneno. Às vezes, ia e voltava correndo até o Bronx duas vezes por dia.

Certo dia, quando Erica chegou à casa de Theresa com compras e o dinheiro da pensão dela, o zelador do prédio a puxou de lado.

— Você é sobrinha dela. Sempre te vejo por aqui. Sinto muito.

— Por quê?

— Ela morreu a noite passada. Ah, você não sabia.

E não sabia mesmo. Ficou imaginando como Geri lidaria com aquilo.

— Você é a única parente dela, certo? — assentiu Erica. — O apartamento. Tem três pessoas que querem. Mas você tem direito a ele, de acordo com a lei.

A idéia de ficar com o apartamento de Theresa fez o sangue correr mais rápido em suas veias. Ela não sentia nenhum tipo de emoção em relação a Theresa: era uma velha avarenta, de mente estreita e preconceituosa, com um bafo pavoroso. Depois de todos aqueles anos de serviço não-remunerado, finalmente ali estava uma espécie de recompensa. Parecia correto.

— Quanto custa por mês?

— Trezentos e dez. Mas as outras pessoas estão oferecendo luvas.

Aquele tipo de negócio nunca mais cairia no colo dela.

— Deixa eu pensar a respeito — respondeu, alisando o dinheiro da pensão de Theresa no bolso. — Quando eu preciso dar a resposta?

— Até o dia primeiro... quando é mesmo? Na semana que vem.

QUANDO ERICA CHEGOU em casa, a mãe estava na sala de jantar. Contas, formulários de seguro e receitas de remédios estavam espalhadas por cima da mesa. Erica não conseguiu se conter: apresentou seu plano antes mesmo de tirar o casaco.

Geri teve um chilique.

— É isso que eu recebo? — disse, furiosa. Um ponto vermelho apareceu em sua bochecha. — Eu dou comida e roupa para você, troco as suas fraldas e pago pela porcaria dos seus livros, e daí você me abandona aqui para morrer?

Erica irrompeu em lágrimas.

— Eu não vou te largar aqui para morrer!

Geri foi para a cozinha batendo os pés e tomou alguns comprimidos. O cabelo dela, que tinha crescido mais fino e mais grisalho depois da primeira bateria de tratamento, estava caindo de novo.

— Sabe, você está certa — disse ela. — Também não quero mais morar com você.

Erica tentou reassumir o controle. Não estava abandonando a mãe.

Foram dormir sem se dar boa-noite.

Geri acordou Erica às 2 horas: não conseguia encontrar uma caneta. Disse que tinha procurado e procurado. Como era possível não haver uma caneta na casa inteira?

DE MANHÃ, ERICA tirou a metade do dinheiro que tinha na poupança e caminhou os três quarteirões e meio até o apartamento de Theresa.

— Aqui está o primeiro mês de aluguel, o depósito caução e o dinheiro das luvas — disse, entregando ao zelador um envelope de dinheiro, sua poupança e mais a pensão de Theresa.

Ele a examinou de cima a baixo.

— Tem gente disposta a oferecer mais.

— Olha, eu sou sobrinha dela e tenho direito legal ao apartamento — respondeu. — O fato de eu te oferecer dinheiro adiantado demonstra as minhas boas intenções. Faz anos que você me vê por aqui. Você sabe que eu sou quieta e cuidadosa. Vou ser uma boa inquilina. Só que agora não tenho mais nada. Sou universitária e a minha mãe está doente. Certo?

Ele a examinou de novo e pegou o envelope da mão dela.

— Certo.

Era interessante como a verdade combinada a algumas mentiras formava um argumento eficiente. Ele a levou até o porão para preencher uma ficha.

— Nome.

— Maria Collecelli — disse, e assinou o contrato de aluguel.

Na banca da estação Grand Central, comprou as revistas *House Beautiful* e *Newsweek*, e preencheu o cartão de assinatura das duas com o nome de Maria. Quando voltou para casa naquela noite, Geri estava andando de um lado para o outro com um roupão de banho manchado. Cumprimentou Erica com um sinal da cabeça cheio de repulsa; seu rosto estava inchado de novo por causa do remédio. Erica não gostava de confrontos com a mãe: toda vez, saía em desvantagem. Geri ficou se esbarrando pela casa, fuçando em sacolas com folhetos antigos do Centro do Luto, escancarando os armários da cozinha, procurando canetas de novo.

Erica preparou o jantar. Queria se mudar dali.

Quando abriu a lava-louças, viu que as paredes do aparelho estavam rajadas de azul-claro: todas as canetas esferográficas, de ponta porosa, os pincéis atômicos e os lápis da casa estavam na cesta de talheres ou na prateleira superior.

Já estava na hora.

❖

A primeira vez que abriu a caixa de correio de Theresa e viu um exemplar de *House Beautiful* endereçado a Maria Collecelli, Erica sentiu um arrepio traspassar seu corpo. Então, uma imobilidade confortável tomou conta dela. Caminhou até a filial da Epiphany da Biblioteca Pública de Nova York (as bibliotecárias de Kips Bay já a conheciam) e pediu um cartão da biblioteca em nome de Maria Collecelli, apresentando seu contrato de aluguel.

— Tem algum outro tipo de identidade com endereço?

— Não *aqui* comigo — respondeu Erica, enquanto revirava a carteira. — Que tal isto aqui? — Mostrou a *House Beautiful* com a etiqueta de endereço.

Saiu dali com um cartão de biblioteca em nome de Maria. Sentia-se mais alta. Nunca tinha se sentido assim tão bem.

Toda a frustração que sentia ao pegar a correspondência de Theresa Collecelli transformou-se em animação quando passou a pegar a correspondência de Maria Collecelli, da mesma caixa de correio. Estava criando alguma coisa. Continuava indo ao antigo apartamento com bastante freqüência: ainda fazia as compras, ajeitava as coisas e pegava a correspondência. A mãe quase tinha substituído Theresa em sua agenda.

Geri piorou: vivia em estado de frustração constante, sempre ao telefone com a companhia de seguro, o consultório médico, o hospital ou Sheldon, sem ouvir ninguém dizer o que ela queria ouvir.

Dorothy Findlay morreu, e Geri assumiu os preparativos do funeral. Tomou a tarefa com resolução implacável, e explicou cada detalhe das providências com muito cuidado a Erica. Apesar de se conter e não pedir a Erica que tomasse notas, Erica sabia que aquilo era um ensaio para o enterro da própria Geri. Pagou o evento com um pouco do que tinha sobrado do dinheiro do sindicato.

— O Davey vai ficar internado na clínica o tempo todo agora — disse Geri, e lhe deu o número de uma assistente social. — Você fica encarregada de tomar as providências.

— Ele precisa de um número da Previdência — disse a assistente social irrequieta. — Você pode fazer isso com ele? Estou até o pescoço de trabalho, você se importa?

Erica pegou Davey na Independence House, um lugar no East Village onde ele e outros dezesseis jovens moravam e trabalhavam. Fazia quatro anos que ela não o via. Ele estava descuidado e não interagiu com ela. No gabinete da Previdência Social, ficaram esperando na fila e ele balbuciava alguma coisa esporadicamente, perguntando a respeito da mãe em intervalos de minutos. Ela apresentou a certidão de nascimento dele e um cartão de identidade da Independence House, e lhe deram um número de Previdência Social imediatamente. Ela o levou de volta à clínica. Um funcionário perguntou se ela gostaria de conhecer as instalações, e ela recusou.

— Erica malvada! — berrou Davey.

❖

Quando a mãe afinal deixou de ser capaz de cuidar de si mesma e ficava pela casa semanas a fio com um moletom laranja imundo, Erica a levou a outro médico. O que sobrara do cabelo dela estava oleoso, seu rosto descuidado ficara inchado, amarelado e cansado, e suas unhas estavam todas quebradas. Erica tinha feito inscrição na Faculdade de Direito.

Apoiou a cabeça na parede um instante.

— Que tipo de advocacia você quer praticar?

— Defesa criminal.

— Pára com isso — gritou Geri. — Você está me assustando.

Uma enfermeira espiou por trás da divisória deslizante de acrílico.

— Se você quer mesmo trabalhar com crime, pelo menos fique do outro lado, com os bonzinhos. E depois, tem outra coisa: a interação pública, você vai ter de falar no tribunal? Acho que você não vai se dar muito bem com isto. Acho que você vai se dar melhor nos bastidores.

Erica queria se defender. Mas Geri tinha inclinado a cabeça para trás, apoiando-a na parede da sala de espera com os olhos fechados, isolando-se.

Aprumou a cabeça mais uma vez.

— E a família?

— O que é que tem, Geri?

— A família é a coisa mais importante do mundo.

— Dá para ver, pela quantidade de tempo que a gente passa com a família.

O nome de Geri foi chamado, colocando fim naquele inquérito desconfortável.

❖

Os experimentos começaram, como sempre acontece, por engano. Um dia, lá na época do cubículo, apesar de sua atenção rigorosa aos detalhes, Erica percebeu que tinha colocado no lugar errado alguns lucros com títulos municipais em um relatório. Começara a suar. O dinheiro tinha desaparecido completamente. Será que as outras pessoas do escritório eram capazes de perceber como ela estava aterrorizada?

Retraçou seus passos, número por número, linha por linha. Uma hora e meia depois, encontrou os lucros em uma outra conta. Estava com dois documentos abertos no computador na hora em que cometera o erro. Os dedos devem ter escorregado no teclado e, quando digitou o número seguinte, não tinha percebido a mudança de tela. Esse tipo de coisa acontece: erros minúsculos que mudam o rumo da vida da gente. Olhe só para o pai dela, um homem inocente acusado injustamente de desfalque por causa de um erro burocrático. Ou isso ou ele era um ladrão metódico, adúltero, com um caso no escritório que tinha azedado. Ela preferia a versão do erro burocrático.

Erica corrigiu o erro e voltou a respirar normalmente. Levou o almoço até o átrio do prédio da Citicorp para avaliar o significado do erro. Na mesa à frente dela, uma mulher de macacão amamentava um bebê. Outra mulher empurrou um carrinho até a mesa de Erica e pediu licença para se sentar ao mesmo tempo em que já foi se ajeitando. Tirou da bolsa um pote de comida de bebê e começou a alimentar a criança que se contorcia.

Uma mãe acenou para a outra com a cabeça, perguntando:

— Quantos meses ele tem?

— Dez.

Erica tentou tomar seu iogurte e ruminar a respeito do lucro do título colocado no lugar errado, o que, para ela, teria implicações profundas, mas, depois daquele primeiro contato, as duas mães começaram a comparar o inchaço de seus mamilos, o parto e a episiotomia bem alto. Ela tirou os olhos do almoço abruptamente. Elas nem se deram conta, de tão envolvidas que estavam na conversa a respeito de ginecologistas, pediatras, cor do cocô de cada bebê.

— Ei! — gritou Erica.

As duas ficaram olhando para ela, certas de que era louca.

— Estou comendo! Será que vocês se importam?

— Este é um local público — disse a mãe sentada à mesa de Erica. — Podemos falar a respeito de qualquer coisa que quisermos.

— Exatamente, este aqui é *mesmo* um espaço público: mas será que é *de fato* o lugar adequado para descrever a cor dos excrementos do seu filho?

— Por que você não senta *aqui*? — disse a outra mãe. — Aqui nesta mesa, gostamos de crianças.

— Não são as *crianças* que estão me incomodando — anunciou Erica.

A mãe na mesa de Erica se levantou, ofendida. Quando se ajeitou na outra mesa com a criança, continuaram a falar bem alto a respeito das hemorróidas pós-parto de uma irmã, a fibrose de uma amiga, a miomectomia de uma cunhada. A coisa ia e voltava, como um jogo infinito de tênis ovariano.

— Eu fiquei com pena dela — disse bem alto a primeira mãe, quando Erica se levantou para sair. — Ela nunca vai ter filhos.

— Olhe só para ela — concordou a outra mãe.

— *Vacas* — disse Erica quando saiu.

NAQUELA NOITE, completando um jogo de palavras cruzadas no apartamento de Maria, refletiu a respeito de seu erro. Quanto tempo um fundo poderia ficar perdido até que alguém notasse? Era uma questão que merecia um experimento.

Marjorie Slotweiner era uma das clientes para quem a Friedman, Greiff e Slavin pagava todas as contas, além dos impostos. Era um exemplo interessante para um teste: se alguém fosse notar irregularidades, não seria a desligada e descuidada da Sra. Slotweiner. Por outro lado, se alguém tinha o número da Friedman, Greiff e Slavin programado em discagem rápida no telefone, esse alguém era a carente da Sra. Slotweiner, recém-enviuvada, cujo marido cuidava de "todo aquele negócio de dinheiro" quando era vivo. "Na minha vida inteira", se gabara ela para Erica, "nunca preenchi um cheque!"

Erica abriu uma segunda conta-corrente para Marjorie Slotweiner no banco Chase e transferiu um pouco dos lucros dos títulos para ela. Erica pediu um cartão de crédito no nome de Marjorie e fez com que o extrato mensal fosse enviado para o escritório, a seus cuidados, com todas as outras contas de Marjorie. Treinou a assinatura legível de menininha da Sra. Slotweiner... aquilo não era nem um pouco difícil. Comprou um *laptop* para Marjorie usando o cartão Visa novo de Marjorie e fez uma conta de internet na AOL em nome dela. Deu início a negociações *online* para aumentar seus meios de atuação.

Todo mês, cuidava dos negócios da Sra. Slotweiner, incluindo as contas do cartão Visa novo de Marjorie, que pagava com a segunda conta-corrente de Marjorie no banco Chase, alimentada trimestralmente com um pouco dos lucros dos títulos municipais da Sra. Slotweiner. Guardava o segundo conjunto de arquivos de Marjorie Slotweiner no apartamento de Maria, que tinha se transformado em local de armazenamento.

Alguns meses depois, Erica pegou um trem até Boston, para equipar Marjorie dos pés à cabeça. Resolveu que seria loira, com gosto mais refinado do que Erica ou Maria. Marjorie usaria maquiagem e jóias. Sapatos de verdade, não tênis. Entrou em uma loja de departamentos com a peruca loira nova e se sentiu mais alta, mais jovem, mais livre. Os homens olhavam *para* ela, não através dela ou além dela. As pessoas a atendiam imediatamente. Ninguém lhe pedia para deixar a bolsa na chapelaria; nenhuma vendedora ficava observando o que ela fazia nem soltava indiretas do tipo: "Esta roupa *emagrece.*"

Uma outra pessoa poderia ter concluído, a partir dessa experiência, que ela devia ter se mudado para Boston. Mas o que ficou para Erica daquele fim de semana foi a sensação de que tudo seria melhor se ela fosse Marjorie.

CAPÍTULO SETE

Patricia desocupou seu apartamento pouco depois do Ano-Novo com uma mala e uma bolsa de lavanderia. O celular dela tocou quando o táxi disparava pela Lexington Avenue com todas as suas posses. Era o detetive Ballestrino. Tinha ligado várias vezes desde aquele lanche, para ver se ela estava bem.

— O que você vai fazer hoje? — perguntou ela.

— Ah, cuidar de uns roubos, de umas fraudes, de uns assédios.

— Parece legal.

— Não muito. E você, o que vai fazer hoje?

— Estou desocupando o apartamento em que morei durante 27 anos.

O detetive fez uma pausa. Ele devia ser de 15 a 20 anos mais jovem do que ela.

— O que você acha de sair para jantar hoje à noite?

Ela fez questão de esperar um instante, como se estivesse pensando sobre o assunto.

— Acho bom.

— Ótimo. Posso te pegar às oito?

— Certo — disse ela, tentando não ficar tão ansiosa. Deu o endereço de Brian a ele.

IVY PELT A CUMPRIMENTOU com um sorriso esforçado.

— Você pode se acomodar no sofá-cama do escritório. Eu queria que você ficasse na nossa cama, mas o Brian disse que você não ia querer de jeito nenhum, que não deveríamos nem oferecer. O apartamento todo fica à sua disposição durante o dia, enquanto a gente está gravando. Aproveite. Não sei quais são os seus planos, mas, se eu puder ajudar, é só dizer. Tenho bons contatos em alguns lugares desta cidade.

Patricia respirou fundo. Mais uma situação em que ela nunca sonhara se meter.

— Obrigada, Ivy. Vou deixar vocês em paz daqui a um ou dois dias.

— Pode ficar quanto tempo quiser! — Ivy pegou um telefone que tocava em um estojo preso à cintura. — Certo. — Anotou alguma coisa em um bloquinho. — Tudo bem.

Guardou o telefone e ergueu o olhar com um sorriso falso.

O telefone tocou de novo.

— Certo, Brian — entoou, entregando o telefone para Patricia.

— Oi mãe, tudo bem? Você tem tudo de que precisa?

— Tenho, está tudo bem.

— Achei que você devia ficar no nosso quarto, mas Ivy foi muito firme a respeito disso. Disse que você não ia querer de jeito nenhum, que não deveríamos nem oferecer. Ah, a minha cabeleireira chegou. Preciso ir. A gente se vê à noite.

Ivy mostrou os dentes de novo e pediu licença.

PATRICIA PENDUROU seus dois *tailleurs* apresentáveis no armário do "escritório". Parecia uma loja de vestuário masculino: contou 23 casacos. Brian era adulto, podia gastar seu dinheiro como bem entendesse. Ela imaginou que ele devia estar ganhando bastante, e tinha sido bastante gordo, durante tempo demais, para justificar seu fascínio. Na parede, havia três fotos de Brian sem camisa, recostado em uma paisagem perfeita com aparência reprimida. Mesmo hoje, quando Patricia às vezes olhava para os filhos normais, saudáveis e bem ajustados dos outros, tinha de desviar o olhar, porque era invadida por um excesso de sentimentos.

O telefone tocou. Ela deixou a secretária eletrônica atender.

— Oi, é Lucy. Passo aí às 20 horas, mais ou menos. Preciso de três.

No segundo banheiro, Patricia encontrou pós compactos, tubos e pincéis bem arranjados por cima da pia: a maquiagem de Brian. Foi até a cozinha e abriu uma lata de atum, na esperança de que eles não fossem notar. Tinha US$ 597 e um carro em seu nome. Por cima da mesa havia uma grande foto de Brian e Ivy com moletom branco combinando em uma paisagem de fundo perfeita, segurando flores brancas e sorrindo.

Tinha perdido sua casa e era possível que agora estivesse sendo paquerada por um homem mais novo. Sentiu a necessidade de contar para alguém como a história estava mudando.

Cynthia ouviu durante dez segundos antes de interrompê-la.

— A Dominique está saindo com um compositor pobre de Seattle.

— Que legal.

— Não seja ridícula! O que ela pode estar pensando? Ele é um desperdício!

— Já foi preso?

Cynthia riu.

— Claro que não.

— Então não quero nem saber — disse Patricia.

— Desculpa — Cynthia suspirou. — E aquele terapeuta que eu achei?

— Não tenho dinheiro para pagar terapia — respondeu Patricia.

Silêncio.

— É verdade que você está namorando o Eddie Fleisch?

— Saí com ele uma vez, porque ele insistiu demais.

— E, interessou?

— Não seja ridícula.

— Porque, sabe como é, *ele* teria dinheiro para mandar você fazer terapia.

Patricia olhou ao seu redor, para a cozinha desconhecida.

— Sabe, Cynthia, acho que nenhuma de nós duas está conseguindo tirar dessas conversas o que tirávamos antes. Acho que não vou mais ligar para você.

— Desculpa, Patricia. — Cynthia parecia aliviada. — Só que eu não sei mais o que dizer para você.

NA SALA, HAVIA UMA grande foto de Brian e Ivy usando moletom vermelho combinando, fazendo pose na frente de uma lareira exuberante. Reunindo as informações que tinha, Patricia calculou que o detetive devia ter entre 32 e 35 anos de idade.

— Oi, é o Don. Eu quero um e meio — disse a secretária eletrônica.

Patricia se ressentia de casais felizes. Não de adolescentes se beijando na rua, mas de mulheres da idade dela com homens que ainda funcionavam como marido. Patricia costumava ter inveja de algumas amigas separadas por causa de sua liberdade e da paz que deviam ter em um apartamento só delas. Mas mais ou menos na época do advento do segundo aquário, tinha saído para jantar com Bibi Leyner, que estava divorciada havia seis anos. Bibi sentou-se e tirou o casaco, mostrando os ombros, o decote e um bustiê preto brilhante.

— Os homens — explicou Bibi — só enxergam pele.

— Ah.

— Quanto mais velha a gente fica, mais pele tem de mostrar — disse, sentando-se bem ereta. — E bem quando a pele não é mais pele.

— Pele é um pavor — concordou Patricia.

— A pele é *de matar*! Aqui estou eu de *lingerie* em *janeiro*, de *regime*, em um restaurante maravilhoso, e para quê? Olhe em volta: não tem ninguém. Ninguém! E o que tem está procurando uma menina de 24 anos.

— Não — disse Patricia, solidária.

— Tudo bem, vai ver que estão procurando uma de 34, mas será que isso melhora as coisas?

Patricia examinou a memória em busca de homens solteiros e separou vários. Dois de cada três estariam no próximo evento beneficente que ela estava organizando, e Bibi concordou em participar, apesar de ser republicana.

— É assim que se fala.

— Tem algum casado que você queira me apresentar? — perguntou Bibi, falando sério. Patricia ergueu uma sobrancelha. — Bom, desculpa, mas estou com fome e estou cansada e estou me sentindo sozinha e estou com frio — disse Bibi. Patricia foi para casa deprimida.

O marido estava no quarto. Ela se demorou para ir para a cama, porque não queria ter de falar com ele. Por outro lado, a idéia de estar lá sozinha e pouco vestida no inverno também não era muito glamourosa.

A PARTIR DAS 19 horas, a campainha começou a tocar a cada vinte minutos. Ivy se levantava de um pulo para entregar ao visitante um saco de papel pardo amarrado com uma fita marrom e branca de bolinhas de uma bandeja no *hall* de entrada.

— O que é isso? Docinho de Dia das Bruxas? — perguntou Patricia.

— Estamos dando fotos e essas coisas para o fã-clube do Brian — respondeu Ivy.

— Fotos em saquinhos de papel pardo?

— Ah-hã — respondeu Ivy, lançando para Brian um olhar aborrecido.

Patricia olhou para Brian, e ele a seguiu até a cozinha.

— Achei que você tivesse acabado com esse negócio de droga — sussurrou ela.

— Eu não estou usando! — afirmou Brian, como um ator de novela que recebe uma acusação falsa.

— Então, você só faz isso para poder comprar todos aqueles casacos?

— Não sei do que você está falando — disse ele, parecendo um protagonista bonito de novela da tarde que não sabia do que ela estava falando.

A campainha tocou.

Agora que Mitch tinha aprontado aquilo tudo, o comportamento dos filhos fazia algum sentido. Não era como se tivesse surgido do nada.

Patricia saiu para terminar de se vestir. Coisas mais estranhas tinham acontecido do que uma diferença de idade de 14 a 16 anos. Vestiu o *tailleur* de calça mais despojado dos dois que tinha consigo. Aplicou a maquiagem com cuidado e depois tirou a maior parte da pintura, para ninguém achar que estava tentando parecer mais nova. Mas quando a campainha tocou de novo, exatamente no horário marcado, ela passou um pouco do *blush* de Brian, apressada.

— Como vai? — ouviu o detetive Ballestrino dizer. — Estou aqui para pegar Patricia.

Ivy olhava para ele como se estivesse passando um vídeo para a frente em velocidade avançada.

— Anthony Ballestrino — adiantou-se, e Ivy apertou sua mão, boquiaberta. — Nós nos conhecemos durante a investigação, há alguns meses. Como vai, Sra. Pelt?

Patricia cumprimentou o detetive Ballestrino com o máximo de delicadeza possível, sob aquelas circunstâncias. Quando a campainha tocou de novo, ela o pegou pelo braço e o conduziu pelo corredor até o escritório e fechou a porta.

O detetive Ballestrino estava muito bonito com um terno escuro risca de giz. Ficou lá com as mãos enfiadas no bolso, completamente relaxado, olhando para ela sem disfarçar. Talvez aquilo fosse mesmo um encontro amoroso. Ela colocou as chaves de Brian na bolsa e fez uma pausa à porta, prestando atenção para ver quando dava para sair. A campainha tocou de novo.

Ele sorriu para ela.

— Estão dando uma festa?

A situação era demais da conta: ela em um encontro amoroso com perspectivas sérias; na presença de um policial enquanto o filho dela vendia drogas na sala ao lado; parada entre uma cama e um homem atencioso e atraente enquanto as fotos do filho musculoso de cueca faziam parecer que ela estava dando em cima dele. Como é que a vida tinha ficado tão absurda?

— Vamos sair daqui. — Agarrou a mão dele e o puxou para fora do apartamento. Deve até ter apreciado as ondas de choque que deixou atrás de si.

❖

Tudo começou com o pequeno aquário redondo do peixinho dourado de Brian. Logo era um aquário de 380 litros com tubulações feias ocupando espaço valioso na sala, e Mitch e Patricia ficavam amassando ervilhas para complementar a dieta dos peixes. Mitch começou a ir a Long Island aos sábados para comprar corais raros e acessórios mais sofisticados.

— O peixe-cirurgião controla as algas, então é uma solução biológica — dizia ele em seu discurso monótono, da mesma maneira que anteriormente tinha falado sobre as expressões de Ben Webster ou o chamado às armas de Winston Churchill.

Certa tarde, antes de o primeiro aquário de corais ter sido tomado por vermes e ser desmanchado, ela encontrou uma meleca marrom-acinzentada no meio do tapete da sala, coberta de fiapos. Ficou imaginando qual membro da família teria de ser mandado para um novo psiquiatra. Mostrou para Mitch quando ele chegou em casa.

— O polvo fugiu. A tampa devia estar aberta. Quantas vezes eu preciso falar para colocar a tampa no lugar?

Mitch parecia estar falando com ela através do aquário: ele precisava do aquário, precisava que ela tomasse conta do aquário e precisava culpá-la toda vez que algo dava errado. Em certo nível, estava tomando conta dele, apesar de não ser exatamente o que tinha em mente quando a tubulação estourou e ela se viu tirando água do chão do banheiro.

Quando ele comprou o segundo aquário, maior, que apresentava corais exuberantes e pedras vivas, o trabalho dobrou. Todos os dias, quando ela alimentava os peixes ou limpava o aquário, ouvia a voz do marido, sempre o entendido, sempre exasperado com Patricia, a aprendiz, tagarelando sem cessar sobre o ecossistema.

— É um quadro vivo — disse certa noite quando recebiam visitas. Os convidados ficaram olhando para o aquário durante um tempo; depois a discussão naturalmente se voltou para o clima terrível, um divórcio recente escandaloso e os benefícios do ômega-3. Mitch continuou seu discurso sobre a vida marítima, sem perceber que os outros já tinham seguido em frente. Depois da festa, ele ficou reclamando de como todo mundo tinha sido mal-educado, como tinham sido chatos e pouco criativos. Deu bronca nela por fazer perder seu tempo com gente com interesses tão restritos.

Logo ele lhe disse que não queria mais receber visitas, e mudou o segundo aquário de corais para o quarto, onde o equipamento ficava assobiando a noite toda, lançando um brilho fluorescente sobre suas tentativas desencontradas e pouco freqüentes de estabelecer intimidade.

Na medida em que o mundo dele foi se contraindo, ela começou a sair mais. Não era nada que fizesse de propósito, mas de repente se viu vivendo mais na academia e evitando o apartamento nos finais de semana. Havia algum evento ou uma reunião para alguma coisa quase toda noite. Teve um encontro com um lobista casado que conhecera em um evento beneficente. Patricia não queria se envolver. Foi uma vez só, disse a si mesma, somente para que conseguisse voltar a respirar.

NA TARDE SEGUINTE, ligou para o terapeuta de Mitch.

— Eu me segurei para não ligar para o senhor até agora — desculpou-se. — Mas ele não fala nada, e já faz seis meses, e não está acontecendo coisa alguma.

Um silêncio assustador do outro lado da linha.

— Sra. Greiff, eu não posso conversar sobre os meus pacientes com ninguém, mas creio não estar revelando segredo algum ao informá-la de que o seu marido não é meu paciente. Ele nunca mais voltou, depois da primeira sessão.

Ela entrou no carro e disparou pela Northern State Parkway com os dentes cerrados. Deixou um recado curto e controlado na secretária eletrônica, avisando que estava na praia, que ele teria de se virar sozinho. Ele ligou para ela uma vez, na segunda noite, para perguntar quando voltaria.

Quando voltou, uma semana depois, ele imediatamente lhe passou uma lista de tarefas relacionadas ao aquário, e disse que a situação das algas estava saindo do controle.

— As algas estão saindo do controle porque você não cuidou delas — disse ela.

— E olhe só para os danos no coral — respondeu ele.

— Eu já estou por aqui com este aquário, e já estou por aqui com você. Coloque o aquário em outro quarto; qualquer um que você quiser, eu não me importo.

— Você sabe que eu não consigo dormir sem o aquário.

— Então, saia com ele. Ah, e, falando nisso, eu conversei com o Dr. Carrol.

A boca dele se abriu um pouco.

— Então, qual é a diferença que faz o lugar em que você dorme? Não tenho mais paciência para você ou para a porcaria dos seus peixes.

No dia seguinte, ela pediu a Conchita que preparasse o sofá-cama no escritório e, juntas, prepararam um aquário provisório para os peixes enquanto deslocavam as pedras e os corais, seguindo as instruções dadas pela loja.

— Não sei se esta idéia é muito boa — Conchita disse, e Patricia deu um sorriso apertado. Ela precisava mesmo mandar Conchita embora por ser tão impertinente, para não dizer insubordinada. Mas não tinha ninguém para substituí-la, e não estava interessada em procurar.

Naquela noite, Mitch entrou como um louco no quarto desprovido de aquário, furioso.

— Bom, mas é mesmo uma pena muito grande — disse Patricia e saiu para uma festa beneficente em prol do controle de armas.

DEPOIS DA EXPLOSÃO inicial, ele pareceu não se importar de dormir em quartos separados. Ela se encontrou com o lobista casado no hotel Dorchester de novo.

Com a nova organização, coisas estranhas começaram a acontecer no aquário. Peixes desapareciam. Em intervalos de poucos dias, um sumia. Toda manhã, Mitch dizia:

— Você está tirando os peixes e mandando descarga abaixo, para me aborrecer? São *seres vivos*.

— A única diferença é que agora *você* é que está cuidando deles. Talvez você não entenda tanto assim desse negócio.

Ela evitava o escritório, mas certa manhã, depois de ele ter um ataque por causa de outro peixe desaparecido, ela entrou para examinar o aquário.

A água estava parada, parecia etérea. Eram só as pedras, o coral e o navio afundado. Avistou uma espécie de cobra marinha, de uns trinta centímetros de comprimento, no fundo do aquário, em um abrigo de pedra. Era tudo o que tinha restado do ecossistema.

❖

O jantar foi em um restaurante familiar, barulhento e agitado no Queens, com uma dúzia de mesas com gerações variadas que explodiam em gargalhadas em intervalos regulares, mas a conversa tinha sido leve e em tom de paquera, tomaram vinho e aquilo de fato se pareceu com um encontro romântico entre Patricia Greiff e Anthony Ballestrino. Quando saíram para o ar gelado, ele abriu a porta do carro para ela com um galanteio. Patricia acomodou-se no banco do passageiro sentindo-se corada e feliz.

— Detetive Ballestrino — disse.

— Sra. Greiff. — Ele sorriu, e pegou na mão enluvada dela.

Ele dirigia bem. Pegou uma estrada da qual ela nunca ouvira falar. Quando tinha trânsito, ele pegava o acostamento e simplesmente passava na frente de todo mundo. Em um cruzamento engarrafado, ligou a sirene: um espaço abriu-se no meio dos carros para que eles passassem. Ela olhou para ele, para observar seu perfil, mas pegou o rosto dele de frente, olhando para ela. Fez uma curva em um parque escuro e arborizado e de repente tudo ficou calmo e residencial. Estacionaram. Ele abriu a porta dela e a ajudou a descer. Caminharam até uma casa, e ele abriu a porta para um cômodo grande que era meio depósito, meio quarto.

Podiam estar em qualquer lugar. Para ela, não fazia a menor diferença.

— Esta é sua casa? — Ela torceu para que não fosse, para seu próprio bem.

— Às vezes. — Ele tirou o casaco dela. — Quer beber alguma coisa? Vinho?

— Não, obrigada.

— Que bom. — Ele a puxou em sua direção e a beijou na boca, ávido. Tudo era tão estranho. Ela gostava de não saber o que aconteceria a seguir.

— Já faz um tempinho que eu estava com vontade de fazer isso — disse ele.

— Desde quando?

— Desde a primeira vez que a vi. — Tirou o cabelo dela da frente dos olhos. — Você parecia tão atarantada e indefesa...

Ela expirou lentamente. Não precisava ser lembrada daquilo. Sentou-se na cama, puxando-o para si.

Ele se sentou ao lado dela.

— Está meio empoeirado.

— Pára de falar — disse ela, e o beijou.

— QUANDO É QUE A GENTE vai se ver de novo? — perguntou ele às 5 horas na manhã seguinte, quando se aproximavam de uma ponte.

Ela suspirou.

— Você não se incomoda com a diferença de idade?

— Que diferença de idade? — disse ele sem entonação. — Eu não tenho idade, você não tem idade.

— Não é todo mundo que pensa assim.

Ele riu.

— E como é que logo você vai se importar com o que os outros pensam?

Ele dirigia devagar por sobre os vãos da ponte.

— Preciso lhe contar uma coisa — disse ela de supetão. — Meu filho está metido com drogas.

— Eu sei. — Ele deu um sorrisinho.

— Sabe?

— Claro que sim.

— Por causa de ontem à noite?

— Não. Veio à tona durante a investigação.

— Se você já sabe, por que não o prendeu?

— Porque achamos que dava para pegar algo maior se o deixássemos operar. Ou o fornecedor dele, ou o pai. — Olhou para ela. — Quando é que a gente vai se ver de novo?

— Deixa eu pensar um pouco — respondeu ela.

Tony começou a interrogá-la: quanto tempo planejava ficar com o filho? O que ia fazer à noite? Onde passaria o dia? Com quem? Levaria o celular? Por que não respondia às perguntas dele?

Ela estava ficando um pouco assustada.

— Calma aí. — Ela riu. — Tem a idade cronológica, e tem o estágio da vida. Será que nós dois não estamos em estágios diferentes?

— Estamos. E daí?

— Estou tocando nesse assunto porque quero deixar as coisas bem claras.

— Está claro que eu quero sair de novo com você — disse ele, pegando sua mão para beijá-la enquanto dirigia. — Quando é que a gente pode marcar?

O detetive Anthony Ballestrino era o oposto de Mitch.

HAVIA ALGUMA COISA deliciosa e perversa na maneira como ela entrou no apartamento do filho às 5h30, na ponta dos pés, exausta e viva.

Ivy estava fazendo café na cozinha com um roupão de banho cor-de-rosa curto e chinelos felpudos combinando.

— A gente não esperava por isso, Patricia — anunciou ela, com expressão contraída.

Estava acontecendo coisa demais, tudo sem precedentes.

— Ontem à noite, quando viu que você não voltou, o Brian começou a chorar.

Patricia deixou escapar uma risada.

— Ah, essa é boa.

Ivy mudou o tom, para conseguir atenção.

— Esquece o que eu acho: você devia ter pensando nos sentimentos do seu filho.

— Interessante. Por acaso o meu filho pensou nos *meus* sentimentos? ALGUMA VEZ?

Ivy não sabia o que responder, mas ficou lá parada, com a mão na cintura, fumegando.

— Eu vou embora assim que der, Ivy — disse Patricia, toda gentil. — Enquanto isso, se eu fosse você, ficaria do meu lado. Meu amigo detetive conhece gente na Delegacia de Entorpecentes.

Quando ela ligou o celular, ao meio-dia, já tinha um recado dele.

— Patricia. Você disse que tinha compromisso hoje à noite porque não quer que eu me apresse. Mas nós dois sabemos que você não tem compromisso algum até amanhã à noite. Então, que tal eu pegar você às 20 horas? A gente pode ir ver aquele filme que você queria. Quem sabe a gente se encontra no saguão do prédio do seu filho, para eu não precisar subir? Até lá.

Na verdade, ele tinha razão: ela não tinha compromisso nenhum até a noite seguinte. Como é que ele sabia? Bom, ele era detetive. Começou a se sentir totalmente cortejada e cuidada. Era uma sensação estranha. Queria gostar daquilo, supôs.

❖

Pouco depois de o segundo aquário de corais começar a funcionar direito, cerca de um ano antes de seu desaparecimento, Mitch tinha passado a se sentir seguro em relação à tecnologia e aos procedimentos. Mas, à noite, tinha um pesadelo recorrente: os peixes estavam saudáveis, o coral estava lindo, os filtros funcionavam perfeitamente mas, por alguma razão, ele precisava adicionar algum elemento ao aquário (nunca via direito o que era), mas o elemento só operava em DOS. DOS, o símbolo de tudo que ele não entendia e de tudo que podia ferrar com a vida dele. Cada vez que tinha aquele sonho, os peixes e os corais morriam de alguma forma violenta devido à sua incapacidade de trabalhar em DOS. Acordava suando.

Certa manhã, contou a Patricia a respeito do sonho.

— Quem é Dos? — perguntara ela, ajeitando o cabelo alaranjado na frente da penteadeira. Ele foi para o escritório bravo e confuso.

Rompendo a tradição estritamente tradicional, ele contou a Erica a respeito do sonho, porque se existia alguém que entendia de DOS, era ela.

Erica emitiu dois pios zombeteiros.

— Não perca seu sono por causa de DOS. Daqui a um ano, o DOS vai ser igual à escrita cuneiforme.

Naquela noite, o sonho começou como no dia anterior, até que ele se lembrou de que o DOS estava ultrapassado e de que não precisava ter medo. Mas o sonho continuou, porque a coisa nova que o substituiu era muito mais assustadora, ele nem tinha nome para aquilo, nem fazia a menor idéia de como aquilo funcionava. Era tão incapaz que nem sabia o nome de seu novo adversário.

Chegou ao trabalho no dia seguinte e pediu a Erica que passasse o computador dele para a nova tecnologia. Rapidamente, ela colocou à disposição dele uma coisa muito fácil e colorida, dizendo que ele nunca olharia para trás e que ela estava feliz por ele ter superado sua fobia. Assim ficaria bem mais fácil trocar documentos.

Naquela noite, ele disse a Patricia que agora tinha a tecnologia mais nova, mais rápida e mais sofisticada no computador do escritório. Ela lhe lançou um olhar de desgosto sofrido e voltou para sua revista de moda.

Aquela tinha sido a primeira vez em que ele pensara em Erica fora do escritório.

❖

A primeira mulher de Mitch era filha de amigos de seus pais. Uma moça bacana, Candace, perfeitamente correta. Dezenove anos, era o que pensava agora: nova demais para casar. Ela ficava olhando para ele o tempo todo, esperando que ele lhe dissesse o que fazer. Aquilo o deixava ansioso. Ele se divorciou, e foi o primeiro integrante da família inteira a fazê-lo.

Patricia o tratava de uma maneira leve e descompromissada, o que, para ele, parecia fazer mais seu estilo. Não precisava ficar cuidando dela, nem lhe dizer o que fazer. Mas, cerca de um ano depois do casamento, ele ficou com vontade de cair fora daquele relacionamento também.

— Uma vez é um erro — dissera sua mãe enquanto virava os ovos na frigideira. Era domingo, e ele tinha ido até lá sem Patricia, com a desculpa de pegar a assinatura dos pais em alguns formulários da receita. — Mas *duas vezes* podem mostrar que você tem algum tipo de problema. Deus bem sabe que eu não teria escolhido essa daí para você — disse Lenore, que nunca escondeu não gostar de Patricia. — Você precisa voltar lá e fazer as coisas darem certo com ela. Casamento não é um passeio no parque, sabe? Pode perguntar para o seu pai.

Ele tinha encontrado o pai procurando uma lâmpada no armário.

— Se eu tivesse a sorte de me casar com uma moça adorável e linda como a sua mulher — disse Herb, cheio de ressentimento, — acho que o casamento *teria sido* um passeio no parque.

E então vieram os filhos, como dois filmes de terror diferentes, passando ao mesmo tempo. Patricia sempre o recebia à porta contando o incidente pavoroso que tinha acontecido naquele dia. Em algumas noites, ela fumegava de raiva por causa do filho que aprontara mais naquele dia, que estava de castigo no quarto, e precisava que Mitch tomasse uma atitude. Outras noites, só ficava deitada na cama, exausta. Geralmente, vinha com uma solução novinha em folha para o problema, uma coisa qualquer que tinha descoberto ao desabafar com todo mundo que conhecia, além de estranhas que encontrara no cabeleireiro, no supermercado e na rua. Passava dias inteiros ao telefone com a máfia de Cynthia Landau, uma hidra de muitas cabeças que tinha relações com todos os especialistas, hospitais, movimentos e doenças imagináveis. Antes do jantar, Patricia lhe contava como a primeira ligação conduzira à seguinte e traçava a evolução das referências por todo o mundo judeu conhecido.

— E como você passou o dia? — perguntava ela.

Ele pedia licença, ia para a despensa, onde tinha instalado a vitrola, ouvia alguma coisa revigorante ou tranqüilizante e reaparecia quando estava pronto para lidar com o espetáculo apavorante de seus filhos possivelmente psicóticos que se comportavam mal à mesa de jantar. A natureza repetitiva de sua vida em família lhe deixava sufocado. Será que aquelas crianças tinham algum lado positivo? Mitch começou a comprar o catálogo da Verve, disco por disco. A despensa transformou-se na Sala dos Discos. O casamento prosseguiu. Não havia opção.

Certo dia, Brian levou para casa um peixinho dourado, e Randy o estraçalhou naquela mesma noite, deixando o rabo deformado boiando na água e a cabeça ferida embaixo do travesseiro de Brian. Como prêmio de consolação, Mitch ajudara Brian a montar um aquário de verdade. O psiquiatra da hora de Randy chegou à conclusão de que sua expulsão da Escola Maddox tinha sido uma bênção disfarçada: estava claro que o garoto de 13 anos precisava de mais estrutura. Então, Randy foi matriculado em uma escola antiquada para meninos, com uniforme. O psiquiatra da hora de Brian chegou à conclusão de que o fato de o menino de 12 anos fazer xixi na cama podia estar relacionado ao som sibilante do aquário, de modo que colocaram o aquário na sala. Quando foi expulso por roubo, Randy foi mandado para um internato em estilo militar em Connecticut. Quando Brian parou de dar comida para os peixes, para ter mais tempo para comer, Mitch passou a ser o comandante do aquário.

DURANTE ANOS, Mitch tinha desejado alguém além da mulher, mas sempre se sentia humilhado antes de fazer qualquer coisa. E quem é que ele poderia paquerar? A maior parte de seu trabalho era feita por telefone. Às vezes conhecia uma moça bonita em alguma das diversas funções sociais de Patricia, mas não poderia ser ninguém que a conhecesse, ou que se encaixasse em algum de seus círculos sociais: seria um horror se o caso vazasse.

Na festa de Natal do escritório do ano anterior, Mitch se vira a sós com Heather Perkins na sala de xerox. Por alguma razão insana qualquer, resolvera beijá-la. Ela respondera de modo nada ambíguo. Ele ficou excitado e a apertou contra a máquina de fotocópia. Ela esticou a mão para trás, para ligar o aparelho. A testa dele ficou coberta de suor. Ela apagou a luz e chutou a porta, mas a deixou um pouco aberta. Trabalhando com ela, tinha percebido que Heather tinha uma inclinação por tornar as coisas mais complicadas do que precisavam ser. Será que ele queria mesmo se envolver com ela?

Desembaraçou-se da boca dela.

— Esta não é uma boa idéia — disse, sentindo-se invadido pelo alívio ao proferir as palavras.

— Tudo bem — respondeu ela, se afastando. — Mas vamos nos lembrar de quem começou tudo isto.

— Você tem toda a razão. Eu não tinha o direito de fazer o que fiz.

Ela registrou sua impaciência, acendeu as luzes de novo e o deixou lá parado, enquanto a máquina cinzenta em espera fazia barulhos de despertar.

Foi bem nessa época que Erica começou a colocar em palavras as mesmas coisas que se passavam pela cabeça dele. Pelo menos uma vez por dia, os dois se encontravam na mesma sala, examinando alguma coisa, os gastos comerciais de Sonny McPhain, por exemplo. Chegavam a US$ 769.954 no que dizia respeito à alimentação. "Quanto frango", diziam ao mesmo tempo.

Ou então ele lhe entregava o arquivo de um cliente que andava reclamando e ela dizia "Mais um cliente satisfeito", em uníssono com ele.

Nessas ocasiões, ela respirava fundo e erguia suas sobrancelhas estranhas e pesadas para ele, mas nunca sorria. Pelo menos uma vez por semana, Erica aparecia com alguma maneira surpreendente de contornar o código federal de impostos. Apresentava as manobras com precisão seca. Quando ele a elogiava, ela deixava a cabeça cair um pouco para o lado, de maneira cortês, e ele ficava imaginando o que mais podia dar-lhe para fazer. Ela fazia com que ele saísse muito bem na foto.

❖

Erica acordava toda manhã, preparava um café, jogava as roupas sobre o corpo e ia trabalhar. Suas necessidades eram mínimas. Tomava o ônibus, pedia comida no restaurante chinês furreca da esquina, quase nunca fazia compras.

Com Marjorie, a história era outra. Marjorie tinha maquiagem, jóias, sapatos especiais e meias-calças, roupas combinando: não se apressava. Maria era uma coisa entre as duas. Com a peruca de Erica, usava um pouco de maquiagem e algumas jóias, mas Erica logo se encheu dela: Maria era muito parecida com Erica para lhe oferecer algum descanso. Quando Erica encomendava uma bolsa de lona vermelha elegante para Marjorie, era muito melhor, mais gostoso, mais emocionante do que quando comprava uma para si mesma. Não que ela fosse comprar alguma para si: *ela* não precisava de uma bolsa assim. Nunca compraria nada assim. E talvez a diferença fosse exatamente essa.

Uma vez que Marjorie estava totalmente funcional, Erica resolveu atribuir cores a cada uma delas, para simplificar o processo. Erica era azul-marinho, Maria, verde, e Marjorie, vermelho. Guardava a carteira e as chaves etiquetadas de cada mulher em compartimentos diferentes de sua bolsa preta grande. Cada mulher tinha uma conta-corrente pessoal em um banco local, um cartão de crédito, uma identidade de quem não tem carteira de motorista, um apartamento. Todas pagavam as contas em dia. A única razão pela qual era possível sustentar aquilo tudo é que os apartamentos se concentravam em um raio de cinco quarteirões, e todos ficavam a 15 minutos de ônibus ou vinte minutos de caminhada do escritório.

Marjorie continuava sendo fonte de descobertas. Homens falavam com ela. Surpreendentemente, tinha boa capacidade de responder, e com uma simpatia genuína que Erica era incapaz de demonstrar. Naturalmente, havia momentos de confusão. Certa vez, foi surpreendida por uma pessoa que conhecia havia muito tempo que, contra todas as probabilidades, a reconhecera com a peruca loura curta e o *tailleur* de calça vermelho refinado de Marjorie, e gritara no corredor de laticínios do supermercado D'Agostino:

— Erica! Você está fabulosa! Mal dá para te reconhecer!

Certa noite, Erica se viu entre vários apartamentos, mais perto do dela do que dos outros, e ficou tentada a ir para casa. Caramba, pensou, a Erica é mesmo um fardo, e teve de rir. Marjorie tinha começado como um entreposto colonial, mas agora Erica achava mais relaxante, mais natural, ficar no apartamento de Marjorie. Sentia-se mais ela mesma lá. Pensou em consolidar seus bens.

Certa noite, a caminho do apartamento de Marjorie, viu o novo vizinho de Maria, o último homem com quem Marjorie fizera sexo, um garoto (agora com 36 anos) que tinha estudado com ela na escola pública e depois tinha se tornado enfermeiro do consultório do oncologista de Geri. Ela continuou a andar, com o olhar fixo à sua frente, atrás dos óculos escuros grandes de Marjorie, sem cumprimentar ninguém.

Será que era possível desaparecer no meio de uma matriz com tantas relações estabelecidas como Nova York? As ruas com numeração na casa dos 20 e dos 30 do leste, diferentemente da maior parte de Manhattan, continuavam sendo uma espécie de bairro provinciano atrasado. Quando refletiu sobre isso, a antiga sensação de confinamento, de expectativas frustradas, formou um caroço em sua garganta. Por outro lado, o bairro era *tão* provinciano que, a um quarteirão na direção leste, na 1st Avenue, já estava essencialmente em outro vilarejo, com supermercado, banca de revistas, lavanderia e videolocadora completamente diferentes, todo um conjunto diferente de pessoas dando conta de seu cotidiano, de modo independente. Uma certa dose de anonimato da cidade grande era possível até mesmo na aldeia chamada Manhattan.

Será que ela acreditava de verdade que era outra pessoa? Claro que não. Por que Erica simplesmente não colocava sua peruca loira curta e seu *tailleur* vermelho distinto e se transformava em Erica, uma mulher loira simpática, elegante e segura de si? Só podia imaginar como Marty Slavin faria troça de sua transformação para Mitch pelas costas dela. Dava para ouvir Charlie e Heather fofocando na despensa. O que ela fazia em seu tempo livre para se divertir era exatamente aquilo: divertimento. Marjorie era uma diversão, mas não sua vida.

Por que Erica não juntava o dinheiro que gastava em três apartamentos e arrumava um só, bom, em um bairro que não tivesse uma lembrança ruim em cada esquina? Uma boa idéia, mas que, de algum jeito, não colava. Mais uma vez: não era a vida dela. Por alguma razão, o impulso de se aprimorar se manifestava lateralmente: mais opções, não melhores.

E além do mais, Marjorie Slotweiner de Park Avenue não estava sentindo falta de seus lucros com os títulos municipais. Marjorie Slotweiner não seria capaz de perceber um terremoto que acontecesse no meio de seu jogo de *bridge*.

❖

No final de março, no início de uma tarde, alguma coisa aconteceu, mas o que e por que não ficou bem claro. Erica e Mitch resolveram fazer um intervalo e foram até o corredor para pegar refrigerantes na despensa. Um rádio tocava alto enquanto a metade superior do corpo de um entregador substituía as latas da máquina de refrigerante e a metade de baixo permanecia no meio do cômodo, exibindo uma quantidade imprópria de rego traseiro.

— Será que você me consegue uma Pepsi? — berrou Mitch por cima do barulho.

— Para mim também — completou ela.

Foram ignorados. Um rádio portátil sobre o balcão disse: "*Homens: vocês andam cansados, sem ânimo, com vergonha da sua vida sexual decadente? Great Expectations pode lhes dar a vida sexual cheia de vigor dos seus sonhos!*"

— Ah, faça-me o favor — disse Erica.

"*Homens que não têm desejo sexual não têm nada do que ter vergonha.*"

— Você acha que ele ouviu a gente? — perguntou Mitch.

— Ouvi muito bem! — O entregador se agachou e tirou a cabeça de dentro da máquina de refrigerante para lançar um olhar venenoso para os dois. Parecia instável. — Vocês podem esperar.

"*Ouça Mark Vacarro, um homem comum, que às vezes tem problemas para manter a ereção.*"

"*Aqui é o Mark Vacarro. Eu andava me sentindo muito para baixo, minha auto-estima estava no subsolo. Mas Great Expectations me deu a energia, o vigor e a segurança para que eu tivesse a vida sexual dos meus sonhos.*"

— Você às vezes tem a sensação de que a cultura de massa está tomando a gente de assalto? — gritou ela para Mitch por cima da barulheira. Ele não respondeu.

O rádio disse: "*Minha mulher está muito agradecida.*"

— Eeeeeeca! — gritou Erica para o rádio e o desligou.

O cara dos refrigerantes passou por ela, grosseiro, e ligou o rádio de novo, mais alto.

"Aqui é a Judy Vacarro. Obrigada, Great Expectations."

— Ah, CHEGA! — disse Erica, e desligou o rádio de novo.

O cara do refrigerante saiu como uma flecha de dentro da máquina, pegou o rádio e ligou novamente, ainda mais alto do que antes.

— Este é um local de trabalho — insistiu ela, desligando mais uma vez.

— Besteira! — gritou ele. — Isto aqui é uma cozinha, e você está aqui para enrolar. — Aumentou o volume.

— Este é o nosso escritório. Nós é que fazemos as regras aqui. Nada de rádio.

— Eu não trabalho para você — respondeu o entregador, suando e furioso.

— Ah é? — disse Erica, lendo o monograma no uniforme dele. — Qual é o seu sobrenome, Bob?

— Não é da sua conta, porra.

— Eu sou a gerente do escritório. Vou ligar para quem o contratou e dizer que você é grosso, nada profissional e agressivo. Também vou dizer que, se o mandarem aqui de novo, vamos contratar outro serviço de entrega de refrigerante.

Puxou Mitch pelo corredor, até seu escritório. Ele se sentou na cadeira das visitas e ficou olhando para as mãos enquanto ela relatava o incidente para a empresa responsável. Quando voltaram para o escritório de Mitch, deram uma olhada na cozinha. O homem não estava mais lá, mas havia uma poça amarela enorme na frente da máquina.

— Ai meu Deus — disse Erica.

— Ele mijou na nossa despensa?

Desceram e foram até a barraca da esquina. Ela ficou surpresa ao ver que tinha ido atrás dele, e pediu um cachorro-quente além de um refrigerante. Sem discutir o assunto, caminharam até o pátio vazio com cachoeira três andares abaixo do escritório sentaram-se em cadeiras de metal geladas e rapidamente comeram os cachorros-quentes pelando e beberam os refrigerantes geladíssimos bem rápido, naquela tarde fria de março.

Voltaram para o escritório, sem fôlego e cheios de animação. Mitch colocou os pés em cima da mesa, deixou a cabeça cair para trás e tomou um gole de refrigerante.

— Para responder à sua pergunta anterior: sim, eu me sinto atacado pela cultura de massa. O dia inteiro.

Ela ficou em silêncio. Ficaram lá quietos por alguns instantes.

Alguém deu batidas rápidas na porta.

— É verdade que alguém acabou de defecar na cozinha? — Marty Slavin enfiou a cabeça pela fresta. — Ah, desculpe, Erica.

— Isso é que é inflação — disse Mitch.

— O cara dos refrigerantes ficou bravo porque a gente desligou o rádio dele, então fez xixi na máquina — Erica informou.

— Na frente de vocês?

— Não, depois que a gente saiu.

— Quem é que vai limpar? Quero fazer pipoca.

— Vou deixar um bilhete para a faxineira da noite — disse Erica, apreciando a idéia de jogar a tarefa para cima da mulher que a insultara, e estragando o festival da pipoca diário de Marty, que deixava o escritório inteiro fedendo.

Mitch e Erica trabalharam juntos e separados até as 20 horas; então ele perguntou a ela, como quem não quer nada, se queria sair para jantar, mais uma coisa que nunca tinha acontecido. Ela concordou, e caminharam sob o vento cortante até um japonês próximo com cachoeira interna, um barulhão em um espaço aberto enorme de granito e vidro.

— Esta é a segunda cachoeira do dia — gritou ela.

— É mesmo. — Ele sorriu. — Eu também gostei da primeira.

Havia alguma coisa de íntimo na maneira como eles passaram o resto do jantar em silêncio.

Quando se despediram, em uma esquina cheia de vento, houve um momento estranho, em que Erica achou que o chefe estava prestes a beijá-la. Mas ele lhe deu um leve tapinha no antebraço e chamou um táxi. Ela seguiu até sua casa em um transe embalado pelo vento, alvoroçada pela estranha mudança de clima.

❖

No dia seguinte ao das duas cachoeiras, Mitch olhou Erica de um jeito novo, e simultaneamente deu-se conta de que não precisava fingir a respeito daquilo. Erica poderia ser a parceira perfeita: ninguém nunca suspeitaria de que ele estava tendo um caso com ela e, fora do escritório, duvidava que conhecessem qualquer pessoa em comum. Gostava da idéia de que uma porta tinha sido aberta em sua vida e, se quisesse, poderia entrar por ela a qualquer momento.

Ela chegou como sempre, vestindo uma roupa escura e desleixada, com uma lista datilografada de tarefas diárias, e começou logo a trabalhar. Só isso em si já era *sexy*, e eles desfrutaram a reunião inteira como se nada tivesse acontecido no dia anterior. Não que alguma coisa tivesse acontecido no dia anterior. Será que ela tocaria no assunto? Ele já podia se sentir excitado só de pensar nela, Erica a malvestida, Erica a repugnante. Dava para sentir o corpo grande dela embaixo dele; será que *era* virgem? Disso ele duvidava muito. Mas, claramente, era uma mulher frustrada. Aquilo sozinho já era um convite. Imaginou-a sentada na frente dele sem a saia ou os tênis, com roupa de baixo branquíssima e cheia de suportes, repassando a lista de afazeres do dia como sempre.

Resolveu que não resolveria nada. Ia deixar as coisas avançarem, se avançassem, ou não, se não avançassem. Como é que as coisas começavam? Na última vez que tinha enfrentado aquela situação, em 1971, tinha bastado pegar uma moça no apartamento dela. O resto, de algum modo, aconteceu sozinho.

— Então é isso — terminou ela por dizer e se levantou para ir embora.

Não vá, ele pensou.

Ela ficou lá sem ir embora. O coração dele acelerou.

— Gostaria de dizer — falou, cheia de formalidade — que me diverti ontem à noite. Obrigada pelo jantar agradável e inesperado.

Possibilidade. Mas é claro que sempre havia aquela sombra cáqui repugnante sob a qual ele vivia.

— Será que você gostaria de sair para jantar de novo um dia destes?

Ela ficou lá parada, o cabelo brilhando em tons de cobre sob as lâmpadas fluorescentes.

— Quando quiser — respondeu, com um leve sorriso. Abriu a porta, olhou mais uma vez para ele por baixo das sobrancelhas estranhas e saiu.

MITCH PASSOU MUITO tempo planejando aonde iriam, e pensando sobre o que conversariam. Mas por que ele estava fazendo aquilo? A razão toda do negócio com Erica era o fato de ela ser completamente imprevisível, e inesperadamente atraente. O restaurante japonês vazio no átrio cavernoso: por que aquilo seria romântico? E, mesmo assim, era. Ele devia levá-la a um lugar qualquer para ver o que acontecia. Não devia levá-la a um lugar onde já estivera com Patricia. Não queria encontrar ninguém que conhecesse.

Levou-a a um lugar que servia carne no bairro, sem reserva. Tiveram de ficar esperando no bar. Ela colocou óculos (será que sempre os usara?) e pediu uma vodca pura: mais uma vez, completamente imprevisível. Cada coisinha esquisita que ela fazia parecia acenar para ele: era completamente desconhecida, e ele não tinha se dado conta de como acharia aquilo atraente. Havia alguma coisa errada com ele: estava sorrindo, seu rosto parecia quente. Estava tagarelando a respeito de seu aquário; ela ouvia com expressão fria. Era impossível saber o que estava pensando. Ele estava tentando impressioná-la. Estava tentando levá-la para a cama.

Aquela idéia fez com que uma onda de medo atravessasse seu corpo. Não tentava aquilo fazia muitos, *muitos* anos; era ridículo. Nada acontecera na noite anterior e nada aconteceria naquela noite.

Quando saíram do restaurante, ela imediatamente dobrou para a direita, e ele foi atrás dela.

Chegaram a um prédio de tijolinhos decrépito com plantas mortas nas floreiras das janelas. Ela pegou chaves da bolsa e abriu a porta. Nenhuma conversa no elevador apertado.

Logo, já estava destrancando outra porta, e os dois se encontraram em um cômodo estreito, com iluminação fluorescente, pintado de um azul-lavanda lívido, muito mal escolhido. Tiraram o casaco e ela pendurou os dois em um cabideiro perto da porta. Fez um gesto para um sofá azul puído e ele se sentou, reparando na cozinha diminuta perto da porta. Um lugar todo azul, frio e deprimente. Ela se sentou ao lado dele, razoavelmente perto.

Quando ela tirou o suéter, ele viu que ela estava usando uma camiseta de manga curta por baixo. Fazia dez anos que trabalhava para ele, e ele não tinha reparado (talvez ela tivesse escondido) no peito amplo e nos braços carnudos. Não tinha pensado em Patricia a noite toda. Aliás, fazia dois dias que não pensava nela.

MITCH GREIFF PARECIA paralisado. O que ele queria estava bem claro, mas estava tendo problemas para tomar uma atitude. Talvez estivesse esperando algum tipo de sinal.

Ela tirou o cardigã.

Ele olhava diretamente para ela, e se movia com lentidão deliberada, como se ela fosse algum tipo de animal selvagem que ele não queria espantar com algum movimento brusco. Começou a passar as unhas na almofada do sofá, no espaço vazio entre os dois. Ela pegou uma das mãos dele e começou a olhá-la e tocá-la.

Ele passou as mãos pelos antebraços dela.

— Você não tem pêlos nos braços — disse ele, surpreso.

— Você é observador.

— Por quê?

— Quando eu tinha 13 anos, comecei a perder os cabelos e os pêlos do corpo todo.

— Por quê?

— Nunca recebi uma resposta adequada. No ano seguinte, não tinha mais nada.

— Então, isto aqui...? — perguntou, olhando para a cabeça dela.

— É uma peruca.

Ele respirou fundo.

— O que tem por baixo?

— Só eu.

— Deixa eu ver — disse ele.

— Tem certeza?

— A menos que você vá ficar constrangida.

— Quando estou sozinha, é a primeira coisa que tiro. Mas quando estou com alguém, principalmente se for um homem, geralmente é a última coisa que eu tiro. E às vezes — fez uma pausa — nem chego a tirar.

Ela reparou no sorriso dele à menção de ela ficar em companhia de homens. Talvez, como todos os outros imbecis do escritório, ele achasse que ela estava se guardando para Jesus.

Mas lá estava ele, no sofá de Maria, Mitch Greiff, homem alto, bonito, divertido de um modo seco, o primeiro homem desde Davey a pedir que ela *tirasse* a peruca. Por que estragar um momento tão adorável com ressentimentos relativos ao trabalho?

Na verdade, ela estava pronta para tirar a peruca. Tinha a cabeça bonita, da qual se orgulhava bastante.

— Por que *você* não tira alguma coisa? — sugeriu ela.

Ele tirou a gravata e ergueu uma sobrancelha.

— Outra coisa.

Tirou o paletó e começou a remexer nas abotoaduras.

Ela desabotoou a camisa dele. Foi aí que os beijos começaram, e parecia que ele estava tomando cuidado para não encostar no cabelo, mas só no rosto dela. Em pouco tempo já estavam nus na cama, e ela ergueu o braço e arrancou o cabelo.

— Tchã-tchã-tchã-tchã! — entoou baixinho, e jogou a peça na poltrona. Ficou observando a reação dele. Uma vez, um rapaz na faculdade tinha saído correndo do quarto dela aos berros quando ela tirou a peruca.

COMO É QUE ELE NÃO tinha percebido que era uma peruca? Era quase um absurdo ele não ter percebido em todos aqueles anos: a coisa era tão claramente falsa, acomodada por cima da cabeça dela como um esfregão de náilon castanho-escuro. Será que as outras pessoas sabiam?

Agora, estava totalmente aberta. Ele nunca tinha visto nada como aquilo, tão nu, tão branco. Esticou a mão para tocar a cabeça dela, que era dura e lisa. As coisas aconteceram rápido depois daquilo. Sempre que um pensamento negativo aparecia em sua mente, ele olhava para a cabeça branca dela e tudo voltava a ficar bem. Havia uma espécie de transgressão inacreditável naquilo.

Voltou para casa exausto, exultante e atônito.

❖

Na manhã seguinte, quando Erica entrou em sua sala, Mitch fechou a porta, sentou-se à mesa e a examinou de cima a baixo. Erica King não era uma beleza universal, como Patricia. Desconhecidos não a parariam na rua, por exemplo, para elogiar sua pele. Mas, por baixo da peruca e das roupas, Erica era na verdade atraente. Sim, era isso que ele queria confirmar naquela manhã: não sentia repulsa por ela.

O que diabos Marty Slavin diria? Mas Marty Slavin nunca descobriria. Mitch queria dar continuidade à conversa que começara na noite anterior, no apartamento dela, para solidificar aquela sensação de sucesso.

Levantou-se, sentou-se ao lado dela e segurou sua mão.

Ela olhou para ele com frieza, puxando a mão.

— Comportamento profissional.

Ele voltou para trás da mesa, envergonhado e um pouco estupefato. Bom, é claro que ela seria difícil. Com quem ele achava que estava lidando?

— Gostei da noite passada — disse ela, com um certo carinho, e ele relaxou.

Estava a imaginando sem a peruca.

— Quando é que a gente vai se ver de novo?

— Apareça depois do serviço, lá pelas 20 horas. — Ela escreveu um endereço em um pedaço de papel. — Acho que devemos chegar separados.

— Boa idéia. — Ele olhou para o papel. — É outro endereço.

— De fato. Estou contando com a sua discrição — avisou ela. O sorriso dela era charmoso, com o canino um pouco por cima do dente vizinho. Será que ele só tinha notado isso agora ou ela nunca sorria?

— Você parece cada vez mais interessante — disse ele, estupefato com aquela idéia.

CHEGOU AO OUTRO prédio de apartamentos: era uma construção nova, grande, com porteiro, na 1st Avenue. Ela esperava por ele no saguão, usando um lenço vermelho na cabeça, com um cabelo curto e loiro aparecendo por baixo. Parecia mais nova, mais moderna, até artística. Conduziu-o para cima, para um apartamento chique e elegante, cheio de cores pastel e mobília ampla. De quem era aquele apartamento? Ela o encaminhou diretamente para o quarto, onde começou a tirar-lhe as roupas.

— Pensei em você o dia inteiro. — Ela o empurrou para cima de uma cama grande e alta, com lençóis verde-ervilha.

Ele arrancou o lenço e a peruca, passou os dedos pela cabeça macia, impressionado e assustado com a excitação que sentia ao fazer aquilo. O que significava? Tinha uma ex-modelo com a cabeça cheia de lindos cabelos ruivos esperando em casa, mas era uma contadora esquisita e careca que o excitava. Será que aquilo era um desvio, uma perversidade, alguma coisa *gay*?

Tentou não pensar naquilo.

Se as coisas não dessem certo, Erica era profissional. Não colocaria em risco a relação de trabalho. Continuaria a fazer seu trabalho extraordinário, ou pediria demissão se as coisas ficassem desconfortáveis demais. Se ela fosse embora, ele a teria em muita alta conta. Tinha trabalhado para ele durante dez anos, e não podia imaginar uma contadora mais precisa, meticulosa ou criativa do que ela. Cortou a própria linha de pensamento. Estava escrevendo uma carta de recomendação na mente para ela enquanto passava o rosto pela parte de dentro de suas coxas. Ele tinha mesmo de aproveitar aquilo enquanto durava. Só Deus sabia o que poderia acontecer a seguir.

CAPÍTULO OITO

Erica sentiu-se absolutamente à vontade naquela situação clandestina, com um homem muito mais velho e casado. Mitch tinha uma aura de tristeza e de frustração, apesar de ser sócio da empresa, ter clientes famosos, mulher glamourosa, dois filhos criados e casa na praia. Por outro lado, ela sabia que ele mal usava a casa da praia e que os filhos eram problemáticos.

Três meses antes, ela não teria acreditado naquele cenário: ela nua na cama com Mitch Greiff, sem cabelo, comendo comida chinesa, assistindo ao filme *Pacto de sangue*. Eu sou a mulher mais sortuda do mundo, disse a si mesma, quando ele soltou um suspiro de quem comeu demais e desviou a atenção do filme para olhar para ela.

NA INDEPENDENCE HOUSE, Erica assinou um papel e levou Davey Findlay para um passeio naquela tarde. Levou-o até o posto da Previdência. Tinha passado pelo mesmo processo dez anos antes, quando a mãe dele morrera. Levou-o a um posto diferente, só para garantir, mas ele não se lembrou. Erica era, como tinha sido antes, amiga da família.

— Até agora, a mãe tomava conta dele, mas os pais morreram e ele precisa ser mandado para uma clínica do governo. — Ela entregou ao funcionário a certidão de nascimento bem amassada e manchada de Donald Spivak, que tinha conseguido com o Departamento de Registros, depois de ler o obituário do jornal *Times* alguns dias antes. O funcionário pediu a certidão de óbito e ela disse que não tinha, mas mostrou o jornal com o obituário de Muriel Spivak, que deixava um filho, Donald, e que preferia receber donativos em vez de flores, em nome do Centro Crestwood de Pesquisa em Autismo.

— Mãe morta, mãe morta! — gritou Davey, mostrando seus dentes agora cariados. O funcionário o examinou e remexeu em alguns papéis por cima da mesa.

Donald Spivak tinha 46 anos, Davey estava com 38, e Mitch Greiff tinha 58. Ao comparar Mitch a Davey naquele prédio governamental lúgubre, entre filas extensas de pessoas pobres, ela se sentiu triste. Já não enxergava mais o que a atraíra. Lamentou-se de sua falta de opção aos dezessete anos.

O número novo de previdência social de Donald Spivak, mais seu nome na conta de luz de Maria, mais as assinaturas de revistas, levariam ao cartão da biblioteca, ao título de eleitor, à conta-corrente e ao cartão de crédito. Nunca era cedo demais para dar início ao processo. Davey cantava enquanto ela o conduzia por Chinatown. Passo a vida pagando contas, minhas e dos outros. Por diversão, crio novas pessoas, que têm mais contas. Que tipo de vida é esta?

Por outro lado, do que estava reclamando? Estava saindo com um homem que gostava dela sem a peruca. Parecia que as coisas iam melhorar.

❖

Mitch caminhava em um torpor erótico. Nos corredores, ficou imaginando se os colegas tinham reparado em alguma coisa diferente. Quatro dias antes, poderia ter pensado: quem iria imaginar que eu fui para a cama com Erica King? Agora, já não tinha muita certeza disso. Por que todos a consideravam patética? A peruca esquentava, por isso ela vivia suando. Coitadinha, pensou. A cabeça nua dela era estranhamente bonita, mas os outros nunca saberiam. Aquilo o excitava.

Erica parecia viver de bananas, mingau instantâneo de aveia e comida chinesa gordurosa entregue em casa. Não cuidava do corpo, como Patricia, de bíceps esculpidos e costas definidas. Erica tinha a pele branca como leite, sem pêlos, peito grande, barriguinha e bunda massuda. Celulite! Ele estava tendo um caso. Só isso por si já era notável. Mas ele se sentia cada vez mais atraído por ela, apesar de encontrar, cada vez que a via, mais coisas que deveriam representar problemas. Aquilo o deixava atônito.

Patricia, nesse ínterim, não tinha registrado verbalmente o fato de ele voltar para casa às 2h30 e às 3 horas da manhã. Parte dele queria deixar tudo às claras com ela. Contar tudo, até o último detalhe fumegante, para que ela soubesse.

Marty soltou um suspiro exagerado quando Erica cruzou com ele no corredor, para a alegria de Mitch, que caminhava atrás dela a certa distância, imaginando as pernas macias, fortes e sem pêlos se movimentando despercebidas por baixo da saia disforme, pensando que havia certa auto-afirmação em sua decisão de simplesmente ser quem ela era e não se importar com reprovações. Marty estava com uma nova: 29 anos, loira, *mignon*, roupas e maquiagem perfeitas, sempre usando um lenço de seda combinando.

Na noite anterior, Erica tinha tirado as sobrancelhas para ele. Dissera que tinha sido a primeira vez que alguém, fora sua mãe e a mulher que as vendera para ela, a via daquele jeito. A combinação da testa lisa e contínua que se esparramava para cima e a idéia de que ele fora o primeiro a ver aquilo o deixaram atordoado.

Ela entrou na sala dele depois do almoço e fechou a porta.

Ele pegou a mão dela. Os dedos dela eram roliços, curtos e inchados, como um desenho infantil de mão.

— Quer viajar comigo? — sussurrou ele. — Para algum lugar íntimo, com praia? Eu estava pensando em Grande Cayman.

Um leve sorriso.

— Ótimo.

— Eu organizo tudo.

— Acho que não é uma boa idéia viajarmos juntos.

— Acho que você tem razão.

— Quando você reservar o vôo, por que não usa este cartão, neste nome? — Ela enfiou a mão na carteira e tirou um cartão de crédito.

Era em nome de Maria Collecelli.

— Quem é esta?

— Eu — respondeu ela.

Ele sentiu um calafrio.

— Erica?

— É uma longa história. Minha mãe mudou o meu nome quando eu era criança, e tenho documentos com os dois nomes.

— De quem era o apartamento a que fomos na primeira noite?

— Meu.

— De quem era o apartamento a que fomos na segunda noite?

— Meu — admitiu ela, com um sorriso de satisfação.

A mente dele não trabalhava rápido o bastante.

— Você tem dois nomes?

— A história é mesmo muito comprida, mas só vai nos ajudar. Para disfarçar, use este cartão. E reserve a viagem para Maria.

Quem quer que ela fosse, tinha salvado a vida dele. Perguntou:

— Como é que eu poderia saber que você daria uma co-conspiradora tão astuta?

❖

A praia Seven Mile na ilha Grande Cayman estava bem vazia. Apesar de Mitch duvidar de que fosse esbarrar com alguém conhecido, ocupou-se em arranjar alguma desculpa para estar lá de sunga, na companhia de uma mulher que não era sua esposa. Acomodaram-se em um restaurante ao ar livre perto da praia e Erica leu o jornal. Em um milhão de anos, será que algum dia ele teria imaginado uma mulher que, além de não se importar de ele ler o jornal, ainda daria início à leitura em um restaurante por conta própria?

Ele estava começando a conhecê-la, mas ela continuava sendo imprevisível. Na noite anterior, ele tinha feito uma piada sobre Marty Slavin. Ela o deixou rir da própria piada e então disse:

— Esta foi a última menção desnecessária de um integrante da empresa neste espaço.

— Tem razão — respondeu ele. — Isto aqui é um santuário.

Aquilo a enfureceu.

— Não se trata de alguma coisa religiosa. Por que todo mundo tem de enfiar religião em tudo?

Erica era impaciente, assim como Patricia, mas de um jeito totalmente diferente. Se Patricia ficava brava por causa de compromissos que ela tinha marcado e ele esquecia, Erica ficava brava quando *ele* marcava compromissos. Se Patricia ficava brava porque ele não escutava o que ela dizia, Erica perdia a paciência quando ele queria bater papo. Erica era igual a ele, só que pior. Gostava de fazer as coisas do jeito dela e de ficar em casa, em qualquer um dos apartamentos.

O pai dele teria muitas coisas a dizer sobre Erica. Sempre que via uma mulher, em um elevador, na TV, a entregar-lhe um cardápio, Herb Greiff a media de cima a baixo e anunciava: "Feia", "Assim-assim" ou "Uau!"

Mitch ergueu os olhos do livro. Erica estava sentada ao lado dele, à sombra, fazendo palavras cruzadas, enrolada em uma mortalha de linho branco. Patricia estaria de biquíni, correndo para cima e para baixo, mergulhando, andando de *parasail*, conversando com todo mundo que estivesse ao alcance da voz, lambuzando-o com protetor solar, apresentando-o a pessoas que deviam ser seus mais novos melhores amigos.

Erica enfiou a ponta do lenço por baixo do chapéu de palha com um de seus dedos gorduchos. Será que Mitch estava baixando demais seus padrões? Tinha de existir alguma coisa entre Patricia e Erica. Mas é claro que ele estava cansado demais para ir atrás disso.

Mas por que precisaria ser tão exigente? Erica o resgatara do mundo dos mortos.

DEPOIS DE VOLTAREM das Ilhas Cayman, ela o levou a outro apartamento diferente, o maior até então. Ele tinha passado a noite lá, era domingo. Ela lhe disse, depois de um longo banho quente, que podia pagar por três apartamentos porque dois eram de aluguel controlado pelo governo e um tinha aluguel reajustável. Aquilo levantava tantas questões que ele nem deu prosseguimento ao assunto. Decidiu que, quanto menos soubesse, melhor. Mais cedo ou mais tarde, ia enjoar de macarrão chinês com frango e de costelinha, mas ainda não tinha acontecido. Os mistérios dela iam se aprofundando cada vez mais.

Foram trabalhar separados na segunda-feira. Quando conseguiu terminar tudo que precisava fazer, já era tarde. Pegou um táxi para casa e, para fazer uma experiência, deitou-se de fininho na própria cama. Patricia dormia pesado no lado dela. Ele começou a passar a mão pelo quadril magro dela. Ela se virou. Ele apalpou as coxas musculosas, recordando o corpo dela.

Ela se sentou ereta, de um salto, agarrou os cobertores e gritou:

— *Que diabos você está fazendo?*

Ele rolou para o lado.

— Você quase me matou de susto, PORRA, Mitch!

Bateu em retirada para o escritório, onde seu aquário cheio de lodo caçoava dele. Ouviu Patricia batendo as portas dos armários na cozinha.

Pegou um táxi para o segundo apartamento, onde sabia que a encontraria. Erica estava acordada, organizando suas contas na mesa de jantar. Ele se sentou na cama e começou a desabotoar o pijama vermelho-brilhante dela.

— Faz muito tempo que não me divirto tanto — disse Erica, parecendo surpresa e agradecida. Passou mais uma noite com ela. Na manhã seguinte, saíram separados. Ele caminhou até o escritório pela 1st Avenue, fora a primeira vez que ele caminhara pela 1st Avenue de manhã.

Parecia novidade.

❖

Foi por volta dessa época que Patricia chegou em casa de manhã após mais uma noite no hotel Dorchester com o lobista casado. Foi até a cozinha por hábito e viu meia toranja jogada no chão, perto da pia. Tudo o mais em sua cozinha de aço inoxidável e fórmica branca estava no lugar. Não havia lixo na lata, nem uma tábua de cortar com uma faca em cima da pia, nada na máquina de lavar pratos e o espremedor estava limpo.

Só meia toranja jogada no chão. O que aquilo significava? Onde estava a outra metade? Tinha de ter sido Mitch: Conchita estava em Santo Domingo naquela semana. Os meninos nunca estavam em casa.

Será que estava louca? Será? Deixou a fruta lá mesmo, como prova.

Não dava para continuar daquele jeito. Onde é que ele andava?

Quando ele chegou em casa naquela noite, ela perguntou.

Ele colocou uma bolsa de lavanderia na cadeira do *hall* de entrada.

— Que diferença faz para você?

— Que história é essa de toranja?

— Que toranja?

Ela o puxou para a cozinha e apontou.

— Aquela toranja.

— Como é que eu vou saber? Eu não como toranja. E não estive aqui ontem à noite.

Patricia olhou para ele. Também estivera fora na noite anterior. Quando a gente não presta atenção às coisas, percebe-se: uma toranja esquisita no chão, o marido fora a noite toda. Se não tinha sido Mitch, então *quem*? Quem é que tinha invadido a cozinha dela para jogar uma toranja no chão? Era estranho, inexplicável e desconcertante.

— Por que é que a gente não se deixa em paz por um tempo? — disse ela.

— Tirou as palavras da minha boca — respondeu ele, e levou as roupas para o escritório.

Ela jogou a toranja no lixo, ainda perturbada. Mais tarde, quando falou com Brian, comentou aquilo com ele.

— É. Eu e a Ivy estávamos na vizinhança, então paramos para dar um oi. Mas não tinha ninguém em casa. Deixamos bagunça? Desculpa.

— Então, você fez um suco — disse ela, aliviada por ter encontrado uma explicação racional.

Mas a questão continuava sem resposta: onde Mitch tinha *estado* na noite anterior? E na noite antes daquela? Será que fazia diferença para ela?

❖

Mitch e Erica estavam enroscados no sofá grande e escuro, embaixo de um edredom, no segundo apartamento de Erica, o que ele gostava mais, na 1st Avenue. A chuva tinha passado, e a tarde ia escurecendo. A sensação de possibilidade continuava a crescer; a cada dia, era como se Mitch fosse apresentado a alguma coisa que nunca nem imaginara antes.

— Onde você nunca esteve e gostaria de ir? — perguntou ele, pegando no ombro dela enquanto ela abria a correspondência de alguém.

— Aonde é que eu *já* fui: a lista é menor.

— Você nunca viajou para lugar algum?

— Mal saí deste bairro. Minha mãe tinha medo de viajar.

— Para onde você gostaria de ir?

— Para a Califórnia — respondeu ela de imediato.

— Certo! Vamos no fim de semana que vem: São Francisco ou Los Angeles?

— Los Angeles! — Saiu pulando do quarto. — Ah, estou tão animada!

Foi um choque, depois de todos aqueles anos, ver Erica King animada. Ele se sentia contente com a idéia de ter sido responsável por aquilo.

— Quero ir com o Donald Spivak — disse ela, entregando-lhe um cartão de crédito.

O cartão pertencia a Donald Spivak.

— De quem é este cartão?

Ela lhe entregou um crachá da Friedman, Greiff e Slavin com a foto dele e o nome Donald Spivak.

— É seu.

— Como é que você fez isto?

Ela deixou a pergunta de lado. Entregou-lhe um cartão da Previdência Social.

Mitch examinou os cartões.

— Por que Donald Spivak?

— Não gostou do nome? Ah, mas que pena.

— Não, não! Só estou aqui imaginando como foi que você inventou isto.

— Eu não inventei nada.

Ela era assustadora.

— É uma falsificação?

— Não, Sr. Spivak, tudo isto é de verdade. Você tem linha de crédito de US$ 1.000 com este cartão. Tem número de Previdência Social e tudo confere.

Já não havia praticamente mais nada que ela pudesse dizer para chocá-lo. Quase tudo a respeito de Erica era um choque, apesar de ele achar que já estava se acostumando. Cada vez que chegava em casa, em Park Avenue, encontrava um recado cor-de-rosa de Patricia acusando-o de algum tipo de não-cumprimento de deveres. Estava acostumado com tudo a respeito da mulher, inclusive os bilhetes e, mesmo assim, cada vez que encontrava uma missiva cor-de-rosa presa ao espelho, ficava chocado e enraivecido mais uma vez.

Erica prosseguiu:

— Assim que você começar a usar estas coisas, vai começar a estabelecer a identidade. O Donald Spivak está usando o endereço da Maria, mas eu andei pensando que é melhor você alugar um apartamento e começar a aparecer por lá.

Um apartamento só para ele: aquela idéia trazia consigo uma sensação de possibilidade muito boa. Quantas pessoas tinham mais de um apartamento? Resolveram ir jantar em um restaurante francês na 1st Avenue como missão experimental para o cartão de crédito.

— Então, vamos para Los Angeles como Donald Spivak e Marjorie Slotweiner — disse ela.

Ele sentiu uma alegria estranha.

— Quem é Marjorie Slotweiner?

— Outro codinome — respondeu, passando o nariz pela nuca dele.

— O nome me parece familiar — disse ele.

Ela o empurrou de volta para a cama.

FICOU DEITADO na cama durante um bom tempo, observando-a enquanto a chuva batia com força na vidraça. Ela estava parada na frente de uma penteadeira com um roupão de banho vermelho elegante, aplicando maquiagem, sem peruca. Ele só tinha perguntas.

— Você coloca a peruca loira para entrar e sair daqui, e depois troca para a castanha na rua? Como você faz?

— Tenho uma porta giratória onde eu me troco quando a cabine telefônica não está disponível. — Ela disse isso sem sorrir.

A REFEIÇÃO FOI CALMA e sem maiores acontecimentos, apesar de o corpo todo dele estar em alerta. Enquanto isso, sua cúmplice bebia água, com calma e naturalidade. Tentou não pensar a respeito do que estava prestes a fazer.

Pediu a conta e tirou o cartão de crédito novo da carteira para pagar.

O restaurante ia ficando mais silencioso a cada minuto que passava; se houvesse algum problema com o cartão, todos os freqüentadores do lugar iriam ficar sabendo. Será que sempre demorava tanto assim? Não tinha dinheiro vivo suficiente para pagar o jantar. E se o cartão de Donald fosse rejeitado? Não ia poder entregar um de seus próprios cartões, com nome diferente. Mas é claro que ela poderia usar um de seus muitos cartões em uma emergência. Imaginou que os tivesse trazido consigo. Estava usando uma bolsa pequena: será que trouxera?

Ela passava um batom vermelho-escuro, usando o espelhinho de um estojo de pó compacto enquanto o garçom enchia seu copo com água. Em um milhão de anos, será que Marty Slavin acreditaria que aquela era Erica?

Percebeu que mesmo quando entregava o cartão de *Mitch Greiff* a um garçom (Mitch Greiff: contador, cidadão legítimo a quem os clientes confiavam milhões de dólares), sempre sentia um pouco de medo de que fosse recusado.

Por um instante, seu coração parou: será que era Jack Landau no bar?

Mas é claro que não era. Cynthia não iria àquele lugar nem morta.

O garçom trouxe de volta a pastinha forrada de preto, e ele assinou seu novo nome, Donald Spivak, com um floreio. Olhou para ela, que ergueu uma sobrancelha falsa e lhe deu um sorriso de cumplicidade.

Na rua, foram atingidos por uma parede de umidade, presságio de um verão nova-iorquino comprido e horroroso. E, ainda assim, ele se sentia leve, gracioso e jovem: poderia caminhar quilômetros! Passearam pela 1st Avenue lado a lado.

— Para onde é que vai a fatura? — perguntou ele.

— Para a casa da Maria. Você vai pagar com cheques da conta que eu abri para o Donald.

— O que tem na conta?

— Ah, um pouco de dinheiro.

Ele lutava para acompanhar o raciocínio dela, envergonhado por sua mente não funcionar assim tão rápido.

— Você vai precisar de carteira de motorista para alugar um carro em Los Angeles, então, a primeira coisa que tem a fazer amanhã é ir até o departamento de trânsito com todos os seus documentos.

Beijaram-se na 1st Avenue, o primeiro beijo público daquela parceria.

— Erica, Maria, Marjorie — disse ele, sentindo-se intrigado, débil, energizado.

❖

Erica planejava jantar calmamente e organizar suas contas na casa de Marjorie. Mas Mitch chegou sem avisar, às nove, pálido e com cara de enjôo.

— Marty Slavin teve um enfarte a caminho de casa, na via Metro North.

— Ah, que legal — disse ela.

— Não diga uma coisa dessas.

— Por que não? Eu nunca gostei dele.

— Bom, ele não é meu melhor amigo, mas é impressionante. Faz a gente pensar: o que estou fazendo? Quanto tempo a gente passa com pessoas de quem não gosta?

— Bom, menos tempo, já que Marty não está mais aí.

— Ele está no hospital. — Lançou-lhe um olhar enviesado. — Patricia desatou a chorar, sabe?

— Não me diga para chorar. Marty Slavin é um idiota nojento que fica fazendo piada comigo pelas minhas costas. — Ela ficou ofendida com a menção à esposa.

— E se eu morresse amanhã? — choramingou Mitch.

— E se morresse?

— Ai, às vezes eu simplesmente tenho vontade de sair desta vida e nunca mais voltar. Ninguém ia sentir a minha falta.

— Eu ia. — Ela se sentou no colo dele, e ele acariciou a cabeça nua dela.

— Você viria comigo?

— Para onde?

— Quando eu saísse da minha vida?

— Com certeza. — Ela escorregou o corpo, de modo que os pés se apoiaram no braço do sofá e a cabeça ficou no colo dele. — Para onde você iria?

— Para algum lugar onde nunca fossem me encontrar. Marrocos.

— Por que é que não iam te encontrar lá?

Ele não tinha resposta.

— Você fala árabe ou francês?

Ele sacudiu a cabeça. Ela esticou a mão para cima, para acariciar o cabelo grisalho lindo e cheio dele.

— Então você não iria sobressair, ia passar batido.

ERICA ACOMPANHOU Mitch até o departamento de trânsito na manhã seguinte. Ele colocou as engrenagens da burocracia em movimento para obter a carteira de motorista de Donald Spivak. Beijou-a em Center Street como se ela tivesse lhe salvado a vida. Ela estava certa a respeito de Mitch: ele entendia tudo.

Voltando para o escritório, Erica se viu cheirando um paletó que ele deixara na cadeira dela. Ainda bem que não trabalhava mais no cubículo.

Além do mais, nunca se sentira tão feliz quanto agora. Vivia deparando com momentos de alegria e pensava: é, mas quanto tempo vai durar?

❖

Donald Spivak e Marjorie Slotweiner estavam em um um restaurante ao ar livre em Santa Monica, absorvendo o sol de junho, a brisa do mar e o desfile de jovens e quase jovens que passavam por ali. Como era fácil viajar como outra pessoa! Ele estava morrendo de medo de esbarrar em alguém conhecido com os documentos novinhos gritando nas mãos.

E, de fato, no aeroporto, estava Dominique Landau, filha de Cynthia e Jack, sentada em uma das salas de embarque, erguendo os olhos de uma revista no momento em que ele passou. Ela acenara para ele. Erica, graças a Deus, caminhava longe dele, e o portão deles ficava a pelo menos oitocentos metros dali. Ele acenou, apontou para o relógio e sorriu como que pedindo desculpas, sem parar de andar rápido. Ela podia dizer para a mãe, ou não. Àquela altura, já não dava a mínima se fosse pego com uma mulher que não sua esposa; eram os documentos falsos que o deixavam ansioso.

Era interessante como os padrões iam subindo aos poucos.

No restaurante em Santa Monica, continuaram a explorar a idéia que ele exprimira no sofá de Maria.

— Qual é o último lugar em que alguém procuraria por você se desaparecesse?

— Istambul.

— Errado. — Erica despejou um potinho de cubos de açúcar embalados um a um em cima da mesa e começou a construir um muro com eles.

— As Bahamas?

— Chegou mais perto. Pense nos Mets, pense nos aeroportos.

— O *Queens*?

— Exatamente. — Ela coroou o topo do muro com o último cubo de açúcar, então derrubou tudo. — Você deixa uma cartela de fósforos de, sei lá, Los Angeles no bolso de um paletó, com um número rabiscado. Com um ponto de interrogação depois de um dos dígitos: dois ou cinco?

Ela começou a construir um muro novo.

— Um bando de nomes e telefones em Londres e, digamos, na Antuérpia, na sua agenda. Tudo bem plantado ao longo dos meses. Talvez também deixa para trás uma caderneta de endereços separada. Isso pode deixá-los ocupados durante semanas. E daí você já sumiu. Para longe. Do outro lado do East River. *Nunca* vão te procurar lá.

— E o que é que eu vou ficar fazendo lá?

— O que você sempre quis fazer?

— Montar um aquário de verdade — respondeu, e ela assentiu.

Uma brigada de *skatistas* passou por ali, um se exibindo para o outro.

— Aprender alemão.

— Exatamente.

— Ler as memórias de Churchill... sabe, são pelo menos dez livros enormes, mais os discursos. As biografias, então, nem se fala.

— Interessante.

E então começou a fazer estratégias em voz alta.

— Eu sei que deu certo para você e a sua mãe, mas guardar dinheiro embaixo do colchão não é exatamente seguro. Tem sempre alguma coisa pegando fogo no Queens. Acho que é melhor espalhar tudo pelas Bermudas, pela Suíça, pelas Ilhas Cayman. Eu também ia precisar de uma conta-corrente em um banco local, e de um cartão para usar o caixa eletrônico.

Ela sacudiu a cabeça.

— Câmeras.

Ele pensou por um minuto e mastigou o canudo.

— Então, uma certa quantidade de dinheiro embaixo do colchão é necessária. Devo usar cartões de crédito sempre que possível.

— Até descobrirem o seu codinome.

Pessoas vestidas de modo estranho de todas as idades passavam, exibindo suas tatuagens de maneira casual, com *piercings* em locais inimagináveis do corpo.

— Então eu ia precisar de um outro codinome à mão. Talvez pudesse usar mais de um ao mesmo tempo.

— É arriscado, apesar de ser exatamente o que eu faço.

— Não. Dinheiro vivo é a resposta, mas não tudo no mesmo lugar. Viagens de negócios uma vez por ano até os diversos bancos para recompor as reservas.

— Por outro lado, por que não fazer tudo da maneira legal? Abrir uma conta-corrente local no Chase e pagar impostos como Donald Spivak.

— E usar o caixa eletrônico? Mas e as câmeras? E se verificarem minhas contas?

Um carro de polícia parou na frente do restaurante e dois membros do Departamento de Polícia de Los Angeles ficaram lá sentados, sem se mexer.

Ela abaixou a voz e se inclinou na direção dele.

— E se você desse o cartão do caixa eletrônico para *mim*? Eu poderia lhe fornecer o dinheiro.

Ele segurou as mãos gorduchas dela.

— Não acredito que estamos falando nesta possibilidade.

— Esta é a coisa mais emocionante sobre a qual eu já conversei — sussurrou ela.

Mitch suspirou. Tinha pensado bastante na possibilidade de fugir; tinha até ligado para um advogado cível. O advogado lhe fizera uma série de perguntas e enviara documentos preliminares para dar início ao processo de separação. A papelada ficou no fundo de sua caixa de correio durante meses, enquanto Mitch evitava as ligações de acompanhamento do caso do advogado. Não tinha coragem de anunciar abertamente que seu casamento tinha terminado. Nem tinha energia para começar tudo de novo em uma nova empresa, ou com uma nova carreira. Então, a idéia de se transformar em criminoso em estágio tão avançado da vida era simplesmente absurda. Aquela conversa não passava disso: conversa.

— Nunca daria certo — disse ele.

— Por que não?

— Você acha que tem alma de fugitiva?

— Mas eu não seria fugitiva. Eu seria a agente operante em solo. Ficaria no escritório. Acompanhando tudo.

— E quando a polícia viesse me pegar?

— Eu ia descobrir o que eles sabem e avisaria você. — Ela pensou por um instante. — Dinheiro vivo em cofres de bancos espalhados pela cidade. Contas no exterior. Pagamos tudo com cheque e cartão de crédito, você nem chega perto de um caixa eletrônico.

— Mas é preciso assinar um papel e lidar com o pessoal que cuida do cofre. Guardas.

— Eu é que iria. Você ficaria escondido.

Uma senhora idosa com camiseta e *legging* amarelo-canário passou graciosa sobre patins.

— Interessante — disse. Ele nunca faria aquilo.

❖

Duas noites depois de voltarem da Califórnia, Mitch chegou ao apartamento de Erica com o rosto vermelho. Ela fechou o *laptop*.

— Fala de novo como é que iria funcionar — pediu ele.

— Você poderia desaparecer, simples assim, ou poderia desaparecer com dinheiro.

Ela caminhava pela sala de um lado para o outro.

— Quanto?

— Bom, você ia precisar de *muito* dinheiro. Não faria sentido sair com um pouco só. Vai precisar de dinheiro para qualquer eventualidade, de modo que não precise se preocupar nunca em vir à tona. Você ainda tem muitos anos pela frente.

— Pelo menos cinqüenta milhões — disse ele.

— Pelo menos. Mas você tem acesso a muito mais do que isso, você sabe.

— E eu não ia precisar ver ninguém, nunca mais.

— Não, você não *poderia* ver seus familiares e amigos nunca mais.

— Não tenho nada a perder nesse quesito.

Alguma coisa tinha acontecido, mas não estava bem claro o quê.

Ela não forçaria nenhuma situação.

— Tem alguma coisa que você queira conversar?

— Não em especial.

Ele foi tomar uma chuveirada. Ela colocou o pé no sapato dele e sentiu como ficava largo. Caminhou pela sala com os sapatões dele. Quando ele reapareceu, parou na frente dela e ficou se secando, observando-a. Ela adorava a proximidade, a estranheza de ter companhia, a qualidade festiva que a presença dele emprestava aos cômodos do apartamento.

❖

Geri morreu quando Erica estava na primeira semana da faculdade de Direito. Erica lhe deu o enterro de Dorothy Findlay. Sheldon estava lá, reconfortando uma desconsolada por vez.

Durante meses depois daquilo, Erica ficou morando apenas na casa de Maria, sem nem dar uma passada no antigo apartamento, ocupada demais com o trabalho. No início das férias de Natal foi para casa, pronta para lidar com aquilo. Não estava preparada para a normalidade de tudo. Todas as coisas estavam exatamente do mesmo jeito, embora sua mãe não estivesse lá.

Mas, quando abriu o armário, foi atingida pelo perfume da mãe e precisou se sentar. A força de seus sentimentos a surpreendeu. Percebeu que não queria sair dali.

Não precisava de outro apartamento, mas aquele era maior que o de Maria. Tinha móveis, e ficava mais perto das lojas, do metrô e da parada de ônibus. Queria ficar com os dois imóveis.

Mas ela precisava arrumar espaço ali para si mesma. Os livros — toda aquela série sobre a Nova Era, aprovada por Sheldon — não iriam ficar. Os cadernos: notas infinitas sobre as palestras de Sheldon, perfeitamente legíveis, com significado pouco claro. Será que conseguiria jogar fora as anotações escritas à mão pela mãe? Conseguiu. Os chapéus, os casacos e as echarpes não ficavam bem nela. As luvas, os vestidos e os sapatos não serviram nela. Ela doou tudo aquilo. Vivia nos dois apartamentos, complementando o trabalho na biblioteca da Faculdade de Direito com o dinheiro do acordo com o sindicato.

Livrou-se de toda a mobília escura com pés tipo garra e das xícaras de café de porcelana lascadas. Encomendou praticamente uma casa nova à Living Cave pelo telefone, e pintou as paredes de amarelo forte e os rodapés e molduras de portas e janelas [os acabamentos] azul-celeste, como tinha visto no catálogo.

Sem pensar, pagou pela nova mobília de Erica com o cartão de crédito de Maria, percebendo o erro somente na hora em que forneceu o número do cartão de crédito. A partir daquele momento, passaria a separar as vidas e as contas das duas mulheres.

❖

O Centro do Luto tinha sido redecorado e reformado. Agora, chamava-se Instituto do Bem-Estar. Em um dia pesado e nublado de julho, deu uma passada por lá na hora do almoço e pediu para falar com Sheldon. Uma mulher com a mesma idade que ela na recepção olhou para ela com um rosto cheio de tragédia e esperança. Sheldon continuava aprontando das suas, estava claro.

Ficou animado ao vê-la.

— Erica! Quais são as novidades?

— Agora sou contadora.

— Que bom! Quer assistir a uma palestra daqui a cinco minutos? Algumas pessoas das antigas continuam aqui, mas também temos novas integrantes. Jovens.

— Aposto que sim — balbuciou ela. — Vai ser no seu escritório?

— Não, minha querida! Você não viu a reforma maravilhosa que fizemos? Quando foi mesmo? Há oito anos! Venha ver.

Ele a conduziu por uma visita, e ela o elogiou pelo ótimo trabalho em madeira, o uso inteligente do espaço.

— Então, onde você fica agora? Na sala de palestras, na cozinha e no escritório?

— Basicamente. Agora tem muito espaço. Quero alugar uma parte, mas não está em condições. Tenho coisa demais aqui. E, ah, sei lá: também não estou precisando do dinheiro, nem quero mais gente por aqui. Então, não tenho motivação.

— Talvez eu possa ajudar.

— Mas que reviravolta, Erica! Você nunca se interessou pelo nosso trabalho.

— Na verdade, estou interessada no espaço — disse. — Estou pensando em abrir um negócio. Você não faz idéia de como custa caro alugar uma sala. Se eu limpar o local, você me dá um desconto no aluguel?

Sheldon afagou a barba e deu um sorriso afetado.

— Sabe, eu sempre disse para a sua mãe que você seria a pessoa ideal com quem fazer negócios.

— Mostre o quarto andar para mim.

Estava, como anunciado, a maior bagunça.

— Caramba — disse ela, como se tivesse ficado desconsolada.

— Eu sei — respondeu ele.

Demoraram-se no patamar da escada.

— Bom — disse ela, vaga. — Vai demorar um pouco. Mas tudo bem, porque eu não vou começar amanhã. Preciso de tempo para planejar tudo.

— Pode demorar quanto tempo quiser. E não desapareça, e também não venha me falar só de trabalho. Ainda temos cursos e jantares. Eu continuo cortando cabelo, sabe? Adoraria colocar a mão nessas suas madeixas lindas.

— Ah — disse ela, recuando antes que ele tentasse. Será que ele tinha esquecido?

Ao descer as escadas, reparou em um armário abarrotado, uma alcova entupida de porcaria e um banheiro quebrado. Como Sheldon desabava rapidamente escada abaixo à sua frente para atender a um apelo feminino, Erica enrolou o saco de dinheiro em uma segunda bolsa plástica e enfiou o pacote entre um quadro empoeirado e o que parecia ser o tapete branco de iaque do antigo escritório de Sheldon, agora enrolado e coberto por vinte anos de sujeira.

❖

Mitch ia se aproximando de seu período de confinamento cheio de animação, apesar de todo mundo o irritar: Marty Slavin e suas piadas maldosas e vulgares a respeito de Erica; Friedman e sua chateação hipócrita; os filhos com a necessidade constante de decepcioná-lo; a esposa e sua necessidade constante de estar certa; a mãe e sua necessidade constante de contato; a irmã e sua necessidade constante de tudo. Fez uma lista de coisas que detestava e de que logo se livraria.

Erica tinha achado uma casa no Queens, supostamente para alguém que ia se mudar de Phoenix. Era perto da casa de uma das antigas amigas da mãe dela, explicou, para o caso de precisar de uma desculpa para estar ali. Mitch não tinha examinado o local, mas o aprovara pela descrição. Pagou o primeiro mês de aluguel e o seguro-fiança com cheques da nova conta corrente de Donald Spivak que ela abrira no banco Chase.

Com Erica, ele sempre sentia que as pequenas ações iam revelando sua importância com o tempo, como em um bom jogo de xadrez. Ela estava lentamente criando provas físicas da existência de George Matarano, a identidade alternativa de Mitch, no caso de necessidade futura. Todos os dias, pedia para que ele fizesse anotações em uma agenda. No decurso de cinco meses, em sua própria caligrafia, com canetas diferentes, um pouco de verdade, ficção e inspiração, ele criaria um padrão denso de pistas valiosas que não levavam a lugar algum.

Todos os dias, Patricia o insultava de maneiras grandes e pequenas. Mas ele olhava para Erica, acumulando documentação com muita paciência, e decidiu escolher o caminho mais curto para a felicidade. Aquele era um período limítrofe. A chateação e a humilhação logo terminariam, e então ele nunca mais teria de lidar com aqueles ingratos.

❖

Na manhã da sexta-feira antes do feriado do Dia do Trabalho, Erica passou sua carteirinha de estudante na catraca da biblioteca da Faculdade de Direito da Universidade de Columbia. Tinha se inscrito em uma aula de Estudos Gerais em nome de Emily Knorr (nome usado uma vez só, com número de Previdência Social inventado). Tinha pagado em dinheiro. As aulas tinham acabado de começar, e a sala estava abarrotada de bom humor e trânsito de alunos. Estava com a peruca de Marjorie e o *tailleur* novo de calças de algodão bege com sandálias vermelhas.

Nas prateleiras, perto dos Informativos do Tribunal Federal que ela identificara em visitas anteriores como uma parte pouco usada,

Erica instalou o Toshiba de Sonny McPhain, clicou na AOL, foi até a *homepage* do banco Barclays e calmamente digitou o número da conta e a senha dele. Seria o primeiro, já que os funcionários dele eram os mais lentos. Transferiu US$ 3.760.000 para uma conta na Costa Rica que abrira um mês antes, do escritório.

Erica pegou US$ 2.750.000 de lucros de títulos municipais que tinha transferido para a conta de Celestina nas Ilhas Cayman na semana anterior, e os transferiu para uma conta em São Cristóvão. Pegou US$ 29.150.000 da conta de Celestina na Suíça que estavam destinados para pagamento de impostos e transferiu para uma outra conta nas Ilhas Cayman. Ligou o iMac de Jerry Fabrikant e entrou em sua conta pessoal de investimentos. Depois de muitas telas e senhas, baixou US$ 4,2 milhões do fundo de ações e transferiu para uma conta em São Cristóvão. Ainda usando o *laptop* de Jerry, fez mais 23 transferências eletrônicas rápidas, atacando os fundos de alguns outros clientes. Terminou com um mergulho na conta da Bolsa de Valores de Glenn Friedman, e tirou uma boa quantia da herança de Marty Slavin.

Erica se levantou e se espreguiçou quando obteve confirmações por *e-mail* das transferências. Caminhou até uma área de separação de livros envidraçada perto de um elevador interno. Bipou Mitch. Ele ligou de volta, para o celular de Maria.

— Está a caminho — disse ela.

— Não sei se vou conseguir — foi a resposta dele.

— O quê?

— Eu disse que acho que não vou conseguir. Não é uma boa idéia.

— Não foi o que você disse ontem à noite.

— Eu sei, mas agora que está quase acontecendo...

— *Está* acontecendo — interrompeu. — *Já* aconteceu.

Olhou em volta para ver se alguém tinha ouvido aquela conversa altamente incriminatória. Ninguém.

— Não vou conseguir. — Ele parecia fraco e doente.

Ela precisou se controlar. Um aluno entrou para guardar nas prateleiras livros que tinham sido usados, serviço que já fora dela um dia, em uma vida diferente. Foi ao banheiro e se assegurou de que estava sozinha.

— Qual é o problema?

— E se eles seguirem *você*?

— Já discutimos este assunto: *eu* vou ficar onde estou.

Ele não tinha resposta. Ela se olhou no espelho. Marjorie, elegante e competente, não achava que receberia algo que não fosse cooperação e profissionalismo total de seu parceiro.

— Donald — arriscou ela—, onde você está?

— Em algum lugar perto do Rockefeller Center.

O tom perdido e sem objetivo a assustou.

— Ouça bem. Caminhe para o leste até a estação Grand Central e pegue o metrô 7 para o Queens.

— Acho que não vai dar.

— Já está tudo feito. Agora, conto com você para se recuperar e ir para lá.

Ela ajeitou uma mecha do cabelo loiro e elástico de Marjorie para o lado.

— Pense no aquário — disse ela. Pareceu meio condescendente. — Por favor, vá para a casa — implorou ela. — conforme a gente combinou.

Ela desligou, saiu do banheiro e olhou em volta de si, para as prateleiras de livros esgarçados que se agigantavam sobre ela. Não havia uma janela à vista. Tinha a cabeça cheia de números e estava se sentindo completamente insegura.

CAPÍTULO NOVE

Mitch acordou no Queens. Toda manhã, tinha de lembrar a si mesmo: estou livre. O dia está lindo, e eu não preciso ir trabalhar. Não preciso agradar à minha esposa, não tenho de ir pagar a fiança dos meus filhos e moro em Jackson Heights.

O entusiasmo caía entre momentos de pânico, quando ele começava a suar ao se lembrar da natureza irrevogável do que tinha sido feito. Não só não precisava mais ligar para a mãe como *não podia* mais ligar para a mãe, nunca mais. Então viveu momentos de desespero quando percebeu que, depois de toda uma carreira pensando no futuro, encontrava-se em um ambiente triste e desconhecido, onde não podia programar o dia seguinte. Oscilava entre o orgulho e a pena de si mesmo. Não fazia nada o dia inteiro e se sentia exausto.

Na terceira noite de seu exílio, colocou um chapéu e uma barba postiça que Erica deixara no armário, pegou o Toyota e foi para a cidade às três da madrugada, com cara de Hassid. Ele e Erica tinham pagado aquele carro à vista (em dinheiro), em uma revendedora de carros usados em algum lugar de Nassau County, duas semanas antes. Ele nunca tinha comprado um carro usado na vida, e aquilo o incomodava: alguma coisa podia dar errado com ele.

Em Manhattan, suava a cada sinal vermelho, uma massa de culpa pulsante pronta para ser capturada, interrogada e encarcerada.

Erica estava esperando na entrada do apartamento de Maria com a bagagem dele e cinco sacolas de compras. Acomodou-se no banco do passageiro, ainda furiosa, e não ajudou a colocar os volumes dentro do carro. Ele prendeu a respiração enquanto o carro disparava pelo túnel Midtown, deserto. Percorreu as ruas secundárias do Queens com cuidado, petrificado com a idéia de deparar com um Hassid de verdade. Quando chegou à sua nova garagem sem maiores incidentes, imaginou se algum dia seria capaz de relaxar de novo. Aparentemente, ela estava brava demais para falar; foram para a cama sem proferir palavra.

Depois do fiasco da *pizza*, ele só saía quando era absolutamente necessário. Havia um quintal de concreto minúsculo atrás da casa, mas estava exposto aos vizinhos. Uma mulher, provavelmente latina, ou do Sudeste Asiático, aparecia com freqüência na porta de trás da casa oposta, e ficava varrendo a entrada da garagem. Ela ficara espiando a porta de trás da casa dele em mais de seis ocasiões separadas. Deviam ter pensado em instalar alguma espécie de varanda ou toldo. Mas já era tarde demais. Abriu a porta, arrastou a poltrona até o batente para escorá-la e absorveu o ar. Começou a ler o primeiro volume da história de Churchill sobre a Segunda Guerra Mundial.

PLANEJAMENTO DE IMPOSTOS não era exatamente uma coisa viciante: ele não se importava de não trabalhar. E, apesar de ter certa facilidade de tratar com os outros, não tinha necessidade de muita interação social. Glenn Friedman estava errado a respeito de Mitch Greiff: ele não precisava ser visto. Ou melhor, precisava chegar em grande estilo mas, depois disso, preferia ficar no anonimato. Duas semanas se passaram. Ele não tinha muita consciência a respeito do tempo decorrido.

Assim que ficou à vontade, Erica começou a ir jantar no Queens, depois voltava para casa, qualquer uma delas, por volta das 23 horas. Apesar de ter insistido para que Mitch fizesse tudo o que precisasse nas lonjuras do Brooklyn, do Queens e de Long Island, Mitch chegou à conclusão de que não podia se esconder com eficiência em ambiente desconhecido. Começou a se aventurar pelo bairro.

Tinha cortado o cabelo a máquina (Erica fizera aquilo no banheiro, e o cabelo continuava espalhado pelo chão), e seu rosto estava quase camuflado. Nunca na vida tinha tido barba, e observava fascinado o crescimento das linhas pretas inclinadas. Aproveitou a oportunidade para furar a orelha em uma joalheria cafona na 82nd Street. Agora, nem a mãe dele o reconheceria. Circulou no meio das prateleiras enquanto dois moradores do bairro experimentavam roupas na loja de vestuário masculino adjacente, coisas para as quais ele nunca olharia. Experimentou o que eles tinham experimentado. Parecia um *clubber* latino *gay* de idade avançada. Fez com que removessem as etiquetas e saiu da loja vestido. A caminho de casa, percebeu que havia homens por todo o bairro usando casacos daquele estilo.

O bairro parecia ser de classe baixa, ou de classe média étnica, ou qualquer coisa assim. Não era rico, mas também não era perigoso. Quando saiu da farmácia e dobrou a esquina, percebeu que *ele* era o elemento criminoso caminhando pela 35th Avenue. Caiu na gargalhada.

Aquilo chamou a atenção de uma senhora idosa com cabelo preto pintado, fazendo exercício com seu andador cromado na sacada do segundo andar de um prédio alto. Mudar-se para o

Queens era o mesmo que introduzir pedras vivas em um aquário: não dava para ter a menor idéia do que podia estar vivendo em todas as reentrâncias e frestas. A senhora idosa virou o andador e ficou olhando diretamente para ele, através de seus óculos pretos enormes.

— O que é tão engraçado? — gritou ela quando ele se aproximou da sacada.

— Eu sou engraçado! — respondeu ele com outro grito.

— Você não me parece assim tão engraçado.

Um policial parado na porta do complexo habitacional dela olhou para ele. Ele o cumprimentou com um aceno da cabeça para não ficar com cara de culpado.

— A senhora deve ter razão. — Ele acenou alegremente para ela, feliz consigo mesmo por ter adicionado à sentença um sotaque do lugar e o jeito de andar empinado que tinha visto pelo bairro. Provavelmente devia ter ficado mais alerta em relação ao policial, mas achou que a melhor estratégia era não prestar atenção. As pessoas que se sentiam caçadas faziam coisas idiotas e sempre eram pegas.

Estava feliz por sair de casa, mas não gostava nada da idéia de estar indo para o Jungle Food. Não gostava de ter de fazer compras e cozinhar e limpar o apartamento. Tinha milhões de dólares em diversas localidades: por que tinha de passar aspirador nos tapetes e se arrastar até o supermercado? Era claro que no *Queens*, mais do que em qualquer outro lugar, ele poderia encontrar alguém para fazer a limpeza e as compras para ele. Mencionou a questão naquela noite.

— Você é mesmo um príncipe — disse sua amante/contadora/cúmplice.

— Gosto de casa limpa.

— Você não está entendendo. Se alguém vier aqui e vir você, vai direto para a polícia.

— Por que é que ela teria de me ver?

— Ah, então é mais uma coisa que *eu* vou ter de fazer para você?

— Ela não ia ter de ver *você* de novo — insistiu ele. — Só uma vez. Você diz a ela o que fazer, mostra onde fica tudo e, depois, ela só faz.

— E como é que ela entra?

— Dá uma chave para ela.

— Então por que a gente também não dá as senhas do banco para ela, já que vamos dar a chave?

Erica também o tinha convencido a não montar um aquário; alegou que assim ele ia ter de ir a lojas de aquaristas com freqüência, e nelas todo mundo o conhecia. Ele alegou que poderia fazê-lo pelo telefone e pela internet. Não precisava da permissão dela. Mas precisava que ela instalasse o computador dele, para que pudesse começar sua busca. Precisava conduzi-la sempre muito bem. Ela era irritadiça, sempre esperando pelo pior. Estavam em meados de setembro. Ninguém sentira a falta dele na empresa. Em três semanas, ninguém tinha dado pela falta de nada.

Quando ele dobrou seu quarteirão, uma senhora negra de meia-idade acenou para ele e sorriu.

— Feliz Ano-Novo — disse ela, e ele tropeçou.

O que ela dizia, essencialmente, era: "Você é judeu, e eu sei." Como é que ela sabia que ele era judeu? Será que trazia uma estrela amarela na jaqueta de couro latina nova? Por outro lado, ela era negra, e ele sabia. Por que aquilo o incomodava? Será que era alguma memória ancestral de perseguição? Será que era porque ele não estava conseguindo se integrar ao bairro? Será que era a necessidade (que aqui não estava sendo respeitada) de ser uma pessoa reservada sem interações, afiliações e identificação desnecessária? Por que seria da conta de alguém o fato de ele ser judeu?

As ruas do Queens eram todas ladeadas de casas idênticas que ansiavam por originalidade. O *que* Donald Spivak era? Será que ele não precisava inventar uma história para si, caso fosse obrigado a responder perguntas?

Quando voltou para casa, mandou um recado para o *pager* de Erica. Estava cansado de distrações irrelevantes: precisava planejar seu aquário.

❖

Ultimamente, tudo era ultrajante, apesar de Erica em teoria ser uma mulher feliz. O único assento vazio da filial de Jefferson Market Street da biblioteca pública estava cercado por uma vitrine de livros que falavam de amor: *O livro de amor e casamento para gays e lésbicas*, *O amor que cura*, *Levei um pé na bunda!* e *O Kama Sutra completo*. Na biblioteca pública. Claro que não estava na seção infantil, mas francamente. Mesmo agora que tinha bastante sexo em sua vida, não poderia deixar de se ofender pelo apetite sexual incessante das pessoas na esfera pública. O que será que tinha acontecido com as cores do outono, com o Dia das Bruxas?

Virou as costas para a exposição e abriu seus arquivos de orçamento. O homem do outro lado do corredor estava cortando as unhas. O som do cortador ecoava no vazio. Ela estava tentando separar dinheiro para todo tipo de contingência. Queria comprar um carro para si. Quantas unhas será que aquele fulano tinha? Olhou feio para o cortador de unha. Aquilo significaria pagamento de prestações, seguro e estacionamento. Ou será que ela devia simplesmente comprar o carro e pagar à vista? Antes disso, é claro, ela precisava aprender a dirigir. Depois, precisaria tirar carteira de motorista. Os fragmentos de unha deviam estar ricocheteando pela biblioteca. Aquilo com toda certeza era uma ação íntima: por que estava acontecendo na seção de não-ficção?

Erica fez compras em Midtown e as arrastou até o Queens, de metrô, apesar de ainda não terem reparado em nada. Compreendeu que Mitch não queria sair para comprar comida e concordou que ele precisava ser discreto. Mas ficava exasperada com o fato de ele, além de esperar que ela levasse a comida, ainda queria que ela *preparasse* o jantar assim que chegasse. Um confronto estava em formação.

Arrastou-se pelos degraus de Maddie Olsen, imaginando como a mulher a ofenderia daquela vez.

— Erica! — cumprimentou-a Maddie. — Entre.

— Como vai? — Erica colocou a sacola na mesa da cozinha.

— Não muito bem, querida. Quais são as novidades?

— Nada de especial.

— Achei mesmo que não — disse Maddie, parecendo feliz de irradiar dó. — Talvez, se você se vestisse um pouco melhor, pudesse arrumar um namorado.

Erica colocou o leite na geladeira.

— Talvez, se você tomasse banho com mais freqüência, pudesse cheirar um pouco melhor — respondeu ela, sorrindo cheia de doçura enquanto saía pelos fundos.

Mas estava feliz, lembrou a si mesma, enquanto atravessava a entrada da garagem do vizinho e aparecia no quarteirão seguinte. Estavam juntos já fazia quase sete meses. E ele não estava indo para lugar algum.

O carro estava aberto, e Mitch tinha colocado o lixo para fora no dia errado. Era um incompetente. O Toyota estava parado na entrada, sem uso, sem apreço, timidamente chamando-a para se juntar ao clube. Mitch poderia ensiná-la a dirigir. Era o mínimo que ele podia fazer.

Ele se jogou para cima dela quando ela abriu a porta, como se tivesse passado o dia inteiro tenso como uma mola encolhida presa à dobradiça.

— Vamos sair para jantar — cantarolou ele, entre beijos furiosos. — Qual é o melhor restaurante do Queens?

Ela colocou as compras na mesa.

— O Pastrami King. — Desviou-se de mais um beijo para conseguir respirar. Ele estava se comportando igual a um filhotinho.

— Fala sério. Alguma coisa chique.

— Você é que precisa falar sério. Quanto mais refinado for o lugar, mais chances existem de você ser reconhecido.

Ele se assegurou de que ela o veria fazendo bico. Talvez ele só a estivesse testando, fazendo com que fizesse o papel da autoridade cuidadosa e restritiva. Ela não gostou disso.

Ele viu que ela reparou na pia cheia de louça e disse:

— Onde é que você acha que os negócios de lavar louça ficam? Não achei nada.

— Você olhou embaixo da pia?

— Ah, você acha que alguém ia colocar lá?

Ela olhou para ele.

— *Alguém* é *você*, sabe. Esta casa é *sua*. Onde é que *você* guarda os negócios de lavar louça?

Ele olhou para ela. Achava que ela lavaria a louça.

— Patricia era uma santa — disse ela subindo as escadas.

DEPOIS DO JANTAR, apesar de estar satisfeita e de ter companhia, Erica de repente sentiu vontade de comer mingau de aveia e fazer compras *on-line* para Marjorie, enquanto escutava as notícias e fazia palavras cruzadas. Ligou o computador. Mitch aproximou-se e se sentou ao lado dela, implorando para que ela configurasse o *e-mail* para ele. Estranhamente, aquele corte de cabelo o fazia parecer muito mais velho. A maneira como ele mexia no lóbulo da orelha recém-furado era irritante. Ela não conseguia se acostumar com a barba.

Ligou a TV nas notícias.

Ele continuou falando por cima do som.

Havia a controvérsia da água para beber ("Você precisa de um bebedouro? É mais um entregador para te reconhecer. Pensa bem, Mitch"), a controvérsia de como passar a noite (ele ficava de mau humor quando ela não passava a noite lá, e usava sua indignação como arma de chantagem para implorar por uma visita a Manhattan, a cidade proibida) e depois a controvérsia do açucareiro, quando ele colocava colherada após colherada de sal no chá e queria saber por que não estava ficando doce.

— Que diabos o sal está fazendo no açucareiro? — explodiu ele.

— Esta é a tigela do sal.

— Sal fica em saleiro.

— Na minha casa, o sal fica nesta tigela, e os pacotes de adoçante ficam em outra tigela igual.

— Bom, eu não estou de regime.

— Então, pegue o açúcar do armário.

E a coisa toda só fazia continuar.

Talvez aquelas fossem as desavenças comuns no processo de iniciar um lar a dois. Ela não podia saber: nunca tinha feito aquilo. E agora, do lado sombrio dos 35, que para ela era triplo (três apartamentos, três tigelas de sal, três tigelas de adoçante), não estava acostumada a ter compromissos. Se era ela quem alugava o apartamento, pagava as contas, fazia o chá e comprava a tigela, por que não podia colocar sal dentro dela?

A ironia é que ainda não existia dinheiro de verdade; ele estava sobrevivendo com a quantia que tirara de sua própria conta na semana anterior ao Dia do Trabalho. Era possível que ela precisasse mesmo emprestar algum dinheiro àquele estelionatário chorão e passivo, até que fosse prudente ela deixar o país.

Foi embora depois do noticiário das dez. Ele fez bico. Queria ficar com ela. O que, ela supôs, era uma boa coisa. Ela estava feliz. Estava sim.

DEPOIS DO TRABALHO, certa noite, Erica pegou o metrô 6 até a Rainbow, uma clínica para desabilitados que ela identificara em sua pesquisa, quando decidiu que era melhor começar a espalhar pela cidade suas ações voluntárias. Deram-lhe uma mulher mais ou menos de sua idade para cuidar, chamada Debbie Goldman, que a recebeu com um latido de foca e um abraço. Com outros voluntários e integrantes da Rainbow, foi a uma apresentação de marionetes na igreja.

Pegou o metrô 6 para voltar para a estação Grand Central, e o metrô 7 até Jackson Heights, cansada de tanto ir e vir. Ficava correndo de um lado para o outro sem chegar a lugar algum. Teve de abrir mão de um apartamento. Não era por causa de dinheiro, obviamente. Mas Erica não conseguia mais passar tempo suficiente nos três lugares, além da casa em Jackson Heights, para justificar a existência de todos.

A questão era decidir qual apartamento abandonar. Aquilo trazia à tona todo tipo de dilema existencial. Resolveu conversar com Mitch a respeito daquilo. Agora tinha alguém cuja opinião respeitava e com quem podia conversar sobre o assunto.

— Não vejo problema algum. Por que você não vem logo morar aqui, caramba?

— Você sabe que isso não é possível, por mais que eu queira.

— Vai morar na casa de Marjorie, trabalha na de Maria e se livra da de Erica.

— Erica precisa ter um endereço.

— Usa o endereço de Maria para Erica.

— O novo zelador é enxerido.

— Então, se livra da de Erica e muda para a de Marjorie como Erica.

— Você está falando da Erica malvestida de peruca castanha?

— Por que é que Erica tem de ser malvestida? — Serviu uma xícara de café para si mesmo, sem perguntar se ela queria. — Marjorie não é malvestida, a Maria não é malvestida. Não gosto do jeito como você se menospreza.

— Acho que eu posso abrir mão do apartamento de Maria, mas é um bom lugar para trabalhar.

Ele demonstrou sua exasperação com aquele assunto. O tempo dela tinha terminado.

Ela o respeitava. Escutava suas palestras infinitas e recorrentes a respeito do isolamento de Churchill no período entre guerras, o valor dos gobis limpa-chão e a sensação de liberdade que tinha, sem precisar ser simpático em coquetéis.

Mas ele não tinha paciência de escutar durante *cinco minutos* enquanto ela falava sobre aquele assunto crucial, que exigia atenção imediata. Aquilo com toda certeza estava enraizado na dinâmica de poder anterior entre os dois, quando ele se levantava para indicar que estava na hora de ela sair do escritório dele. Mas o poder tinha mudado de mãos.

Erica saiu da casa com seus quatro molhos de chaves, irritada. Subiu as escadas até o metrô 7, que demorou uma eternidade para chegar e outra para entrar em Manhattan. Ela estava chateada com as reclamações dele a respeito da decoração da casa, da cafonice dos enfeites de jardim do vizinho, da falta de inspiração no cenário do Queens. De que diabos ele estava falando? Ela tinha planejado, financiado e orquestrado a fuga dele. O que mais ele queria que ela fizesse: plantasse roseiras e mandasse forrar toda a mobília?

APESAR DE GOSTAR mais de Marjorie do que de todas as outras, Erica chegou à conclusão de que manter Marjorie seria muito arriscado. Quando o caso viesse à tona, e a empresa fosse minuciosamente examinada, Marjorie Slotweiner entraria na investigação como parte da clientela do escritório.

Levou o computador e as roupas de Marjorie para a casa de Maria. Não poderia enviar a mobília de Marjorie para a casa de Maria sem deixar rastros. Então, mandou uma instituição beneficente pegar toda aquela mobília adorável. Deu uma passada no escritório do corretor de aluguel do prédio de Marjorie para informá-lo de que tinha aceitado um emprego em Raleigh e que pagaria naquele instante o último mês de aluguel. O apartamento estaria vazio no dia 1º de outubro. Pagou as últimas contas de Marjorie, cancelou todas as contas de banco dela e organizou com cuidado todos os documentos, cartões de crédito e carteira de motorista de Marjorie em um arquivo na casa de Maria.

❖

Mitch estava calmo quando Erica se posicionou atrás do volante do Toyota.

Mas, assim que ela se enfiou no meio do trânsito, quase bateu em um carro que passava pela pista do outro lado.

— AI MEU DEUS! Erica! E se a gente se meter em um acidente?

— Não faz mal, é só você dizer que está me ensinando a dirigir.

Ele se agarrou ao apoio de braço.

— Cuidado com o tráfego que vem do outro lado!

— Estou tomando cuidado!

— Encosta — disse ele, com firmeza. — Acho que precisamos ir para algum lugar calmo, um estacionamento ou qualquer coisa assim.

— O que é aquilo? — disse ela, toda animada.

— Não olhe para lá. Olhe para a rua, para os sinais de trânsito, para o espelho retrovisor, para os carros que vêm na direção oposta.

— Isto é divertido! Não acredito que estou fazendo isto!

— Eu também não — ele disse.

Uma semana tinha levado a duas semanas que tinham levado a dois meses. Antes de o nome dele explodir em todos os canais de TV e nos jornais, ele passara longos dias perambulando pelas tristes ruas ladeadas de tijolinhos vermelhos do Queens, feliz da vida e deprimido.

Agora que aparecia alguma coisa todo dia no jornal ou na TV, ele estava mantendo a discrição. Passou a organizar suas atividades em torno dos noticiários, gravava os jornais locais das cinco, das seis e das onze, além do jornal nacional das seis e meia. Conferia os três canais a cabo de notícias a cada hora. Sentia uma histeria esquisita cada vez que ouvia seu nome e via sua fotografia. Todos usavam uma foto sua de *smoking*, com o braço em volta de um sorridente Jerry Fabrikant. Todos os veículos de mídia usavam seu nome completo, Mitchell Alan Greiff, como se fosse um assassino em série. Nunca na vida tinha prestado atenção a tablóides; agora comprava o *News* e o *Post* todos os dias.

Tinham-no apelidado de "contador maquiavélico das celebridades". De madrugada, assistia às fitas, avançando nos trechos sobre guerra e violência local até chegar nas partes sobre si. Havia algumas belas imagens de Patricia saindo de um carro de polícia, parecendo abatida e chateada. Antes, temia que a história viesse à tona. Agora que tudo estava às claras, percebeu o que lhe fazia tanta falta. Tinha de se arrastar para a cama toda noite; havia salas de *chat* na AOL dedicadas inteiramente a *ele*.

Erica tinha sido interrogada diversas vezes pelos detetives. Tinha parado de lhe fazer visitas durante algumas semanas, por precaução. Mas não fazia mal: ele fora inundado pela cobertura de revistas, jornais, TV e internet. Tinha muito com que se ocupar.

A ÉPOCA DE NATAL já estava a todo vapor, e ele não se sentia nem sentimental nem deprimido. Aquilo tudo não tinha muito a ver com ele. Mas estava ficando impaciente.

— Você pode sair de casa. — Ela pisou no freio com força sem motivo. — Você *de fato* sai de casa. O tempo todo.

— Já estou cheio de Jackson Heights. E não vá me dizer para ir para *Corona* — disse, aborrecido. — Não me mande ir para *Flushing*.

— Você quer retornar para sua antiga vida?

Ele suspirou.

— Não. Pode sair para a faixa da esquerda.

— Não sei como — choramingou ela.

Ele olhou para todos os lados.

— Pode ir agora. Não vem vindo ninguém.

Ela trocou de faixa e enterrou o pé no freio quando viu um carro três metros à frente. Ele sentiu o cheiro do pavor dela. Era estranho vê-la como iniciante; agora ela era a autoridade completa sobre sua vida, fornecia-lhe dinheiro, ditava as regras e trazia as informações, dizia não. Antes, tinha acabado com ele na cama, em um longo coito. O que aconteceria quando o desejo dela ultrapassasse a capacidade dele?

Agora ela tinha se acalmado, e dava longas voltas pelo bairro, retornando sempre a Roosevelt Avenue sob a sombra entrecortada dos trilhos do trem, agora enfeitados com tecidos natalinos cafonas, cheio de gente que tremia de frio, com parcas escuras e *jeans*, passando por baixo.

Ela pisava com tudo nos freios com freqüência demais.

— Esta aula terminou — disse ele.

— Mas e o estacionamento?

— Você pode estacionar na garagem.

Ela foi para casa, de castigo. Ele saiu do carro, tenso, pesado, trêmulo, enjoado. Tinha passado só meia hora dentro daquele carro? Não tinha sentido tanto medo desde que ensinara os filhos a dirigir, uns dez anos antes. Aquilo não era coisa para um homem de idade fazer.

Um homem de idade! Bom, ele achava que era isso mesmo.

— Preciso de um tempo para o meu estômago assentar. — Ele se jogou no sofá. Viu um esquadrão de bolas de poeira o espionando de baixo da cadeira.

— Quando é que podemos fazer isso de novo?

— Depois que eu morrer.

— Ah, fala sério!

Ele queria comer bem naquela noite. Não queria ficar olhando para o tapete imundo ficar mais imundo. Podia falar qualquer coisa de Patricia, mas a comida era excelente, o cenário era elegante e não havia bolas de poeira. Ela abordava seu papel de gerente da casa como um desafio: tudo era o melhor, o mais delicioso, o mais cheio de estilo. Será que ele ia mesmo dispensar aquelas coisas para trocar tudo pela vida com uma mulher cuja idéia de boa refeição era uma caixa gordurosa de macarrão chinês? Será que ela não podia fazer um curso ou algo assim?

❖

Erica colocou o cinto de segurança no assento do motorista. O instrutor era um homem corpulento na casa dos sessenta que cheirava a cigarro, suor velho e loção pós-barba.

Mediu-a na cara dura.

— Agora, pise no hilariador — disse com suavidade, sem sinal de ironia. — É o pedal da direita. Este aqui, querida — disse, colocando a mão grossa e branca na coxa direita dela.

— Se você encostar em mim mais uma vez — disse ela com os olhos na rua —, eu vou sair deste carro e ter uma conversinha com o seu chefe.

— Desculpe, desculpe, por favor, não se assuste — disse o instrutor fedorento, sem olhar para a rua. Ela sentia que ele estava se deliciando com os olhos na peruca loira de Marjorie e sua maquiagem. — *Você* acertou de primeira, mas ficaria chocada ao saber quantas loiras não conseguem distinguir uma perna da outra.

Ela devia arrancar sua loirice e deixá-lo chocado.

Erica agarrou o volante com força. Apesar de todo o caos na 2nd Avenue, dirigiu em linha reta com calma relativa. Curvas eram outra história.

Os telefonemas e as visitas-surpresa do detetive Sprague tinham diminuído, mas ela tomava cuidado para não folgar demais. Sentia-se satisfeita por ter fechado o apartamento de Marjorie, mas sentia falta dele.

O instrutor pediu que ela passasse para a faixa da direita. Erica olhou pelo retrovisor e virou para trás para se assegurar, por causa do ponto cego. Quando ligou a seta, viu de relance um cara com quem tinha ido para a cama uns dez anos antes. Quase pulou para cima da calçada.

— Cuidado, cuidado, nunca fique nervosa. — O instrutor da auto-escola assumiu o controle com seu volante e seu freio.

Ela foi para casa, abatida e furiosa. Precisava começar tudo do zero em um lugar novo, onde não houvesse uma lembrança embaraçosa em cada esquina. É claro que, em qualquer outro lugar dos Estados Unidos, ela precisaria de um carro.

O pai dela *não* tinha morrido em um acidente de carro. Geri estava errada: Erica tinha direito, *sim*, de aprender a dirigir, tivesse ela carro ou não, tivesse ela destino ou não. Não havia impedimentos para saber dirigir: agora era imperativo.

❖

Em uma tarde de sábado atribulada na Roosevelt Avenue, sob a confusão de guirlandas vermelhas brilhantes penduradas nos trilhos do trem, Mitch viu Conchita Santos, e instintivamente desviou o olhar e seguiu em frente. Mas ele sabia que ela o tinha reconhecido, então deu meia-volta e chamou:

— Conchita? É você?

— Sr. Greiff? O que está fazendo aqui?

Ele sorriu.

— Quais são as novidades?

— O senhor é que é a novidade! Onde está morando? Todo mundo está atrás do senhor... — ela terminou em um agudo e deixou a idéia se dissipar no ar. Deu para ver que ela assumiu posição de alerta.

— Você continua trabalhando para a minha esposa?

— Ela precisou me dispensar.

— Está procurando outro emprego?

— Tenho alguns serviços, mas estou sim.

— Por que não conversamos sobre isso? Posso pagar muito bem.

— Aonde o senhor está morando?

— Por que não conversamos primeiro sobre o assunto, e depois eu mostro? — Ele se inclinou para perto dela, em tom de segredo. — Não preciso nem dizer que você não pode contar isto para ninguém, certo?

— Claro, claro.

— Quer dizer, você sabe que eu estou escondido, certo?

— Claro, claro, claro.

— Mas, mesmo escondido, preciso de alguém para me ajudar: passar aspirador, lavar roupa, fazer compras.

— Quando a gente está foragido, precisa pagar mais pelos serviços básicos.

— É isso aí — disse ele, sorrindo. Estava tão enjoado do cheiro de Lysol antibactericida da cozinha que simplesmente deixara a sujeira se acumular.

— Quanto mais? — quis saber ela. Ela também estava sorrindo, corada ao sentir o poder que tinha, aproveitando bem aquela zombaria sob o vento forte embaixo dos trilhos.

— Vamos conversar sobre o assunto!

— Agora?

— Se for bom para você.

Esgueiraram-se para dentro de um reservado nos fundos da lanchonete Galaxy. Talvez ele estivesse passando tempo demais na Roosevelt Avenue: Conchita parecia bonita. Mas ele queria que o papo fosse meramente de negócios: suborno e trabalhos domésticos. Ele precisava de ajuda.

— Então, o que você tem feito desde a última vez que a gente se viu? — perguntou ele.

— Bom, a minha filha, Graciela, agora está com dez anos. Está cursando o ensino fundamental em uma escola aqui do bairro.

— A que fica na 35th Avenue?

— Essa mesmo. A gente mora com a minha tia Nydia na 86th Street. Não temos espaço. Eu queria me mudar.

— Quer ficar no bairro?

— Depende. Se eu conseguisse encontrar alguma coisa boa por aqui, poderia ficar. Gostaria de ter uma casa para mim.

— Então tem o seu aluguel e o aluguel da tia Nydia — disse e anotou em um guardanapo. — Mais tarde fazemos as contas. O que mais?

Ela olhou para ele cheia de esperteza.

— Estão oferecendo uma bela recompensa por informações a respeito do senhor, Sr. Greiff.

— Pode me chamar de Mitch. Quanto?

— Acho que são uns US$ 25.000.

— Então, tem também o dinheiro da recompensa. — Escreveu isso no guardanapo também.

— Sabe, não tenho certeza se já conversamos sobre isso — disse ela com suavidade —, mas tenho sérios problemas com o meu cartão de crédito.

— Não! — sussurrou ele.

— Tenho, sim! — Ela riu.

— Quanto?

— Bom, se somar tudo...

— Por favor, some tudo — ajuntou ele, esfuziante.

— Mais de vinte mil — disse ela.

Dava para ver que ela tinha inflacionado a soma.

— Conchita, que horror — disse ele, virando-se para o sanduíche. — Como é que você consegue dormir à noite?

— Eu sei, não agüento mais.

CONCORDARAM COM o montante inicial de US$ 60.000, a ser pago em 12 prestações. Ela não poderia se mudar para um apartamento só dela, Nydia ficaria desconfiada e não conseguiria pagar o aluguel sozinha. Além do mais, ela não ia poder pagar os cartões de crédito de cara, se não as autoridades poderiam suspeitar de alguma coisa. Ele lhe daria mais um pouco de dinheiro vivo toda semana, que poderia ser usado para viver: comprar comida, brinquedos, pagar a condução. Daria cabo das faturas do cartão de crédito com o que ganhasse nos outros serviços, no decurso de dois anos.

No que diz respeito à situação da moradia, encontraria um apartamento novo com cozinha de verdade e três quartos independentes; podia dizer à tia Nydia que o aluguel era o mesmo. Ele pagaria a diferença. Em dinheiro vivo.

— Como é que eu vou saber que você vai cumprir a sua palavra?

— Como é que eu vou saber que você não vai avisar a polícia?

— Não quero me ferrar com um aluguel caro se você sumir e me deixar na mão.

Era justo.

— Então quem sabe eu te dou um pouco de dinheiro adiantado, só para pagar o aluguel. Que tal, a diferença de um ano entre o apartamento velho e o novo?

— Dois anos.

— Um ano e meio, certo?

Ela sorriu e se recostou na banqueta, avaliando sua nova posição.

— Como é que eu vou fazer com a Nydia?

— Primeiro você acha um apartamento. Depois tenha certeza de que o boleto do aluguel vai para você.

— Que boleto do aluguel?

— Não tem boleto do aluguel?

Ela olhou para ele bem séria, depois caiu na gargalhada.

— Você precisa aprender muito sobre o Queens, Mitch.

AQUELE ALMOÇO tardio com Conchita fez com que ele se sentisse de volta ao topo, no controle, capaz de dar conta de providências complexas com habilidade. Cumprimentou o policial no prédio número 23-76 da 80th Avenue a caminho de casa.

— Você O QUÊ? — berrou Erica quando ele lhe contou. — Você ENLOUQUECEU?

Ele se recusou a recuar ante a violência do tom dela.

— Eu lidei com tudo de maneira brilhante. Ela me reconheceu na rua, e teria ido diretamente à polícia atrás da recompensa. Assim, vamos ter uma casa limpa. E ela custa barato.

— Ela custa barato *agora*. — disse Erica, soando como uma dona de bar velha e brava.

— Ela só quer se livrar da dívida do cartão de crédito e se mudar para um lugar melhor.

— Isso é agora. Daqui a um ano, ela vai querer metade do que você tem, em dinheiro vivo.

— Vamos ver. Acho que ela gostou do subterfúgio. Acho que nunca gostou da Patricia, e está gostando da idéia de ter poder sobre mim.

— Acho que você simplesmente não quer limpar a própria sujeira.

— Pode ser que precisemos dela para alguma coisa. E é impossível segui-la.

— Não é impossível seguir uma pessoa.

— O que eu quero dizer é que ela não é legal neste país, e não trabalha mais para a Patricia.

— Mas já trabalhou, e tenho certeza de que foi interrogada pela polícia.

Aquilo não tinha lhe ocorrido.

— Tanto faz. Agora ela está do nosso lado.

— E como é que você vai pagá-la?

Ele não tinha pensado nisso.

— Acho que você vai ter de sair de férias antes do que a gente pensava. — Enfiou o nariz no pescoço dela. Ela se desvencilhou dele sem pedir desculpa.

❖

O sol de janeiro era chapado e implacável na Ilha Grande Cayman. Erica estava deitada nua sob o ventilador de teto. Tinha chegado na noite anterior, uma quinta-feira, e iria embora da ilha no domingo de manhã. O detetive Sprague e seu parceiro italiano arrogante tinham se afastado; ao monitorar o *e-mail* de Friedman, ficara sabendo que estavam fazendo uma investigação federal. O dinheiro estava embaixo da cama, em duas malas de tamanho médio com fundo falso. Ficou imaginando quanto o Departamento de Polícia de Nova York pagava a seus detetives. Parecia que as investigações deles eram alimentadas por indignação.

Na tarde anterior, ela tinha trocado de peruca em um banheiro da livraria Barnes & Noble, fizera as malas na casa de Maria, deixara-as no Instituto do Bem-Estar, trocara de peruca de novo em um restaurante movimentado da 3rd Avenue, passou no Instituto de táxi, pegou as malas de Maria e foi para o aeroporto JFK.

Era um alívio estar longe de Mitch. Depois de todos aqueles anos que passara desejando-o, era irônico o fato de, agora que estavam envolvidos, ela só ter cabeça para pensar em sua próxima aula de direção, na reorganização dos arquivos de Maria e na confecção do rastro de documentos de Debbie Goldman. A mente dela só se concentrava nele de maneira abstrata: como contornar seus humores, como controlá-lo.

Na noite antes de partir, chegou na casa e gritou:

— Tudo bem se eu pegar o carro para treinar?

— Não vá se matar — gritou Mitch escada abaixo.

Não tinham nem se cumprimentado.

Aquela era a primeira vez que ela entrava sozinha em um carro. Onde ficava o freio de mão? Lá estava. Ela deu ré pela entrada da garagem e deu uma volta no quarteirão, bem devagar, virando sempre para a direita. Apesar de quatro aulas com instrutores diferentes, ela ainda não conseguia mudar de faixa nem virar à esquerda sem ficar ansiosa. Naquele ponto, dirigir era praticamente uma aula de aeróbica.

O TELEFONE TOCOU em seu quarto de hotel. Quem sabia que ela estava lá?

Era Mitch, ligando para falar a respeito de um peixe novo que tinha visto na internet. Ela precisou se controlar; queria esmagá-lo. Disse:

— Isto não é prudente, e você sabe muito bem. A gente se fala quando eu voltar. Tchau. — Desligou com paciência exagerada.

Mitch estava ficando descuidado. Ela sabia que ele tinha ido a Westchester várias vezes: era um lugar onde tinha gente conhecida. Na noite antes de ela viajar, viu que ele estava em uma sala de *chat* sobre Mitch Greiff, só vendo o que as pessoas escreviam.

— *O que você está fazendo?*

— Só estou me deleitando com este debate aqui — respondeu sem erguer os olhos.

Ela nem se deu ao trabalho de desconectar a AOL: simplesmente puxou o fio da tomada.

— Como você tem coragem de fazer isto? — berrou ele por sobre a tela escura.

Ela falou com calma deliberada, bem baixinho, para que ele precisasse se debruçar para ouvir.

— Quando você se conecta ao servidor, seu computador recebe um número eletrônico individual. Quando você entra em uma sala de *chat*, esse número é emitido. Esse número pode ser usado para localizar o seu computador, e o número de telefone de onde você está ligando também pode ser localizado. Sabia?

Ele ficou parado de braços cruzados, igual a um adolescente bravo.

— E daí?

— E daí que, se eu fosse detetive deste caso, eu provavelmente iria direto para uma sala de *chat* de Mitch Greiff e anotaria o nome de todo mundo que está lá. Iria localizar o computador respectivo de cada nome e depois o telefone respectivo de cada computador.

Ele deu as costas para ela e parou na frente da persiana fechada da janela.

— Não, eu não sabia disso.

— Bom, os detetives deste caso estão no Esquadrão de Crimes de Informática. Eles sabem disso. Na verdade, se eu fosse detetive deste caso, provavelmente abriria uma sala de *chat* sobre Mitch Greiff para ver quem entrava.

Mitch ficou de frente para ela.

— Bom, eu sei com toda a certeza que essa sala de *chat* sobre Mitch Greiff não foi criada por detetive algum — disse com certa arrogância.

— Você sabe com toda a certeza — disse ela, controlando a raiva. — Como?

— Porque eu conheço o cara que criou esta sala — respondeu Mitch.

Ela ficou olhando para ele, aquele problemão mal-orientado de meia-idade.

— Ah, é? E quem é esse fulano?

— Um cara com quem eu ando trocando mensagens instantâneas. Ele é obcecado por Mitch Greiff e tem uma teoria de que o Mitch está escondido em uma ilha de corais no estado da Georgia. Ele me mandou um convite para entrar na sala hoje à tarde.

ERICA FICOU LÁ NAQUELE quarto tropical muito incomodada. Por que ele a colocava naquelas situações? Por que não era capaz de enxergar a própria estupidez? Ele traçaria uma linha verde fluorescente entre ele e o dinheiro; ela tinha de estar pronta para aquilo. Não podia controlar tudo que ele fazia.

Tomou um gole de água mineral com gás. Um pouco do líquido escorreu pelo pescoço dela e efervesceu em cima do travesseiro. Ela não queria ficar parada naquele quarto, remoendo a estupidez dele. Ela não gostava de pensar nele daquele jeito.

A paisagem era preenchida por um campo de golfe verde, céu azul e um hotel cor-de-rosa. O que ela tinha de fazer já estava feito; devia se divertir um pouco. Folheou o catálogo do hotel e parou na página do *spa*. Marcou hora com a manicure. Colocou uma bata; por causa do calor, deixou a peruca para trás e colocou só um lenço e um chapéu.

Assim que se acomodou no salão de beleza, a esteticista começou a assuntar:

— Você está aqui em lua-de-mel? Não? É casada? Não? Veio com o namorado?

Erica ficou só olhando para a mulher.

— Você é norte-americana? Não? Estou perguntando porque na semana passada também esteve aqui uma mulher de cabeça raspada. Ela era norte-americana.

— Diz para mim uma coisa — falou Erica—, você não se diverte o suficiente com aquela televisão ali?

— Eu só estava sendo educada.

— É educado ficar se metendo na vida dos outros?

A mulher tensa manuseava o alicate de cutículas desastradamente, e cortou o polegar de Erica.

Ela se levantou, sangrando.

— Qual é o seu problema?

A gerente chegou, uma mulher de meia-idade que engolia alguma coisa apressada, como se tivesse assistido a cena de trás de um espelho falso enquanto almoçava.

— Desculpe, moça. A senhora gostaria de um chá?

— Não, não quero *chá algum*! Quero sair daqui.

— Precisamos passar anti-séptico.

— Eu faço isso sozinha.

— Sair sem passar anti-séptico é contra as regras.

— Mas tirar sangue das hóspedes é permitido?

— Sinto muito mesmo, moça.

Ela saiu batendo o pé, sangrando e furiosa, com a manicure correndo atrás dela, brandindo uma bola de algodão e um frasco marrom de péssima aparência.

Pela trilha exuberante, cheia de lindas flores fúcsia, Erica fervia de irritação. Se não tivesse a intenção de agradar a Mitch (ao mesmo tempo em que precisou ignorar sua aversão intensa ao contato íntimo em excesso com esteticistas), nunca teria se colocado naquela situação. Mas no minuto em que se precisa de alguma coisa (um produto, um serviço, um olhar de aprovação), começa uma cadeia de interações com outras pessoas e expectativas da parte delas. No minuto em que se precisa de alguma coisa, a gente entrega o poder que tem na mão dos outros. Ela amaldiçoou Mitch e sua necessidade de agradá-lo.

Mesmo que ela *quisesse* ser má, Erica percebeu, não conseguiria. Ela se frustrava com as exigências do mundo cotidiano. E com as pessoas, principalmente com as pessoas: elas se intrometiam, xeretavam, alardeavam suas cinturas minúsculas, faziam coisas íntimas a cinco centímetros da cara dela, apresentavam todas as suas expectativas e necessidades, reclamavam com grosseria quando ela não atendia a suas expectativas e necessidades.

E o que dizer sobre as expectativas e as necessidades *dela*?

Ultimamente ela tinha a necessidade de se afastar completamente do desgaste que era o contato humano. Mas mesmo que pedisse tudo pelo telefone, ainda assim teria de lidar com o entregador. E se precisasse de um ar e se aventurasse à rua, sempre tinha alguém que ia bisbilhotar por baixo do chapéu dela, chamar atenção para a circunferência de sua barriga, invadir seu espaço ao confessar alguma coisa, por razão nenhuma além de estarem transbordando e ter a necessidade de espalhar o que estava sobrando por aí. Aquilo não mudaria em Chicago.

Como é que os ricos e famosos lidavam com aquele mundo? Era de se presumir que não alugavam apartamentos nas ruas de numeração 20 da parte leste da cidade como base de operações. Ficavam protegidos em alguma propriedade isolada. Contratavam pessoas para filtrar as pessoas que entravam para desempenhar serviços ou entregar mercadorias. Mas, mesmo assim, precisavam lidar com a seleção das primeiras pessoas. Então, qual era a diferença?

A diferença era que eles pagavam as primeiras pessoas.

Por outro lado, aquilo nem sempre garantia comportamento respeitoso. As pessoas que faziam serviços para outras pessoas geralmente nutriam um certo desprezo pelos patrões. Bastava olhar para aquelas esteticistas entediadas e fofoqueiras com fome de informações pessoais a respeito de desconhecidos aleatórios.

Por que era tão impossível ter privacidade?

ERICA VOLTOU PARA casa sem percalços. Desfez as malas de dinheiro e guardou um quarto do valor no armário de casacos de Maria. O resto, envolveu em papel-alumínio e enfiou na bolsa de lona vermelha de Marjorie. No Instituto do Bem-Estar, Sheldon acenou para ela do outro lado da recepção, a caminho de uma consulta. Ela entrou e saiu em três minutos. Ah, se todas as suas interações com outras pessoas pudessem ser assim tão fáceis...

Não ligou para Mitch. Sentou-se no sofá de Maria, pensando à frente, em planos alternativos.

CAPÍTULO DEZ

Patricia deu um tapa na mão de Tony, que estava na bunda dela, quando entraram no restaurante. É verdade que ela estava encantada com ele, mas ele vivia agarrado nela, tanto em público quanto na intimidade; e ela já se sentia exposta demais. Ficavam boa parte do tempo que passavam juntos no apartamento do primo dele, mas alguma hora precisavam sair para comer.

Sair do casulo era um problema.

A *hostess* de 23 anos os examinou, passando os olhos de um para o outro, fazendo as contas. Todo mundo ficou olhando quando foram conduzidos até a mesa.

Se, desde a saída de Mitch, a vida de Patricia tinha se transformado em um filme ruim, a entrada de Tony no mês anterior tinha feito com que assumisse contornos de filme de caubói. Entraram no *saloon*. A música e a diversão cessaram. Todo mundo ficou olhando. Silêncio. Será que alguém começaria a brigar? Ultimamente, Patricia andava fascinada pelos casais que não combinavam que via na rua (alto e baixa, gordo e magra, negro e branca, feio e bonita), gente que se escolhia e ficava junta apesar da obrigação de formar um par coerente.

— Patricia! — ouviu alguém esgoelar e parou.

Era Denise Levine, com quem tinha trabalhado uns cinco anos antes em uma entidade beneficente para combater a fome.

— Como vai, querida? — Patricia pôde perceber que ela estava evitando tocar no nome de Mitch. — Quem é esse? Seu filho ator?

— Anthony Ballestrino, como vai? — Ele estendeu a mão.

Denise apertou-a confusa.

Tony colocou o braço em volta dos ombros de Patricia e disse:

— E esse aí, é o seu pai?

Denise empalideceu.

— Não, este é o meu marido. Patricia, lembra do Sol?

— Claro, oi Sol, que bom vê-lo novamente. Bom ver vocês dois. — Ela pegou a mão de Tony, que estava balançando e roçando em seus peitos. Ele era pueril.

Enquanto o puxava para o fundo do restaurante, sentiu uma mão em sua bunda de novo. Ficou furiosa. Aquela necessidade de estabelecer propriedade: será que era por causa da idade dele? Às vezes, quando ele estava dirigindo, não olhava para a rua, e sim para ela. E ele ficava olhando para ela, como percebeu, até que ela olhasse para ele. Só então voltava a atenção para a rua. E ela que esperava se sentir mais segura com um policial.

Sentada no fundo do restaurante, Patricia viu Denise e Sol fazendo as contas, como todas as outras pessoas lá presentes, e chegando ao denominador comum mais baixo possível. Olhou torto para Tony.

— Bom, e por que é que eu não posso fazer isso? — disse ele, como um adolescente.

— É melhor você tomar cuidado — respondeu ela, como uma mãe brava. — Se você quiser ficar comigo em público, é melhor prestar atenção ao seu comportamento.

— Você nem sairia em público se não fosse por mim — afirmou ele.

— Como assim?

— Estou dizendo que você ficaria escondida no apartamento do seu filho, roubando latas de atum e torcendo para ele não perceber. Não fique achando que eu não conheço você, Patricia — disse ele e acariciou o joelho dela.

Mais uma vez, Patricia teve de perguntar a si mesma: o que estava fazendo com ele?

❖

Tony saía com Patricia três vezes por semana; agora já estavam deixando roupas e produtos de higiene pessoal no apartamento do primo dele. Ele queria adorar estar com ela, tomar café-da-manhã às cinco da madrugada em lugares que ficavam abertos 24 horas. Queria desfilar de braços dados com ela. Mas ela tinha ficado paranóica com a história de ser vista em público e se incomodava com cada pessoa que olhava para eles. Em vez de simplesmente ficar com ele, ela parecia querer discutir se *deviam* mesmo ficar juntos. Às vezes, ela se fechava completamente, se recusando a falar. Quanto mais eles se encontravam, mais inacessível ela ficava. Ele cansou de correr atrás dela.

Promoções foram anunciadas. Mais uma vez, Ballestrino deixou passar. Assim como qualquer outra pessoa que tivesse um grama de inteligência. Os caras da Delegacia de Aviação foram promovidos a detetives de segundo grau. Um sujeito que respirava pela boca na *Unidade Eqüestre* foi promovido a detetive de segundo grau. Todos os policiais que na verdade não passavam de secretários de luxo do chefe dos detetives foram promovidos a detetives de segundo grau.

— Tem tudo a ver com quem a gente leva de carro — suspirou Sprague.

Alguns caras gostavam do prestígio de dirigir para alguém importante. Ballestrino não tinha se tornado policial para ser chofer. E ficava ofendido pelo fato de seu parceiro não se importar com isso. Naquela manhã, o tenente parecia estar à toa, mas atento, como se estivesse de olho em suas tropas, em busca de sinais de humilhação. Por que Sprague não estava bravo?

Apesar de o Cavalo de Tróia de Anita Clemente ter pescado mais de 250 nomes, incluindo congressistas, médicos, professores de escola e sacerdotes em Nova York, ela também não tinha sido promovida. Quando o prefeito fez uma coletiva de imprensa na prefeitura com o representante da polícia e o chefe dos detetives para anunciar o desbaratamento de uma importante rede de pornografia infantil, Anita Clemente nem foi convidada para a cerimônia. Quando alguma outra pessoa fazia um bom trabalho e também não era recompensada, uma satisfação perversa ficava no ar.

TONY COMEÇOU a levar Patricia à academia como sua convidada. Ela lhe agradeceu em profusão. Ela precisara abrir mão de sua academia e sentia falta do levantamento de peso. Ele se sentia bem sempre que tinha a oportunidade de lhe proporcionar um momento afastado de sua vida. Gostava da visão do cabelo grosso e ruivo preso no topo da cabeça dela com presilhas, suas pernas pálidas e graciosas se dobrando por baixo do *Spanloc* e a onda de interesse que ela provocava nos freqüentadores regulares do local. Ela era uma mulher linda: talvez não para sempre mas, por enquanto, não envelhecia.

Certa manhã, depois da academia, ele cometeu o erro de dar uma passada em casa com Patricia a caminho de Manhattan. Tinha esquecido de pegar o presente de aniversário de Sprague, e haveria uma comemoração no Gotham depois do expediente.

Achou que dava para dar um pulo em casa e pegar o presente. Mas a mãe dele estava bem na frente com o carrinho de feira. Deu para ver que ela identificou o carro dele de longe, de modo que ele não poderia simplesmente passar sem parar. Estacionou em fila dupla.

Roseanne foi correndo até a janela do carro.

— Deixe eu ver a razão por que não preciso mais cozinhar para você.

Espiou para dentro.

— Patricia Greiff — disse a namorada, estendendo a mão.

— Ei, eu me lembro de você — disse Roseanne, sem apertar a mão estendida. — Não foi o seu marido que roubou tudo de todo mundo?

Patricia perdeu toda a cor saudável que adquirira na academia.

— Dá licença? — Tony saiu do carro. Apontou para a mãe, e ela o seguiu escada acima.

Bateu a porta de entrada.

— O que você fez foi a maior falta de educação. Peça desculpa.

— Qual é o seu problema? — Ela desprezou a idéia. — Quero ter netos! Aposto que aquela mulher *tem* netos!

— *Isto* é irrelevante. Volte lá e cumprimente a Patricia direito.

O que ela fez, demonstrando pouquíssimo interesse.

— Foi um erro — disse ele a Patricia com muita calma, colocando a porcaria da garrafa de vinho no banco de trás e prendendo o cinto de segurança.

— Erros não existem — respondeu Patricia, com uma decisão que o deixou gelado.

QUANDO CHEGOU à sua mesa naquela manhã, Sprague lançou-lhe um olhar. Ergueu uma sobrancelha.

— Cuidado — disse Sprague baixinho.

O tenente apontou para ele, e Tony se arrastou até a sala de Greeley para descobrir que novo insulto estaria à sua espera.

— Ballestrino, só tenho uma pergunta. Você é completamente idiota?

A cada dia, Ballestrino chegava mais perto de arrebentar a cara daquele sujeito.

Greeley colocou uma foto grande em preto-e-branco na sua frente: Anthony Ballestrino beijando Patricia Greiff na frente de uma padaria vinte e quatro horas.

— Patricia Greiff está sob vigilância federal até o marido dela voltar para casa, ou seja, durante *muito* tempo. — Greeley sorriu com malícia. — Então, eu só quero mesmo saber. Esqueça a política do departamento: você é idiota?

Uma bela foto, aliás: os dois ficavam mesmo muito bem juntos. Ballestrino ficou imaginando se não devia fazer uma cópia para mostrar para ela.

❖

Conchita estava passando aspirador no andar de cima, e Erica iria para a Costa Rica dali a alguns dias. A água era morna e os quartos eram quentes naquela casa, fatores que Mitch precisava pesar para conseguir manter o pH estável no aquário. Seria ideal se também pudesse ter um aquário intermediário em casa para deixar os peixes novos de quarentena e assegurar-se de que estavam bem saudáveis antes de serem introduzidos no aquário grande. E que peixes escolheria? Desejava obter o equilíbrio perfeito e a maior variedade possível.

Gente que pensava pequeno sempre era pega. Ele não buscaria atalhos no ecossistema. Até o segundo aquário que montara era pequeno demais. Um aquário maior proporcionaria ambiente mais estável, mais espaço para que todos se espalhassem, fazendo com que os confrontos agressivos diminuíssem. Em ambos os aquários, tinha começado com apenas algumas plantas, e então as algas tomaram conta do ambiente. Portanto, teria de providenciar mais plantas logo de início para já começar em vantagem, e obter mais dióxido de carbono para que as plantas crescessem.

Por outro lado, mais nem sempre era melhor: no primeiro aquário, tinha dado comida demais aos peixes, que morreram. Quando comprou peixes novos, não pôde oferecer número suficiente de esconderijos; peixe-cirurgião foi perseguido pelo baiacu: seu rabo ficou despedaçado, e ele morreu. Conchita entrou na sala e colocou mais um pedaço de bolo de cenoura na mesinha de centro nova e bacana que Erica afinal tinha encomendado na Living Cove, depois de quase cinco meses de reclamações da parte dele.

A vida estava boa.

Ele estava de bom humor novamente, depois de um período sombrio. Os noticiários da TV foram os primeiros a deixá-lo de lado. No jornal *Times*, as notícias sobre ele tinham passado da primeira página, com notícias locais e de economia, para a página 23 do primeiro caderno, para a página oito das notícias locais e depois para nada. Até os tablóides já tinham mudado de assunto.

No começo, ele se sentiu ofendido. Como é que eles tinham coragem de não dar mais notícias sobre ele? Todos os dias, abria os jornais e procurava, em vão. Era como se ele não existisse mais. Seu humor não melhorava com a inundação de periódicos que chegavam em casa. Durante o frenesi da imprensa, tinha feito assinatura de tudo, para minimizar as visitas a bancas de jornal. Agora, só o volume que cada jornal ocupava já servia para caçoar dele.

Tinha tido muita dificuldade para trocar de marcha mas, felizmente, tinha conseguido redirecionar sua atenção. Encomendaria tudo o que fosse possível de um *site* de uma loja de aquários em Long Island onde já tinha feito compras. Tinha tomado providências para que tudo fosse entregue e instalado. Erica insistira para que ele ficasse escondido no andar de cima e que ela supervisionasse os entregadores, reclamando sobre todo o trabalho que teria. Agora que ele não era mais chefe dela, não se importava muito com seus horários na empresa.

— Preciso que você esteja aqui quando o aquário for entregue — disse ele naquela noite, tomando uma sopa deliciosa preparada por Conchita.

— Não — respondeu ela, com a cabeça enfiada em uma palavra cruzada.

— Mas e se eles me reconhecerem? Você não está preocupada?

Ela largou o jornal.

— Já conversamos sobre isso — respondeu ela, sem paciência —, e você continua a me ignorar. Se for muito arriscado, não faça. Mas eu não vou facilitar as más decisões que você toma. Meu trabalho não é ficar no Queens esperando os seus peixes.

Ele ligou para Conchita; ela trabalhava em algum outro lugar às quartas e não tinha como se reorganizar. Ele ia ter de se virar sozinho.

O equipamento foi entregue por dois mexicanos que mal olharam para ele. Instalaram os dois aquários na sala, com mangueiras saindo da pia da cozinha. Começou a encher primeiro o tanque intermediário, processo que poderia durar vários dias, já que a água era filtrada gota a gota.

Quando Erica chegou na noite seguinte, ele percebeu que tinha passado o dia todo pensando nela e que não agüentava esperar nem mais um minuto. Pegou a bolsa dela e jogou no sofá, tirou seu casaco e começou a beijar seu pescoço, apalpando seu traseiro e conduzindo-a escada acima.

— Ei — disse ela, tomando fôlego. — Preciso de um segundo.

Ele a empurrava escada acima e ela se sentava em cada degrau. Ele pulou atrás dela.

— Mitch, eu acabei de chegar.

Ele colocou as mãos por baixo dos braços dela e começou a arrastá-la para cima.

— O QUE VOCÊ QUER DE MIM? — explodiu ela.

— Acho que está bem claro.

— Será que dá para sentar um instante? Será que posso lavar minhas mãos do metrô?

Ele não gostava da maneira como as coisas tinham se transformado. Ele vivia implorando por alguma coisa e ela vivia dizendo não.

Mal tinha olhado para o aquário e, quando esteve lá de novo, saiu sem fazer comentários sobre a nova vegetação que ele introduzira. E quando ele lançou o primeiro peixe no aquário menor, todo triunfante, depois de mais um jantar chinês pedido pelo telefone, ela se sentou na frente da TV para assistir ao jornal. Depois que ela saiu, ele encontrou três referências novas a seu nome na internet, mas descobriu que eram reportagens antigas. Levou a caixa com o que tinha sobrado de carne e brócolis para o andar de cima e voltou para o *site* Aquarium.net.

Os peixes-cirurgiões controlam o problema das algas, ele leu, mas, no aquário, às vezes a "imagem de busca" pode passar do alimento natural para o alimento de cativeiro.

Deixou a travessa cair, manchando o tapete branco e sujo com a comida marrom e pegajosa. O que mais ele andava fazendo, além de se alimentar em cativeiro?

❖

A entrevista na filial de Chicago de Kessel e Associados aconteceu em um edifício espelhado no entroncamento de uma estrada cinzenta próxima ao aeroporto de O'Hare. Correu muito bem.

Um táxi a levou para o hotel que ficava em outro entroncamento da mesma estrada, onde ela passou a noite assistindo a programas ruins na TV, comendo coisas que pedira pelo serviço de quarto e aproveitando um momento de paz à custa de alguma outra pessoa. No avião de volta, sentiu saudade do Toyota azul. Ela queria voltar para encontrar o veículo brilhante e metálico, e não para ver Mitch com suas mãos úmidas que cheiravam a produtos químicos de aquário.

Em algumas noites, ela dirigia durante horas, navegava pela Northern State Parkway, pela faixa da direita. Tinha alcançado 65 quilômetros por hora, e a velocidade era aterrorizante. Em outras noites, mal conseguia chegar ao Queens Boulevard antes de começar a tremer e a suar. Às vezes, pegava a Long Island Expressway para desembocar em uma via maior, e depois em uma via menor e em uma rua sendo aberta, que terminava em um beco sem saída. Outras vezes, pegava a via grande até a via pequena, depois a via local até a estrada de terra, parava do lado da cerca e observava um cavalo. Tinha dominado a estrada: para onde quer que fosse em seguida, precisaria cruzar uma ponte ou atravessar um túnel.

No fim de semana depois de Chicago, conseguiu reunir coragem para tanto. Enquanto ele fazia um alvoroço sobre os peixes, ela pegou o Toyota. Só a simples ação de atravessar o pedágio já foi uma coisa muito complicada: sem querer, entrara na faixa de passagem livre, mas não tinha o cartão de passagem livre. Ninguém a deixava mudar de faixa. A chuva tamborilava impaciente no teto. Como é que a gente podia chegar até a faixa certa? Nascendo lá? Será que ela ficaria ali, presa, até que o trânsito diminuísse, à meia-noite? Depois de uma eternidade, uma *van* lhe deu passagem até sua faixa, e ela permitiu que o veículo entrasse na dele.

À sua frente encontrava-se o Midtown Tunnel, a rota de escape que caçoara de sua sede de viajar durante toda a vida. Desligou o rádio e mergulhou naquela boca desconhecida. Conseguiu chegar ao outro lado, com calor e sem fôlego, mas feliz com seu avanço.

Virou à direita na 3rd Avenue e viu a ponte se aproximar sem maiores percalços. Ao lado de milhares de pessoas para quem aquilo não passava de algo que acontecia duas vezes por dia, pegou a Queensboro Bridge. Agarrada ao volante, percorreu a faixa da direita bem devagar, aterrorizada pela vastidão de água azul-escura e luzes borradas que piscavam. Os outros carros rodavam agressivos; as rodas dela tombavam para os sulcos que outros carros tinham deixado na pista; o barulho era assustador. Chegou ao outro lado inteira, e encostou assim que foi possível para retomar o fôlego e se sentir um pouco orgulhosa de si mesma.

Tinha chegado aos trinta e seis anos sem ter praticamente ido a lugar algum. Nos últimos 12 meses, tinha visitado Los Angeles uma vez, a Costa Rica e São Cristóvão duas, as Ilhas Cayman três e percorrera a extensão de Long Island para cima e para baixo diversas vezes. Agora, tinha conquistado a ponte e o túnel. Já estava virando um *expert* nas vicissitudes de viajar, e ficava se perguntando por que Geri King achava aquilo tão difícil.

Erica precisava arrumar um carro para si. Precisava arrumar uma peruca e um guarda-roupa para Debbie. O tempo estava acabando.

❖

Ballestrino encostou na frente do prédio de Brian Greiff e reparou no carro sem identificação estacionado à distância regulamentar um pouco abaixo. Do outro lado da rua, um agente de sobretudo se escondia embaixo de um pórtico com uma teleobjetiva. Erros eram algo instrutivo, Tony não baixaria a guarda de novo. Subiu, ajudou Patricia a descer com as malas, colocou tudo no porta-malas, jogou um beijo para a câmera e foi embora, observando quando o agente de sobretudo saiu correndo em direção a um outro carro sem identificação.

— Por que você vai fazer isso? — quis saber ele. — Venha morar comigo.

Ela lhe deu um endereço.

— Olha, quero que você saiba que está sendo vigiada.

Ela soltou um grunhido, como que para sinalizar que nada mais seria capaz de impressioná-la.

— Os federais estão bem atrás da gente.

Ela se virou para olhar.

— Naquele táxi?

— O carro azul atrás do táxi. Provavelmente grampearam o seu telefone.

Depois disso, ela ficou espiando pela janela durante todo o trajeto. Estava linda como sempre, inacessível como sempre.

— Eu arrumo um apartamento só para mim — alegou ele.

— Você devia mesmo arrumar um apartamento só para você — disse ela. — Não para nós, para você.

Ele olhou para o perfil dela.

— Não quero nada de você. Pode simplesmente morar comigo. — Ele estava tentando não desejar aquilo demais. — Seria ótimo.

Ela não respondeu. O amigo ou amiga dela morava em um prédio de tijolinhos bacana no West Village. Como é que as pessoas achavam aqueles lugares? Patricia desceu do carro e examinou a rua com atenção.

— Você está falando daqueles caras? — Ela fez um sinal com a cabeça para o carro, que tinha parado seis metros atrás deles.

— É, e tem mais um. Ele vai passar pela gente e parar mais à frente — disse Ballestrino, bem na hora em que o agente de sobretudo e seu parceiro passaram, olhando bem para eles e depois abaixando a cabeça. — Não sei por que eles simplesmente não escrevem FBI com letras vermelhas bem grandes no carro.

Carregou as malas até um apartamento pequeno mas elegante de um quarto, todo decorado de vermelho. Patricia não tinha mencionado se o dono da casa era homem ou mulher, e a correspondência em cima da mesa, endereçada a "Lee Hamlin", não ajudava muito.

Ela entrou no quarto e ele foi atrás, fechando todas as persianas.

— Quero que você tome cuidado com o seu celular. Não entregue nenhuma informação. — Ele veio por trás quando ela se inclinou por cima da mala. Enlaçou os braços em volta da barriga dela e ela se esgueirou para fora do abraço.

— Por que você sempre me afasta?

— Tony — disse ela, tirando as mãos dele dali —, quero que você vá embora.

— Você mesma disse que nunca tinha se divertido tanto. Então, por que está fugindo de mim?

Ela sacudiu a cabeça e começou a desfazer a mala.

— Não está mais sendo divertido, e simplesmente não é... *adequado*.

— Ah, que se foda o *adequado*. — Ele se sentou na cama. — Você quer que a sua vida seja uma desgraça completa?

— Minha vida não é uma desgraça completa, muito obrigada.

— Tem razão. Você só não tem casa, nem emprego, nem amigos, nem contatos. — Pegou alguns travesseiros e se recostou à cabeceira.

Ela se levantou.

— Quero que você vá embora agora.

— Como é que você pode dizer que prefere ficar sozinha, sem fazer nada em um apartamento emprestado, com medo de sair, do que ficar comigo? Eu sou a melhor coisa na sua vida. Vai ser uma bobagem me dispensar.

— Tony, eu não tenho mais paciência com você.

— Não estou vendo ninguém te ajudar, Patricia. Você precisa de mim.

Fixou um olhar intenso sobre ele, com seus olhos cor de turquesa.

— Se você não sair agora mesmo, vou chamar a polícia.

— Ah, e ela ainda tem senso de humor, essa daí.

— E não vou ligar só para a polícia, vou ligar para o seu tenente, aquele que mandou você me deixar em paz. Ele me ligou e me deu o telefone direto dele.

Tony se sentou.

— Ele ligou para você?

Ele pegou o braço dela e ela lhe deu uma joelhada na virilha.

— Não tenho mais nada a dizer. — Discou um número no telefone enquanto ele se recuperava na cama. — Desejo tudo de bom para você. Agora, saia deste apartamento e me deixe em paz. Oi, tenente, aqui é a Patricia Greiff.

Ele ouviu a voz de Greeley:

— Sra. Greiff, algum problema?

— Não, está tudo bem, muito obrigada — respondeu ela. — Eu só queria informar que o detetive Ballestrino está indo embora agora. Ele prometeu que não vai mais me ligar.

TONY SAIU DO PRÉDIO batendo a porta, totalmente frustrado, sentindo na boca o gosto da vitela com parmesão que comeria para o resto de sua vida. Voltou para a central de polícia em fúria, tanto que até se esqueceu de mostrar o dedo médio para os federais.

❖

— Por que foi mesmo que a gente fez isto? — perguntou Mitch. — Refresque a minha memória.

Estavam comendo no carro, na frente do Pastrami King, enquanto o dia ia embora; ela tinha dirigido até lá. A neve estava úmida demais para atolar. Na rua, tudo estava sombrio e bagunçado.

— Você queria fugir. — Erica tirou a tampinha de um pote de salada de repolho. — Você estava cansado de tudo que acontecia na sua vida e infeliz com todas as pessoas da sua vida, desde a sua esposa e os seus filhos até os seus sócios.

— Certo. — Ele assentiu com a cabeça, as mãos no colo, olhando para fora.

Ela comeu uma garfada de salada de repolho.

— Você não queria mais ter responsabilidades.

— Certo.

— Você disse: "Se eu saísse da minha vida hoje, acho que ninguém ia dar a mínima. Pode até ser uma inconveniência para algumas pessoas, mas elas não vão se incomodar." Lembra?

Ele suspirou.

— Lembro.

— Está mudando de idéia?

— Não, estou certo do que fiz. — Mordeu o sanduíche sem energia. — Por que não podemos mudar para Chicago agora?

— Porque ainda não me fizeram uma oferta.

— Por que você precisa dessa oferta? Temos muito dinheiro.

— Já discutimos este assunto.

Na noite anterior, ele a abordara radiante: abriria um *site* próprio, onde as pessoas poderiam encontrar as informações sobre peixes, corais e pedras, o mais atualizadas e detalhadas possível. Ninguém saberia quem estava por trás daquilo, e ele era a única pessoa adequada para tocar aquele projeto. Fez uma dancinha exuberante em cima do sofá, e fez uma reverência jocosa em homenagem a seu aquário.

Agora estava com cara de que alguém tinha matado seu cachorro a tiros.

Ela não sabia muito bem como lidar com aquelas variações de humor. Estava claro que ele precisava encontrar alguma espécie de objetivo, mas, se abrisse um *site*, ela sabia muito bem quem é que ia fazer com que funcionasse. Deixou cair um pouco de salada de repolho no volante.

Ele explodiu.

— Chega! Não vamos mais comer neste carro! Está virando um chiqueiro. Isto não pode continuar!

Erica resolveu passar menos tempo no Queens.

❖

— Posso ajudar? — perguntou uma mulher atenciosa e bonita atrás do balcão de uma loja nova de produtos de beleza em Amagansett.

— Preciso de um presente para a minha ex-sogra — começou Patricia.

— Que conflito! O que você quer ver?

A sogra e a cunhada dela eram, na verdade, o que lhe restara de família.

— Qualquer coisa que eu levar vai estar errada...

— É importante fazer a coisa certa. — A mulher assentiu, e mostrou-lhe uma parede de pacotes com embrulhos elegantes. Patricia começou a cheirar sabonetes.

Tinha fugido de Nova York como se estivesse sendo caçada. E, de fato, Tony não tinha aceitado a dispensa: ligava três vezes por dia. Ela mudou o telefone. Ele começou a ligar para o número novo.

— Patricia — começou ele, e ela gelou. — Você está evitando um *detetive*. O que estava pensando?

Estava pensando que Nova York, Nova York, era uma cidadezinha. Queria começar tudo de novo em um lugar diferente, conhecer gente nova. Desligou na cara dele. No dia seguinte, vendeu o carro e pegou o trem para o leste, até Amagansett. Caminhou da estação até a casa de veraneio, que ainda não tinha sido vendida, com a única mala que lhe restara. Estava tentando manter-se aberta a possibilidades.

Tinha ficado lisonjeada com o que acontecera com Tony, mas precisava de alguma coisa mais simples, menos carregada. Precisava ser capaz de entrar em um restaurante sem causar comoção. Talvez nem precisasse de homem algum, e com toda a certeza não precisava de um sujeito obsessivo que exigisse tanta atenção, afeto, supervisão.

A mulher começou a embrulhar o presente de Lenore. O cabelo dela era de um ruivo elegante, apesar de artificial, e sua maquiagem tinha sido aplicada com cuidado. Patricia de repente sentiu vontade de comprar muita maquiagem e pedir para que aquela mulher tão cuidadosa aplicasse os produtos em seu rosto.

— Você é a Patricia Greiff? É por isso que parece tão familiar? — perguntou a mulher de repente.

— É, sou sim.

— Eu sou a Mara. Meu ex-namorado fez o seu deque.

Patricia sorriu.

— Eu adoro o meu deque. Foi muito fácil trabalhar com o Bill.

— Bem que eu queria que ele também tivesse sido fácil comigo. Ouvi dizer que a sua casa está à venda.

— Está sim, mas ninguém quer comprar. Se você conhecer algum interessado em comprar ou alugar, me avisa.

— Você quer alugar?

— Preciso achar algum lugar mais barato. E, além do mais, preciso arrumar um emprego.

— Bom, você pode trabalhar aqui. Eu estava procurando alguém para o verão, mas você bem que podia ajudar agora. Será que interessa?

Patricia nem parou para pensar.

— Quando eu começo?

PEGOU A ANTIGA BICICLETA de Randy para ir a seu primeiro dia de trabalho na Claire de Lune, e deixou o celular em casa. Mara lhe mostrou como registrar uma venda, fez perguntas específicas a respeito do cuidado com a pele e da cor do cabelo dela, mostrou como operar o aspirador, mostrou os produtos de limpeza e perguntou o que ela tinha planejado para o almoço. Patricia lhe mostrou a salada que tinha levado.

— Ótimo! Podemos almoçar no deque se quiser. — Mara deu meia-volta e saiu pela porta. Voltou e enfiou a cabeça por uma fresta. — Ah, e precisamos limpar o banheiro — o que Patricia entendeu como: "Você precisa limpar o banheiro."

Patricia começou pela limpeza do banheiro. Mara voltou uma hora depois, enquanto Patricia estava no chão limpando as prateleiras.

— Nossa, como você trabalha rápido!

Sentaram-se na mobília de ferro do deque dos fundos, absorvendo o sol fraco de março de casaco e óculos de sol. Mara evitou perguntar a Patricia por que ela precisava trabalhar em uma loja de produtos de beleza recebendo por hora, mas não conseguiu segurar o interrogatório: qual era o cabeleireiro dela em Manhattan? Conhecia Jerry Fabrikant? Ele era *gay*? Conhecia Celestina? Qual era o cabeleireiro de Celestina em Manhattan? A certa altura Patricia parou de falar, então Mara lhe fez confidências a respeito de Joe, sua atual decepção.

Às seis, Patricia fechou a loja e partiu na bicicleta. Tinha esquecido como ficava escuro àquela hora. Pedalou pelas ruas fantasmagóricas e mal iluminadas e chegou em casa se sentindo energizada, capaz, ótima. Estava dando tudo certo. Não precisava de escolta policial.

NO FINAL DE MARÇO, Patricia organizou uma feira na frente de casa com suas coisas, trinta anos de pedaços lascados, manchados e quebrados de sua vida em família em exibição no gramado para todos admirarem. Naquela noite, Mara a levou ao bar ruidoso da Main Street. Sentaram-se no balcão e brindaram ao final de uma vida e ao início de outra. Vários tipos locais se aproximaram delas para conversar, e Mara lhe deu a ficha de cada um deles em um sussurro alto, dispensando qualquer um que se mostrasse muito atrevido. Foi uma quantidade razoável de atenção masculina. Patricia conseguiu se divertir e voltou para dormir na casa vazia se sentindo leve, mas sob controle.

No dia seguinte, cancelou o celular. Marcou uma reunião com um pedreiro para ver se uma camada nova de cascalho na entrada ajudaria a vender a casa. O homem usava um boné de beisebol na cabeça, um lápis atrás da orelha, óculos de leitura pendurados em uma correntinha em volta do pescoço e o sorriso de um homem que sabia do sucesso que tinha feito na escola. O nome dele era Nick. Em minutos, ficou sabendo que ele tinha um filho de vinte e dois anos de um casamento anterior que não tinha dado certo, que conhecia todo mundo na cidade e que tinha muito tempo livre, principalmente no inverno. Mediu a entrada. O orçamento foi astronômico.

— Bom, então, se eu não posso colocar o seu cascalho, será que posso convidar você para almoçar?

Ela riu.

— Como assim, agora?

— Por que não?

Ele a levou à *rotisserie* do primo em Springs, e comeram sanduíches no deque do amigo dele que tinha vista para a baía de Napeague. Conversaram sobre o clima. Patricia nunca tinha ficado tão feliz em bater um papo furado na vida. Aquilo lhe dava esperança.

Em uma semana, ele achou um comprador para a casa dela. Em dez dias, encontrou um apartamento barato para ela morar, a 800 metros da casa dele. Era seis anos mais novo do que ela (um velho experiente, comparado com Tony), já tinha saído com quase todas as divorciadas da cidade (à exceção de Mara) e com muitas das mulheres que iam passar o verão por lá. Pescava seus próprios peixes e os preparava para ela em uma frigideira na cozinha da casa dele. Tinha senso de humor amplo e interpretativo, e media as coisas por toneladas. Ela gostava da companhia dele.

Para Patricia, naquele estágio de sua vida, Amagansett era o que o Greenwich Village tinha sido na década de sessenta: uma terra de encontros, favores e possibilidades fortuitas.

❖

— Tony, parte para outra — disse Sprague.

Patricia o tinha dispensado completamente. Tinha saído do apartamento vermelho e deixado sua casa em Long Island, que estava para ser vendida. Fazia semanas que não usava o celular e há meses não entrava em contato com os amigos, e não tinha mais cartões de crédito. Não tinha certeza se ela permanecera em Long Island ou se tinha ido para algum outro lugar. Tinha desaparecido no meio da economia de pagamentos com dinheiro vivo. Ele estava preocupado.

— Talvez ela seja a mulher mais interessante do mundo, mas, se não está interessada, você tem de partir para outra.

— Mas *por que* ela não está interessada?

— Já discutimos este assunto — disse Sprague.

Tinham discutido mesmo. Nem todo mundo tinha um final feliz para sempre. Ele encontraria alguma outra pessoa. Não precisava de Patricia, nem de nenhuma outra namorada. Podia simplesmente se mudar da casa da mãe. Tony ligou para o escritório de Brian Greiff mais uma vez.

Sprague assobiou. Quando Tony ergueu os olhos, o tenente apontava para ele. Desligou e traçou seu caminho até o assento quente de Greeley.

— Ballestrino, no que você está trabalhando?

— Na fraude de segurança das salas de *chat*.

— O Brian Greiff por acaso é testemunha material da fraude de segurança das salas de *chat*?

Ele suspirou.

— Não, senhor.

— O fato de ligar para Patricia Greiff três vezes por hora está te ajudando a resolver a fraude de segurança das salas de *chat*?

Ele não respondeu.

— Ballestrino, você gosta do seu emprego?

Uma boa pergunta, que não era assim tão fácil de responder.

— Gosto sim, senhor.

— Você está se aproveitando do departamento e dos contribuintes. Eu já avisei uma vez. Da próxima vez que eu o vir correndo atrás das suas obsessões no horário de trabalho, vou mandar você de volta para a patrulha em Crown Heights.

De volta à sala do esquadrão, todo mundo estava de cabeça abaixada. Foi até sua mesa e pegou o arquivo da fraude de segurança das salas de *chat*.

Nunca tinha chegado tão baixo.

— DETETIVE, ENTRE — disse Frank Defina ao apertar a mão de Ballestrino e o apresentar a um pequeno círculo de pessoas a sua volta. As mulheres naquele *brunch* estavam todas bem arrumadas e convencidas com seus conjuntos de moletom. Cada uma segurava um bebê e/ou cuidava de uma ou duas crianças à distância. Os homens estavam de suéter de gola alta, calças de *tweed* e mocassins de camurça caramelo. Era difícil acreditar que Ballestrino estava em seu próprio bairro.

Não seria mal-educado nem ficaria na defensiva; não tinha inveja das recompensas materiais de Frank Defina. Do nada, um dia depois de Tony ter identificado o empregado descontente que andava mexendo nas folhas de pagamento dos funcionários de Frank, ele lhe oferecera um emprego: chefe de segurança eletrônica em seu banco de investimentos, ganhando dinheiro de verdade, com todos os tipos de benefícios. *Chefe*, Frank destacara, com uma equipe para comandar. Ballestrino tinha pedido um tempo para pensar na idéia.

Pensou a respeito daquilo naquela noite em seu quarto. Se aceitasse o emprego, poderia arrumar um apartamento para si, até mesmo em Manhattan. Patricia poderia vir morar com ele.

Tinha acordado às quatro da madrugada, empapado de suor. Nunca tinha supervisionado ninguém na vida. Como é que podia saber se era bom naquilo? Será que ele queria ser responsável pelo trabalho de alguma outra pessoa? O que o fazia pensar que gostaria de ter um cargo administrativo? Será que proteger a inviolabilidade dos sistemas de um banco de investimentos seria satisfatório? Será que o funcionário descontente de Frank tinha sido condenado? Não, simplesmente tinha sido convidado a se retirar da empresa, com pagamento por demissão sem justa causa. De que servira descobri-lo?

Sem conversar sobre isso com ninguém, recusou a oferta. O trabalho na polícia pagava pouco, não havia dúvidas. Mas o conteúdo era muito interessante e com freqüência lhe dava satisfação. Também havia algo de bom em ser um dos mocinhos lutando pela causa certa.

Era assim que tinha pensado na época. Desde que o tenente o pegara no dia anterior, ficara se perguntando se tomara a decisão certa.

— A cerveja está gelada, detetive — convidou Frank Defina.

— Vou tomar um refrigerante. — A frase pareceu rígida e imbuída de juízo de valor. Tony acrescentou: — Depois daqui, vou trabalhar.

Uma mulher baixinha e agachada ergueu a cabeça.

— O que você faz?

Ela usava aliança.

— Sou policial. — Pegou um sanduíche minúsculo.

— Ah, nossa — esgoelou ela. — Você anda armado?

— Ando.

— São sempre os policiais armados fora de serviço que se metem em confusão, não é?

Ele enfrentou a peste.

— É mesmo?

— Seja legal com o meu policial, Jenny — avisou Frank.

Meu policial? *Meu* policial? Graças a Deus que ele não tinha aceitado o emprego.

— Vocês também costumam se meter em confusão quando *estão* trabalhando — disse uma voz preguiçosa. Pertencia a uma mulher que tinha a cara no formato de uma pá, que se materializou do nada, em um vestido largo sem dúvida feito de cânhamo.

Eu tenho 40.000 amigos, pensou. Você quer entrar em confronto comigo, dona?

— Eu queria que você tivesse aceitado minha oferta de vir trabalhar conosco — disse Frank. — Este homem — Frank passou o braço em volta de seus ombros — achou o funcionário que passou meses tirando dinheiro da minha folha de pagamento. Em um dia! Dá para imaginar? E ele não ganha nada como policial, nada.

Ballestrino não discutiria aquilo.

— Eu gosto do que faço. — Ele se mexeu um pouco, e Frank deixou o braço cair. — Me dá satisfação.

— Aposto que sim — disse a liberal feiosa, como se o tivesse pego torturando alguém. Até ela usava aliança.

— Posso ver a sua arma? — perguntou um convidado atarracado. Ele puxou o paletó para o lado. — Ah, por favor, posso segurar?

— Esta arma nunca sai de perto de mim. Tenho até uma touca de banho para ela.

Ballestrino desligou o aviso do *pager*, feliz de ver como aquilo fizera os camarões pularem. Pediu licença e saiu pela porta de entrada, e ficou parado nos degraus do lado de fora, no vento fresco. Ligou para o parceiro.

— O que foi, amigo?

Ouviu gritinhos no fundo.

— Estou preso em Nova Jersey — disse Sprague, sombrio. — Assistindo a criancinhas entrarem em combustão.

— Precisa de ajuda?

— Se você sabe o que é melhor para você — respondeu Sprague—, vai ficar o mais longe possível daqui. Nunca vi tanto caos na vida, e é só o começo: estão chegando mais crianças, foi o que me disseram. E vai ter passeio de pônei. Dentro do salão.

Ballestrino apertou o 2 da discagem rápida. Bobby Setzer atendeu na hora.

— Ei, Tony! — disse Bobby. Estava com voz de cerveja, sofá e hóquei na TV na casa nova em Islip. — Ei, Ryan, dá um oi para o Tony — chamou Bobby.

— O Tony que se foda — disse Ryan.

— Que bacana — disse Bobby. — O Ryan mandou um oi. Então, quando é que você vai passar aqui?

— Agora. Precisa de alguma coisa? De cerveja ou algo assim?

— Não, só apareça.

Voltou para dentro.

— Sinto muito. Fui chamado para um caso.

Um sentimento de fascinação espalhou-se pelos rostos lisos e limpos dos civis ricos.

— Alguém morreu? — perguntou a baixinha, intrigada.

— Vamos marcar de nos ver em breve, Tony — disse Defina, de maneira possessiva.

Caminhou até o carro. Que dia fútil. Um bando de investidores do mercado financeiro passou de bicicleta, todos paramentados para o Tour de France. O Brooklyn estava se deteriorando. Tinha estragado tudo com Patricia. Não existiam mais mulheres solteiras.

Ligou o rádio em uma estação de *rock* pesado e dirigiu-se para um subúrbio branco de Long Island para ficar na companhia de policiais, mulheres de policiais, filhos de policiais e comida de policial. Ele se sentia à vontade entre policiais, de um jeito que não se sentia em nenhum outro lugar, nem em casa. Sua vizinhança agora era a delegacia.

CAPÍTULO ONZE

O volume de crimes gerados por computador caiu, talvez devido ao clima agradável, que fazia os infratores saírem de casa para cometer seus crimes sem auxílio eletrônico. Aquilo permitia que os integrantes do ECI, entre eles Sprague e Ballestrino, resolvessem alguns casos já antigos.

Em um dia claro e fresco no começo de maio, Sprague deparou com algumas anotações aleatórias a respeito de Erica King. Pensou por um instante e ligou para o departamento de RH da Friedman, Greiff e Slavin, agora Friedman e Slavin. Recebeu um *fax* imediatamente. O tenente estava fora, então foi dar uma volta até a sala do capitão, tanto para absorver a luz que entrava pelas janelas dele quanto para falar com ele.

O capitão se virou de frente para Sprague.

— Diga-me alguma coisa boa, Dennis.

— Acho que devemos fazer uma nova visitinha a Erica King.

— Você está emagrecendo? — o capitão aludiu à parte do meio do corpo dele.

— Estou sim, para falar a verdade — respondeu Sprague, cheio de orgulho. Tinha perdido cinco quilos. Cathy tinha perdido seis. Agora jogava basquete uma vez por semana com um grupo de homens de meia-idade com problemas no joelho; duas vezes por semana, ia à academia com Cathy para fazer musculação. Nada disso acontecera naturalmente, e ele estava bem ciente de que, no minuto em que relaxasse, teria de voltar a usar um alfinete para fechar a única calça válida que ainda tinha.

— Está ótimo — sorriu o capitão.

— Erica King — repetiu Sprague.

— Você sabe que eu sofro de NLPN — respondeu o capitão.

— A gerente de contas sênior, que trabalhava diretamente com Mitch Greiff, o contador das celebridades que sumiu?

— Aquela tão chata que dá sono só de ouvir falar da vida dela?

— Essa mesmo.

— Você acha que alguém no mundo consegue ser tão chato assim?

— Ah, não, ela é mesmo chata assim — sorriu Sprague. — Só acho que ela pode continuar chata e ter ficado muito endinheirada de repente.

Ele exibiu o *fax* do departamento de RH e falou ao capitão a respeito dos vários dias de licença por doença, dos dias de folga e dos dias de férias que já tinha pedido naquele ano, depois de dez anos de ficha quase desprovida de faltas. O capitão concordou que ela fosse vigiada por uma equipe durante um ou dois turnos.

— Ainda não precisa contar para Greeley — disse o capitão, com uma piscadela.

Sprague mandou trazer os arquivos do caso Greiff do depósito e começou a examinar as pastas.

Nos últimos tempos, Sprague por vezes se sentia tão otimista com a vida que parecia a ponto de explodir. Chegava à sua mesa de trabalho de manhã cheio de energia e pensava: "O que posso realizar hoje?" As cores eram mais fortes, a comida saudável tinha gosto melhor, ele e seu parceiro estavam em sintonia total, o gabinete do promotor distrital nem sempre o decepcionava. Ele adorava seu trabalho, adorava a mulher, adorava a vida.

Em outros dias, ele olhava para as pilhas em cima de sua mesa, na cadeira e no chão à sua volta e desabava de exaustão. "Do que posso me livrar hoje?", pensava com seus botões, e ficava bravo consigo mesmo por ir à academia durante o período em que raciocinava melhor. Entrar nas calças era ótimo, mas não era tudo.

Ele teria uma recaída. Quanto tempo agüentaria tudo aquilo? Consumia tanto tempo... Tinha de caminhar uns bons 12 quarteirões para conseguir uma salada aceitável para o almoço. Em alguns dias, precisava tanto de uma soneca às 15 horas que tinha vontade de se deitar no chão. O cansaço corporal completo que ele sentia não o incentivava a passar longos períodos na frente do computador. Talvez aquele estilo de vida saudável estivesse interferindo com a qualidade de seu trabalho de policial.

Ligou para Flynn, na Daley Consulting, e conversou um pouco sobre o caso Greiff.

— Ei, venha jantar conosco no mês que vem no Waldorf — convidou Flynn. — É a nossa confraternização anual, convidamos todos os clientes. Você e o seu parceiro podem se enturmar. A gente nunca sabe o que pode sair daí: um gancho dentro da polícia, um pára-quedas para cair fora...

— Gostei do convite, Bill. Vou falar com Tony.

Quando desligou o telefone, o tenente o chamou.

— Convite — disse, fitando-o.

— Que convite?

— Ouvi você dizer no telefone que tinha gostado do convite.

— Era um antigo parceiro. Ele convidou a mim e Tony para jantar.

— Seria um evento corporativo?

— Sim, senhor.

— Bom, sabe como é, qualquer convite que você receber tem de ser autorizado por mim, e daí eu tenho de pedir autorização para o Chefe dos Detetives.

— Achei que este não era o caso porque...

— Porque você tinha trabalhado em um caso com eles — disse Greeley. — Na sua função enquanto integrante deste departamento. Mas vou falar com o chefe. Talvez ele queira que você vá.

Sprague avistou uma caixa de bolachas aberta na mesa de Chang. Apressou-se em ligar para a biblioteca da Faculdade de Direito de Fordham e quis saber a respeito do boletim *Law Review* dos anos em que Erica King estudou lá. Uma bibliotecária disse que lhe enviaria alguns artigos que ela escrevera. Quando chegaram pelo *fax*, ele mergulhou faminto nos textos. Eram densos, secos e impenetráveis, assim como a própria Sra. King.

EM CASA, CATHY corria atrás de um canário novo. Quando ele saiu do chuveiro, ela estava lendo uma revista de boa forma no sofá. Mesmo em repouso, ela agora tinha aparência mais ativa. Os quilos estavam se esvaindo dela. As coisas estavam ficando cada vez mais interessantes entre eles, desde que passaram a ter vida mais saudável: mais interessantes e mais freqüentes.

— Cadê o cachorro? — Ele pegou uma fatia de pepino de um prato.

— A Wendy ficou na clínica. — Ela lhe entregou seu gim com tônica *light*.

— Não me diga que ela comeu as plantas de novo.

— Acho que a gente precisa conversar a respeito de adoção.

— Para que tanta formalidade? Ela mora aqui mesmo, e é muito bem-vinda. Passarinhos são sujos e gatos me dão arrepios, mas gosto daquela cachorra. Ela tem personalidade.

— Sobre adotar uma criança.

Aquela informação ficou pairando no ar, como nuvens de poeira depois de um desabamento.

— Uma criança? Eu achei que... — disse ele.

— Eu sei, eu também. Mas, sabe como é, acho que poderíamos ser ótimos pais.

Ele deu um golinho cuidadoso na bebida alcoólica.

— A gente já não examinou a questão? Já não chegamos à conclusão de que isso traria muitos problemas, individual e coletivamente?

— É, foi sim.

Ele se ergueu para caminhar de um lado para o outro na sala.

— Já não tínhamos concordado que somos ocupados demais e que a casa é agitada demais?

— A casa não precisa ser assim tão agitada. — Ela parecia impaciente. Ou será que estava brava? — Não preciso trazer todo mundo para casa toda noite.

— Se você trouxer uma criança, as coisas vão ficar bem mais agitadas do que já são.

Cathy suspirou. A segunda mulher dele costumava fazer aquilo.

— Bom, eu queria colocar o assunto em discussão — disse ela, e começou a aguar as samambaias. — Não precisamos tomar esta decisão agora. Mas gostaria que você penssasse nisso um pouco.

Ele foi para o escritório de casa e ligou o computador. Mitch Greiff, com ou sem Erica King, tinha desviado US$ 103 milhões. Por que essa quantia? E por que de tantas fontes diferentes? Não seria mais fácil, mais eficiente, concentrar-se nos indivíduos com mais liquidez e roubar mais de cada um desses? Por que o roubo foi espalhado de maneira tão democrática? Certamente mais transações deixavam o ladrão mais vulnerável, mais fácil de ser encontrado.

Ouviu Cathy remexendo coisas na sala. Tudo estava se encaixando: na semana anterior, em vez da sessão dupla de filmes *noirs* de praxe, Cathy tinha levado para casa *Os Muppets conquistam Nova York* e *Presente de grego*. Ultimamente, andavam passando as tardes de sábado com Lily e Mark e os filhos deles, em vez de sair para jantar com Lily e Mark no sábado à noite.

O trabalho dele era exaustivo. A vida saudável consumia muito tempo. E agora uma criança. E de onde? Adolescentes de cidade pequena com má sorte. Casais chineses com meninas demais. Orfanatos melancólicos e aterrorizantes no meio da maldade e da corrupção da região dos Bálcãs, em processo de desintegração. Como é que dava para saber o que você estaria levando para casa?

Por outro lado, também não dava para prever o que aconteceria com um filho natural. O irmão mais velho dele já tinha sido preso e atualmente dirigia um caminhão de 18 rodas como um louco. O irmão mais novo era arquiteto, tinha ganhado um prêmio pelo projeto de um hospital. Por outro lado ainda, ele sabia o que seus genes produziriam: uma criança gorda com cabelo ralo e sem cor, dentes ruins, joelhos fracos e visão perfeita, igual a todo mundo em sua família. O pessoal de Cathy era mais variado, apesar de todos usarem óculos.

Onde é que colocariam uma criança? Naquele mesmo quarto, o escritório dele. Quando é que brincariam com a criança? À noite, quando os dois estivessem exaustos. Talvez pudesse trabalhar das quatro à meia-noite, para ficar em casa durante o dia, para ficar com a criança. Será que ela continuaria a trabalhar? Será que levaria a criança à clínica veterinária? Aquilo seria insalubre. Será que ela ficaria em casa? Aquilo causaria uma diminuição drástica do dinheiro que entrava na casa. A alimentação saudável era mais dispendiosa, e os dois tinham se inscrito em uma academia bem cara.

Ele espiou pela porta. Cathy estava no quarto. Foi escondido até a cozinha. Tudo que valesse a pena comer tinha sido removido na limpeza geral. Estava cansado demais para sair. Pegou o pote de manteiga de amendoim orgânica e o pacote de torradas integrais e levou para sua toca.

Eles não eram felizes? Aquilo não bastava?

JOE FAUSTO E CECILE BIALKIN chegaram às 10 horas, com um relatório: Erica King tinha saído do escritório na quarta-feira no fim da tarde, às 18h30. Pegou o metrô 7 até Jackson Heights, no Queens, carregando alguma coisa que parecia comida de restaurante. Foi recebida à porta de uma casa ocupada por duas famílias por uma senhora idosa. Às 23 horas, Fausto e Bialkin foram embora: ela pode ter saído mais tarde; pode ter passado a noite ali. O nome da mulher era Maddie Olsen; morava naquele endereço havia doze anos. Antes, morara a um quarteirão do apartamento de Erica.

Sprague pediu que Erica King ficasse sob vigilância 24 horas durante mais três dias. O capitão assentiu, provavelmente porque não tinha mais muita coisa acontecendo.

❖

Mitch estava salpicando o aquário com comida para peixe. O telefone tocou, e ele fez uma pausa enquanto a secretária eletrônica atendia. Uma voz metálica lhe deu parabéns por ter sido escolhido para participar de uma pesquisa de rádio. Ele tinha um novo relacionamento com o telefone. Nunca era para ele, a não ser que houvesse algum problema muito sério. Mas a ameaça o mantinha alerta, e o toque estridente do aparelho, com seu tom exigente, persistia.

Em sua antiga vida, costumava atender ao telefone com rapidez, igual a um idiota.

— Ah, Mitch, que bom que você está aí — começava a mãe, três vezes por semana, lamentando-se de como tudo era difícil sem o pai dele por perto. Ele contratou uma acompanhante para morar com ela. Então ela passou a telefonar com mais freqüência, para reclamar da acompanhante.

A irmã ligava com voz de emergência, pedindo para ele ir até a casa dela para conversar a respeito de alguma situação (filho preguiçoso, ex-marido vingativo que queria parte da floricultura que tinham juntos, nenhum namorado desde um cara péssimo que alguém lhe apresentara na época do governo de Clinton). Se ele alegasse ter muito trabalho, ela choramingava: "*Ah, por favor?*"

Durante anos, Mitch acreditou estar sendo testado para poder utilizar seus dons. Se ele não fosse sábio, próspero e gentil, por que aquelas pessoas o procurariam sem parar? Mas percebeu que a irmã deixava seu número em discagem automática porque, bem, quem *mais* ia pagar as contas dos advogados dela quando ela gritasse? Ele é que tinha de cuidar da herança do pai por quê, bem, quem *mais* ia se dar ao trabalho ou gastar seu tempo com aquilo?

Sentiu uma onda de raiva repentina contra a irmã, de sua poltrona no Queens. Desde o início, toda a energia da família tinha sido investida em Phyllis, criança que vivia adoentada e tinha necessidades infinitas. Ele teve de gastar seu tempo livre em salas de espera de médicos, quietinho, pelo bem de Phyllis. Quando ela chegou à adolescência, ele fora obrigado a largar o time de beisebol para fazer companhia a Phyllis, que não tinha amigos.

O telefone do Queens tocou de novo, interrompendo suas reflexões cheias de ressentimento, e ele atendeu em um movimento automático, preparando-se para mais um aborrecimento familiar.

— Sr. Spivak?

— Quem é?

— Gostaria de falar com o Sr. Spivak.

— A menos que você diga quem é, não vai ser possível.

— Aqui é da Dominant Technologies, senhor; como vai? Que bom. Eu gostaria de falar a respeito de segurança doméstica. Se não se importa que eu pergunte, senhor, a sua casa tem sistema de alarme?

Não, para falar a verdade, não tinha.

— Por quê, você está querendo me assaltar?

— Não, senhor, estamos lhe oferecendo um sistema de alarme grátis.

— Eu já tenho, obrigado.

— E está satisfeito com ele, Sr. Spivak?

— Sim, estou, e vou desligar o telefone.

Por que ele não tinha um sistema de alarme? Outro item de que Erica tinha se esquecido. Começou a tirar algas do aquário com uma vareta com esponja na ponta.

Mitch tinha feito declarações de impostos para os pais, as tias e os tios, a irmã e (até mesmo depois do divórcio) o cunhado, além de diversos primos e amigos. Vários tinham animado a negociação com comentários jocosos a respeito da natureza tediosa de seu trabalho. Nenhuma dessas pessoas o pagara. E o que é que tinham feito por ele? Será que o primo dentista lhe oferecera um tratamento de canal gratuito? Será que a irmã por acaso lhe mandara flores, ao menos, para agradecer-lhe por todas as visitas?

Será que era só dinheiro? Ou será que era a idéia de que os serviços ou o tempo daquelas pessoas eram mais importantes do que os dele? Ele se sentia cada vez mais usado.

Mediu com cuidado a solução de estrôncio e despejou-a bem devagar no aquário. Patricia o culpava por Randy. Por quê? Ninguém na família dele desrespeitava as leis. Como é que ela ousava apontar o dedo para o lado dele? Por outro lado, lá estava ele, foragido. Não que tivesse roubado alguma coisa de fato: tinha delegado tarefas. Por que perdia seu tempo pensando naquilo? Ele estava livre. Randy e Brian eram adultos. Tinham obtido todas as vantagens possíveis. Até que ponto eram responsáveis pela própria vida?

O telefone tocou de novo, e parou de tocar antes de a secretária eletrônica atender. A idéia de que possivelmente não era para ele (alentadora de início) era, afinal de contas, deprimente. Erica quase nunca ligava.

Ele precisava de novos objetivos. Retomou a idéia de abrir uma loja de aquários, com os melhores equipamentos, os peixes e os corais mais raros. Erica tinha jogado um balde de água fria em cima daquela idéia. Mas será que era aquilo mesmo que ele queria, agora que tinha a possibilidade de fazer qualquer coisa? Virar lojista? Continuou a ler o segundo volume das memórias de Churchill. A essa altura, já deveria ter terminado a série toda, mas se distraía com freqüência. Estava tendo dificuldade para trocar de marcha.

Mas ele ainda não tinha rido por último. Ainda não tinha terminado.

❖

Certa manhã, enquanto Ballestrino conversava com alguns representantes importantes do gabinete do prefeito, o capitão veio cumprimentá-lo como se fosse um irmão que há muito não via.

— Tony, que bom que você está aqui! — interrompeu ele. — Não consigo usar a fotocopiadora, será que você pode fazer quatro cópias disto aqui para mim? Da última vez que eu tentei usar aquela máquina, quase perdi um braço!

Naquela tarde, Greeley acompanhara a ele e Sprague até o gabinete do promotor para apresentar o caso Greiff/King para o novo diretor do departamento de fraudes, Len Miles, um afroamericano alto e magro que falava devagar dentro de um belo terno azul-marinho risca de giz. Enquanto revisavam o caso, o telefone não parava de tocar. Cada vez que tocava, Miles pedia desculpa e atendia. Cada vez que voltava, ajeitava as pregas da calça e dizia:

— Onde estávamos mesmo?

— Mandados de busca — respondeu Ballestrino, alto demais.

Greeley perguntou a Miles onde ele tinha sido criado. Miles deu início a uma longa e lenta história a respeito de uma cidadezinha no estado do Michigan. Então o tenente fez observações específicas a respeito do FBI, e uma secretária entrou na sala com algum papel para Miles assinar. Miles atendeu ao telefone e pediu a alguém que entrasse.

Aquilo estava demorando uma eternidade. Precisavam fechar aquele caso ainda em vida. Greeley lançou um olhar bravo para Ballestrino: o joelho dele estava pulando.

Uma ruiva interessante entrou. Não era tão bonita quanto Patricia. Miles apresentou-a como Liz Isaacson. Então, Ballestrino concluiu que ela era judia.

— É a Liz que vai cuidar deste caso. Digam a ela tudo o que disseram para mim.

Então, relataram tudo de novo. Liz tinha sardas. Patricia era ruiva, mas a pele dela era bem branca, sem sardas. Quando chegaram a Erica King, Liz disse:

— Esse nome me parece familiar. Por que é que eu conheceria essa mulher?

— Ela é gerente de contas sênior na Friedman, Greiff e Slavin — disse Sprague. — Mora na East 32nd Street. Estudou em Fordham.

— Ah, Fordham. Vocês têm uma foto?

Sprague pegou uma das fotos que Ballestrino fizera no átrio do prédio da Citicorp.

— Faculdade de Fordham em 1985, e Faculdade de Direito de Fordham em 1988.

— Eu me formei em Direito na Fordham em 1990, então nós estudamos um tempo juntas — disse Liz, examinando a foto. — Mas não dá para dizer que eu a conheço. Isto aqui parece uma peruca.

— Parece mesmo — disse Miles, que olhava por cima do ombro dela.

— Eu sei tudo sobre perucas — explicou ela.

— Você é ortodoxa? — perguntou Ballestrino.

— Claro que não! — Ela olhou diretamente para ele pela primeira vez.

— Então, como é que você entende de perucas?

— Acho que isso não é da sua conta.

Ele olhou para o cabelo ruivo dela, que parecia natural. Além do mais, ela tinha cara de irlandesa; talvez tivesse se casado com um judeu. Como é que ela entendia de perucas, e por que tocar no assunto se não queria discuti-lo?

Miles pigarreou. Observou que não havia nada específico para implicar Erica (ou Mitch, aliás) às transferências eletrônicas, aos computadores ou aos correios de voz falsos.

— Não temos provas suficientes para emitir um mandado de busca — disse ele. — Mas eu ficaria muito feliz de processar um deles, ou os dois, quando tivermos.

No caminho de volta para a delegacia, o tenente fez um sermão arrogante a respeito do comportamento adequado no gabinete do promotor, principalmente na presença de membros de grupos étnicos minoritários. Como fazia parte de uma organização militar, ou paramilitar, Ballestrino respondeu:

— Sim, senhor.

— E você não vai àquele jantar corporativo — disse Greeley a Sprague. — Qualquer convite que você receber passa para mim. — Ele estava apontando para o peito dele com dois dedos, porque era claro que um só não bastaria. — Entendeu bem?

— Sim, senhor — respondeu Sprague, bem alto.

— Então, cadê o convite? — perguntou Greeley.

— Foi verbal. Vou falar para Flynn ligar para você.

— Faça isto mesmo — ordenou Greeley.

Quando Ballestrino começara a trabalhar na força policial, não acreditava nas histórias que os detetives seniores contavam. Tinham de estar exagerando: as pessoas não davam golpes nos joelhos das outras daquele jeito. Aqueles sujeitos eram velhos amargurados, um tentando parecer mais infeliz do que o outro. Agora ele tinha certeza: cada palavra daquelas histórias era verdade.

Almoçaram bem tarde em uma lanchonete de comida saudável no SoHo.

— Ou pagam a gente bem ou tratam a gente bem — disse Ballestrino a Sprague. — Não dá para pagar mal *e* ficar tratando a gente feito merda.

— De onde foi que você tirou essa idéia? Eles podem fazer isso, sim, e é o que fazem. — Sprague chamou a garçonete e lhe entregou o prato, ainda cheio de comida.

— Mas quanta disciplina! — elogiou-o Ballestrino, feliz de se afastar do assunto original. — Quantos quilos você já perdeu?

— Não o suficiente — respondeu Sprague. — Mas obrigado por ter reparado.

TIPOS DE MANHATTAN com dinheiro no bolso invadiam o Tessio, um restaurante italiano refinado no East Side. Anthony Ballestrino estava sozinho em uma mesa. Dava para imaginar a antiga Patricia ali. Olhou para o relógio. No fundo do poço, desesperado, tinha se rendido à mãe e ligara para Gloria Florimonte. Em mais um minuto, estaria atrasada. Ele já estava aborrecido com ela. Os preços eram exorbitantes. Já estava velho demais para aquilo. Tinha passado por muitos encontros amorosos na vida; estava começando a se sentir como uma fruta passada. Mas como tinha se enclausurado desde que Patricia fora embora, deu o primeiro passo naquele encontro às escuras, ofendido com o rumo que sua vida estava tomando.

Quando deram 20 horas, uma mulher morena e atraente passou majestosamente pelo *maître* e parou bem na frente dele, sorrindo.

— Eu sou Gloria Florimonte. Minha tia fez uma descrição perfeita de você.

Ele se levantou, estupefato. Gloria Florimonte era uma mulher bonita. Não era de incendiar o quarteirão, mas era bonita. Bem vestida. Traços limpos, regulares. Cabelo escuro comprido. Pediu para ver sua carteira de identidade.

— Disseram mesmo que você era osso duro de roer — ela riu e se sentou com ele à mesa.

— Quem disse isso? Sua tia Shirley?

— A sua mãe. — Ela fez sinal para o garçom e pediu uma taça de vinho tinto. O que foi meio agressivo: e se ele quisesse pedir uma garrafa?

Ele queria retomar as rédeas.

— Então, ouvi dizer que você está estudando?

— Vou tirar meu certificado de fisioterapeuta. Já sou formada como massagista, mas quero trabalhar em um hospital.

— *Massagista* — disse ele. — Então, por que foi que a minha mãe não mencionou isso? — Se soubesse, teria ligado bem antes.

— Provavelmente porque a minha tia não disse para ela. Na minha família, acham que isso significa que eu sou prostituta. Não que eu tenha estudado medicina chinesa.

— Eu trabalho perto de Chinatown. — Ele se inclinou para a frente, fazendo com que o *pager*, a arma, o Palm Pilot e os telefones se deslocassem. — Sempre fico com vontade de entrar em algum desses lugares.

— Posso recomendar um acupunturista fantástico. Ele deu um jeito no meu ombro. Mas, infelizmente, não fica em Manhattan, o consultório dele é em Flushing.

— Por que infelizmente?

— Bom, eu moro em Manhattan — explicou Gloria —, então seria mais conveniente se fosse aqui.

Como é que ela tinha dinheiro para morar em Manhattan, era o que ele queria saber. Logo, atacaria o Brooklyn; era o que sempre acontecia.

— Eu moro em Carroll Gardens — disse ele quando o vinho dela chegou.

— Com a sua mãe, ouvi dizer. — Ela sorriu.

— Você acha engraçado?

— A tia Shirley acha que você caiu de uma árvore de Natal.

— É mesmo? Onde você mora em Manhattan, e como é que tem dinheiro para isso?

— Bom, eu trabalho na Merrill Lynch, a corretora de ações.

— Achei que você tinha dito que...

— Faço massagem nos negociadores.

— É mesmo? Lá onde eles trabalham?

— Existem umas salinhas à prova de som ao lado do lugar em que eles ficam gritando os lances e tal. Você nem imagina como aqueles caras são estressados.

Então, ela conhecia todos os tipos de caras de Wall Street. Caras que provavelmente a levavam a lugares bem mais refinados do que aquele, na esperança de que suas costas recebessem mais atenção.

— Eles tratam você com respeito?

— Ah, tratam sim — respondeu ela. — Precisam marcar hora, e nunca se atrasam. Levam tudo muito a sério.

Sentiu-se um tanto envergonhado de a ter levado àquele lugar. Elegante demais: parecia que ele tinha algo a provar. Agora ela ia ficar achando que ele tinha gostado dela. Provavelmente ia fazer joguinho, não ia atender aos telefonemas dele e não ia ligar de volta. Ia esperar que fossem comer comida italiana chique em Manhattan toda vez que saíssem. O que não seria possível, com o salário de detetive de terceiro grau.

— Você gosta de comida italiana? — perguntou ele, apontando para o cardápio. — Tem um restaurantezinho em Court Street que eu freqüento muito. Mas ouvi falar bem deste lugar.

Fizeram o pedido. Ela usava uma blusa de seda vermelha e um cardigã preto. A combinação era meio larga, de modo que o volume dos seios dela ficava meio indefinido.

— E o que você gosta de fazer para se divertir? — perguntou ele.

O couro cabeludo dela fazia um V na testa. O cabelo era volumoso.

— Você tem carro? Quanto paga pelo estacionamento? E tem desconto nos impostos por ser residente, né? Para onde gosta de ir? Posso ver sua carteira de motorista?

Ela ergueu uma sobrancelha.

— Você faz muitas perguntas, detetive.

— Sabe, eu posso descobrir quase tudo sobre você, se eu quiser. — Ele deu um golinho no vinho. — Quer você coopere ou não.

Ela respirou fundo, como se tivesse ficado surpresa.

— Eu podia fazer um levantamento que você não ia acreditar — disse ele quando o garçom tirou seu prato. — Mas daí eu ia morrer de culpa.

Naquele ponto, ela pediu licença para ir ao banheiro.

SAÍRAM NA NOITE, que estava fresca. O batom dela estava desbotado, e ela não tinha aplicado mais, nem na mesa (coisa que ele não admitia) nem no banheiro (o que não apresentaria o menor problema). O que aquilo significava? Talvez ela não tivesse gostado dele. Não tinha lhe mostrado sua carteira de identidade.

— Gostaria de lhe agradecer pelo adorável interrogatório, detetive. — Ela apertou a mão dele na frente do restaurante. — Nunca fui examinada de uma forma tão sistemática. Desejo-lhe sorte com seus casos.

— Espera aí: aonde você vai, Gloria Florimonte?

— Eu moro ali na esquina.

— Eu a acompanho até em casa — disse ele, ofendido.

Na porta do prédio dela (uma casa antiga transformada em prédio de apartamentos: ele tinha visitado centenas, não, milhares de lugares como aquele; conhecia a disposição, os equipamentos, o verniz bordô descascando das portas e o carpete florido sujo das escadas), ela disse:

— Eu lhe mando o endereço do meu acupunturista amanhã, é só me passar um *e-mail*.

Eu mando um *e-mail* para você quando e se eu tiver vontade, pensou ele.

— Obrigada de novo — disse ela de longe. A porta bateu atrás dela.

Não tinha lhe dado seu *e-mail*. Talvez fosse o primeiro teste. Um bom detetive descobriria.

Se estivesse interessado.

❖

Na noite seguinte, Sprague e Ballestrino foram à sala do tenente quando Joe Fausto ligou. Greeley o colocou no viva-voz.

— Nós a perdemos. — Joe parecia humilhado. O barulho do metrô gritava por trás de sua voz. Às 18h30, Joe informara, ele e Cecile tinham seguido Erica do escritório até o metrô 4, que ela tomou na direção de Brooklyn Heights. Ficaram-na observando percorrer uns bons dez quarteirões, fazer algumas compras, entrar na estação de Bergen Street e desaparecer dentro do metrô G que ia em direção ao Queens.

— O metrô estava lotado, e ela mudou de vagão entre as paradas. Quando conseguimos abrir caminho, o trem já tinha parado em Hoyt, e ela se perdeu no meio da multidão. Descemos ali, em Hoyt, mas não a vimos mais. Pode ter ficado no metrô ou saído da estação.

Sprague trocou um olhar com Ballestrino. Por que fazer compras no Brooklyn para levar para o Queens? Por que a inclinação repentina a bairros afastados?

Fausto continuava falando:

— Querem alertar o departamento de trânsito, ou o distrito oito-quatro?

Greeley sacudiu a cabeça. O caso não tinha dado em nada. Pior ainda, repetia o primeiro fracasso, fazendo com que parecessem incompetentes mais uma vez.

— Não — cuspiu ele no bocal. — Simplesmente vá para o apartamento dela. E não arrede pé até o próximo vigia chegar. Fausto e Bialkin: estou muito insatisfeito com vocês.

Saiu da sala batendo a porta e deixou Sprague e Ballestrino olhando um para o outro.

DENNIS SPRAGUE PEGOU a West Side Highway na direção norte, tentando se preparar para encarar a mulher. Durante os quatro anos somados de seus dois primeiros casamentos — e durante os 16 anos somados entre seus casamentos —, ele jamais tinha parado para pensar seriamente na possibilidade de adoção. Agora, aquilo ocupava todo o seu tempo livre. Naquela manhã, tinham conversado mais sobre o assunto: Cathy queria dizer-lhe que continuaria a trabalhar quando a criança chegasse. A qualidade de vida deles não seria afetada.

Ele saiu para a academia. Agora era *a* criança, e não mais *uma* criança. Quem é que tomaria conta *da* criança quando estivessem trabalhando? Nenhuma creche ilegal com funcionárias caribenhas iria criar *seu* filho, mesmo que Dennis Sprague Jr. *fosse* uma menininha chinesa. Jogou-se no aparelho de remo com tal energia que ficou até surpreso.

Toda noite, ao chegar em casa, a Conversa estava à sua espera, e o mesmo acontecia quando acordava de manhã, o que evitava quando ligava o *laptop* e o que impedia quando se recusava a falar. De repente, começou a sentir mesmo muita falta da *schnauzer*.

Quando chegou em casa, perguntou pela cachorra. Cathy lhe disse que tinha sido adotada por uma família simpática que a trocara por um *collie* australiano, que ficava mordendo as coxas da bebê do casal e a encurralava em cantos.

— Você deu a cachorra sem me falar?

— Faz mais de um mês que ela foi embora! — explodiu Cathy. — Você nunca deu atenção a ela: por que é que eu precisava pedir a sua autorização para mandá-la para um lar cheio de amor?

O subtexto era pesado, e ele abandonou a linha de interrogatório. Mas, enquanto ingeriam alimentos preparados no vapor, no silêncio, Sprague ficou alimentando a idéia de levar para casa um filhotinho novo, para desviar a atenção de Cathy. A Conversa estava fazendo com que ele ficasse aterrorizado.

Depois de se adotar uma criança, não seria possível trocar caso não gostasse dela.

NA MANHÃ SEGUINTE, Fausto e Bialkin receberam as informações do vigia que tomara seu lugar na frente da casa de Erica King: ela voltara para casa à 1h30 e saíra para trabalhar às 10h30. O terceiro grupo de vigilância estava esperando na frente do prédio de escritórios e não tinha nada a relatar.

— Ela está ficando mais interessante — observou o capitão em sinal de aprovação, tirando alguma coisa de um saco de papel pardo.

— Lembra aquela senhora que ela visitou no Queens? — perguntou Sprague, ignorando o pãozinho em que o capitão passava manteiga. Fausto e Bialkin assentiram. — Alguém foi lá conferir se o nosso suspeito estava escondido embaixo da pia? Ou sentado na sala?

Nenhuma resposta.

— Me dêem o endereço — disse Sprague.

DEPOIS DO TRABALHO, em vez de ir para a academia, Sprague desviou bastante de seu caminho para fazer uma visita em Jackson Heights. Tocou a campainha de uma casa ocupada por duas famílias.

Uma senhora idosa se deu ao trabalho de atender à porta. Sim, Erica King levava compras e remédios para ela havia anos, disse a mulher, que usava um vestido velho, cinzento, de ficar em casa. Tinha visto Erica crescer. Conhecia a mãe de Erica do Centro, bem do lado de seu antigo apartamento em Manhattan.

— Quando foi que a senhora viu a Sra. King pela última vez?

— Um dia desses.

— Ela ficou para jantar?

— Não, foi embora alguns minutos depois de chegar. A Erica está metida em problemas?

— Ah, não — respondeu ele, como se achasse a idéia ridícula. — É só uma investigação de rotina sobre outra pessoa. Quando ela vem de novo?

— Ah, na semana que vem, daqui a duas semanas, sei lá. Às vezes ela liga; outras vezes, simplesmente aparece. Quer um pedaço de bolo?

Ele sorriu e recusou, cheio de arrependimento. Desceu as escadas rapidinho, foi até o carro e ligou para Fausto. Ele e Bialkin estavam na frente do prédio da Friedman e Slavin, esperando Erica ir embora.

— Aquela senhora disse que a Erica saiu alguns minutos depois que chegou.

— É mesmo? — disse Fausto. — Não sei como pudemos ter deixado passar. Estávamos os dois bem alertas e atentos. E estava bem claro.

Sprague saiu do carro e deu uma olhada: a entrada da garagem da casa idêntica que ficava atrás da da Sra. Olsen era um atalho fácil para o quarteirão seguinte, na 80th Street. A casa fazia sombra sobre a porta de trás. Mesmo estacionados de modo a enxergar o maior ângulo possível, não a teriam visto sair por trás. Fausto e Bialkin estavam ficando desleixados.

Bom, agora ele não estava com a *mínima vontade* de fazer ginástica. Tocou a campainha da Sra. Olsen de novo.

— A Sra. King saiu pela porta dos fundos quando foi embora?

— É, acho que saiu. Bolo?

— Não, obrigado. Estou de regime. A Erica tem algum amigo aqui no bairro?

— Ah, não. Uma pena. Ela é tão sem sal. A mãe dela, essa *sim* era uma mulher vistosa.

— Ah, é mesmo? — Ele sorriu.

— Ah é, e ela fazia muito sucesso. Arrumou muita confusão por conta disso.

Fez aquela cara simpática de "pode se abrir comigo".

— Que tipo de confusão?

— Tem certeza de que não quer bolo?

— Bom, se a senhora insiste... — Sentou-se à mesa da cozinha. A própria Erica King devia ter comprado aquele bolo.

— Geri King sempre precisava ter um homem — disse Maddie Olsen cheia de malícia.

— A mãe.

— Ãh-hã. A Erica nunca tinha namorado. Teve aquele problema com o menino retardado. — Ele se movimentou lentamente na direção do prato de bolo e cortou uma fatia farta para si. — Eu me senti tão mal pela Geri. Ninguém sabia o que dizer a ela.

A gente nunca sabe o que vai descobrir ao saborear um pedaço de bolo.

— Conte o que aconteceu. — Sprague sentiu a calça ficando apertada, o coração começando a acelerar. Ah, como ele adorava aquele trabalho.

❖

Tinha sido exatamente um ano antes, em um restaurante italiano em alguma rua da zona leste de numeração na casa dos 80, que Cynthia Landau se inclinara na direção de Mitch com ar preocupado.

— Espero que tenha dado certo — começou.

— O quê?

Ela olhou em volta de forma teatral, como que para se assegurar de que ninguém estivesse escutando.

— Aquele negócio da *terapia* — sussurrou.

— Que negócio da terapia?

— Ah! Ah, nada, não.

Cynthia parecia estar buscando contato visual com Patricia, mas a mulher dele estava hipnotizada por alguma coisa que Howard, o dermatologista, dizia.

— Ah, a Patricia me disse que você estava com uns, hmm, problemas, e eu falei com a minha antiga colega de dormitório na faculdade que é... dá para acreditar? Eu mesma não saberia dizer. Mas, bom, ela é terapeuta sexual, muito famosa, bem respeitada em São Francisco. A Patricia comentou que você certamente se sentiria mais à vontade conversando com um homem, então pedi indicação de um terapeuta sexual em Nova York, preferivelmente no Upper East Side, ou em Midtown East, e ela me deu o nome de uma pessoa especializada exatamente no seu problema. — Fez uma pausa para retomar o fôlego. — Pronto! Não foi assim tão difícil, não é mesmo?

Ele bebeu um gole de água gelada, arrepiado.

— Para quem?

Ela ficou com o pescoço e o decote todo corado. Ele reparou que sua mulher, do outro lado da mesa, sentada ao lado de Howard, também tinha ficado toda vermelha, até o decote. O que *ela* tinha acabado de dizer?

— Então, você não foi falar com ele, né? — Ela suspirou e, inacreditavelmente, prosseguiu. — Ela estava achando que você não ia mesmo, depois de os últimos dois não terem dado certo.

— Cynthia, será que tem *alguma* coisa em que você não se intrometa?

— Se tem a ver com a sua mulher — riu ela —, não.

Patricia olhou para os dois e sorriu, inocente.

Ele jogou o guardanapo por cima da vitela intocada e saiu do restaurante sem olhar para trás. Era julho, e a rua estava abafada.

— O que está acontecendo? — chamou Patricia, as sandálias batendo contra a calçada.

Ele continuou caminhando.

— O que foi? — Ela o alcançou. — Foi a Cynthia?

Ele dobrou a esquina e começou a caminhar pela 3rd Avenue.

Ah, se pelo menos ela pudesse parar de infernizá-lo e o deixasse caminhar em paz... mas não... ela tinha de importunar e tentar impedi-lo de caminhar. Ela se recusava a perceber como a raiva que ele sentia era extrema, aquela mulher com quem ele vivia havia 28 anos, que não fazia a menor idéia sobre como lidar com ele, ou com as crianças, que nunca tinha tido a menor noção de coisa alguma, que nunca respeitara sua privacidade, que falava sobre ele com as amigas, que iam para casa fofocar com os maridos, homens que discutiam o mercado e os jogos de beisebol com ele como se não soubessem de coisa alguma. Ele deu meia-volta e acertou um tapa nela, rápido e forte, bem no rosto, batendo osso no osso, com as costas da mão. Ela cambaleou para trás, até um carro estacionado, estupefata.

Ela urrou de tanta raiva, mas não revidaria o golpe.

Ele a deixou lá. Tinha batido na mulher, e ela tinha merecido. Não batia em ninguém desde os 15 anos, sem contar o soco que dera em Randy quando o pegara tirando o selo da biblioteca de um livro no dia em que ele pagara sua fiança para tirá-lo da prisão. Foi para o centro da cidade pisando duro, para se encontrar com Erica, sentindo o gosto da bile fervendo na garganta.

O apartamento de Marjorie estava fresco, calmo e seco. Quando enxergou Erica esparramada sobre o enorme sofá, foi inundado por uma onda de alívio.

QUANDO PENSOU A RESPEITO de como tinha se tornado dependente de Erica, Mitch ficou mais do que com um pouco de medo. Erica tinha transferido o dinheiro; Mitch assumia a culpa. Erica tinha acesso ao dinheiro; Mitch tinha de pedir. E se alguma coisa acontecesse com ela? E se parassem de se entender? Ultimamente, ele só pensava em fugir. Tinha se transformado em fugitivo sem ter planejado. Queria fugir de novo, e desta vez queria fazer o certo.

— Você conhece alguém que falsifica documentos? — perguntou ele a Conchita enquanto ela lavava a louça certa noite. — Passaportes, carteiras de motorista, essas coisas?

Ela pareceu ter ficado assustada.

— Eu não vou me meter nesse tipo de coisa.

— Claro que não. Iria apenas me apresentar a quem faz.

— Não conheço ninguém que faça isso.

— Mas você conhece gente que conhece quem faça.

Ela respirou fundo.

— Conheço.

— Então, será que você pode me arrumar um nome? Eu posso pagar pela informação.

— Quanto?

— Não sei. Quanto você acha que uma apresentação assim vale?

Ela secou uma travessa com um pano de prato.

— A menina quer patins.

O coração dele saltou com a visão limitada dela.

— Então fica combinado: patins.

No dia seguinte, Conchita lhe deu uma caixa de fósforos com um telefone.

ELE ENCONTROU SEU NOVO contato em um restaurante White Castle no Queens Boulevard com a 43rd Street. Corey, sem sobrenome, estava sentado em um reservado nos fundos com uma bombinha cilíndrica branca sobre um guardanapo ao lado dos restos do almoço.

— Eaítudobem. Sente-se. Asma — disse ele, inalando o conteúdo da bombinha. — O que posso fazer por você?

— Preciso de documentos.

— Ãh-hã, ãh-hã. Do que você precisa?

— Passaporte, carteira de motorista. Não tenho um plano imediato, mas quero poder sair da cidade se precisar. Como é que funciona?

— Pode demorar um pouco. — Ele inalou de novo. — Duas semanas.

— Certo. — Mitch se sentiu melhor, mais seguro. O que ele tinha a temer de um sujeito asmático, baixinho, pálido e magrelo com óculos grossos? — Quanto é?

— Bom, para ser franco, eu conheço você, Donald. Então, o preço já aumenta só por isso. Aliás, bom trabalho. Alguns de meus amigos e colegas estão muito impressionados com o seu trabalho.

As mãos dele começaram a suar.

— Sei. Quanto?

— Digamos... US$ 5.000 por cada, o passaporte e a carteira de motorista.

— Sei. Você aceita cartão de crédito?

Corey riu.

— Você está de brincadeira, né?

— É muito dinheiro. Como é que eu vou saber que os documentos vão se passar por verdadeiros?

— Pergunta para o Gustavo.

— Quem é o Gustavo?

— Quem é o Gustavo? O Gustavo é o cara que me indicou para você. Donald, você precisa fazer o seu trabalho direito! Não faça meus amigos e colegas perderem o respeito.

Mitch tinha buscado aquele contato no espírito de obter uma garantia, de ter algum plano alternativo de emergência, independente de Erica. A única coisa que tinha conseguido era ter de pedir mais dinheiro para ela.

❖

De vez em quando, um vislumbre do antigo Mitch (eficiente, compreensivo, confiante, sedutor) se fazia notar, e Erica era capaz de lembrar como já se sentira em relação a ele. Mas, na maior parte do tempo, ela se sentia como se estivesse tomando conta de um macaco rebelde, e tinha vontade de o jogar para o outro lado da sala de tanta decepção. Depois ela se sentia culpada e passava a redobrar seus esforços, na esperança de que ele respondesse com gentileza e ela pudesse voltar a gostar dele.

Foi nesse espírito otimista que Erica chegou à casa em uma tarde de sábado com uma receita que tinha recortado, de *linguini* com molho de tomate, e os ingredientes para preparar o prato. Mitch tinha saído. Ela começou a cozinhar.

Quando ele chegou, pouco tempo depois, cheio de sacolas com logotipos de Manhattan, ela perdeu a calma completamente.

— Que DIABOS você está fazendo?

— Até parece que eu fui à Madison Avenue. Passei em *TriBeCa*, praticamente outra cidade — disse ele, com tanto entusiasmo que ela teve vontade de socá-lo.

— Você está tentando fazer a gente ser preso?

— Às vezes fico achando que eu deveria simplesmente ir embora — disse ele, andando de um lado para o outro na cozinha.

— Ir embora para onde? — Ela mexia o molho.

— Para Seattle, para Los Angeles, para Phoenix.

— Que idéia interessante. E como é que você ia chegar até lá?

— De carro.

— E como é que ia pagar a gasolina?

— Com cartão de crédito.

— E para onde iriam as contas de cartão de crédito?

— Viriam para cá, e depois você as enviaria para mim quando eu arrumasse um lugar para morar ou uma caixa postal. Você faria isto por mim, não faria?

Ela não respondeu.

— E como é que você acessaria o seu dinheiro?

— Eu não tenho acesso ao meu próprio dinheiro?

— *Você* vai para a Costa Rica — disse ela, divertindo-se com o exercício.

— Você não pode simplesmente tomar mais um avião? — disse ele, como se já não tivessem discutindo exaustivamente o planejamento das viagens dela.

Ela tirou a panela do fogão e queimou o pulso na operação. Tinha perdido toda a paciência com ele. Ele podia preparar a porcaria do molho dele. Foi para a sala, nervosa e incomodada. Ele foi atrás.

Tirou a peruca e jogou no sofá. Sem registrar a mudança, ele disse:

— Quando você acha que podemos começar a fazer o meu *site*?

Ele já nem a enxergava mais.

ELA PEGOU O METRÔ 7 até a estação Grand Central, caminhou um quarteirão na direção oeste, subiu em um ônibus M15 quase vazio e se sentou em um banco totalmente vazio. Uma mulher de meia-idade subiu na parada seguinte, examinou o ônibus vazio e foi se sentar bem ao lado dela. Erica chegou mais para o lado, deixando um espaço vago entre as duas. As pessoas eram mesmo de arrepiar. Abriu seu livro, reparando de novo na queimadura do molho de tomate completamente desnecessário, apesar de imbuído de esperança.

A mulher sentada perto dela estendeu a mão por cima do assento vazio para tocar na bolha do pulso de Erica.

— O que foi isso? — disse com o rosto a alguns centímetros de distância.

Revoltada demais para falar, Erica se levantou, tocou a campainha, desceu do ônibus e foi pisando duro até a 3rd Avenue. Tanto a mulher que tinha encostado nela quanto o adolescente fazendo biquinho, de cueca, esticado na lateral do ônibus, ficaram observando enquanto Erica tomava a direção da avenida, tentando não se incomodar com a multidão, a fumaça e o vento quente que jogava poeira em seus olhos. O mundo estava conspirando para fazer com que ela saísse do M15 e entrasse no Toyota azul.

A um quarteirão do escritório, o céu se fechou e uma forte tempestade de verão desabou, batendo com força nas janelas e encharcando a calçada. Ela se jogou na porta giratória, assinou a entrada junto ao vigia e pegou o elevador. O telefone estava tocando quando ela abriu a porta da sala. Eram sete horas de uma noite de sábado: quem podia saber que ela estaria lá? Mitch não ousaria ligar para o escritório, será?

Era o detetive Sprague.

— Por onde a senhora tem andado? — perguntou ele.

Por que ela tinha atendido?

— Como assim?

— A senhora tem passado muito tempo fora do escritório.

Será que ela tinha atendido por achar que era Mitch pedindo desculpas?

— Tirei vários dias de férias acumuladas. Me disseram que, se eu não tirasse, ia perder.

— E como foi que a senhora aproveitou tanta folga?

— Para dizer a verdade, estou procurando emprego.

— Onde?

— Prefiro não dizer. — Ela tinha ficado relaxada demais.

— Quem é David Findlay?

Ela se sentou, chocada.

— Por que está perguntando?

— Responda à pergunta.

— Era meu vizinho. Não o vejo há muito tempo. Por quê?

— Como a senhora caracterizaria seu relacionamento com ele?

— Histórico. Tem mais alguma coisa em que eu possa ajudar?

— Não, neste momento, não. Muito obrigado.

Ela desligou o telefone lentamente. O aspecto crítico não era o fato de ela querer ou não ficar com Mitch. O aspecto crítico era não se distrair com idiotices e fazer coisas imbecis como atender ao telefone. Trocou de roupa e colocou um *tailleur* reserva que deixava no escritório. Colocou a peruca de Maria por baixo de um lenço, então pegou o elevador de novo e passou pelo vigia adormecido sem assinar sua saída. Correu pela escuridão úmida, prestando atenção à rua. Podia estar sendo seguida. Pulou a avenida Lexington e caminhou na direção contrária ao tráfego pela 3rd Avenue, de modo que não podia ser seguida por um carro.

Caminhava rápido, resistindo à tentação de correr. No apartamento de Maria, tirou as roupas molhadas, enrolou-se em uma toalha suja, abriu o arquivo e começou a rasgar a papelada. Quando terminou, a tempestade tinha se transformando em uma chuva forte. Jogou os sacos de lixo na lixeira de várias casas a um quarteirão dali e caminhou com rapidez de volta para a casa de Erica, com a cabeça abaixada.

CAPÍTULO DOZE

Mitch tirou a foto para o passaporte Merrick Road, em Baldwin, e se encontrou com Corey no KFC ao lado.

— Apenas algumas formalidades — disse Corey, empurrando um pequeno documento rígido na direção dele. — Use este nome, e assine aqui.

— Phillip Pitkin? — perguntou Mitch.

— Desculpe, você queria Cary Grant?

Mitch assinou em cima da mesa engordurada.

— Trouxe o dinheiro?

Mitch empurrou um saco de papel na direção dele, com má vontade.

— Ótimo. — Corey contou as notas por baixo da mesa. Quando terminou, ergueu os olhos. — Vamos nos ver na semana que vem. — Usou a bombinha uma vez. — Sinto dizer, mais vai custar mais cinco.

Mitch tirou uma nota de cinco dólares da carteira.

Corey desatou em uma gargalhada sem fôlego.

— Cinco *mil*! Sinto muito, o que posso fazer? — disse, respirando com dificuldade e encolhendo os ombros e rindo ao mesmo tempo. — Trata-se de negócios, e às vezes a gente não consegue empatar os custos.

VIU-SE NA CAMA com Erica, sentindo-se trêmulo, sufocado, aterrorizado.

— Ficar preocupado é contraproducente. — Ela apertou o braço dele.

Ele colocou um roupão e ligou o computador. Ele ficou deitado de lado, e o terror se dissolveu em uma sensação pesada de frustração. Tinha vivido momentos de conexão com Erica que não tinham peso, não exigiam esforço. Agora, tudo parecia uma batalha enorme, além de seu alcance.

A raiva de Erica (quando não era dirigida a ele) era uma força poderosa e estonteante. Ela era capaz de enxergar coisas que ele jamais notara (o declínio simultâneo de cabines telefônicas e a proliferação de televisores em espaços públicos, por exemplo) e apresentar alguma conspiração muito séria. Patricia, que tinha muita raiva, estava entrincheirada no meio de esquadrões de amigos, terapeutas e gurus. Tudo com que Patricia se envolvia tinha grife, boletim, uma celebridade como mascote e um jantar anual no Pierre. Já Erica, ele via sozinha em ambientes tristes e desconhecidos, firme contra forças sem nome, colossais e irrefreáveis.

Ela voltou para a cama com uma tigela de mingau de aveia e uma colher.

— Esqueci de dizer — disse ela, cheia de irritação. — O projeto novo do Glenn para o escritório foi revelado hoje. Ele vai derrubar as paredes e colocar divisórias de vidro — disse ela, enfurecida. — Não são nem painéis de vidro fosco, não! Vidro transparente! Será a empresa de contabilidade transparente, para mostrar que não temos nada a esconder. É claro que ele e o Slavin vão ter paredes de verdade. Os peões iguais a mim vão ter de trabalhar em um aquário. Que filho da puta mais egoísta e pretensioso — resmungou.

Erica tinha tragédia escrita na testa. Ele sabia que ia ter de romper com ela, mas não sabia como. Não conseguia se ver com Erica dali a cinco anos. Mas, bom, ele não conseguia ver a *si mesmo* dali a cinco anos.

❖

Debbie Goldman foi aprovada no teste escrito e no exame prático, e recebeu uma carteira de motorista temporária do estado de Nova York. A carteira permanente seria enviada ao apartamento de Maria dali a duas semanas. Na manhã seguinte, ofereceram a Erica King o cargo de contadora júnior associada no escritório de Chicago de Kessel e Associados. Entregou sua carta de demissão com aviso prévio de duas semanas. A firma toda ficou na expectativa.

Um por um, os funcionários foram bater na porta dela para saber os detalhes.

Heather chegou.

— Você *conhece* alguém lá?

— Ah, eu conheço a metade de Lake Shore Drive, Heather.

Charlie se juntou a elas.

— Quem é o sortudo?

— É você, Charlie, agora que eu não vou mais estar por perto.

Angie enfiou a cabeça pela porta.

— Quanto você vai pagar para a empresa de mudança?

— Ainda estou negociando.

— Não deve ser muito, né? — disse Heather. — Quer dizer, você não deve ter muita coisa, por morar sozinha.

— Será que você quer a lista dos meus pertences, Heather, para ter certeza de que eu tenho uma coleção de objetos tão patética quanto você acha que eu devo ter?

Glenn Friedman enfiou seu rosto vermelho na sala.

— Quanto vão te pagar?

— Que pergunta grosseira, Glenn.

— Bom, me desculpem, mas eu vivo no mundo real.

— E eu moro no mundo da fantasia, onde os profissionais têm paredes e portas.

— Sabe, depois de tudo que fizemos por você aqui — disse Glenn—, fico chocado de saber que você é capaz de simplesmente pegar suas coisas e ir embora. Ainda mais agora.

— Quero que você saiba que me sinto muito agradecida por ter passado 11 anos aqui, sem que a palavra *sociedade* jamais tenha sido sequer mencionada.

— Sócios trazem negócios para a empresa — desdenhou Glenn. — Quem é que *você* poderia trazer?

Houve um silêncio coletivo quando Glenn deu meia-volta e saiu.

— Você vai sentir saudade da gente? — perguntou Charlie.

❖

A cidade toda cambaleava, inchada, úmida e quente, atravessando os últimos dias de julho, úmidos e pesados, e os primeiros de agosto, com sua névoa chapada. Pés d'água desabaram em meados de agosto, com chuvas pesadas que viraram as mesinhas dos camelôs, espalharam o lixo pela rua e deixaram o ar limpo por um momento. Mas logo a poluição, a fuligem e a seca já estavam de volta.

Desde o deslize do bolo em Jackson Heights, Sprague tinha comprado rosquinhas duas vezes, e os tinha saboreado sem nem um grama de culpa. Tinha parado de jogar basquete por causa do joelho. Tinha parado de fazer musculação por causa da agenda.

Certa noite, depois de um jantar *light* e nada satisfatório, Cathy disse a Dennis que tinha marcado hora em uma agência. Dissera a palavra *agência* com força grave.

— Não preciso nem dizer — avisou ela —, mas, quando entrarmos lá, vamos ter de estar bem certos disto.

Sprague não disse uma palavra. Saiu sozinho para tomar um sorvete. Com toda a honestidade, não podia saber o que poderia acontecer entre aquele instante e a visita à agência que fizesse com que ele se sentisse *certo* sobre aquilo. A atenção dela precisava ser desviada. Tinha planejado surpreendê-la com um filhotinho de algum canil de renome. Mas não tinha tido tempo de procurar.

Quando teria?

A MANHÃ SEGUINTE estava linda, fresca para o mês de agosto, e Sprague se sentia cheio de energia, como uma criança na volta às aulas. A caminho da tocaia em Midtown, parou para comprar uma caixa de rosquinhas variadas. Voltou para o carro e ofereceu uma para Ballestrino. Ballestrino ficou só olhando para ele.

— O que está acontecendo?

— Como assim?

Ballestrino mudou de faixa.

— Quantos quilos você já emagreceu?

— O suficiente.

— Não está se sentindo melhor?

— Estou sim.

— Então, o que é que você está fazendo? Emagrecer está sendo bom para você!

Sprague ergueu uma rosquinha de chocolate e ficou apreciando sua aparência escura e rechonchuda sob o sol direto do final do verão.

— Não dá para explicar, mesmo. — Deu uma mordida. Era melhor do que qualquer coisa que ele tinha comido nos últimos meses.

— O que Cathy acha disto?

— Estamos vivendo um certo impasse.

Tony parou em um sinal vermelho.

— Ela está se alimentando de maneira saudável; é bom para ela.

— É, mas a questão não é esta. — Sprague terminou a rosquinha com uma ponta de arrependimento. Ballestrino estacionou em um lugar de onde dava para enxergar bem o prédio onde a Sra. King trabalhava. Sprague partiu uma rosquinha de açúcar e canela ao meio e mergulhou no café.

— Pára com isso! — disse Ballestrino ao colocar o carro em ponto morto.

Sprague bem que desejava que aquilo fosse possível.

— Se você sujar este carro, vai ter de limpar — avisou Tony.

— Como sempre. Cathy quer adotar uma criança.

— Me dá uma destas — disse Ballestrino, pegando uma rosquinha coberta de açúcar da caixa.

— Cathy quer um filho, você está me ouvindo?

— Achei que esse papo de filho já estivesse resolvido.

— Eu também achei. Mas nunca a vi deste jeito. Parece uma histérica.

— Ela enlouqueceu? Cathy? Tão boazinha?

A conversa foi abreviada pela Sra. Erica King, que saiu do prédio e começou a caminhar para o leste. Seguiram-na a pé. Estava com sua roupa preferida: o *blazer* azul puído em cima de um vestido comprido e sem cor, e os tênis imundos do final da década de 1970, com meias soquetes brancas e meia-calça de supermercado.

Seguiram-na até o lugar de sempre, e observaram-na descer da escada rolante, sentar-se em uma mesa e pegar um telefone.

— Por acaso você se lembra de a Sra. Erica King ter celular?

— Acho que não — respondeu Ballestrino.

O rosto dela se fechou quando eles se aproximaram. Largou o telefone dentro da bolsa.

— Sra. King — disse Sprague, todo formal. — Importa-se se fizermos algumas perguntas?

— Aqui? — Ela gesticulou para o átrio do prédio da Citicorp. — Agora?

— Se a senhora não se incomodar — respondeu enquanto ela olhava para os lados.

— Tenho outra opção?

— Podemos levá-la à delegacia.

— Ou então poderiam me acompanhar até o escritório.

— A senhora prefere assim? — disse Sprague, todo maleável.

— Não, vamos acabar logo com isso — respondeu. — Posso comer?

— Claro, sem problemas — respondeu. — Podemos nos sentar?

Ela fez um gesto de indiferença.

— Diga tudo que a senhora fez ontem.

Ela tirou o saco com o almoço da bolsa e colocou em cima da mesa.

— Tive uma consulta médica de manhã, por isso cheguei tarde.

Ele fez um sinal com a cabeça para que ela prosseguisse.

— Trabalhei nos registros de um cliente corporativo.

— E?

— Almocei aqui.

— Com?

— Sozinha. Mesma mesa, sanduíche diferente.

Tirou o sanduíche do saco, removeu a embalagem e deu uma mordida.

— E depois?

— Depois do trabalho, fui ao cinema.

— Onde?

— No Loews novo.

— Já tentei ir a este cinema, mas está sempre lotado.

— Você pode comprar a entrada com antecedência, pela internet.

— A senhora costuma fazer isso?

— Geralmente faço mas, ontem, confiei na sorte.

— E?

— Sem problema. Sem fila.

— E depois do cinema? Jantou?

— Comi durante o filme.

— Jantou pipoca?

— Comi um sanduíche.

— Não me diga que a senhora levou comida de fora para o Loews!

— Pode me prender.

— De onde veio a comida?

— Da padaria na frente.

— A senhora disse que era um sanduíche.

— Eles prepararam um sanduíche para mim.

— Eu prefiro pão integral, mas é pessoal. E depois?

— Voltei para casa.

— E a sua casa fica em...

— Moro no número 325 da East 32nd Street.

— Viu algum vizinho?

— Acho que não.

— O porteiro a viu?

— Deve ter visto.

— E daí?

— Fui dormir.

— Logo que chegou? Não tomou banho?

— Explique a relevância disto.

— A senhora tem o canhoto?

— Do ingresso de cinema? Duvido muito.

— Como conseguiu o ingresso?

— Na bilheteria, já disse.

— Certo, agora diga tudo que a senhora fez ontem...

Ela suspirou, incomodada.

— De trás para a frente.

— O quê?

— Conte tudo que a senhora fez ontem, de trás para a frente. A senhora foi dormir.

Ela ficou olhando para ele, perguntando a si mesma como lidar com a situação.

Ballestrino estava apreciando aquela manobra.

— Se a senhora fez mesmo as coisas que disse ter feito — explicou Sprague —, não vai ter problema algum com este exercício.

— Fui dormir — disse ela, rancorosa. — Voltei para casa do cinema. Assisti a um filme e comi um sanduíche ilegal. Peguei o ônibus do escritório.

— A senhora não tinha dito que tinha tomado um ônibus.

— Do escritório para o cinema, peguei um ônibus.

— Que ônibus?

— O M15 expresso.

— O expresso não pára na 32nd Street.

— Eu *caminhei* duas quadras — respondeu ela. — Trabalhei à tarde.

— A senhora não passou seu crachá na catraca.

— Claro que passei.

Sprague sacudiu a cabeça.

— Não passei? Como é possível?

— A senhora é quem vai me dizer.

— Devo ter entrado com alguém que estava com o crachá... é, foi isso. Entrei com outras pessoas. Alguém deve ter segurado a porta.

— A senhora não passou o crachá *nem* para entrar *nem* para sair ontem. Talvez não tenha ido trabalhar ontem.

— Fiquei lá o dia inteiro.

— Vamos ter de perguntar para as pessoas, para checar se alguém a viu.

— As pessoas nem sempre reparam, mas eu sempre estou por lá.

Ela falou isso com tal ar de resignação melancólica que ele quase sentiu pena dela, aquela moça de pele ruim que ninguém tirava para dançar. Aquilo o deixou louco.

— Ouvimos dizer que a senhora vai se mudar para Chicago.

— É, recebi uma oferta.

— Vai precisar registrar seu endereço novo conosco antes de partir.

— É mesmo? — disse ela, na maior cara-de-pau.

— É sim. Mais uma vez, Sra. King, desde o início: a senhora tinha uma consulta. Com que médico?

❖

Erica tomou o cuidado de caminhar de volta ao escritório como se só estivesse um pouco incomodada. Agora eles estariam *mesmo* a seguindo. Aqueles policiais a enfureciam. Podiam perguntar qualquer coisa, qualquer coisa mesmo, e ela teria de responder. Além do distintivo e da arma, traziam consigo uma espécie de autorização.

Nos dez meses anteriores, ela tinha transferido quase todo o dinheiro para fora dos cofres e o espalhara entre o Instituto do Bem-Estar, a casa de Mitch e o apartamento de Maria. Só tinha sobrado um pouco no apartamento de Erica e, por sorte, tinha levado um pouco para o escritório naquela manhã. Tinha escondido em um armário atrás de algumas caixas de papel de fotocópia na sala de fotocópia.

Colocara o dinheiro na bolsa de viagem preta e grande; ao sair naquela noite, caminhou até a Bloomingdale's e ficou perambulando por lá, imaginando quem estaria seguindo seus passos. No terceiro andar, Erica pegou algumas peças de roupa e levou para o provador. Chamou uma vendedora, entregou-lhe a etiqueta de uma jaqueta de algodão verde forte e pagou com o dinheiro exato quando ela voltou com o recibo.

Enfiou a jaqueta na bolsa de pano. No andar de cima, em uma cabina do banheiro feminino, pôs a jaqueta e o cabelo de Marjorie, pegou o elevador até o piso principal e contornou as multidões que rodeavam os balcões de produtos de beleza. Pegou o metrô 6 até Astor Place, um táxi até o Brooklyn e o metrô G até o Queens.

Quase jogou o dinheiro na cara de Mitch. Ele tinha estragado tudo. Ficava lá sem fazer nada, igual a uma criançona que precisava de supervisão constante: parecia o Davey Findlay!

— Guarde este dinheiro — ordenou ela quando estava de saída. — A Conchita vem amanhã. — Ela não tinha lhe contado sobre a oferta da Kessel e ele não tinha perguntado. Estaria perdida se tivesse de carregar aquele homem país afora.

— Aonde você vai?

— Preciso ir embora.

— Mas precisa comer primeiro. Um sanduíche de presunto!

— Mitch! O que você quer de mim? Preciso ir embora.

— Você não percebe, mas eu de fato tenho alguns dotes culinários. — Fingiu fazer algum floreio com a maionese por cima de uma fatia de pão. A faca voou de sua mão e caiu com barulho no chão.

— Não tenho tempo para isto.

— Os bancos já fecharam.

— Preciso tomar algumas providências agora para passar no banco amanhã.

— Amanhã é dia de eleição. Os bancos vão estar fechados. O que você acha de tomate e alface? — Enfiou a cabeça dentro da geladeira.

— Amanhã não é dia de eleição.

— Você tem razão! — Ele riu como um louco.

Ela pegou o sanduíche do prato e colocou em um saquinho plástico. Enfiou o saquinho na bolsa de pano.

— Você vai levar para comer *fora*?

Ela enfiou metade do sanduíche na boca e mastigou rápido.

— E eu? — choramingou ele. — *Eu* não ganho sanduíche?

Qual era o problema daquele homem?

❖

Mitch acordou com uma sensação de perigo que se abatia sobre ele vinda de todos os lados. Os ruídos da rua eram estridentes e ameaçadores. A idéia de mostrar-se em público era se expor demais, se arriscar demais. Estava com a terrível impressão de que chegara sua hora. Não sairia. Ficaria exatamente onde estava.

A anêmona-do-mar agitou seus tentáculos cor-de-rosa para ele, sedutora. O peixe-cirurgião pairava por cima da região da pedra viva, esperando, talvez, que ele a apresentasse a seu novo parceiro. Tinha eliminado a idéia de fazê-los se reproduzirem. Os peixes-cirurgiões colocavam 6.000 ovos de cada vez: quem tinha lugar para um cardume?

Pouco depois de chegar, Conchita pediu para falar com ele. Fez um gesto para a mesa da cozinha e ela se sentou na frente dele.

— Meu namorado quer montar uma videolocadora.

A enguia parecia pálida.

— Para quê? Já existem lojas assim demais.

— Sei lá — ela respondeu, sem dar atenção. — Ele precisa de financiamento.

— Todos os bancos têm gerentes para a concessão de empréstimos de financiamento...

— Ele quer que você seja o financiador.

— Eu? Como assim? A gente nem se conhece. — Ele foi na direção da porta de trás para examinar o chão de concreto. Lá estava a mulher do Sudeste Asiático ou da América do Sul esfregando o quintal. Por que não tinha contratado *aquela* mulher para limpar a casa?

Conchita foi atrás dele, em tom acusatório.

— Você se lembra de que precisava de um contato?

Ele se virou para trás, escandalizado.

— Você contou para ele quem eu era?

— Não, não contei quem você era — respondeu ela, com rapidez e desdém. — O *falsificador* contou quem você era para ele. — Bateu na testa com dois dedos: *idiota*. — Agora, o Gustavo precisa de um empréstimo. Cem mil dólares.

Aquilo o fez gelar.

— Cem mil dólares?

— Ele precisa comprar estoque e os equipamentos certos.

— Ele vai comprar móveis antigos na Sotheby's?

Estavam debruçados sobre o balcão da cozinha, um de frente para o outro.

— Ele pode explicar tudo ao vivo ou pelo telefone, se você quiser.

A boca dele estava seca.

— Isto é extorsão.

— Não me venha com esta — disse ela, em entonação tipicamente latina. — Eu avisei que não queria me envolver.

— E agora o seu namorado está me chantageando!

— É uma proposta de *negócio*. Ele vai devolver o dinheiro. Olha, aqui está o telefone dele. — Entregou-lhe um cartão. — Ligue para ele e vocês poderão conversar direto. Eu não vou mais ficar no meio disto. Não gosto de ficar nesta posição, Mitch — disse ela, um tanto dramática. Pegou as chaves e a bolsa e saiu de casa, deixando louça na pia e o aspirador jogado por cima do tapete da sala.

Ele deixou o cartão de Gustavo ao lado do telefone, e não ligou. O coral-bolha estava parecendo especialmente voluptuoso. O que quer que pudesse ser dito a respeito de Erica, ela o tirara de um lugar de castigo e confinamento. É claro que agora ela o tinha deixado em um outro lugar, talvez mais perigoso. Cada vez a via menos. Tinha parado de falar a respeito de Chicago. Ele não fazia a menor idéia do que ela estava planejando, se é que tinha alguma coisa em mente, e ele também não perguntava. Tinha até medo de ouvir a resposta.

Mitch olhou ao redor de si, para sua casa meio limpa, e resolveu que precisava ser otimista. Não estava sendo chantageado; estava ajudando um comerciante local a se erguer. Não estava escondido por medo; estava desfrutando da vida de acordo com suas próprias vontades.

Em homenagem à mulher que lhe devolvera a vida, que sem dúvida o ressuscitaria novamente, pediu comida chinesa. E, como estava paranóico, foi bem específico com a mulher ao telefone:

— Diga exatamente quanto vai custar. Vou deixar um envelope do lado de fora com a quantia exata, mais uma gorjeta para o entregador. O entregador deve tocar a campainha, deixar a comida perto da porta, pegar o envelope e ir embora.

Voltou para o aquário e percebeu que a enguia não estava embaixo do navio afundado, onde costumava ficar.

Vinte minutos depois, a campainha tocou.

— Obrigado! — gritou atrás da porta.

Ele esperou.

A campainha tocou de novo.

— Comida chinesa!

— Obrigado! — ele gritou, bravo.

— Comida chinesa!

— OBRIGADO! O dinheiro está em um envelope aí no chão.

— ABRE A PORTA E PAGA A COMIDA.

Mitch cerrou os dentes.

— A QUANTIA EXATA, MAIS GORJETA DE DOIS DÓLARES, NO ENVELOPE, BEM NA SUA FRENTE, AÍ PERTO DA PORTA. Está vendo? Está escrito "Para o entregador de comida chinesa".

Como ele pensava pequeno. Por que não tinha contratado um *chef*? Estava sendo sugado pela visão estreita e míope de Erica King.

— Entrega!

Será que o grupo radical Weather Underground tinha de passar por isso? E Bonnie e Clyde?

❖

Chuck Dzergazi lambeu o indicador rechonchudo e folheou seu jornal *Post*. Era o meio da manhã do meio da semana, tudo andava devagar. Era preciso limpar as bombas, os peixes precisavam de comida, que novidade? Devia deixar tudo pronto antes de as crianças chegarem da escola para fazer barulho e sujeira e incomodá-lo.

Terminou a segunda broa de milho da manhã. Ter uma loja de suprimentos para aquário em Rockville Center estava bem acima da loja de iscas e equipamentos para pesca que tinha anteriormente, em Babylon. É claro que essa linha de trabalho tinha seus detalhes irritantes. Às vezes, uns caras iam lá todos os dias, querendo conversar. Sempre que um peixe morria, o dono ensacava o cadáver e ia à loja na esperança de uma substituição, e era preciso dar início a uma longa conversa, porque ou essas pessoas se culpavam ou, com mais freqüência, o culpavam pelo problema. Era preciso convencê-los de que a vida era limitada, por definição, e que os peixes *morriam*, o tempo todo, sem nenhum motivo aparente.

A campainha anunciou que alguém estava entrando. Aquele cara tinha ido à loja algumas vezes, ficava pairando em volta das enguias, de chapéu. Chuck o reconhecera de imediato, mas não dissera nada. O antigo cliente costumava entrar e fazer discursos enfadonhos a respeito de seu ecossistema. Passava horas instruindo os aprendizes da loja e se gabando de seus corais. Desde então, Chuck tinha sido visitado pelos policiais nada menos do que cinco vezes: se tinha visto o cara, recompensa polpuda de US$ 25.000. Agora os policiais ligavam para ele uma vez por semana, para checar.

O cara estava rodeando o aquário grande. Chuck esperou pacientemente. Mais cedo ou mais tarde, o aquarista marinho faria perguntas a respeito do filtro novo que Chuck tinha colocado na frente da loja: era um esnobe no que dizia respeito aos equipamentos, tanto quanto era em relação aos peixes.

Quando o fugitivo se colocou à sua frente para perguntar sobre o filtro novo, Chuck deu seus conselhos de vendedor sem fazer pressão. Deixou o cliente passar para trás do balcão para examinar a comida de peixe e os produtos na parede atrás da caixa registradora, na esperança de que fizesse uma compra por impulso.

Então, Chuck perguntou:

— Como vão os corais?

— Não podiam estar melhores. Como você sabia que eu tenho corais?

— Eu ouvia essa conversa o tempo todo.

O cliente "novo" fez careta.

— Eu só vim aqui uma vez.

— Ah, é?

— Bom, na verdade eu entrei aqui uma vez, e comprei umas tubulações no seu *site* — reconheceu, então fez menção de sair.

Chuck bloqueou a passagem.

— Estão atrás de você, Mitch.

Ele se contraiu como um coelho encurralado.

— Não seja tolo.

— A polícia me liga uma vez por semana. Eu posso fornecer seu endereço novo.

— Como é que você vai saber o meu endereço novo?

— *Ninguém* compra no meu *site*.

Mitch Greiff congelou.

— Quanto você quer?

— Bom, vamos ver. — Chuck precisou sorrir. Estivera pensando naquela questão já fazia um tempo. — Li que você fugiu com US$ 103 milhões. Então, que tal meio milhão, Mitch? Ah, bom, vamos dizer 600 mil: dei o maior desconto naquelas mangueiras.

— Você sabe que não pode ser em dinheiro vivo, né?

Chuck precisou rir.

— Ah, vai ter de ser em dinheiro vivo!

— Não vai ser fácil.

— Você é bom no que faz. — Chuck deu um sorriso de incentivo, e fez uma reverência quando o liberou. — Você vai dar um jeito.

CAPÍTULO TREZE

Merda, Mitch pensou, e engatou a marcha do carro com brutalidade. Voou pela Meadowbrook Parkway em fúria cega. Aquilo não era de jeito algum a negociação final. Tinha começado com US$ 600 mil e terminaria com um telefonema à polícia. Teve uma iluminação marcante sob o céu ameaçador da Jones Beach Causeway: qual era a diferença entre Chuck, Gustavo e Corey, e sua mulher, a mãe, os filhos, a empresa de seguros e todas as outras instituições a que pagava em sua vida anterior?

Tanto fazia: Chuck já era história. Chuck teria de ser eliminado.

De um telefone público de um pavilhão de praia dos mais desertos em um meio de semana, Mitch ligou para Corey, o falsificador asmático. Corey escutou, Corey respirou com dificuldade, Corey fingiu preocupação, Corey lhe deu um número de telefone.

Encontrou-se com Gennadi e Spartak uma hora depois, em uma lanchonete Wendy's no Queens Boulevard. Exalavam um ar pálido e pouco saudável da Europa Oriental, enfiando o almoço goela abaixo ao lado de uma lata de lixo cheia de abelhas. Por US$ 10.000 dariam um susto em Chuck; por US$ 15.000, poderiam se livrar dele para sempre.

— Como é que eu vou saber que vocês não vão aprontar para cima de mim depois disso? Vão vir atrás de mim para pedir mais dinheiro ou vão informar à polícia?

— Trato é trato — disse Gennadi, segurando a comida com uma mão e um Camel aceso na outra. As duas mãos estavam arranhadas. — A gente dá a nossa palavra.

Mitch olhou para os dois brutamontes que mastigavam, e ficou imaginando quanto valia a palavra deles. Mas ele não podia fazer aquilo sozinho. Era um serviço para profissionais. Deu-lhes o endereço da loja. Gennadi então fez uma série de perguntas.

— Como ele é?

— Ele é gordo, bem gordo, com cabelo ruivo meio comprido, barba e bigode ruivo.

— Que tipo de estabelecimento ele tem?

— É uma loja em uma rua comercial.

— Qual é o carro dele?

— Já o vi dirigindo uma *van* branca com o logotipo da loja.

— Vamos dar uma checada. O que você quer que a gente faça com ele?

Os carros que deslizavam lentamente pela rua de acesso o faziam pensar nas criaturas de seu aquário.

— Vamos só dar um susto enorme nele.

— A gente é capaz de deixar o cara com uma lesão cerebral permanente grave — disse Spartak.

— Mas isso ia custar mais caro — observou Gennadi com um sorriso. — De todo jeito, precisamos da metade adiantada para começar a fazer o levantamento sobre o cara.

Mitch pediu licença para ir ao banheiro. Em uma cabine toda estragada, contou US$ 5.000 em dinheiro e colocou em um saco de papel. Spartak estava chutando a porta do banheiro para abrir quando ele apareceu.

— Só vim aqui para pegar isto aqui para vocês — disse Mitch.

— Que bom. — Spartak pegou o saco com uma mão e deu um soco direto no nariz de Mitch com a outra.

O barulho foi inacreditável. Mitch cambaleou e bateu contra as cabines, o rosto coberto de dor molhada. O brutamontes o pegara pela camisa e o jogara contra o mictório. A cabeça dele bateu com força na porcelana com um ruído alto e frio, e ele desabou na base úmida. Ergueu o rosto, aterrorizado.

— A gente consegue deixar qualquer pessoa bem assustada, sabe? — disse o profissional, massageando a mão. — Esperamos o pagamento assim que tivermos terminado o trabalho. — Saiu do banheiro com um floreio em seu casaco de couro.

Mitch se levantou. Estava sentado sobre um mictório frio, com o gosto sujo e metálico do sangue na boca, encharcado com mijo de outros homens. Aquilo não era assunto para um contador judeu de meia-idade, pensou, e de repente sentiu falta de falar com a mãe com os pés para cima, apoiados na mesa do escritório. Costumava ficar observando a fachada amarronzada do prédio em frente, e a ter dias normais e tediosos, cheios de documentos, números e problemas alheios.

❖

Não dava para descobrir o que Sprague sabia. Não dava tempo. Erica chegou à casa do Queens e largou as sacolas. Mitch estava entretido com o aquário; nem deu um oi. Ótimo. Não dava tempo. Subiu as escadas correndo, colocou o *laptop* em cima da mesa e o conectou. Enquanto a máquina iniciava, fechou com força todas as persianas da casa. No andar de baixo, pegou duas cadeiras da mesa de jantar.

— Certo, venha aqui. Eu preciso de você — disse ela.

Ele se voltou. Chocada, ela se deixou cair em uma das cadeiras. O rosto dele explodia em feridas abertas.

— Ai meu Deus.

— É bem pior do que parece.

Que falta de noção de momento adequado.

— O que aconteceu?

Ele ficou só olhando para ela, com aquele rosto esfolado.

— Se você não me disser o que aconteceu, como é que eu vou poder ajudar?

— Como você pode me ajudar? Já acabou. Aconteceu e, agora, acabou.

Ele se sentou com cuidado, como se outras partes de seu corpo também estivessem feridas.

Ela tinha uma centena de perguntas a fazer, mas não dava tempo.

Ela se sentia péssima. Não tinha jeito de escapar.

— Certo, precisamos conversar.

Ele ergueu os olhos para ela através do sangue que os cobria.

Ela falou com muito cuidado, como se não quisesse perturbá-lo. Disse que desejava tudo de bom para ele, e queria que fosse feliz. Não lhe daria seu endereço. Não queria saber por onde ele andava, nem o que estava fazendo.

Ele se encolheu um pouco e fechou os olhos.

— Desculpe por eu ficar tão prática com tanta rapidez, mas não temos tempo. De todos os lugares em que temos dinheiro, qual deles você quer visitar?

Ele gravitou até o aquário e ficou pairando por cima dele.

Ela não tinha tempo para aquilo.

— De todos os... — recomeçou ela, mas ele a interrompeu.

— As Bermudas.

— Certo. — Correu para o andar de cima. Removeu o nome de Maria da lista de pessoas autorizadas a fazer transações na conta das Bermudas.

Desceu.

— Vá lá em cima trocar as suas senhas na tela.

— Por quê?

— Estamos separando nossos bens. — Ela o conduziu até o andar de cima, ignorando o fato de ele mancar. — Você fica com uma metade, eu fico com a outra metade. Vamos trocar as senhas. Isso no seu cabelo é sangue?

Ele se afastou da inspeção dela. Estava com as mãos arranhadas.

Ela não deixaria que aquilo a distraísse naquele momento. Enquanto ele digitava, ela começou a tirar dinheiro dos esconderijos e fez uma pilha na mesa da cozinha.

Ele desceu enquanto ela estava no meio da operação.

— Venha aqui — chamou ela. — Conte 250 mil e coloque nesta cadeira.

Ignorando-a, ele gravitou de volta ao aquário.

Ela não poderia se entregar àquilo. Subiu para o andar de cima e transferiu dinheiro da conta das Ilhas Cayman para a conta das Bermudas.

Arrastou as trouxas pesadas do armário de casacos e saiu da casa. Todo mundo na rua estava voltando do trabalho; ninguém prestava atenção. Jogou as entranhas mutiladas do *laptop* de Marjorie, cuidadosamente embrulhadas, na lata de lixo da esquina agitada da 81st Street com a 37th Avenue. Na Roosevelt Avenue, colocou o *laptop* avariado de Maria, embrulhado em alguns suéteres feios dela, em uma das latas de lixo abarrotadas na frente de uma espelunca que vendia *burritos*, cheia de gente. Do outro lado da rua, jogou um monte de disquetes desfigurados em uma caçamba, sem diminuir o passo.

Voltou para a casa e começou a contar o dinheiro na cozinha. Contou mais 250 mil e colocou em uma sacola de compras para ele. Passou a mão pela mesa e sentiu uma dor intensa atravessando a palma da mão. Uma faca enorme estava por cima da mesa, escondida por algumas notas.

— Que diabos esta faca está fazendo em cima da mesa? — berrou ela a caminho da pia. Ele era um idiota, mas será que estava tentando matá-la? Colocou o corte embaixo d'água.

— O quê? — perguntou ele.

— A porra de uma faca de cozinha que acabou de cortar o meu tendão? — O sangue, surpreendentemente vermelho, escorria pelos dedos dela sob a torneira.

— Eu estava abrindo uma lata de comida para o caranguejo — disse ele com indiferença.

Ela estava brava e se sentia tonta, mas não podia se desviar de seu objetivo. Achou o *kit* de primeiros socorros e fez um curativo com a mão direita. Terminou de contar. Ele era inútil. Com delicadeza, acondicionou maços de notas em papel-alumínio, enquanto o sangue atravessava a gaze. Colocou os pacotes de papel-alumínio em sacos plásticos brancos e os enfiou em sacolas de pano e sacolas plásticas de supermercado pesadas. Cada saco continha US$ 50.000.

O sangue não parava de sair. Quando ergueu a mão, escorreu pelo braço. Amarrou a mão bem firme com um pano de prato; o sangue apareceu em segundos.

Ela tinha de trocar de marcha.

— Me leva até o hospital — disse ela. Ele ergueu os olhos como se ela fosse louca. — Não pensa, apenas faz. Vamos, levanta. Isso mesmo. Pega as chaves do carro. Anda logo! Eu estou perdendo sangue!

Ela o empurrou para fora da casa. Abriu a porta do motorista com a mão direita e o empurrou para dentro. Ele ficou lá sentado, como que incapaz de se mover.

— Liga o carro. AGORA.

Ele ligou o carro.

— Para onde a gente vai? — disse ele, como se estivesse drogado.

— O mais perto é o de Elmhurst. Fica a três quarteirões. ANDA LOGO! Se eu tivesse ido a pé, já tinha chegado. Você não está vendo o sangue?

Ficou olhando para a mão dela com interesse abstrato. Ela fez força para sair do carro e saiu correndo pela 80th Street. Ele era um inútil, uma porra de um inútil.

Apresentou as identidades de Erica, já que Erica era a única que tinha seguro-saúde, e queria ser atendida de imediato. Esperou vinte minutos em uma área cheia de crianças que berravam, velhos deprimidos e casos psicóticos extremos. Foi levada a uma sala cheia de mesas parcialmente escondidas por cortinas em trilhos. Um médico baixinho chegou, falou muito pouco, suturou o ferimento e lhe deu curativos para dois dias.

Estava bem claro que ela não podia se dar ao luxo de fazer as coisas de maneira apressada, ainda mais agora que estava atrasada.

De volta à casa, Mitch assistia às notícias locais na televisão em volume indecente. Ela chamou um táxi, colocou a peruca e os óculos de Debbie e olhou para o coral, ondulando suavemente no aquário. Era lindo, era preciso reconhecer. Ele continuava a ignorá-la, absorvendo as imagens com seus olhos inchados. O dinheiro dele ainda estava todo espalhado pela cozinha, mas ela não guardaria para ele. Cuidar dele já não era mais sua função.

— Contratei uma dupla de brutamontes para quebrar as pernas de alguém.

Nada mais a surpreendia.

— As minhas?

— Não, as suas, não.

— E, em vez disso, eles deram uma surra em você?

— Espero que não tenha sido só em mim. O cara da loja de peixes me reconheceu — ajuntou ele, sem olhar para ela.

Aquilo não era da conta dela.

Quando o táxi chegou, ela deu um beijo de despedida na testa dele enquanto ele olhava fixamente para a frente e fingia que não estava acontecendo nada. O que era preferível, ela calculou, a uma cena exagerada com gritos.

No aeroporto de LaGuardia, ela saiu do táxi no embarque, desceu as escadas até o desembarque e pegou o ônibus da locadora de automóveis Avis. Apresentou a carteira de motorista e o cartão de crédito de Debbie Goldman com a mão direita e assinou embaixo do balcão com a mão esquerda enfaixada. Não teve absolutamente nenhum problema. Estava exausta, mas também exultante, quando cruzou a Triboro Bridge e seguiu as placas para a Nova Inglaterra. Tudo estava a maior confusão, mas ela estava deixando aquilo para trás. O mundo estava começando a se abrir.

❖

Mitch chegou cedo ao estacionamento do Dunkin' Donuts na Merrick Road de Valley Stream. No bolso, sentia o peso da arma que Corey lhe vendera (US$ 1.000, incluindo instruções a respeito de como colocar as balas, atirar e carregar a arma junto ao corpo). Mitch comprou a pistola de Corey, apesar do preço exorbitante, para não precisar lidar com outro gatuno.

Antes que tivesse a oportunidade de se ajeitar em uma vaga com visão ampla, Gennadi e Spartak vieram na direção dele em um Range Rover gigantesco, impedindo que ele movesse seu carro em qualquer direção.

Mitch abaixou a janela uns dois centímetros.

— Vocês fiquem bem aí onde estão — gritou para eles antes que alguém saísse lá de dentro para jogá-lo na estrada.

— Certo, Donald! — Gennadi riu. Spartak estava sentado ao lado dele, sem expressão.

— O que aconteceu?

— Demos um jeito no cara.

— O que ele disse?

— O que ele disse? Ele não disse nada — explicou Gennadi. — Ele gritou de dor.

Uma dúvida traspassou seu corpo.

— Vocês avisaram para ele quem tinha encomendado o serviço?

— Claro que sim. Dissemos que foi a mãe dele.

Aquilo causou uma alegre agitação dentro do carro.

Spartak se inclinou para a frente, para se fazer notar.

— Cadê o dinheiro?

— Não precisam me bater! O dinheiro está aqui.

A pistola escorregou entre suas coxas quando ele esticou um braço para fora. Gennadi se inclinou para fora para pegar o saco de papel. Mitch ficou petrificado, achando que a pistola pudesse disparar sozinha. A trava de segurança estava ativada. Mesmo assim, as pessoas se matavam com armas de fogo por acidente o tempo todo. Como é que ele poderia saber se eles tinham mesmo feito o que diziam ter feito? Seria uma idiotice perguntar agora que já tinha entregado o dinheiro.

Spartak saltou do assento do passageiro e deu a volta pela frente do Range Rover, na direção dele. Com o coração disparado, Mitch apertou o botão para fechar a janela, invadido por uma onda de pânico. Spartak colocou-se na altura do olhar dele e o fitou ameaçador através do vidro que ia se fechando. Por que Mitch simplesmente não sacava a pistola?

— Uma lembrancinha do gordo — disse Spartak, jogando um peixe-cirurgião no pára-brisa. O peixe estava molhado e se contorcia. Aquilo deveria servir de garantia? Spartak abriu a jaqueta de couro para mostrar uma pistola enorme. — Você não sai daqui até termos terminado de contar o dinheiro.

— Não vou a lugar algum — gritou Mitch atrás da janela. Eles não o matariam depois de levar seu dinheiro, matariam? Também não lhe dariam mais uma surra só para se divertir, né? *Abra seu casaco e mostre a pistola!*

Por outro lado, ele não queria que a tensão crescesse ainda mais. Não queria se colocar em uma situação em que fosse obrigado a usar a arma. Só queria que eles soubessem que estava armado, e que usaria a pistola se fosse necessário.

A espera foi infinita enquanto Gennadi contava o dinheiro. Spartak estava de pé, com uma mão apoiada no teto do carro de Mitch. A barriga musculosa e tatuada do brutamontes estava na altura dos olhos de Mitch, bem visível por trás da camiseta de malha furadinha que ele usava por baixo da jaqueta de couro. Spartak se inclinava de vez em quando para lançar-lhe um sorriso sádico através do vidro. Tinha dentes horrorosos.

— Você deu o maior desfalque no mundo das finanças internacionais, Donald.

O metal da arma tinha esquentado na mão dele.

— O que você está fazendo em uma casa brega em Jackson Heights, com aquela bruxa velha de pele ruim e bundão? — Spartak sorriu arreganhando os dentes.

Mitch colocou o dedo no gatilho.

— Do que é que você está falando?

— Você devia estar em Monte Carlo, em Miami Beach, nas Bahamas, com uma gostosa. Precisa de ajuda para arrumar uma gostosa? Eu tenho um monte, e você tem dinheiro para pagar.

— Tudo certo, Donald — avisou Gennadi.

Spartak, já entediado com ele, deu meia-volta sobre o calcanhar das botas e gingou de volta ao carro deles.

Preciso sair daqui, Mitch resolveu, e jogou a arma e o casaco no banco do passageiro, angustiado. Colocou o Toyota em marcha a ré.

— Ah, Donald — chamou Spartak com voz de criança quando Mitch engatou a primeira no carro. — Onde é que você esconde a sua arma novinha em folha?

Preciso sair daqui, Mitch pensou, e disparou para fora do estacionamento no meio do trânsito. O peixe continuava no pára-brisa. Olhou para trás e viu o carro enorme se afastando na direção oposta.

Saiu para uma rodovia e ficou imaginando para onde ia. Todas as estruturas de interação social que tinha eram baseadas na presença de Erica em sua vida. Agora não tinha qualquer coisa. Não tinha o endereço dela, não sabia para onde ela tinha ido. Não fazia a menor idéia de onde ela poderia estar. Não estava claro o que ele deveria fazer. Xingou a si mesmo por não ter pedido mais informações.

O trânsito na Cross Island Parkway foi ficando lento, até que parou. Estava no meio de um congestionamento em uma rodovia que levava a um lugar para onde ele não estava indo. Aquilo o irritou, tanto o fato de não ter destino como o de aquilo o estar atrasando. Saiu da rodovia e parou em um posto de gasolina para chorar, amargurado de tanta frustração.

Acabou voltando para casa, depois de pegar um frango para viagem, uma cerveja e um vídeo de filme de ação: jantaria como um solteirão.

❖

Em algum lugar a oeste de Boston, Erica parou para passar a noite em um hotel de beira de estrada, em uma rua bem iluminada que atendia às pessoas dentro dos carros estacionados ali. Depois de fazer o *check-in*, foi até a lanchonete adjacente e estacionou o carro de aluguel em um lugar onde pudesse observá-lo. Pediu uma xícara de café e uma fatia de *cheesecake*.

Três mulheres na casa dos trinta anos, vestidas para matar, sentaram-se na mesa ao lado. Estavam reluzentes de maquiagem e expectativa. Usavam roupas transparentes. Esbarravam nos outros e se desmanchavam em pedidos de desculpas. Os homens na lanchonete (todos do tipo operário, com *jeans* imundos) estavam intrigados com aquela exibição. Os três se inclinaram na direção delas. Era sábado à noite, Erica percebeu: todo mundo estava a fim de se divertir.

A peruca esquentava.

Se não fosse o Mitch, quem mais? Quem mais permitiria que ela tirasse o cabelo? Onde é que ela conheceria esse homem? Enquanto esperava a torta, tirou do chaveiro a chave do apartamento de Maria e a do de Erica, a das caixas postais e a dos cofres, a chave da casa no Queens e a do Toyota azul.

Depois do lanche, deu uma caminhada ao ar livre, pela noite abafada de agosto. Distribuiu as chaves, uma a uma, entre latas de lixo que encontrou no banheiro do posto de gasolina ao lado, na frente da loja de bebidas, na frente do hotel. O fim de uma era. Sentiu-se tão leve que quase ficou com medo.

❖

Ballestrino entrou na sala e esperou Sprague desligar o telefone. Tinha acabado de passar uma hora com uma mulher branca chamada Frieda Walsh que dera aulas de educação física na escola Bradley quando Geri King era enfermeira da escola.

— Descobri, entre outras fofocas suculentas, que Geri King, mãe de Erica King, trocou de nome.

O tenente fez uma pausa na frente deles para escutar.

— O nome dela era Elena Krupalski Carlson — prosseguiu ele. — Ela morava em Chicago, era casada com um homem branco chamado Hugh Carlson, que pulou do décimo quarto andar quando ficaram sabendo que ele tinha roubado dinheiro do sindicato de que fazia parte.

Sprague engasgou bem alto.

— Estou ficando arrepiado!

Greeley explodiu:

— Por que é que a gente não sabia disso a respeito do pai dela?

— Tinham dito para a gente que ele tinha morrido em um acidente de carro.

— Quem foi que disse?

Ele e Sprague se entreolharam.

— Acho que foi ela mesma — reconheceu Sprague. — Estava na ficha pessoal dela.

— Quanta preguiça. — Manchas vermelhas tomaram conta do rosto de Greeley.

— A professora de educação física disse que a Elena trocou o nome dela e da filha dela de três anos, Maria, legalmente em Chicago, e então as duas se mudaram para Manhattan. Ela disse que isto aconteceu no final da década de 1960.

— Onde anda a Sra. King agora?

— Não voltou para casa desde que Bialkin e Fausto a perderam de vista mais uma vez na sexta de manhã — disse Tony. — Mas está se mudando para Chicago, onde vai ser contadora júnior associada.

— Isso se partirmos do princípio de que ela vai mesmo para Chicago — disse Greeley. — Não podemos confiar em nada do que ela diz. Ainda não aprenderam isso?

BALLESTRINO ABRIU A porta de casa e o telefone tocou. A mãe atendeu e ele deu uma olhada na correspondência.

— É a sua tia Kate — gritou ela por cima da estática do transmissor da polícia. — Ela quer convidar você para jantar na sexta, mas eu não sei se você já marcou alguma coisa.

Ele gostava do minestrone da tia Kate.

— Não tenho nada marcado.

Roseanne apontou para o bloquinho no balcão. O recado dizia *Gloria Florimonte*, com um número de telefone de Manhattan.

— Bom? Você não vai ligar para ela?

Ballestrino pensou em Bobby Setzer e em Ryan Mahoney e no convite que podia ter aceitado (deveria ter aceitado) dez anos antes. Àquela altura, ele aceitaria uma casa geminada sujinha em Bensonhurst com uma entrada de carro só para si e toda a lasanha que pudesse comer: os únicos benefícios que era capaz de enxergar ali. Fechou a porta do quarto, tirou as armas, os telefones, o *pager*, o bloco de notas, o Palm Pilot, os sapatos, as meias, a camisa, a camisa de baixo e o relógio. Deitou-se na cama e pegou o telefone para ligar para Gloria.

Uma voz atendeu, uma voz bem conhecida.

— Gloria?

Uma pausa.

— Tony?

Uma pausa.

— Janice?

— É. Tony?

— Que esquisito — disse ele. — Eu não tinha a intenção de ligar para você.

— Bom, que ótimo, porque não estou a fim de falar com você.

— Devo ter discado o número errado por costume.

— Ouvi dizer que ela é massagista — provocou Janice.

Carroll Gardens simplesmente estava ficando pequeno demais. Ballestrino se despediu, contente de não ter nada a dizer a ela. Janice já pertencia a um passado distante.

Discou o número de Gloria, bem concentrado, imaginando qual seria o tamanho do apartamento dela. Sorriu quando ela atendeu.

— Oi, Gloria, aqui é o Tony Ballestrino. Recebi recado de que você ligou.

Uma pausa.

— Recebeu?

— Por que você não ligou para o meu celular? — esbravejou ele de brincadeira.

— Bom, é uma coisa curiosa, porque eu não liguei.

Pausa.

— Não ligou?

— Não. Quem disse que eu liguei?

Ele respirou fundo.

— A minha mãe.

— Compreendo.

Imaginou Gloria Florimonte rindo dele em seu apartamento em Manhattan. Cerrou os dentes. Se não a convidasse para sair naquele instante, seria esquisito. Por outro lado, se convidasse, pareceria que era controlado pela mãe ou que a tinha usado como desculpa para ligar. Não a convidaria para sair. Deixaria a chance escapar.

— Bom, quer ir ao cinema um dia desses?

— Bem que eu gostaria, Tony. Mas vou estar completamente ocupada com o trabalho e a faculdade nas próximas semanas. Posso ligar quando tiver tempo de respirar?

— Claro, claro.

Anthony Ballestrino desligou o telefone e foi para a cozinha, onde a mãe estava sentada com seus tablóides e cigarros, fingindo despreocupação. O transmissor informava a respeito de um assalto em curso em Cobble Hill. Roseanne continuou folheando o jornal, ignorando-o.

— A Gloria Florimonte — disse ele — não me ligou.

— Por acaso eu disse que tinha ligado?

Ele não ia deixar essa passar em branco.

— Por que você me deu um pedaço de papel com o nome e o número dela, fingindo que ela tinha ligado?

— Moças como aquela não dão em árvore. — Abaixou o volume do transmissor. — Você não pode ficar aí esperando que uma *moça* ligue para *você*.

Morar com aquela mulher era como conduzir um interrogatório: era preciso ter autocontrole rígido e infinito.

— Não fica olhando para mim desse jeito — brincou ela. — Pode até intimidar os seus bandidos, mas não funciona com a sua mãe.

Ele saiu de casa batendo a porta.

— Ah, lá vai ele, Al Pacino de cabeça quente.

Pacino, Travolta, De Niro, Stallone. Aqueles eram os modelos de macheza italiana em Hollywood. Inconstância, vaidade, esperteza, força bruta. Gritar e atirar e esmagar os fracos no chão. Ponto final, fim de história. Não havia inteligência nem ambição — ambição legal, pelo menos — e nenhuma sutileza. Era só raiva, paranóia e tiros de metralhadora, e ele começava a compreender por quê.

Deixou seu sargento boquiaberto ao se reapresentar para o serviço 62 minutos depois de ter ido para casa.

❖

O telefonema veio, como sempre, depois da meia-noite, enquanto Anita Clemente passeava pelas salas de *chat* de pré-adolescentes, esperando que algum infrator mordesse a isca. Era Jacobs, do Esquadrão de Fraudes Especiais, que trabalhava em outra sala do corredor. Enquanto investigava alguma outra coisa, deparou com um tal de Corey Fleming, conhecido como Clare Fleming, conhecido como Carey Denton, um falsificador ralé, que por acaso trazia consigo, em plena vista, na hora em que foi preso, itens relativos a pornografia infantil impressos da internet que quase fizeram Jacobs botar o jantar para fora. Estava detido em Tombs. Será que ela queria falar com ele?

Clemente colocou o equipamento e foi para o carro.

Alguém certa vez disse que só era possível ficar com três sistemas na cabeça. O trabalho era um sistema. A família era outro. Se você estivesse aprendendo uma língua, ou a tocar um instrumento, era mais um sistema. A pessoa que disse isso não era policial, mulher de policial nem filho de policial. No mundo dos policiais, só tinha lugar para um sistema: o do serviço. Ela estacionou na esquina de Tombs, passou pela segurança e assinou sua entrada. Seguiu um guarda por um labirinto de corredores escuros até uma sala grande, com iluminação fluorescente, com divisórias de Plexiglas sujas. Sentou-se e esperou.

Clemente conhecia muitos homens, mas o trabalho era uma emergência sem fim, e ela tinha pouco tempo livre. Ocasionalmente, aceitava o convite de um homem, sempre calculando os riscos de se envolver. Só tinha uma regra: nada de policiais.

Mas advogados e arquitetos não a entendiam; os hematologistas e planejadores urbanos então, nem se fala. Por que é que ela tinha de ficar sentada de costas para a parede, com visão para o restaurante? Por que ela voltava sempre às questões que tinham sido evitadas com diplomacia? Por que era obrigada a cancelar três ou quatro encontros na última hora? Por que não podia fazer planos com antecedência, principalmente em fins de semana e feriados? Por que não dizia onde morava? Por que cada encontro tinha de ser em um hotel diferente, aonde chegavam e saíam separados, e por que ela não usava as algemas, só por diversão?

Um policial compreenderia. Ou, se não entendesse, concluiria.

O infrator estava desgrenhado e pegajoso, usando óculos sujos com um cardigã xadrez com zíper. Carregava uma bombinha de asma branca e suja.

— Antes de falar qualquer coisa, quero dizer que tenho informação sobre algo bem grande. — Ele inalou profundamente o conteúdo da bombinha.

— Estou ouvindo — disse ela.

❖

Mitch foi a uma loja de peixes inferior, em Baldwin. Oferecia bons peixes, bons produtos, e ninguém olhou para ele duas vezes. Saiu de lá sentindo que tudo era possível. Depois, foi de carro a Manhattan e estacionou a quatro quadras de seu ex-escritório, parou na Saks e comprou um paletó de linho e três camisas pólo. Ninguém que ele conhecesse. Cartão de crédito aceito. Nenhum alarme disparado. Pegou um sanduíche no lugar em que costumava comprar comida para viagem sem nada de extraordinário. Aquele sanduíche de frango fez com que ele se sentisse vivo. Atravessou a Queensboro Bridge sentindo-se sereno.

Em casa, no quintal, cortou uma fatia de bolo de cenoura e se serviu de uma xícara de café. Estava cansado de ficar preso em casa: precisava encontrar um lugar onde pudesse abrir uma conta bancária e andar pela rua livremente. Queria sair daquela casa horrorosa e deprimente. Corey, o falsificador, tinha entregado o passaporte de Phillip Pitkin, e ele poderia ir para as Bermudas a qualquer hora que quisesse. Depois disso, faria um levantamento para ver onde queria morar.

Montaria o *site* e contrataria alguém para colocá-lo na internet, se precisasse. O *site* seria seu trabalho.

Objetivo final: precisava de uma mulher na sua vida. Não queria ter de gastar muito tempo procurando alguém compatível, mas precisava de *algum* tipo de companhia. Não podia ficar o tempo todo sozinho. Resolveu cuidar deste último assunto primeiro.

❖

Patricia recebeu a ligação do detetive Sprague na Claire de Lune, quando abriu a loja em um dia perfeito para pegar uma praia, em sua última semana de trabalho. Ela se preparou corajosamente para aborrecimentos, embora fizesse dois meses que Tony não ligava para ela e tivesse concluído que ele a superara.

— Sra. Greiff, parece que encontramos o seu marido.

O marido dela? Patricia se sentou. Apesar de ter passado quase um ano esperando por Mitch, gritando obscenidades para ele em sua ausência, desejando que voltasse só para se explicar, de certo modo não estava preparada para ouvir que ele tinha ressurgido.

— Vocês o quê?

— Precisamos que a senhora venha aqui identificá-lo.

Ela ficou sem palavras. O detetive explicou-lhe que um oficial à paisana do Departamento de Polícia de Nova York de Nassau County iria buscá-la com um carro sem identificação. Tremendo e suando, ela ligou para Mara para dizer que tinha surgido uma emergência e ela precisava sair.

Mara emitiu um som gutural. Depois de meses de discrição, Mara finalmente se deixara dominar pela curiosidade e começara a andar atrás de Patricia pela loja, como se fosse uma jornalista teimosa trabalhando em uma pauta quente. Quanto tempo ela tinha passado sem trair Mitch? Quanto Mitch tinha roubado na realidade? Quanto a casa tinha custado? Patricia sempre mudava de assunto. Um dia, quando a loja estava vazia, Mara começou: o Nick pagava para ela sempre que saíam? Onde ele a levava? Era atencioso na cama?

Patricia a ignorava.

Mara disse:

— Eu fiz uma pergunta.

— Acho que essa pergunta é íntima demais.

— Nós somos amigas, não somos?

Patricia não disse nada.

— A minha amiga Jan, que saiu com o seu amigo Nick durante pouco tempo, *bem* pouco tempo, há dois anos, disse que ele é muito, mas muito *pequeno*. — E caiu na gargalhada.

Isto definitivamente não era parte do trabalho.

— Mara, esta foi a sua última pergunta inapropriada. Estou pedindo demissão, com duas semanas de aviso prévio.

— Patricia, não seja ridícula.

Mais uma vez, tinha aceitado a primeira oferta sem fazer uma pesquisa. Com Nick também: a primeira oferta, porque ela tinha medo de que não houvesse outras.

PATRICIA NÃO PÔDE EVITAR: colocou maquiagem para ir à delegacia. Mara chegou à loja em minutos e quis saber os detalhes da emergência. Havia duas clientes na loja, ainda querendo saber do creme para o contorno dos olhos.

Patricia puxou Mara para o fundo da loja.

— Desculpe por deixar você na mão assim de última hora, mas preciso ir para a cidade. Acharam Mitch.

Mara deu um grito, e as clientes olharam.

— Onde é que ele estava? — Mara cochichou de uma maneira que todos podiam ouvir. — Estava com alguma mulher? O que você vai dizer para ele?

Um sedã escuro chegou dali a minutos. Um policial de bigode da central de Casting irrompeu na Claire de Lune. As mulheres ficaram boquiabertas quando Patricia o seguiu para fora da loja até o carro. Outra cliente entrou, e, por cima da campainha, Patricia ouviu Mara dizer, histérica:

— *Pegaram o marido dela, o ladrão!*

O RÁDIO DA POLÍCIA ficou berrando durante todo o trajeto até o Queens. O incentivo que ela vinha dando a si mesma nos últimos meses, para ver com bons olhos sua nova vida maravilhosa e inesperada no East End, parecia ridículo. Já não tinha mais 23 anos. Aquele não seria um filme com final feliz. Estava prestes a identificar o homem que jogara ela e seus filhos na instabilidade e na vergonha. Mesmo agora ela não conseguia pensar nas palavras *arruinou a minha vida*. Mas não existia razão para ser otimista.

O carro estacionou em um cruzamento calmo de uma rua com casas de tijolinhos do Queens.

— Por que paramos aqui? — perguntou ela. Tony e seu parceiro saíram do carro parado do outro lado da rua. Ela tentou abrir a porta. Estava trancada

— Fique onde está — ordenou o policial no assento do motorista.

Tony abriu a porta, e ela desceu, achando que iria a algum lugar. Mas então ele abriu a porta de trás do carro. Ela entrou; ele também. Seu parceiro ocupou o banco do passageiro que ela acabara de deixar vago, ao lado do policial à paisana.

Tony deu-lhe um beijo na bochecha e segurou-lhe a mão; sussurrou seu nome.

Ela puxou a mão. Ele era jovem demais, intenso demais, chato demais. Por que ela não tinha ficado no banco da frente? Por que tinha seguido as indicações dele sem pensar? Aquilo não precisava ser um evento social.

— O que está acontecendo? — quis saber ela.

— Parece que encontramos o seu marido — respondeu o detetive Sprague. — Precisamos que a senhora o identifique, e então nós o prenderemos.

— Aqui? Vocês o acharam aqui?

— Recebemos uma informação hoje de manhã de que ele está morando em uma casa ali na esquina. Precisamos tomar cuidado, parece que ele está armado.

— *Mitch?* Que piada.

— Temos informações confiáveis de que ele comprou uma pistola — disse Tony, emburrado.

— Garanto que ele não conseguiria acertar a parede de um celeiro.

— Ele é duplamente perigoso se não sabe controlar a arma — disse o detetive Sprague.

O celular dos dois detetives tocou ao mesmo tempo.

— Ele está saindo — disse Sprague. — Será que o detemos ou esperamos para ver onde vai?

— Vamos ver para onde ele vai — disse Ballestrino, olhando para ela.

Ela cruzou os braços sobre o peito e cruzou as pernas para longe dele.

O homem que eles acreditavam ser Mitch saiu de casa lentamente a bordo de um Toyota azul. Tony não tirava os olhos dela. Se era ele o responsável pela investigação, não era de se estranhar que não o tivessem pegado em 11 meses. Percorreram as ruas infindáveis de Queens em comboio: o Toyota azul, o carro deles e o outro sedã escuro em que Tony e seu parceiro estavam quando ela chegou.

O homem que eles acreditavam ser Mitch freou bruscamente na frente de um Starbucks, alheio à sua escolta. Um Toyota azul: não era muito a cara de Mitch, mas o que é que ela sabia? Afinal de contas, só tinha vivido com ele vinte e oito anos. Talvez nem fosse ele, pensou, enquanto o homem hesitava dentro do carro por um instante, com o pisca-alerta ligado. Será que ela torcia, lá no fundo, para que não fosse Mitch? Não seria mais fácil se Mitch não aparecesse? Não teria de confrontá-lo, nem passar por mais um escândalo de primeira página.

O homem que seguiam saiu do carro e vestiu uma jaqueta.

— É ele? — perguntou o detetive Sprague.

Ela olhou com atenção para a silhueta que se afastava. O cabelo estava mais comprido, e ele estava uns bons dez quilos mais gordo do que Mitch. Mas podia ser ele.

— Preciso ver melhor — disse ela.

Tony fez um aceno com a cabeça, e ela saiu do carro. Segurou no cotovelo dela quando atravessaram a rua; ela se desvencilhou do toque e olhou torto para ele.

Os três entraram na cafeteria. O homem que podia ser Mitch estava em pé na fila. Usava um *blazer* de linho cor de trigo, calças de linho cor de creme e mocassins de couro marrom trançado, traje que não fazia parte do repertório de Mitch. Falou com a mulher à sua frente na fila, e ela não respondeu. Quando ele se virou um pouco, Patricia viu um brinco. Aquele não podia ser o marido dela.

Ele tirou dinheiro de uma carteira azul com velcro que ela não reconheceu. Foi até o balcão onde ficava o açúcar e o leite e tentou conversar com uma mulher que estava ali, mas ela também não quis saber. Aquele não era o comportamento de Mitch: as mulheres é que viviam tentando bater papo *com ele*. Foi para a parte da frente da loja, sentou-se em uma mesa livre e tirou do bolso um bloquinho e uma caneta. Em alguns instantes já estava falando com outra mulher e se levantou para juntar-se a ela em sua mesa.

Quando ele se virou, Patricia enxergou o rosto dele de frente: o maxilar eqüino, o queixo quadrado, a marca de catapora na testa, os olhos tristes, reservados e sombreados.

Era Mitch.

O coração dela disparou. Seu marido, o gênio estelionatário fugitivo, estava vestido como um rei do café para passar uma cantada em uma moça de vinte e um anos com tatuagens visíveis na barriga em uma lanchonete do *Queens*, em uma manhã de terça-feira?

Ela fez um sinal para os dois detetives, chocada:

— É ele.

MITCH TINHA FEITO uma pausa na frente do Starbucks para dar uma checada no lugar. Anteriormente já tinha identificado o lugar como solo fértil, mas como ter certeza? Não sabia se ia querer ficar muito tempo, então, para que se dar ao trabalho de procurar uma vaga para estacionar? E se não conseguisse nada? Então ligou o pisca-alerta e entrou rapidinho. Se não se sentisse à vontade, sem problemas: tinha estacionado em fila dupla logo ali na frente.

Começou tentando puxar papo a esmo com uma mulher na casa dos quarenta na frente dele na fila:

— Você acha que eles têm leite com baunilha aqui?

— Logo ali. — Ela apontou para o balcão onde ficava o leite sem nem olhar para ele.

— Obrigado. Eu não vivo sem meu leite com baunilha — brincou.

— Eu me acho sortuda quando consigo semidesnatado em vez de desnatado — disse ela e se afastou.

Talvez ele devesse desistir dessa linha de atividade aos 59 anos de idade. Tinha esperado duas semanas para os ferimentos sararem e, naquela manhã, passara uma hora e meia se preparando para aquilo: escolheu a roupa adequada, tomou cuidado com a lâmina de barbear, passou a loção após a barba e penteou o cabelo, o que requeria tempo e dava bastante trabalho com aquele comprimento. Tinha treinado a conversa que ia jogar. Tanta energia, ansiedade, constrangimento e tempo perdido: para quê?

Talvez uma mulher mais nova fosse mais fácil.

— Você acha que tem açúcar de verdade aqui ou só adoçante? — perguntou à jovem seguinte que parou no balcão para adoçar o café.

— Está bem ali — respondeu ela, irritada.

Talvez ele devesse falar com aquelas mulheres *depois* de elas tomarem o café. Ou quem sabe devesse tentar uma discoteca ou um bar?

Aquela idéia o deixou apavorado, então ele se sentou em uma mesa e começou a trabalhar na introdução de seu *site*. Erica tinha salvado sua vida e logo na seqüência a arruinara. Parecia impossível pensar que, apenas um ano antes, ela *trabalhava* para ele. Naquela época, teria feito qualquer coisa por ele. Tinha ficado tão impaciente, censurando qualquer coisa que ele dizia... Quando ela fora na semana anterior, era como se o fundo do aquário dele tivesse estourado.

Queimou a língua no café.

Precisava seguir em frente. Uma coisinha jovem com cabelo desgrenhado, ruivo e comprido, observava a paisagem através da janela; tinha cara de alguém com um emprego bem ruim, se é que não era desempregada. Perguntou se podia se sentar com ela. Quando ela disse que sim, começou a falar sobre o aquário. Ela ia emitindo sons de incentivo.

Usando de algum tipo de instinto primitivo e de sua visão periférica, viu uma guarda de trânsito mais abaixo, na rua, multando os carros. Tinha esquecido que estacionara em fila dupla.

Mitch saiu correndo, segurando o café alto para evitar que derramasse, desviando dos pedestres. Apertou o botão de abrir as portas no chaveiro e o carro apitou como resposta. Aquilo alertou a guarda, que apertou o passo e chegou ao carro bem quando Mitch abria a porta.

— Aonde você pensa que vai? — perguntou a guarda.

— Para casa — respondeu ele. Devia ter simplesmente deixado a guarda multá-lo. Mesmo que o veículo tivesse sido guinchado, seria fácil buscá-lo. Se corresse agora, seria uma admissão de culpa.

— Deixe-me ver sua carteira de motorista e o documento do carro — disse a guarda.

— Policial, eu só fui pegar um café. A senhora sabe como essas filas são.

Ele não estava em posição de fugir. A corrida da mesa até o carro fizera a lateral de seu corpo doer. Se em vez de ficar comendo bolo de cenoura e cuidando de corais o tempo todo ele tivesse feito um pouco de exercício, talvez estivesse em forma para correr. Claro que um *personal trainer* seria mais uma mão para molhar e fazer seus recursos encolherem.

A guarda de trânsito olhou torto para ele através dos óculos espelhados.

— Carteira de motorista e o documento do carro — disse ela com firmeza.

Com as mãos e a cabeça suando, enfiou a mão na carteira de Donald Spivak e tirou a carteira de motorista. Enquanto ela a examinava, Mitch entrou no carro e se inclinou para pegar o documento do porta-luvas. A arma quase caiu para fora. Ele precisava prestar atenção.

— O SUSPEITO ESTÁ fugindo da cena! — gritou Sprague ao celular, e de repente já saía apressado do Starbucks para a rua clara.

— Fique aqui! — ordenou Ballestrino, e Patricia ficou parada atrás da porta envidraçada, observando do vestíbulo o ex-marido, o fugitivo mestre do crime, tentar escapar de uma multa de estacionamento.

Os colegas de Tony do outro lado da avenida foram se aproximando lentamente com as pistolas em punho. Tony e seu parceiro fizeram o mesmo a partir da calçada. Parecia que o tráfego tinha sido interrompido. Com o corpo todo em alerta, Patricia abriu a porta de vidro.

Mas por quê? Será que desejava mesmo um confronto?

Viu quando ele olhou para ela através do pára-brisa. Ele a reconheceu e virou a cabeça com rapidez.

ELE OS VIU SE APROXIMANDO dele agachados, quatro policiais à paisana, gritando com a guarda de trânsito, que ficou paralisada, boquiaberta, com a caneta suspensa acima do bloco de multas, como um quadro vivo da burocracia municipal. Por que não tinha tentado achar um lugar permitido para estacionar? Não tinha nada além de lugar para estacionar no Queens! Derramou o café que o metera naquela confusão idiota, o líquido escuro se espalhou todo por cima das calças brancas novas.

As pistolas estavam todas apontadas para ele. Por quê? Ele era contador... *ex*-contador! Sentiu um filete de suor escorrendo pelo pescoço. Alguma mulher parecida com Patricia estava parada na calçada, na frente da parede envidraçada. Mas o que Patricia estaria fazendo em Astoria? Não podia olhar de novo para verificar.

De repente, Patricia saiu correndo transtornada pela rua e se plantou na frente do carro dele.

— Isso mesmo — disse ela, apontando para ele, e anunciou bem alto, como se estivesse representando um drama de tribunal. — Identifico este homem como o meu marido, Mitchell Alan Greiff.

— Sra. Greiff — gritou um dos policiais —, volte para dentro.

Tudo de repente se esclareceu: a rua estava completamente imóvel, a não ser por Patricia, que se agitava em uma bata branca transparente. Ela gritava:

— Sai do carro, seu filho da puta egoísta!

Será que havia câmeras de TV?

— Sai do carro! — prosseguia ela, dramática.

Ele olhou para as mãos.

— Ele nem consegue olhar para mim, covarde! — Patricia virou-se para trás e riu. Aquela risada brava que precedera cada grande briga que tiveram naqueles 28 anos desgraçados que tinham passado juntos. Ele não tinha sentido falta dela.

— SAI. DO. CARRO! — Ela deu um soco no capô, e ele deu um pulo de susto.

Ele observou o rosto contorcido dela rosnando para ele naquele calor infernal. Ele estaria perdido se saísse do carro. Se quisessem, que o arrastassem para fora dali. Com ou sem armas. Ele não iria a lugar algum.

De repente, o ar se encheu de sirenes histéricas. Em segundos, foi rodeado por todos os lados por carros de polícia, policiais de motocicleta, *vans* escuras. O trânsito estava interrompido. Parecia o resgate de um refém em uma novela da TV. O barulho causava dor, literalmente. O cheiro do café derramado no carro fez Mitch ficar enjoado. Ele ficou lá sentado com o coração batendo pela boca e a cabeça latejando junto. Precisava de um banheiro com urgência.

Toda a energia se esvaiu dele. Ergueu as mãos. Teve vontade de falar com a mãe.

CAPÍTULO CATORZE

Sprague olhou através do espelho falso. O suspeito trajando vestes de linho suava, tremia e estava a um triz de se desmanchar em lágrimas. Perfeito.

Entrou na sala sorrindo.

— Eu sou Dennis Sprague — disse, estendendo a mão. O suspeito se levantou com a mão estendida, cheio de esperança.

— O senhor gosta daqueles negócios da Starbucks? — disse Dennis, simpático, abrindo a pasta e se sentando. — Parece *diesel*.

O suspeito pareceu ficar aliviado.

— Precisam colocar mais leite com baunilha.

— Eu gosto de colocar creme; para o meu parceiro, só leite desnatado. Sabe o que eu digo para ele? Falo assim: "Tony? A gente vai ficar morto durante muito tempo. Com a sorte que eu tenho, *para sempre*. Enquanto estamos vivos, melhor aproveitar." Certo?

O suspeito assentiu com a cabeça.

— Exatamente.

— E, enquanto isso, eu fico aqui explodindo dentro da única calça que ainda me serve. Então, estou vendo que o senhor mora em Jackson Heights. Onde costuma comer no bairro?

— Ah, é um horror. Às vezes vamos ao Pastrami King.

— Adoro aquele lugar. Já experimentou o embutido de carne?

— No Pastrami King só como *pastrami*.

— Bom, se um dia estiver a fim de variar, experimente o embutido de carne, é excelente.

Alguém bateu na porta, e Ballestrino entrou.

Sprague disse:

— Este é o meu parceiro, o detetive Anthony Ballestrino.

Ballestrino não apertou a mão do homem. Ficou parado atrás de Sprague, apoiado no parapeito da janela, os braços cruzados por cima do peito.

— Costuma levar para viagem ou come lá? — prosseguiu Sprague.

O suspeito olhava de um detetive para o outro.

— Não vou falar mais coisa alguma — respondeu.

— É direito seu, de acordo com a Quinta Emenda Constitucional. — Sprague pegou o exemplar da Constituição que trazia no bolso do paletó. — Eu levo isto aqui muito a sério.

Mitch Greiff ficou sentado imóvel, observando os dois.

— Os policiais leram os seus direitos na frente da Starbucks do Ditmars Boulevard, correto? O senhor tem o direito de permanecer calado, como lhe foi dito. Qualquer coisa que *disser* pode e será usada contra o senhor. Entendeu?

Ele assentiu com a cabeça.

— O senhor tem direito a um advogado. Se não tiver um, um profissional lhe será indicado.

— Eu *sou* advogado — disse o suspeito.

— É mesmo? — disse ele com interesse neutro. — Onde fica o seu escritório?

— Só exerci a profissão durante um curto período, em uma grande empresa de advocacia. No final da década de 1960.

— Então o senhor compreendeu seu direito a contratar um advogado.

— Compreendi — respondeu, olhando para Ballestrino.

— Quero ter certeza de que o senhor entendeu todos os seus direitos. Quero que se lembre disto — disse Sprague. — Agora nós vamos repassar seus direitos, um por um.

— Não vou falar qualquer coisa nesta sala — disse o suspeito.

— Perdão?

— Esta sala é *nojenta* — disse com leve tom histérico.

— Estou falando — prosseguiu Sprague— a respeito dos seus direitos legais. E ainda não terminei a lista.

— O cheiro mostra que alguém perdeu o controle aqui.

Aquele era o gênio que o iludira durante onze meses? Sprague fez uma anotação mental para se lembrar de providenciar um colega de cela bem cheiroso para Mitch Greiff.

— O senhor não pode fazer exigências para mim. Esta é a regra número um.

— Quero outra sala.

Sprague ficou imóvel.

— Comportamento exigente — disse — não é tolerado.

Viu aquela camada de desleixo se congelar em forma de medo. Tudo dependia da relação que ele estabelecia com o suspeito. O movimento certo abriria um veio de ouro. O movimento errado fecharia tudo.

— Estamos aqui para chegar ao fundo desta situação — continuou Sprague, sem se alterar. — O processo é o seguinte: eu faço as perguntas, o senhor responde às perguntas. O senhor não exige nada de mim; eu não exijo nada do senhor.

— O senhor está exigindo que eu fique sentado em uma caixa sufocante com cheiro de banheiro sujo!

— Só temos esta sala — disse Sprague com firmeza. — Como já faz trinta anos que o senhor não pratica advocacia, e como não trabalhava com direito criminal, quero repassar os seus direitos, um por um. Quando estivermos no tribunal, quero que se lembre de que repassamos os seus direitos, um por um.

— Está bem. Leia os meus direitos. E me deixe ir embora.

— Favor anotar que o suspeito foi avisado a respeito de seu direito a um profissional de defesa e pediu que prosseguíssemos.

Ballestrino tomou notas.

— Os senhores não têm nada de que me acusar.

— A sua mulher, Patricia Greiff, identificou o senhor.

O suspeito abaixou os olhos e ficou olhando para o tampo da mesa, em atitude de desdém mal-humorado.

— E daí?

— E daí que, para começo de conversa, o senhor mentiu para mim — disse Sprague.

— Como?

— Pedimos que o senhor se identificasse, e o senhor nos entregou isto. — Ergueu a carteira de motorista de Donald Spivak.

— E daí?

— E daí que, agora, vai precisar provar qualquer coisa que disser, porque já mentiu para mim uma vez.

— Certo — respondeu. — Eu sou Mitch Greiff.

— O senhor admite que o seu nome é Mitch Greiff — disse Sprague. — O senhor era sócio da empresa de contabilidade Friedman, Greiff e Slavin?

— Era.

— Muito bem. Eu não vou mentir para o senhor. O senhor não mente para mim. Vamos entrar em acordo?

— Certo. — Greiff pegou a mão estendida do policial em um aperto úmido.

Sprague ergueu a carteira de motorista.

— Onde foi que o senhor arrumou isto?

— No departamento de trânsito.

— Este é o seu endereço?

— É.

— Quanto tempo faz que mora lá?

— Desde setembro do ano passado.

— O lugar é seu ou alugado? Casa ou apartamento?

— É uma casa alugada. É inacreditável de tão minúscula. E é escura.

— O aluguel está em nome de Donald Spivak.

— Está certo.

— Como foi que encontrou essa casa?

— Não fui eu. Foi uma amiga.

— E quem seria essa amiga?

— Tenho o direito de não dizer. Foi o senhor mesmo quem disse.

— Está certo, senhor. O senhor deve entender, no entanto, ainda mais por ser advogado, que é de seu interesse cooperar comigo agora. Uma quantidade enorme de dinheiro está desaparecida, e o senhor é o principal suspeito.

— Os senhores não têm nada para me conectar a isso.

— Ao quê?

— Ao dinheiro desaparecido.

— Como é que o senhor sabe disso?

— Porque eu não tive nada a ver com isso — afirmou Greiff, cheio de si.

Ballestrino se inclinou por cima do ombro de Greiff.

— O senhor entrou aqui com informações e com uma carinha linda, e só vai sair com um dos dois.

Sprague mudou de assunto enquanto o suspeito fingia não estar tendo problemas para engolir.

— De onde apareceu este nome? O senhor inventou?

— Não quero falar sobre isso.

Sprague examinou a carteira.

— Foi preciso apresentar diversas outras formas de identidade para conseguir isto. Aqui está um cartão de crédito, certo — disse, entregando o pedaço de plástico a Ballestrino. — O senhor tem número de Previdência Social neste nome?

— Olha, eu falo tudo o que os senhores quiserem. Mas preciso sair desta sala.

— Por quê?

Greiff se levantou de repente, a cadeira caiu atrás dele; Ballestrino já estava com a arma no pescoço do homem antes de a cadeira atingir o chão.

— O senhor quer que a sua denúncia seja formalizada no hospital, Sr. Greiff?

— Não. — O ex-contador estava tendo dificuldade para respirar; parecia prestes a desmaiar.

— Não? — Ballestrino depositou o suspeito de volta na sua cadeira. O suspeito abaixou os olhos, aterrorizado.

— Veja bem. Nós sempre começamos com muita simpatia — disse Sprague, sorrindo, enquanto Mitch tentava retomar o fôlego. — Mas podemos ficar maldosos. Podemos ser *terríveis*, se assim preferir. Então, estou perguntando com toda a gentileza. Quem alugou o apartamento?

O suspeito fechou os olhos, parecendo cansado.

— A idéia não foi minha.

— Não? De quem foi, então?

Greiff parecia enjoado.

— Os senhores não podem me segurar aqui sem motivo.

— Não? E a identidade falsa? — Sprague deixou que ele absorvesse um momento de silêncio. — Só a pena por violação da Lei de Controle de Identificação Falsa pode chegar a cinco anos de reclusão.

Sprague nem mencionaria a posse de arma de fogo sem registro ou licença, nem o fato de contratar uma dupla de brutamontes para espancar um suposto extorsor... pelo menos não antes de terem tempo para checar a história do falsificador.

— Fale, Sr. Greiff.

O suspeito estava encolhido, balançando de leve para a frente e para trás.

De vez em quando, Sprague acertava. Aquela sensação era a melhor parte do serviço, e estava chegando. Ele estava sentindo. Seria a qualquer minuto.

— Ela planejou tudo. Ela fez tudo.

— Ela quem?

Greiff engoliu em seco e resmungou:

— Erica.

Ele não olhou para Tony; Tony não olhou para ele. Mas ali estava o reconhecimento.

— O senhor está falando de Erica King, da Friedman, Greiff e Slavin?

Ele assentiu com a cabeça, quase em lágrimas. Sim, senhor, pensou Sprague: essa era mesmo a melhor parte do serviço.

— Ela abriu as contas nos bancos. Ela me arrumou aquele cartão de crédito.

— Por quê?

— É o que eu fiquei me perguntando todo esse tempo. Honestamente, não sei.

Greiff parecia pronto para falar.

— Onde ela está agora?

— Ela... foi embora. — O antigo pilar da comunidade explodiu em soluços úmidos, descontrolados e sofridos.

Sprague fez um gesto para Ballestrino, que saiu e voltou com uma caixa de lenços. Mitch Greiff pressionou um lencinho contra o rosto. O choro continuou. Parecia sincero. É claro que ele podia estar chorando e mentindo para salvar sua pele coberta de roupas de marca. Assoou o nariz cinco ou seis vezes.

Quando a falta de ar e a choradeira amainaram, Sprague perguntou:

— Será que posso assumir que vocês dois tinham uma ligação amorosa? — Greiff assentiu com a cabeça. — Quanto tempo durou?

— Começou — ele enxugou os olhos — em março do ano passado.

— Já fazia muito tempo que ela trabalhava para o senhor.

— Eu sei! Quase dez anos.

— E durante todo esse tempo...

— Nada! E daí, de repente, em março, não sei, alguma coisa mudou. — O rosto dele se abriu em um sorriso fraco.

Sprague assentiu com a cabeça e ficou esperando com expressão aberta.

— Ela é maravilhosa. Totalmente subestimada.

Não pela primeira vez, ficou chocado com as informações que colhia na sua posição de detetive.

— Eu sei o que os senhores estão pensando. Com certeza já viram a minha esposa.

As pernas de Ballestrino começaram a se agitar.

— A minha esposa e eu não estávamos nos entendendo há algum tempo.

— Estavam considerando o divórcio?

— Sim e não. — Ele suspirou. — Acho que nós dois achamos que podia melhorar, mas só fez piorar.

— Mas não tomaram providências para se divorciar.

— O apartamento era grande o suficiente para vivermos de modo independente. Quando comecei a sair com Erica, eu simplesmente ficava em algum dos apartamentos dela.

— Apartamentos?

— Ela tinha três. Então abriu mão de um e ficou com dois.

Sprague manteve o semblante neutro.

— Por quê?

— Não sei.

— Onde ficam esses apartamentos?

— Posso escrever o endereço — disse ele, e Ballestrino lhe entregou um caderno.

— Então, vocês começaram a sair em março — disse Sprague. — Alguém reparou?

— Nós mantínhamos a discrição no escritório. De qualquer jeito, ninguém ia ter acreditado.

— E o senhor disse que ela providenciou o seu cartão Visa. Quando isso aconteceu?

— Em maio ou abril do ano passado. Foi antes de irmos à Califórnia, disso eu tenho certeza.

— O que aconteceu na Califórnia? Aonde foram?

— Para Los Angeles, Santa Monica. Usamos o cartão de crédito.

— Então, o senhor viajou sob identidade falsa.

— Viajei. E ela também. Ela tinha outros nomes.

— Que outros nomes? — perguntou Sprague.

— Vou escrever aqui — disse ele, e o caderno trocou de mãos de novo. Desenhou flechas ligando os nomes aos endereços.

Tony olhou para o caderno.

— A Slotweiner é cliente do escritório, não é?

— É.

— Mas ela não foi uma das atingidas pelo seu golpe — lembrou Sprague.

— Eu não dei um *golpe*.

— É o senhor quem está dizendo! — Ballestrino sorriu. — Onde foi que ela arrumou o nome Collecelli?

— Não sei — respondeu Greiff, a cada minuto aparentando mais ser um rapaz envelhecido, bonito e completamente sem noção. Ou era um idiota ou estava fingindo de maneira sublime.

— O senhor acha que ela pode estar em algum destes endereços?

Greiff fechou os olhos.

— Ela não quis me dizer para onde estava indo.

— O senhor sabe que nós vamos checar estes locais — avisou Ballestrino. — Se descobrirmos mais alguma mentira, sua vida vai se transformar em um inferno.

— Por que eu mentiria?

— É o que eu estou aqui me perguntando. — Ballestrino se inclinou para perto dele. — Por que o senhor andaria por aí com uma identidade falsa? Diga para mim.

Ele ficou olhando para a mesa, com cara de quem ia explodir em lágrimas de novo.

— Quem ela procuraria em um momento destes? — Sprague perguntou.

— Ela não tem família, que eu saiba.

— Amigos?

Nesse ponto, uma leve sacudida da cabeça.

— Só eu.

— E antes do senhor? Amigos, namorados?

— Tenho certeza de que deve ter tido alguns, mas não sei o nome deles.

— Quando a viu pela última vez?

— Na sexta à noite. Em casa. — Fez um gesto na direção da carteira de motorista.

— Onde está o dinheiro?

— Tem um pouco em casa. O resto está em uns bancos. Quando ela foi embora, colocou a minha metade em uma conta só. Fez com que eu trocasse as senhas. Não sei o que ela fez com o resto.

— Que banco?

— Fica nas Bermudas. Não lembro o nome, mas posso arrumar.

— O senhor não sabe o nome do seu banco — disse Ballestrino, pasmo.

— Eu tenho anotado. Mas não sei de cor.

— Então, antes de sexta, os dois tinham acesso às contas?

— Bom, oficialmente sim mas, para falar a verdade, eu não sabia as senhas.

— Por que não?

— Bom, eu não precisava saber. Resolvemos que seria mais fácil se ela cuidasse de tudo. Assim, eu podia ficar escondido, sem me arriscar a ser reconhecido.

Ballestrino se inclinou para a frente, alerta.

— O senhor acha que nós vamos acreditar que o senhor permitiu que ela abrisse contas às quais não tinha acesso?

— Ela é muito honesta.

Sprague riu.

— Principalmente quando está roubando.

Greiff ficou em silêncio.

— Ela roubou o dinheiro e o senhor é que leva a culpa — disse Tony. — É isto que está dizendo?

— Acho que sim. — Ele parecia arrasado.

Sprague interrompeu.

— Erica aprendeu a dirigir?

— Estava tentando. Era um horror. Saímos de carro algumas vezes.

— Ela conseguiu a carteira?

— Não sei. Já fazia um tempo que eu não estava mais prestando atenção.

Ballestrino assobiou de tanta impaciência.

— O que foi? Ela pode ter tirado; eu não sei. Às vezes ela saía sozinha de carro.

— Sem carteira de motorista — disse Sprague—, em um carro de propriedade de Donald Spivak.

— É.

— E, no entanto, o senhor diz que ela era cuidadosa.

— Muito.

— Então, assumir este tipo de risco estava altamente fora do padrão dela.

Ele deu de ombros.

— Ela estava determinada a dirigir. Ela adorava aquele Toyota.

— Agora, eu quero que o senhor escreva tudo o que fez, tudo o que ela fez: a história toda. — Sprague lhe entregou um bloco de papel ofício em branco. — Quando voltarmos, quero ler todo o relato. Cada detalhe. Não deixe qualquer coisa de fora.

Levantaram-se para sair.

— Agora vamos checar o que o senhor nos disse.

— Os senhores vão à minha casa? — perguntou, e Sprague assentiu com a cabeça. — Será que podem me ajudar? Não dei comida aos peixes hoje.

Ballestrino sorriu e se sentou na frente dele.

— É mesmo?

— Achei que ia voltar direto para casa depois de tomar café. Mas, daí, aconteceu tudo isso. Os senhores podem dar comida para eles? Posso explicar o que precisa ser feito.

— Então o senhor nos está dando permissão para entrar na sua casa? — disse Tony, bem devagar.

— Claro que sim.

— Certo. Então, eu preciso que o senhor escreva isto e assine.

— Assim os senhores vão ter permissão para entrar na minha casa e dar comida para os meus peixes? Então, é claro que sim. Será que *eu* posso comer alguma coisa?

— O senhor percebe que, desse modo, tudo que encontrarmos à vista lá vai poder ser usado como prova?

— Bom, mas os senhores iam conseguir um mandado de busca de qualquer forma, não é mesmo? Então, podem ir em frente.

Os dois policiais evitaram fazer contato visual, ficaram os dois olhando atentamente para o suspeito enquanto ele compunha uma frase no bloco de papel.

— Eu só tomei café hoje de manhã — disse ele, e assinou. — Preciso mesmo comer alguma coisa.

— O senhor não vai querer comer aqui — avisou Sprague.

— Podemos pedir alguma coisa? Vou desmaiar.

Sprague sorriu, abriu a porta e inclinou o corpo para fora.

— Será que dá para arrumar alguma coisa para este cara aqui comer? — pediu ao policial que estava do lado de fora. — Muito obrigado.

Mitch Greiff largou um chaveiro na mesa à sua frente.

— Esta é a de cima. Esta é a de baixo. O caranguejo gosta de peixe fresco, mas hoje pode dar só a ração granulada. Não pode colocar muito. São todos muito pequenos. Se comerem muito, morrem. Então, só uma pitadinha. E, se não se importarem, chequem também o equilíbrio do pH. Vou escrever o que é preciso ser feito.

Entregou as instruções e as chaves para Sprague.

— Onde estão os computadores que ela usou para fazer as transferências eletrônicas? — perguntou Ballestrino.

— Ela destruiu.

— Como?

— Esmagou tudo com um martelo, e cortou umas coisas com uma tesoura.

Aquela informação cortou o coração de Sprague em dois.

— Onde estão os restos?

— Ela jogou fora.

— Quando?

— Ah, sei lá. Já faz muito tempo.

— Sobrou algum computador?

— Tenho um computador em casa, e ela ficou com um *laptop*.

— Que tipo de *laptop*? Onde ela arrumou?

— Não sei. Ela levou embora.

— Ela tinha alguma marca preferida? — perguntou Ballestrino. — Tinha uma loja preferida?

— Não, ela usava qualquer coisa. Às vezes comprava de catálogos, às vezes pela internet.

— Dê o nome dos catálogos. O nome dos *sites*.

— Eu não sei.

— Como foi que ela transferiu os seus fundos para as Bermudas?

— Não sei.

Chamaram o guarda, que apareceu e destrancou a sala.

O capitão do distrito estava esperando na sala de observação. Sprague perguntou:

— Tem uns brigões que pudessem ficar lá com ele um pouquinho, para fazer ele suar?

O capitão assentiu com a cabeça.

— Quer um policial estúpido ou um delinqüente assustador?

Sprague pensou um pouco.

— Um delinqüente assustador.

— Ei, Bobby — falou o capitão no rádio. — Manda o Tiny subir aqui.

— Por que ele não quer chamar o advogado? — perguntou-se Sprague em voz alta.

— Ele roubou do advogado dele — lembrou Ballestrino. — Uns 700 paus.

— Com toda certeza, deve conhecer outro advogado.

— Parece que ele está a fim de falar — disse o capitão, com astúcia. — Parece que ele está a fim de chorar.

— Dennis, estou lhe devendo um jantar. Ele pegou mesmo a pentelha para namorada — explicou Ballestrino para o capitão do distrito. — Eu disse que não tinha jeito de isso ser verdade.

— Bom, mas você tinha razão a respeito dos peixes — disse Sprague. — Então eu também lhe devo um jantar. Vou passar os nomes dela pelo departamento de trânsito e mandar estas identidades para o laboratório.

— Vou passar uma notícia de procura-se com a foto dela — disse Ballestrino — e conseguir um mandado para ver todos os registros de viagem e de uso de cartão de crédito nos três nomes dela e no nome novo dele.

Um policial bateu no ombro de Sprague e lhe entregou o sanduíche de cadeia para o criminoso. Sprague voltou para a sala e entregou a comida para Mitch Greiff.

A cara dele caiu.

— Isso é horrível — disse.

— Não vá dizer que eu não avisei — falou Sprague.

❖

Quando chegaram à delegacia de tijolinhos do distrito em Astoria, Patricia foi entregue a uma jovem policial que a conduziu por uma sala de recepção abafada e a fez subir algumas escadas úmidas. Já tinha identificado Mitch; o que mais precisaria fazer? Tony tinha dito algo a respeito de papéis, mas ela tinha a sensação de que ele simplesmente queria interrogá-la e encostar nela de modo sorrateiro. Rodeada de funcionários municipais ocupados e telefones que não paravam de tocar, ela estava brava, impaciente e com calor. Só conseguia pensar no enorme café gelado que deixara na mesa de Starbucks quando saíra correndo atrás do marido, o mestre do crime, contador das celebridades, que fora pego por uma guarda de trânsito, estacionado em fila dupla. No Queens.

Ela já nem sabia mais se estava sentindo alívio ou desprezo. Tinha ficado brava durante tempo demais. Tinha gritado até ficar rouca no meio da rua, e Mitch só tinha ficado lá olhando para ela. Depois de um vislumbre de choque, o rosto dele assumiu expressão de antipatia completa, que ela era capaz de sentir através do pára-brisa.

Tinham-no revistado e colocado algemas em seus pulsos, gritando os direitos dele. Ela tinha ficado na calçada, andando de um lado para o outro, incapaz de tirar os olhos daquela *coisa* impossível, despeitada e egoísta que era seu ex-marido. Atual marido, lembrou a si mesma.

Teve vontade de vomitar. Tentou respirar fundo para segurar a ânsia, sob o sol escaldante do Ditmars Boulevard. Estava frustrada. Ele não tinha explicado, não tinha pedido desculpas. Não tinha nem dirigido a palavra a ela. Ela não tinha dito o que precisava colocar para fora. Mas que tipo de diálogo seria possível naquela situação?

Levaram-no embora em um dos carros de polícia.

Uma hora depois, a policial a conduziu pelo labirinto de corredores e mesas e abriu uma porta que dava em uma sala escura com janela para uma sala azulejada e fechada. Patricia respirou fundo e olhou pela vidraça.

Lá estava ele mais uma vez. Parecia abalado, inchado e sujo. Tinha engordado muito, tudo na barriga. Ela não conseguia assimilar que ele tinha furado a orelha, comprado uma arma e se escondido no Queens. Na frente de Mitch estava um brutamontes latino com tatuagens nos braços, no pescoço e no rosto. Como é que ela podia ter alguma ligação com aquele total desconhecido, seu marido de 28 anos?

A jovem policial digitou seu depoimento e pediu que ela assinasse.

Patricia entrou no corredor. Tony apareceu com um copo de papel cheio d'água. Ela bebeu sem olhar para ele, e ele encheu de novo. Antes que ele tivesse a oportunidade de vir com intimidades, ela pediu uma carona até a estação do metrô. Ele insistiu para que um policial a acompanhasse até em casa. Ele era um homem decente, ela pensou.

Ele deu um apertão no braço dela, roçando em seus peitos. Ela se afastou.

Novo demais, carente demais, pegajoso demais, obsessivo demais.

Uma onda de raiva passou pelo rosto dele.

— Cuide-se, Patricia.

Ele se afastou. A policial a conduziu a outro carro de patrulha. O trânsito estava pesado, o carro não tinha ar-condicionado e o policial suarento estava com o rádio da polícia ligado no volume máximo. Ela devia ter pegado o trem. Mandão demais, controlador demais. Ela ficou lá sentada, largada sobre o assento de vinil preto pelando, sentindo-se castigada.

O olhar de ódio que Mitch lançara na direção de Patricia a abalara. Ela achava que já não tinha mais capacidade de se chocar com coisa alguma. Por que o casamento deles não tinha sido feliz? O que tinha transformado aquilo em algo tão horrível, e quando? Será que teria sido possível evitar? Será que era culpa dela? Por que ele tinha feito aquilo?

LIGOU PARA BRIAN quando chegou em casa.

— Ele estava de brinco — disse ela, sentindo-se quente e ofendida.

— Na orelha esquerda ou na direita? — perguntou Brian com frieza.

— Faz diferença?

— Claro que faz.

Seu chalezinho minúsculo e sombrio em Springs parecia uma saliência estreita do outro lado do mundo, mal dava para chamar aquilo de lar. Não tinha pensado em Nick o dia todo. Ficou se perguntando o que faria a seguir. Estava precisando de um roteiro. O drama tinha terminado. Ele tinha voltado e era culpado. E agora?

Preparou uma bebida para si e colocou Carole King no toca-fitas que tinha encontrado na despensa, lembrando-se dos diversos esnobismos do marido, entre os quais estava a tecnologia. Sentou-se em uma cadeira de praia de alumínio no quintal dos fundos e ficou observando um grande coelho marrom que se encolhia na extremidade entre o gramado e a cerca viva. Pensou em passar três dias na cama com uma garrafa de gim.

Ou quem sabe simplesmente fosse trabalhar na manhã seguinte e seguisse em frente como se nada tivesse acontecido. Encontraria Nick para jantar depois do serviço, faria *windsurf* em seu dia de folga. Veria os filhos de vez em quando e tentaria não obter muitas informações a respeito deles. A Claire de Lune não era o único lugar disponível para trabalhar. Outro dia mesmo tinha ouvido dizer que o Surf Club precisava de um novo diretor de atividades. Era algo que poderia fazer. Nick não era o único homem da cidade, e ela não era casada com ele. Podia sair com outras pessoas. Apesar de tudo, sua vida não tinha chegado ao fim.

❖

Ballestrino soltou um resmungo: havia um aquário do tamanho de um Fusca na sala.

— Vou *pegar* o canalha que vendeu isto aqui para ele. Você sabe quanto tempo eu gastei falando com esses caras? Toda porra de semana!

Tirando o aquário, o lugar não tinha nada de mais. Sala de estar, sala de jantar e cozinha no andar de baixo, dois quartinhos minúsculos no andar de cima. Carpete branco sujo, livros, TV, um sofá manchado e uma poltrona reclinável quebrada: nada a ver com instalações elegantes e bem decoradas de alguém que estava desfrutando das riquezas dos outros.

Por outro lado, ficou imaginando quanto Greiff pagava de aluguel.

Patricia estava linda. Tinha sido vaga e superficial quando ele perguntou a respeito da vida dela. O que o aborrecia não era o fato de ela ter seguido em frente, mas o de ele não ter feito o mesmo. Aquele verão tinha mesmo sido *longo* e quente. Ele estava se sentindo ressentido com praticamente todo mundo.

Sprague assobiou, e Ballestrino seguiu o ruído até a cozinha, onde uma *tsunami* de dinheiro cobria todas as superfícies.

Examinaram o dinheiro (notas de US$ 50 e US$ 100), que parecia bastante real. Sprague deu uma olhada no cômodo e fez um cálculo superficial.

— Certo, muito bem, mas isto aqui não pode ser metade dos milhões que desapareceram.

Sprague apontou para uma mancha em uma sacola da farmácia Duane Reade em uma cadeira na frente da mesa da cozinha. Havia outro pingo na mesa.

— Sangue — Ballestrino concordou. — Você acha que ele deu cabo dela?

Sprague pensou por um instante.

— Duvido muito, mas ele está aqui e ela não.

No andar de cima havia um quarto de dormir e um escritório com um computador.

— O computador está ligado? — perguntou Sprague. Aquela situação era perigosa. Computadores podiam ser programados para se autodestruir com o toque de uma tecla. Ballestrino checou.

— Não — avisou.

Enfiou a cabeça no *closet*. Ternos masculinos feitos sob medida com tecidos lindíssimos tiraram seu fôlego. Cada um devia ter custado uns US$ 1.500. Havia pelo menos uma dúzia deles.

— Eu poderia chorar por este armário.

Sprague olhava pela janela.

— Acho que isto aqui não foi idéia dele — disse. — *Ela* deve ter pensado que este seria o último lugar em que procuraríamos.

— Bom, nisto ela acertou — respondeu Tony.

ALIMENTARAM OS PEIXES, depois voltaram para Manhattan para checar os endereços que Mitch Greiff lhes dera. Depois, passaram pelo apartamento de Erica King e bateram um papo com o porteiro, com quem já tinham conversado anteriormente. A Sra. King tinha ido embora antes do fim de semana, disse, com um monte de malas pequenas, em um táxi.

Chegaram ao Departamento de Fraudes do gabinete do promotor a tempo de ficar esperando no corredor enquanto uma reunião terminava. Quando os funcionários começaram a sair, Len Miles acenou para eles entrarem. Liz Isaacson permaneceu sentada, com ar encantador e não especialmente judeu. Ballestrino se sentiu suado, quente e desconcertado.

Descreveram a cena na cozinha.

— Ele deu permissão para vocês, e as chaves? — perguntou Miles, incrédulo.

Sprague apresentou a permissão por escrito de Mitch, e Tony chacoalhou as chaves. Miles examinou o papel através de seus pequeninos óculos de leitura dourados, empoleirados na ponta do nariz. Guardou os óculos lentamente e devolveu o pedaço de papel amarelo.

— Greiff diz que não sabe nada a respeito do dinheiro — disse Sprague. — Estou inclinado a acreditar nele. Para conseguir fechar o caso, vamos precisar das transferências eletrônicas. Ela destruiu os *laptops* que usava. Mas pode ter feito transferências com o computador dele.

— Creio que nem o dinheiro, nem a confissão escrita, supondo que vocês vão conseguir uma, bastam para a emissão de um mandado de busca para o computador — disse Miles.

— Tem mais de um milhão de dólares naquela cozinha! — disse Ballestrino.

Len Miles virou-se para ele.

— E?

— Bom, se o *senhor* não se interessa por isso, a Receita com certeza vai se interessar — disparou.

— Existe a possibilidade de ela estar ferida ou morta — disse Sprague. — Vimos algo que se parecia muito com sangue em uma das sacolas de dinheiro e na mesa da cozinha.

— Também temos informações ainda não confirmadas sobre o Greiff de um homem detido na Tombs — disse Sprague, e explicou que Corey Fleming tinha entregado tudo sobre o passaporte, os brutamontes de aluguel e a arma que tinha fornecido a Mitch Greiff.

Liz Isaacson disse:

— Vocês viram alguma arma à vista na casa?

— Não, só os peixes e o dinheiro.

— Falem com o cara em quem ele mandou bater; talvez ele preste queixa — sugeriu ela.

— E mandados para os apartamentos da Sra. King? — perguntou Ballestrino.

— Vocês não têm nada para acusá-la, a não ser as afirmações sem provas de um co-conspirador — disse Isaacson.

— Mas fomos até lá — insistiu ele. — Os nomes e os endereços conferem.

— E daí? — disse Miles. — Se ele desse a vocês o *meu* nome e o meu endereço, também iam conferir. Se o Greiff jurar oficialmente, quem sabe; encontrem uma conexão entre a Sra. King e os *laptops*, ou o correio de voz falso, ou as contas bancárias.

Ballestrino se sentiu um idiota.

— Que cara legal — disse, enquanto desciam pelo elevador.

— Ele tem razão — disse Sprague. — Não temos coisa alguma contra ela.

Pararam para um lanche na frente do tribunal.

— Mesmo assim — Ballestrino deu uma mordida em seu cachorro-quente com *chile*, tomando cuidado para não sujar a camisa e a gravata —, ela não precisa ser tão desagradável. — Deixou cair *ketchup* nas calças.

— Comida de rua! — disse Sprague, entusiasmado. — Faz com que eu me sinta jovem outra vez!

CAMPAINHAS SOARAM quando entraram na Tropicalia, e Ballestrino viu um homem branco com obesidade mórbida e barba ruiva, o proprietário, pegando um bastão de beisebol de alumínio debaixo do balcão. Quando enxergou os dois, relaxou, mas só por um instante.

— Sr. Dzergazi, como vai? — disse Ballestrino, reparando nas evidências de danos em seu rosto. — Lembra de mim?

— Claro, claro.

— Passei aqui algumas vezes, e temos nos falado pelo telefone toda semana nos últimos onze meses, lembra? Eu pedi que o senhor me avisasse quando tivesse notícias de Mitch Greiff, que adora aquários marinhos. Nós nos falamos ontem mesmo, lembra?

— Certo. — Os hematomas dele já tinham ficado amarelos, o que significava que a surra tinha acontecido mais ou menos uma semana antes, corroborando com o que o falsificador tinha dito a Sprague. — Não sei coisa alguma dele.

— Não foi o que eu ouvi dizer — afirmou Ballestrino, com as mãos no balcão, o que lhe causou uma sensação desagradável de umidade. — Ouvi dizer que o senhor sabe dele, *sim*, e que o senhor mencionou que se ele estivesse disposto a lhe dar algum dinheiro, o senhor não ligaria para mim, e então ele enviou alguns cavalheiros para lhe dar uma surra das boas.

Dzergazi tentou sorrir.

— Não sei de onde veio esta informação.

— O senhor sabe que mandar bater em alguém é um crime igual a bater em alguém por conta própria — ofereceu Sprague.

— Ah, é mesmo? — Dzergazi estava ocupado tirando coisas de uma caixa.

— O senhor é capaz de identificar quem fez isso?

— Não, obrigado. — Colocou selos em frascos plásticos com uma pistola de etiquetar.

— Por que não?

— Aqueles sujeitos eram *insanos* — disse, sentido. — Eles têm irmãos e primos e parceiros que viriam direto para cá dar fim em mim.

— Podemos protegê-lo.

— Certo — assobiou o gordo, continuando a atacar os frascos com sua pistola.

QUANDO VOLTARAM ao Distrito Quatro-Seis em Astoria, já passavam das 16 horas, e Ballestrino estava agitado por causa do cachorro-quente, destilando raiva. Ricos roubando dos ricos. O contador que não sabia onde estava o dinheiro que tinha roubado. Aqueles ternos lindos apodrecendo em um armário de Jackson Heights. O *ketchup* em suas calças. A mulher linda cuidando dos peixes enquanto o marido comia a contadora feia. A mulher linda se esquivando dele sem motivo. O cara do aquário jurando na cara dura: "Não, eu não o vi, policial." A contadora feia com três apartamentos em Manhattan.

Algumas pessoas não tinham nem *um* apartamento em Manhattan. Algumas pessoas não tinham nem um apartamento no *Brooklyn*. Aquilo tudo o deixava louco da vida.

No andar de cima, Mitch estava sentado, olhando para a porta, na mesma sala, com o mesmo bloco de papel vazio à sua frente. Por que Patricia tinha se casado com aquele palhaço?

— Vimos o aquário, Mitch — disse Ballestrino, cheio de entusiasmo. — Que corais bacanas!

Mitch sorriu.

— Mas você podia ter dez aquários sem *roubar*. Estou certo?

Greiff estendeu as mãos.

— Onde foi que você comprou os peixes, Mitch?

Pela primeira vez, Greiff ficou com cara de quem estava mentindo, ou de quem estava prestes a mentir. Ficaram olhando para ele.

— Cadê o resto do dinheiro, Mitch?

Ballestrino colocou uma balinha de hortelã na boca e ofereceu outra para Sprague. Mitch ficou observando a troca.

— Pode me dar uma?

— Claro, aqui está — disse Ballestrino, e jogou a bala no chão. — Ah, desculpa. Era a última.

O fugitivo murchou.

Um *office boy* veio entregar alguns faxes do DMV para Sprague, com fotos de Marjorie Slotweiner e Maria Collecelli, os quais ele mostrou a Greiff.

— Era assim que ela ficava quando era Marjorie e Maria?

Greiff assentiu com a cabeça.

— Tinha sangue na cozinha, Mitch — disse Ballestrino. — De quem é?

— De Erica — respondeu ele. — Ela cortou a mão.

— Deve ter sido um corte feio.

Ele deu de ombros.

— Ela foi para o hospital.

Os dois se entreolharam; Ballestrino saiu da sala e foi até o mapa na parede da sala do esquadrão. O pronto-socorro mais próximo à casa deles ficava no hospital Elmhurst. Ligou para lá.

Sim, tinham tratado uma tal de Erica King na noite de sexta com um corte na mão. Retornou à sala de interrogatório.

— Então, fale sobre os US$ 50 milhões que você tem nas Bermudas — ia dizendo Sprague. — É um bom troco.

— Eu não fiz nada.

— Então, deixe eu entender direitinho — propôs Sprague. — Ela roubou o dinheiro, e você sumiu? Qual era a idéia por trás desta estratégia?

— Eu estava pronto para mudar de vida, e ela teve essa idéia.

— Você não achou que ela podia estar te enganando?

— Eu estava mais preocupado em saber se ela ia mesmo pegar o dinheiro. Ela é muito cuidadosa. Não gosta de se vestir bem nem de comer bem. Não precisa de muito.

— E, no entanto, você diz que ela pagava o aluguel de três apartamentos — disse Ballestrino.

— É, mas olha só os apartamentos — disse o fugitivo. — Minúsculos, horrorosos, umas pocilgas alugadas em bairros da periferia.

Um antigo rancor tomou conta de Ballestrino.

— E ela já tinha esses apartamentos quando vivia só do salário — completou o fugitivo; estava começando a esquentar e a tagarelar. — Pode acreditar, se ela gastar US$ 100 em comida por semana, eu vou ficar chocado.

— Onde é que você acha que ela não está comprando nem gastando agora? — perguntou Tony.

— Antes de a gente começar a sair, ela nunca tinha viajado.

— Para onde vocês foram juntos?

— Para Los Angeles. Para as Ilhas Cayman.

Ballestrino perguntou:

— Vocês abriram contas bancárias quando estiveram lá?

Mitch sacudiu a cabeça.

— Ela abriu. Eu não prestei muita atenção.

— Em que bancos ela abriu as contas?

— Ah, sei lá.

— Você não sabe. — Será que era possível alguém ser tão distraído assim?

— Você está disposto a jurar que conspirou juntamente com Erica King para fazer transferências eletrônicas monetárias ilegais das contas dos seus clientes, e que ela usou computadores nesses três apartamentos diferentes para fazê-lo?

— Na verdade, acho que ela foi a algum outro lugar com os *laptops*, mas não tenho certeza.

— Isso não serve — insistiu Sprague. — Precisamos entrar naqueles apartamentos para comprovar a sua história.

— Ela chegou a usar os computadores em qualquer um desses apartamentos para movimentar o dinheiro? — perguntou Ballestrino.

— Ela estava sempre debruçada em cima de um dos computadores.

— Ela tinha um *laptop* diferente em cada lugar?

— Não sei.

— Quem é Phillip Pitkin? — perguntou Sprague.

O suspeito colocou a cabeça entre as mãos.

— Sr. Greiff? Phillip Pitkin?

— Quero um advogado — disse. — Agora.

— Certo, basta por ora — disse Sprague.

O guarda entrou para levar o suspeito para uma cela na Tombs.

— Uau. — O suspeito ficou visivelmente agitado. — Vocês não me acusaram de nada; não podem me segurar aqui. Não me deixaram falar com o meu advogado.

Ballestrino pegou o bloco amarelo dele e estendeu a mão.

— A caneta, por favor.

— Deixe eu ficar com ela — implorou Mitch Greiff.

— Devolve a minha caneta, seu ladrão.

— Eu preciso dela! Eu não tenho nada!

— Vai se acostumando — disse Ballestrino, cheio de satisfação.

CAPÍTULO QUINZE

A Sra. Marjorie Slotweiner, uma viúva bem cuidada de setenta e poucos anos, cumprimentou Sprague e Ballestrino em sua sala de estar toda decorada em verniz preto da 5th Avenue e ofereceu-lhes uma taça de xerez e tigelinhas minúsculas de castanhas apimentadas. Um mordomo já de idade com *smoking* branco serviu as bebidas e ficou a postos perto da porta.

A Sra. Slotweiner pareceu ter ficado impressionada ao saber que alguém roubara sua identidade. Não tinha reparado nas faturas de um novo cartão de crédito Visa que começaram a ser pagas três anos antes. Não era ela que pagava as contas. Ela nem mesmo as abria: as contas sempre foram diretamente para Friedman, Greiff e Slavin. Não tinha trocado de contador depois do escândalo porque Friedman e Slavin pessoalmente lhe garantiram que ela não tinha sido prejudicada.

— O Morris confiava muito neles — disse ela —, e ele sabia o que estava fazendo. Eu certamente não sei, então, por que mudar de contador? Mais xerez?

Mais uma pessoa rica demais para se importar.

Quando Dennis chegou em casa, Cathy ficou falando para ele que precisava se vestir bem no dia seguinte. Ele deu um beijo nela e abriu a pasta das contas que tinha obtido por meio de mandado. Examinou as faturas de cartão de crédito de Maria Collecelli, Marjorie Slotweiner e Erica King nos dois últimos anos. Que mulher mais estranha aquela, pensou, reparando na enorme quantidade de compras em um dia na Filadélfia em Boston, e em toda a mobília da loja Living Cove, comprada do catálogo ou do *site*. Em dois anos, na pele de três mulheres diferentes, ela não tinha comprado absolutamente nada em lojas de Nova York. As contas de Marjorie Slotweiner confirmavam a história de Greiff a respeito de viagens a Los Angeles e Ilhas Cayman. Concluiu que a Sra King poderia ter prosseguido indefinidamente com uma vítima tão cooperativa como a Marjorie de Park Avenue.

O TELEFONE TOCOU às duas da manhã. Cathy pulou da cama, xingando.

— Descobri como podemos entrar no computador dele sem um mandado — disse Tony, Sprague escutou, desligou e voltou para a cama com um sorriso.

Agora iam pegá-la.

MANDARAM TRAZER Mitch de sua cela na Tombs na manhã seguinte. Ele parecia péssimo e se sentou com todo o cuidado.

— O que vai acontecer comigo? — perguntou ele, quase em lágrimas.

— Estamos aqui para descobrir — disse Sprague. — Veja só o que trouxemos para você. — Mostrou uma caixa de doces da Entenmann. — Vamos falar sobre o seu computador.

— O que tem ele? — Mitch Greiff devorou uma rosquinha.

— Corey, o falsificador, nos disse que prestou vários serviços para você. Ele foi pego com umas amostras de pornografia infantil que nem dá para descrever. Você está metido nisso?

— Claro que não!

— É o que você está dizendo — falou Ballestrino, inclinando-se para cima dele.

— Ah, por favor, não sejam ridículos. Isso é nojento. Vocês foram à minha casa. Viram alguma coisa desse tipo?

— Bom, ele foi pego com essas coisas no computador dele. Nós não olhamos o seu.

— Não tem pornografia de tipo algum no meu computador, juro. Podem olhar! Vá em frente: procure!

— Certo — disse Sprague, sorrindo.

Dividiram-se e conquistaram: Ballestrino foi buscar o computador, e Sprague voltou para a delegacia para ligar para a Administração da Previdência Social. Apesar de provavelmente ser inútil, ele ia tentar descobrir o que quer que fosse a respeito de Donald Spivak, inclusive se aquele número de Previdência Social estava correto.

Disseram-lhe que tal informação não estava disponível.

— Mas que coisa bem interessante — pensou em voz alta. — Como é que a CIA não tem mais segredos, e a Administração da Previdência Social tem?

— Eu gostaria de poder ajudar — disse o investigador da Previdência Social, com uma preguiça quase sarcástica.

— Não desligue! Será que você pelo menos pode me dizer se tem alguma investigação relacionada a este número? Será que você pode fazer isto por mim?

— Posso — respondeu o burocrata. — Posso dizer que não tem nenhuma investigação relacionada a este número. Deveria ter?

— Eu gostaria de poder ajudar — disse Sprague, e desligou.

Sprague foi até as instalações principais da biblioteca pública e pesquisou Donald Spivak no banco de dados do jornal *The New York Times*. O nome apareceu no obituário de Muriel Spivak, que deixava um filho, Donald. Preferia receber donativos em vez de flores, em nome da Sociedade de Autismo. Sprague voltou correndo para a delegacia, compôs um pedido de informações a respeito de Donald Spivak e mandou por *fax* para o Departamento da Previdência Social da Prefeitura de Nova York.

Ballestrino já estava de volta à sua mesa, examinando uma cópia do disco rígido de Mitch Greiff.

— Ele tem razão — avisou. — Não tem pornografia neste computador.

— Que se foda a pornografia: e as transferências eletrônicas de dinheiro?

— Até onde eu consigo ver, não tem nada. Não há vestígios de acessos a *sites* de banco e ele ainda não checou quanto dinheiro tem nas Bermudas, pelo menos não com este computador.

— Por onde ele navegou?

— *Sites* de peixes e Living Cove.

— Isto é obra da Erica — assentiu Sprague. — Ela gosta do estilo refinado desta loja.

PASSARAM A TARDE toda examinando os registros obtidos por meio de mandado. Os informativos relativos a viagens aéreas nas duas semanas anteriores sob todos os nomes de Erica chegaram vazios. Mas quando Sprague examinou os registros de chamadas por celular, percebeu que apenas quatro dias antes o telefone de Maria tinha feito uma ligação para Hartford, no estado de Connecticut, para o departamento de reservas da Continental Airlines. Ligou para a Continental: Maria Collecelli tinha uma reserva de vôo para Chicago, que saía do aeroporto de Newark às 18h25. Naquele momento eram 16h41.

Sprague bateu palmas para chamar a atenção do parceiro.

— Ela vai pegar um vôo em Newark!

— Vou buscar o carro. — Tony vestiu o casaco, apressado.

Sprague ligou para o gabinete do detetive de plantão na Polícia da Autoridade dos Portos em Newark. Pediu ao funcionário que ficasse de olho em uma mulher branca, de 36 anos, de 1,72m que podia ter cabelo de comprimento médio, castanho-médio, sobrancelhas grossas e óculos com aro oval de tartaruga; cabelo ruivo-escuro de comprimento médio com óculos de aviador; ou cabelo loiro curto, sobrancelhas finas, sem óculos. Procurada apenas para interrogatório.

— Precisa que a vigilância seja muito acirrada? — perguntou o detetive.

— Uma equipe na entrada, para pegar quem a deixar lá, uma equipe no *check-in* e uma equipe no portão de embarque. Muito obrigado, detetive.

— Pode me chamar de Howard. Podemos providenciar uma sala para o interrogatório.

— Maravilha. Dê-me o número do seu *fax*. Vou mandar fotos agora mesmo.

Era sexta à tardinha. No final de agosto. Ligaram a sirene e batalharam centímetro a centímetro através das hordas de gente nervosa a bordo de carros que tentavam dar início a seu fim de semana. Howard ligou para informar que quase todas as mulheres brancas de Newark se encaixavam na descrição. Chegaram à rampa de embarque às 17h59, e foram correndo direto para o portão de embarque, onde um funcionário da companhia aérea nada simpático anunciava mais atrasos a uma massa de passageiros suarentos e já bem aborrecidos.

Esperaram. Examinaram a multidão com os olhos. Sprague tinha uma péssima sensação. Nada acontecia. O avião decolou sem ela, uma hora depois. Seis representantes da Autoridade dos

Portos continuavam a postos. Howard ligou. Será que Sprague queria vigias em outras empresas aéreas? No aeroporto de LaGuardia? Ou no JFK?

O efeito da adrenalina tinha passado, e eles ficaram lá, sob o sol do cair da noite, estranhamente incapazes de mudar de marcha.

— Certo, vamos jantar — terminou por dizer Sprague, estendendo o convite a seis representantes da Autoridade dos Portos e a Howard. Quatro aceitaram a oferta; entre eles, dois tinham estado na Marinha, um tinha sido fuzileiro naval. Teriam muito sobre o que conversar.

CATHY PULAVA COMO uma louca quando ele chegou em casa, às 23h15, meio alto por causa da cerveja do aeroporto. Foi até o sofá e espantou o gato da vez em um gesto automático; só então reparou que não tinha gato nenhum ali.

Cathy andava de um lado para o outro na frente dele. Tinha ido à entrevista na agência sozinha, explicou. A mulher que controlava a pequena quantidade de bebês disponíveis ficou decepcionada e nem um pouco impressionada com o fato de o marido dela não ter podido comparecer. Na sala de espera, viu uma colega de escola do ensino médio, que estava lá com o marido, um farmacêutico, que tinha conseguido tirar uma hora de folga do trabalho *dele*. Com certeza *eles* iam ficar com a próxima criança disponível. Fez uma pausa à janela e se virou para olhar para ele.

— A lista de espera é *comprida*, Dennis. Pode demorar *anos*.

Ele queria se sentir mal com aquilo, mas se sentia estranhamente livre de culpa.

— É isso que eu faço, Cathy. Emergências estão incluídas no serviço. Você já sabia disso quando se comprometeu.

Ela fez um ruído, espantou-o para longe do sofá e voltou a ligar o videocassete. Estava assistindo a *Mary Poppins*.

No quarto, viu no chão o único *tailleur* preto bonito que ela mantinha longe dos pêlos de gato. Queria causar efeito na agência. Mas, em vez dela, a colega de escola com o marido presente levaria a criança para casa.

Estava no meio da composição de um pedido de desculpas parcial quando algo lhe ocorreu; foi direto para a pasta no escritório e pegou as anotações da sessão de bolo no Queens. O nome do namorado retardado do tempo que ela ainda ia à escola? David Findlay.

Não tinha obtido resposta da Previdência Social a respeito de Donald Spivak e, pensando bem, também não tinha recebido nada a respeito de seu pedido de informações sobre David Findlay, feito um mês antes. Malditos funcionários públicos. Usando papel timbrado da Prefeitura de Nova York, elaborou outro pedido conciso a respeito de sua necessidade de informações sobre Donald Spivak e David Findlay e passou por fax, sem dúvida para um buraco negro.

Quando chegou ao quarto, ela estava dormindo, ou fingindo dormir. O que era ótimo, de verdade, porque ele estava cansado demais para fazer qualquer outra coisa.

NA MANHÃ SEGUINTE, ela não estava mais lá quando ele acordou. Fez café para si e levou uma tigela de cereal matinal para a mesa. O apartamento estava envolto por uma estranha calmaria. As casinhas de cães e gatos estavam vazias e limpas. As gaiolas tinham sido totalmente removidas. Não havia qualquer bicho na casa.

Fechou a calça com um alfinete de segurança e foi de carro até a academia. Encontrou-a ali, correndo na esteira. Olhava fixamente para a frente, para a TV.

Ele ficou lá parado por um tempo, esperando que ela olhasse para ele, observando-a em busca de sinais de fúria.

— Você não vai mais falar comigo? — terminou por perguntar, quando ela desligou o aparelho e saiu dele.

— Não sei o que vou fazer — respondeu, ofegante. Bebeu um pouco de água e ele viu, como se uma sombra tivesse sido removida, que ela estava uns bons quatro números menor do que costumava ser.

— Faça o que você tem de fazer e me deixe em paz — disse ela, amargurada. — O que, aliás, você vai mesmo fazer, de qualquer jeito. Eu chamo quando estiver pronta para conversar.

E ela desapareceu para dentro do vestiário feminino, deixando-o com a sensação de medo pela primeira vez em muitos anos. Qualquer coisa poderia acontecer.

❖

Sprague assinou o ponto às 8 horas da manhã seguinte e ficou chocado ao ver em cima de sua mesa um *fax* com o endereço de Donald Spivak e o de David Findlay. Foi direto para a Independence House, casa de tratamento, antes um prédio simples de apartamentos agora reformado e transformado, em Tompkins Square Park. Uma assistente social de ascendência hispânica, atenciosa, levou-o até a recepção, pintada de cor-de-rosa tom de *tutti frutti* bem alegre. Era cedo demais para aquela cor, muito cedo.

Cinco minutos depois, ela voltou segurando David Findlay pela mão. O namorado da escola de Erica King tinha quarenta anos, a barba por fazer, estava todo desleixado e não tinha a menor coordenação. Trazia no rosto um ar fechado e absorto. Sprague não tentou apertar sua mão. Apesar de David Findlay estar olhando para o outro lado, ele ergueu o distintivo e disse, bem devagar:

— Eu sou o detetive Dennis Sprague.

Nenhuma resposta.

— Estou procurando uma mulher que talvez você conheça. O nome dela é Erica King.

— Erica malvada — balbuciou David Findlay.

— Por que a Erica é malvada?

David Findlay saiu da sala batendo os pés.

A assistente social foi correndo atrás dele, passando por uma porta de vaivém.

Sprague esperou um momento, atento. Um grito estridente cortou o ar. Ele atravessou a porta às pressas, lembrando-se de não sacar a arma. A assistente social lutava com David sobre o chão de linóleo cor-de-rosa. Sprague tentou separá-los. David se libertou aos chutes e foi parar próximo a uma parede.

Evite um processo, Sprague disse a si mesmo e se voltou para a assistente social, que estava estatelada no chão, segurando a lateral do corpo.

David começou a balançar para a frente e para trás, formando uma bola com o corpo, de frente para o canto da parede.

— Tudo bem com você? — perguntou Sprague.

Sem fôlego, ela disse:

— Vamos nos sentar todos juntos agora, certo, Davey?

A assistente social se sentou no chão com as pernas cruzadas e Sprague fez a mesma coisa. Todo mundo respirou fundo ali no chão cor-de-rosa.

— Tudo está calmo agora — disse ela, e Sprague se viu assentindo com a cabeça no ritmo do balanço de David.

Demorou bastante tempo até alguém falar alguma coisa.

Ela falou suavemente:

— Assim está bem melhor, Davey — e fez um sinal com a cabeça para Sprague.

— Bem melhor, Davey — também falou suavemente Sprague.

— Vamos fazer perguntas, Davey — disse ela.

— Vamos fazer perguntas, Davey — repetiu Davey, ainda olhando para a parede.

— Davey, quando você viu a Erica — disse Sprague—, aonde é que vocês foram?

— Nada.

— A Erica levou você para algum lugar?

— Nada.

A assistente social disse:

— A Erica veio aqui te visitar algumas vezes, não é mesmo? Ela levou você para almoçar, não foi?

Davey de repente desatou a falar:

— Espera na fila! Espera na fila! Erica malvada! — Colocou a cabeça de novo entre os joelhos e retomou o balanço.

— Davey, a Erica levou você ao escritório da Previdência Social?

— Previdência Sociaaaaal, Previdência Sociaaaaal, Previdência Sociaaaaal...

Sprague logo percebeu que aquilo poderia continuar ainda por um bom tempo. Levantou-se, agradeceu a Davey e apertou a mão da jovem assistente social cheia de paciência. Dirigiu com rapidez pelas ruas cheias daquela tarde de sábado do final de agosto.

BALLESTRINO RECEBEU-O cheio de entusiasmo. Suas indagações à alfândega tinham rendido frutos tropicais: Maria Collecelli tinha estado na Costa Rica e em São Cristóvão uma vez, e nas Ilhas Cayman duas vezes. Marjorie Slotweiner tinha ido a São Cristóvão e às Bermudas duas vezes.

— Deve haver centenas de programas para adultos retardados. Como será que ela escolhe? — perguntou Sprague, de maneira retórica.

— Ela não ia começar com uma lista de entidades beneficentes católicas, certo? — disse Ballestrino. — Ia achar um lugar conveniente.

— Mas não no bairro dela, ela é conhecida por lá.

— Aparentemente, não — disse Ballestrino. — Ela entrava e saía de três prédios de apartamentos diferentes com várias perucas e ninguém reparou.

— É sábado. Vamos nos concentrar em programas que oferecem alojamento — disse Sprague. — Alguém lá tem de atender ao telefone. Fico com Manhattan.

Ballestrino suspirou.

— Por que é que eu sempre tenho de ficar com a periferia?

Começaram a ligar para programas de acompanhamento de pessoas desabilitadas para perguntar a respeito de uma visitante ou voluntária chamada Erica King, Marjorie Slotweiner ou Maria Collecelli. Não havia garantia de que aquelas instituições guardassem esses registros. Mas era preciso começar de algum lugar. Sprague falou com gente de diversos graus de confiabilidade e com secretárias eletrônicas. Depois de uma hora, recebeu retorno de uma clínica chamada Rainbow, no East Village. Tinham recebido uma tal de Marjorie Slotweiner em novembro do ano anterior.

— Será que a senhora pode me dar os nomes das mulheres adultas que estavam internadas aí na época?

A assistente social lhe deu oito nomes, e ele agradeceu.

Avisou Ballestrino, que abreviou o telefonema.

— Devemos continuar?

— Não, liga para a viúva Slotweiner na Park Avenue e pergunta se ela serviu de voluntária na Rainbow em novembro do ano passado.

Ballestrino encontrou a Sra. Slotweiner em sua residência de verão em Greenwich. Não, não tinha sido voluntária em clínica para autismo alguma. Doava dinheiro para o balé e para as pesquisas de câncer do cólon, a doença de seu marido. Será que o detetive gostaria de fazer uma palestra sobre roubo de identidade para suas companheiras de *bridge* em Greenwich?

SPRAGUE LIGOU PARA o departamento de trânsito e passou o nome das oito internas da Rainbow pelo sistema deles; achou registros de quatro delas. Pediu que lhe fossem enviadas informações completas sobre elas, com fotos, e descobriu que três delas com toda a certeza não eram a Sra. King. O quarto nome causou certa comoção: havia seis carteiras de motorista emitidas em nome de Deborah Goldman desde novembro de 1999. Descobriu uma Deborah Goldman que, por milagre, parecia dividir apartamento com Maria Collecelli na East 26th Street. Examinou a fotografia. Aquela Debbie da 26th Street se parecia com Erica, mas tinha cabelo curto escuro e óculos pretos.

Conferiu se havia o registro de algum carro em nome de Deborah Goldman e não apareceu qualquer coisa para os seis meses anteriores. Digitou *Marjorie Slotweiner* e *Maria Collecelli* só por desencargo de consciência. Nada.

Ballestrino pediu um mandado para examinar os registros de tráfego aéreo com relação a informações sobre uma tal de Deborah Goldman desde a sexta-feira da semana anterior, de todos os três aeroportos da região. Sprague ligou para as principais empresas de aluguel de carro e buscou pelo nome de Deborah Goldman; deparou com doze Deborah Goldman nas duas semanas anteriores. No final, acabou descobrindo que uma tal de Deborah Goldman, da East 26th Street com carteira de motorista de Nova York, tinha alugado um carro em LaGuardia e devolvido no aeroporto de Logan uma semana depois: dois dias antes.

Ligou para a esposa:

— Cathy! Achamos a pista dela.

— Estou pronta para conversar com você.

— Assim que eu tiver vinte minutos livres — prometeu ele.

— Que tal hoje no jantar? Aluguei *Oliver*.

Ai ai ai.

— Hoje à noite eu não posso, querida. Desculpe.

Ele desligou. Ele ia ter de tratar daquele assunto, e logo.

❖

Quando Ballestrino chegou em casa, às 23h30, tinha um recado no bloquinho ao lado do transmissor da polícia. *Gloria Florimonte ligou*, dizia o bilhete.

Invadiu o quarto da mãe e a acordou.

Sacudiu o recado.

— Você precisa parar com isto aqui.

Ela acordou com dificuldade, grogue e sem enxergar direito. Estava com péssima aparência.

— Ela ligou às 18h45. Juro pela vida da minha mãe.

— *Qual* é o seu problema? — perguntou, bravo.

— Você não acredita em mim? Tudo bem. Não faz mal. Deixa eu dormir.

Ela nunca mais se casaria. Iria viver até idade muito avançada. Ele nunca sairia daquela casa.

MITCH GREIFF TINHA conseguido para si um advogado indicado pelo Estado, que estava requerendo um "Rainha por um Dia". Tratava-se de um acordo não-revogável entre o gabinete do promotor e o suspeito que daria seu depoimento, e o que ele dissesse na ocasião não poderia ser usado no caso diretamente contra ele, mas poderia ser usado para encontrar pistas de outras pessoas, ou outras acusações contra ele ou qualquer outra pessoa.

— Ele mal se beneficiou desse crime — disse o advogado público.

— Culpado mas necessitado? — disse Miles, sem dar o braço a torcer.

— Os senhores viram a casa dele no Queens? — perguntou o advogado de Mitch a Sprague e Ballestrino. — Os senhores diriam que ele se beneficiou com o crime?

Mitch Greiff olhou através da janela; parecia estar oscilando entre momentos de atenção e de devaneio.

— O senhor está dizendo que ele não deve ser processado porque tem mau gosto para mobília? — perguntou Isaacson.

— Então, ele assume que cometeu alguns crimes — prosseguiu o advogado. — Digamos, falsificação de registros profissionais. Ou conspiração. Ou facilitação ao crime. E os senhores usam o que ele tem contra ela. Foi *ela* quem planejou tudo.

— Então, ele não deve ser processado porque *ela* tem mau gosto para mobília? — perguntou Isaacson.

— Mais de cem milhões de dólares desaparecidos — disse Miles, erguendo a voz e falando diretamente com Mitch Greiff. — *Alguém* vai para a cadeia.

❖

Sprague procurou alguma Marjorie Slotweiner, Maria Collecelli, Erica King ou Debbie Goldman nas proximidades de Boston, e encontrou quatro Debbie Goldman. Ligou para o RMV (Register of Motor Vehicles — Registro de Veículos Automotores) de Boston e pediu para falar com um supervisor.

— Será que o senhor pode cruzar as referências de uma carteira de motorista com o registro de um carro?

— Com certeza — respondeu o supervisor, e começou a digitar os dados.

— Que tipo de carro essas Debbie têm?

— Vamos ver. A Debbie de Braintree tem um Toyota verde.

— Isso! Esta é a nossa garota.

— Espera aí. A Debbie de Cambridge também tem um Toyota verde, e o registro é novo, da semana passada.

— Como elas são?

— Bom, a Debbie Goldman de Braintree é afro-americana...

— É mesmo?

— Quarenta e três anos, 1,57m de altura...

— Certo, e a Debbie Goldman de Cambridge?

— Branca, cabelo castanho curto, 34 anos, 1,72m de altura, óculos pequenos...

— É essa daí. Será que o senhor pode me dar o endereço dela?

AS INTIMAÇÕES DE BALLESTRINO a sete provedores de internet bem famosos, para saber se tinham um usuário no número 39 da Ellery Street, apartamento 2R, voltaram com uma conta da AOL paga com um cartão de crédito Visa. Os dois a colocaram na lista de "amigos" do comunicador instantâneo, de modo que seriam avisados toda vez que ela entrasse *on-line*. Arrumaram mandados para obter a conta de telefone e de luz da Debbie de Cambridge, além de seus extratos de cartão de crédito. Redigiram um outro mandado de busca para enviar-lhe um Cavalo de Tróia.

Cathy ligou.

— Você vem jantar em casa hoje à noite?

— Querida! Acabei de descobrir onde ela mora! — gritou ele, louco para contar para ela.

— Que emocionante. — Ela desligou o telefone.

Cathy sempre tinha fascínio pelo trabalho dele. Não era daquelas mulheres que viviam rodeando policiais, atraídas pela arma, pelas algemas e pelo poder; não era esposa de profissional policial, do tipo que conhecia leis e regulamentações suficientes para ser representante do sindicato. Cathy tinha alma de *voyeur*, ficava animada em certo grau com a emoção, a gravidade e a imprevisibilidade do crime. Gostava de verdade de conhecer as minúcias do trabalho de detetive, os detalhes estranhos e o comportamento psicótico dos acusados. Ou, pelo menos, costumava gostar.

❖

Ballestrino fez uma visita à Sra. Maddie Olsen em Jackson Heights. No decurso da conversa, acompanhada por uma fatia de torta de pêssego pegajosa que não estava muito boa, ela citou várias vezes o "Centro".

— O Centro — disse ele.

— O Centro do Luto. Era do Shelly. Onde ficava mesmo? Na 31st Street? Ou na 32nd? Foi lá que eu conheci a mãe da Erica — disse ela, como quem conta uma história. — Ela era tão linda naquela época... A gente não vê cabelo daquele jeito, daquela cor. Igual a milho novinho.

Ele tomou um gole de café.

— Claro que não era *natural*. — Ela soltou uma gargalhada, até chorou.

QUANDO ELE VOLTOU para a delegacia, havia um bilhete cor-de-rosa em cima da mesa: *Gloria Florimonte ligou*. Discou o número da mãe.

— Roseanne Ballestrino, você por acaso ligou para o meu trabalho e deixou recado?

— Por que é que eu faria isso? Tenho o seu celular.

— Você ligou para o meu trabalho — pressionou ele — e deixou um recado dizendo que Gloria Florimonte ligou?

— Acabei de dizer que não fiz nada disso. Você está chamando a própria mãe de mentirosa?

— Responda à pergunta.

— Não me venha com esse papo de detetive — devolveu ela. — Se ela ligou, é melhor você ligar de volta. Eu não criei você para ser mal-educado, não me importo se você é policial ou não.

BALLESTRINO ENCONTROU o Instituto do Bem-Estar depois de uma hora e meia de caminhada para cima e para baixo na 31st Street, fazendo perguntas sobre o Centro do Luto.

A figura principal do Instituto era um homem ágil, apesar de já envelhecido, chamado Sheldon Linzer, com um tufo de pêlos brancos peitorais escapando de uma camisa verde de seda desabotoada. Claro que ele conhecia Erica! Ele e a mãe de Erica tinham sido amigos próximos, muito *próximos*, e ele tinha visto Erica crescer. Ela em breve passaria seu escritório para o andar de cima. Por que um detetive estava atrás dela?

— Ah, é só uma investigação de rotina sobre outra pessoa — disse Tony, olhando para cima. — Que casa linda. Há quanto tempo o senhor mora aqui?

— Só a minha vida inteira. Venha conhecer o meu "quartel-general", detetive.

Sheldon Linzer o conduziu pelo prédio, descrevendo a missão, os serviços e a metamorfose do Centro ao Instituto.

— Então, a Sra. King vai montar um escritório no quarto andar?

— Ela vai ter de se esforçar muito para conseguir: tem porcaria acumulada durante sessenta anos por lá.

Ele seguiu Sheldon Linzer escada acima.

— Então, quando foi a última vez que o senhor viu Erica?

— Ah, quando ela voltou. Fazia anos que não a via. Conversamos sobre alugar o espaço.

— Quando foi isso?

— No verão passado.

— O senhor a viu depois disso?

— Vi de longe, uma ou duas vezes, trazendo coisas. Não nos falamos nem nada. Ela usou a chave dela — disse e parou para recuperar o fôlego. — É aqui — apontou. — A primeira porta à esquerda. Ela ainda não mexeu em muita coisa.

O patamar era uma área desastrosa que levava a dois cômodos. A primeira porta estava levemente aberta, revelando um quarto cheio de porcaria que saía na direção do corredor. Uma voz preocupada de mulher flutuou escada acima.

— Shelly?

O velho paquerador deu meia-volta, cheio de energia.

— O senhor pode me dar licença, detetive? Estão precisando de mim. A Maureen pode acompanhá-lo até a porta.

Ao descer as escadas, avistou uma sacola da farmácia Duane Reade enfiada entre quadros velhos no patamar. Inclinou-se para chegar mais perto: por fora da sacola havia uma mancha que parecia ser de sangue.

❖

O implacável Len Miles ergueu uma sobrancelha para Ballestrino, que estava do outro lado da mesa.

— Ela é a única que faz compras na farmácia Duane Reade?

— Em três ocasiões diferentes, quando a estávamos vigiando e realizando interrogatórios relativos ao caso, ela levou uma sacola da Duane Reade para o átrio do Citicorp — insistiu Tony.

— O senhor está sugerindo que é a mesma sacola que continha o almoço dela um ano antes?

— Essa sacola específica parecia ter sangue. — Ballestrino se levantou para caminhar de um lado para o outro na sala. — Igualzinha à que estava na cozinha do Greiff, no Queens.

— Então, ela tem um conjuntinho — Miles sorriu. — Que chique?

— Sangue na sacola da casa do Greiff — insistiu Ballestrino —, sangue na sacola do Instituto. Aposto que tem sangue no dinheiro que está dentro da sacola.

— Dia sim, dia não — disse Miles, cheio de paciência —, a rede Duane Reade abre uma loja nova que distribui sacolas.

— Ela está se divertindo por aí, desfrutando da liberdade! — disse Ballestrino.

— Aqui está o testemunho sob juramento de Mitch Greiff — disse Isaacson, mostrando a confissão que ela tinha supervisionado. Miles leu.

— Certo. Vamos entregar para um juiz, ver que tipo de reação conseguimos.

A JUÍZA LEU O TESTEMUNHO sob juramento de Mitch Greiff e o pedido de mandado de busca. Considerou adequado emitir o mandado de busca para o patamar do quarto andar do Instituto, onde Ballestrino vira a sacola. Mas apenas para o patamar, não a sala que Erica King usaria como escritório.

Naquela tarde, tocaram a campainha do Instituto, cruzaram com um bando de mulheres idosas de moletom e tênis brancos e subiram as escadas com mãos enluvadas.

No patamar do quarto andar, encontraram US$ 7 milhões em uma profusão de sacolas, quase todas manchadas de sangue.

— Isso basta para prendê-la? — perguntou Ballestrino a Miles, do outro lado da mesa dele.

— Aquele tal de Sr. Linzer diz que o dinheiro não é dele?

— Diz que não.

Miles inclinou-se para trás sobre a cadeira.

— O senhor tirou as impressões digitais dela da sacola?

— Achamos uma impressão digital completa e várias parciais na sacola da casa dele no Queens, com sangue. Obtivemos duas impressões digitais parciais na sacola e duas completas no dinheiro do Instituto do Bem-Estar, com sangue.

— No dinheiro! — Miles aplaudiu. — Com o sangue dela mesma?

— Concluímos que é dela: Greiff disse que ela cortou a mão, o pronto-socorro do Elmhurst confirma que ela recebeu pontos na mão, e as digitais são dela.

— Como foi que obtiveram as digitais dela?

Sprague sorriu.

— Ela fez estágio de verão no gabinete do Promotor Público de Manhattan.

— Nossa! — Miles explodiu em uma gargalhada. — Isso está ficando interessante demais.

— Pena que eu não me lembre dela — disse Isaacson, pensativa.

Len Miles respirou fundo.

— Mas o dinheiro em si, mesmo coberto de sangue e digitais, mesmo nesta quantidade, não é crime.

— O senhor está louco? — quis saber Tony.

Miles sorriu para ele.

— Pessoas razoáveis — vociferou Tony —, não guardam US$ 7 milhões em dinheiro no patamar da escada da casa de outra pessoa!

— Não é comum, nisto eu concordo.

— Não é suficiente para mandar um Cavalo de Tróia para ela? — perguntou Sprague.

— Um o quê?

— A gente manda um *e-mail* com o código de um programa de captura embutido — disse Ballestrino. — Quando ela estiver *on-line*, vamos poder ver todos os movimentos que ela fizer, em tempo real. Ela não vai ter a menor idéia do que está acontecendo.

— Assim também vamos poder fuçar o disco rígido dela — ajuntou Sprague. — De maneira sorrateira, de longe.

— Os senhores vão precisar de outro mandado de busca para fazer isso — disse Isaacson.

— Claro que sim — disse Sprague. — Achávamos que a senhora podia nos ajudar a redigi-lo.

Um mandado de busca foi redigido, encaminhado e concedido.

Sprague e Ballestrino criaram um código e enviaram o Cavalo de Tróia para o *e-mail* de Deborah Goldman em Cambridge, anunciando um desconto de 40% na Living Cove.

CAPÍTULO DEZESSEIS

Uma semana se passou. Debbie Goldman não entrava no *e-mail*. Sabiam disso porque tinham dois computadores, ligados dia e noite, e nem Sprague nem Ballestrino tinham sido avisados da presença de sua "amiga" *on-line*.

Ballestrino continuava trabalhando das 7 às 22 horas, evitando a mãe. Ela deixava uma panela com alguma coisa no forno toda noite. Ele a deixava lá toda noite, intocada. Na quarta noite, não havia nada no forno. A caminho do trabalho certa manhã, em vez de ir à Duane Reade, passou na farmácia antiquada na Henry Street, como ato de solidariedade aos velhinhos. Pediu um frasco de ibuprofeno.

— Anthony Ballestrino — disse o velhinho atrás do balcão. — Como é que você não ligou para a sobrinha adorável da minha amiga Shirley Florimonte?

— Acho que isso é problema meu, Sal.

— Ela é uma moça linda, Tone. Você não é um daqueles frutas, é?

Os velhinhos já eram.

Quando chegou ao trabalho, o capitão e o tenente o chamaram para que ele os informasse a respeito dos últimos acontecimentos.

— Vocês nem sabem se é ela mesmo — acusou Greeley.

— É ela — disse Sprague.

— *Como* é que vocês sabem, se nem a viram? Vocês não têm coisa alguma.

— Temos a foto nova da carteira de motorista dela de Massachusetts — disse Sprague —, e com certeza é ela.

— Ela não ia se mudar para Chicago?

— Nós fomos checar — disse Sprague. — Ela nunca apareceu para trabalhar no emprego novo.

— Os computadores foram destruídos — disse Ballestrino ao capitão. — Ela saiu da cidade e deixou para trás apartamentos em que não podemos entrar. Alugou uma casa em Cambridge sob o nome de Deborah Goldman. Ainda não entrou no computador. Talvez já tenha outro nome, outro computador.

— Essa aí é aquela tediosa? — O capitão se voltou para Sprague. — Aquela que comia um sanduíche de ovo e salada todo dia na mesma hora, no prédio da Citicorp?

— É sim, capitão — respondeu Sprague. — Mas parece que agora ela não é mais tão tediosa assim.

— Ela acha uma mulher retardada da idade dela, leva até a Previdência Social e consegue um número. Estabelece nova identidade em nome do indivíduo incapaz e acaba abrindo conta no banco, tirando carteira de motorista e pedindo cartão de crédito, certo?

Então, ele de fato lia os relatórios.

— Certo.

O capitão pensou por um instante.

— Isso tudo leva tempo. Certo?

— É, leva sim, senhor — respondeu Tony. — O tempo está favorável para nós agora, a não ser que ela já estivesse adiantada e tenha outros nomes espalhados pelo país.

— Se eu me lembro bem, no começo ela não tinha carteira de motorista, certo?

— Isso mesmo. Ela só dirige desde abril.

— E só faz duas semanas que ela desapareceu?

— Duas e meia.

— E vocês a localizaram em Boston com uma dessas identidades.

— Em Cambridge, isso mesmo.

— Então, o rastro ainda está fresco, rapazes — disse o capitão, e todos se levantaram.

— Liguem quando chegarem lá e façam relatórios a cada hora — disse Greeley só para constar.

❖

Na ponte-aérea das 15 horas para Logan, Sprague revisou suas anotações a respeito da Sra. Erica King e ficou imaginando como seria um interrogatório com ela agora. Era culpada de falsidade ideológica, no mínimo, mas não tinham evidências concretas a respeito de nada mais. Era a palavra de Greiff contra a dela, e ele tinha ficado desaparecido durante boa parte de um ano, ao passo que ela tinha ido trabalhar todos os dias, pontualmente. Precisariam assustá-la bastante para conseguir arrancar alguma coisa dali: não achava que ela confessaria e começaria a chorar, como Greiff. Ficou imaginando o que era mais estranho: Greiff se sentir atraído por King, ou King se sentir atraída por Greiff.

Alugaram um carro e Ballestrino dirigiu.

Em uma casa modesta em Cambridge, tocaram a campainha. Nenhuma resposta. Um homem branco e grisalho arrastou-se escada acima, vindo do lugar de deixar o lixo. Sobrancelhas cinzentas, grossas e lanosas lhe davam aparência instável.

— É — respondeu ele. — Eu sou o zelador *e* o proprietário.

Mostraram o distintivo do Departamento de Polícia de Nova York e disseram que estavam à procura de Debbie Goldman, do apartamento 2R.

— Por quê? O que foi que ela fez?

— Por que o senhor acha que ela fez alguma coisa?

— Os senhores são da polícia — caçoou ele. — Estão procurando por ela, então são vocês que têm de me dizer.

— É uma investigação de rotina, com relação a uma outra pessoa.

— Se é de rotina, o que vocês estão fazendo aqui, hein? — Ele ergueu uma sobrancelha. — Aqui não é a sua jurisdição.

— A Deborah Goldman mora no apartamento 2R?

— Eu não falo com tiras — respondeu ele.

— Claro que não — disse Sprague, apaziguador, ignorando tanto o desdém quanto o tom. — A Deborah Goldman assinou contrato de aluguel?

— De um ano. Pagou seis meses adiantado.

— O senhor a viu depois que ela assinou o contrato?

— Não.

— O senhor acha que ela está viajando? A correspondência dela está se acumulando?

— Ela só se mudou na semana passada. Que tipo de correspondência acham que vai chegar?

— Conta de luz, conta de telefone?

— O aluguel dela já inclui água, luz e gás. Ela tinha celular.

— Ela lhe disse isso ou o senhor viu?

— Ela me disse que não precisava de telefone fixo — respondeu ele.

— Nem para ligar o computador?

— Ela não disse nada a respeito de computador.

— E televisão a cabo? Ela mandou instalar?

— Não, nada disso. — Fez um gesto de finalização, com o pé na escada. — Certo, será que terminamos?

— Qual foi a empresa de mudança que ela usou?

— Não usou. O apartamento é mobiliado. Ela chegou com um par de malas no dia seguinte à assinatura do contrato.

— Então o senhor a viu depois de ela assinar o contrato.

— Vi essa vez, quando ela se mudou.

— Como foi que ela pagou?

— Em dinheiro.

— O senhor não achou estranho? Tanto dinheiro assim de uma vez só?

— Eu *gostei* de tanto dinheiro assim de uma vez só. Dinheiro à vista continua sendo legal, sabe como é.

— O senhor poderia descrevê-la para nós?

— Vocês são mesmo inacreditáveis. Não sobrou uma pessoa para prender em Nova York, então agora estão vindo para cá, é? Para correr atrás de gente que vocês nem sabem que cara tem?

— Gostaríamos que o senhor desse uma olhada em um conjunto de fotografias — disse Ballestrino, e começou a tirar a amostra de fotos da bolsa.

— Se vocês quiserem me prender, andem logo — disse ele, batendo no peito. — Não vou mais falar nada para vocês, oficiais. — Subiu os degraus, abriu a porta e a bateu atrás de si. Ouviram várias fechaduras sendo trancadas.

— Se não tem computador, não é a nossa moça — disse Ballestrino.

— Você acha que ela já foi para outro lugar? Será que devemos começar a ligar para os locais na área que abrigam adultos retardados?

— Pode demorar uma eternidade — suspirou Tony. — Vamos analisar tudo o que temos primeiro.

Sprague ligou para Cathy para avisar que não iria jantar em casa.

Ela estava se desmanchando em lágrimas, cuidando de um cãozinho que com toda a certeza seria sacrificado no dia seguinte, explicou a ele, se sobrevivesse àquela noite.

— Ele está sofrendo tanto, mas continua bonzinho, mesmo nesse estado — sussurrou, com o coração partido.

— Ah, querida. Sinto muito. Vamos pegar o último avião. Quer que eu passe aí no caminho de volta do aeroporto?

— Quero, venha assim que puder, mas acho que vou ficar com ele hoje à noite.

Sprague desligou o telefone, otimista por algum motivo.

Quando começaram a descida em direção ao aeroporto de LaGuardia, ele percebeu que preferia Cathy no hospital veterinário com um animal, mesmo um moribundo, do que em casa assistindo a *Oliver*, com idéia fixa em uma criança que não estava lá. Precisavam de um cachorrinho em tempo integral, e logo.

❖

Duas semanas haviam se passado desde o envio do Cavalo de Tróia para Deborah Goldman. Sprague e Ballestrino sentaram-se com Miles e Isaacson à mesa de Miles.

— O programa do Cavalo de Tróia com código de captura só funciona se ela abrir o *e-mail* — explicou Sprague. — Ela pode ter abandonado a conta, o apartamento, a identidade como um todo. Pode ser que já esteja usando um nome novo.

— Então, como é que vamos passar o Cavalo de Tróia para ela — perguntou Miles — se não sabemos qual *e-mail* está usando?

— Vamos achar o *e-mail* novo dela — disse Ballestrino, olhando para o teto.

— Como?

Silêncio.

— Com um *cookie* — Ballestrino disse.

Pausa. Isaacson falou:

— Ela gosta de biscoito?

— Ah, ele é brilhante — sorriu Sprague.

— Tenho certeza de que você tem razão — disse Miles, seco. — Pode explicar por quê?

— Um *cookie* é uma forma de autenticação — explicou Ballestrino. — É um arquivo de texto que facilita a entrada e a navegação em um site. Pode reparar: quando você visita um *site* pela segunda vez, o acesso fica bem mais rápido: tanto para entrar como para navegar pelas páginas. Isso acontece porque o seu computador recebeu um *cookie*, que manda as suas informações para o *site*. O *site* reconhece o *cookie* e deixa você passar.

Isaacson parou de rabiscar.

— Parece o passe livre do pedágio.

— É mais ou menos isso — assentiu Ballestrino com a cabeça. — Digamos que você esteja fazendo compras *on-line*. O *site* lhe faz algumas perguntas. Nome, endereço, cartão de crédito, modalidade de entrega. O *site* não deseja armazenar todas essas informações em seu próprio servidor, de modo que guarda no *seu* computador. Então, quando você volta, ele não precisa perguntar tudo de novo. Fica no *cookie* na sua máquina.

Miles assentiu.

— Prossiga.

— O *cookie* não guarda informação alguma além das que você forneceu. — Sorriu. — A não ser...

Todos se aproximaram.

— Ele reconhece a identidade do seu computador, que é o nome que você dá a ele quando liga pela primeira vez. A partir de um *cookie*, também dá para descobrir a localização física do computador: o país e a cidade em que está.

Isaacson assobiou.

— Legal.

— Então, como é que isso funciona? — perguntou Miles. — Como é que a gente manda, e para quem?

— A gente não manda nada. Ela é que vem até nós. Tem de ser feito de dentro, de um dos lugares que nós sabemos que ela vai visitar.

— A loja da Living Cove! — disse Isaacson.

— Eu estava pensando no banco dela — disse Tony. — Um dos bancos dela, aliás.

Todos pensaram sobre isso durante um instante.

— Mas e se, como vocês disseram, ela estiver usando um outro nome? —perguntou Isaacson.

— Não faz mal, se estiver usando o mesmo computador.

— Então, vocês estão dizendo que, mesmo que volte a acessar um *site* com outro nome — repetiu ela —, vai continuar com o mesmo *cookie*?

— Exatamente.

— Legal! — disse Isaacson.

— Isso, partindo do princípio de que ela vai usar o mesmo computador — observou Miles.

— É.

— E se usar outro?

Ele e Ballestrino se entreolharam.

— Então, azar o nosso.

— Vocês vão precisar de outro mandado de busca para isso — avisou Miles.

— Na verdade, quando se entra em um *site* público como o de um banco, você abre mão do seu direito à privacidade — disse Sprague. — Podemos precisar é de uma autorização para acessar os registros da movimentação do *site* do banco. Pode ser que eles não queiram que a gente fique bisbilhotando lá dentro.

— Se ela é assim tão sofisticada quanto vocês dizem, será que ela não sabe como funcionam esses *cookies*? — perguntou Isaacson.

— Tem um jeito de ajustar o computador para não aceitar *cookies* e para limpar todos os que existem, mas é impossível bloquear todos. — Ballestrino dizia aquilo com conhecimento de causa: bem que tinha tentado. — É a mesma coisa que tentar evitar.

— Então, vocês só precisam do número da conta dela? — perguntou Miles.

— Na verdade, só precisamos do banco — disse Sprague.

— Vocês sabem que banco é?

— Não. — Ballestrino suspirou.

Silêncio.

— Ela pagou o aluguel do apartamento de Cambridge em dinheiro — disse Sprague.

— Mas ela se deu ao trabalho de registrar o carro dela — disse Miles — e de alugar um apartamento, para estabelecer a identidade, em outras palavras, de modo que deve ter aberto uma conta bancária também, certo?

Todos assentiram com a cabeça.

— Quantos bancos pode haver em Cambridge?

A RESPOSTA ERA NOVE. Redigiram pedidos de autorização para cada um deles, requisitando informações a respeito de uma certa Deborah Goldman. O nome apareceu três vezes. Bateram cada um deles com a data de nascimento na carteira de motorista.

Uma tal de Deborah Goldman tinha aberto uma conta no First Cambridge Marine com uma transferência eletrônica inicial de um banco em São Cristóvão.

Ballestrino ligou para o First Cambridge Marine.

— Polícia de Nova York? *Uau!* — gritou o gerente de informática. — Como podemos ajudar?

Ballestrino conversou sobre a situação com ele e o gerente de informática colocou o estatístico do *site* no telefone.

— Polícia de Nova York? *Que legal!* De que vocês precisam?

Ballestrino pediu que ele buscasse em seus registros a data de abertura da conta de Deborah Goldman. O estatístico do *site* encontrou a transferência eletrônica.

— Certo. Agora, veja o endereço do protocolo da internet para descobrirmos de onde ela estava se conectando no momento.

— É um número da região de Boston — disse o estatístico do *site*. — Ela está usando Microsoft Network. Espera um pouco. Vou descobrir o número de telefone.

Ballestrino ficou brincando com uma linha solta do botão do paletó. Fazia semanas que não passava na lavanderia. Em um instante, o estatístico do *site* retornou.

— Liguei para um amigo na empresa de telefonia — disse. — Ela se conectou na filial da Boylston da Biblioteca Pública de Boston.

Ballestrino começou a trabalhar com o First Marine para capturar as informações novas de quando ela tinha entrado no *site*.

❖

A página da conta de Deborah Goldman no First Cambridge Marine ficou inativa durante mais de uma semana. O fim de semana anterior ao feriado do Dia do Trabalho estava se aproximando, como o Dia do Julgamento Final, mas eles não tinham mais o que fazer além de esperar. Sprague examinava fotos de animais em abrigos em um *site* quando Tony começou a acenar para ele como um louco. Dennis correu até a mesa dele.

— É o First Marine Bank de Cambridge — disse Tony. — Jack? Você está no viva-voz. Diz para o Dennis o que você acabou de me contar.

— *A águia pousou* — o estatístico do *site* sussurrou, feliz da vida. — Alguém acabou de transferir US$ 22.000 da conta da Deborah Goldman para uma conta em um banco de São Francisco, em nome de Beth Lipschitz.

— Ela é brilhante, vou dizer! — gritou Sprague. — Quem é que troca o nome para Beth Lipschitz?

— Ela é quase brilhante — disse Ballestrino. — Qual é a identidade original do computador dela?

— Erica? — arriscou Sprague.

Ballestrino sacudiu a cabeça.

— Maria.

— Maria — cantarolou Sprague, e redigiu um pedido de autorização para o banco de São Francisco.

Mandaram um Cavalo de Tróia para o *e-mail* de Beth Lipschitz com outra oferta de "Economize 40%" da Living Cove.

BETH LIPSCHITZ DEVIA estar precisando de móveis, porque clicou na oferta quase que de imediato, abrindo a porta para o Cavalo de Tróia.

Sprague abriu uma caixa de rosquinhas e quase todos os integrantes do esquadrão se reuniram em volta de Ballestrino quando ele dirigiu seu computador para o *site* da Living Cove. Ficaram observando, em êxtase, enquanto Erica King navegava entre sofás e mesas, checava a conta bancária nas Ilhas Cayman, encomendava compras de supermercado *on-line* e enviava um *e-mail* para a Mail Boxes Etc. em Cambridge, para fechar sua caixa postal lá. Em uma hora de busca no disco rígido dela, já tinham feito o levantamento de todo o seu dinheiro, que rendia juros em cinco países diferentes.

NAQUELA MESMA TARDE, chegaram sem fôlego ao gabinete do promotor e apresentaram as provas a Miles e Isaacson.

— Bom, o que é que estão esperando? — sorriu Miles. — Tragam-na aqui, cavalheiros.

O tenente parecia levitar quando lhe mostraram o mandado de prisão. Era uma raridade vê-lo abrir um sorriso genuíno.

— Voltem com ela inteira — exigiu Greeley. — Não se esqueçam de assinar os boletos. E façam o relato do caso enquanto ainda estiver fresco na cabeça.

❖

O tempo estava limpo, com vento e bastante frio quando chegaram a São Francisco. Pegaram um táxi do aeroporto e atravessaram ruas impossíveis de tão lindas, ladeadas de árvores exóticas e casas elegantes com lindos detalhes arquitetônicos. O ar parecia lépido e havia um certo otimismo no ambiente. Olhavam através das janelas do carro maravilhados.

Que lugar lindo eu poderia achar para morar aqui, pensou Ballestrino, apesar de o preço dos imóveis ali só ficar atrás dos de Manhattan.

Como eu seria saudável se morasse aqui, pensou Sprague, apesar de ali haver confeitarias como em qualquer outro lugar.

Foram apresentados a seus parceiros, Jack Nyad e Neil Waring, nas instalações espaçosas e recém-reformadas da Unidade de Investigações de Informática do Departamento de Polícia de São Francisco. A unidade tinha equipamentos novos e vistas magníficas para a cidade. O piso tinha carpete novo, o lixo era colocado em receptáculos novos forrados com sacos plásticos e as moscas-das-frutas não ousavam passar por lá.

Como seria maravilhoso trabalhar aqui, pensaram os dois.

Fizeram um resumo do caso para Nyad e Waring e explicaram que os crimes que a Sra. Erica King tinha cometido no estado de Nova York também eram crimes sob as leis do estado da Califórnia. Provaram que as evidências obtidas contra ela tinham sido colhidas de acordo com a lei e serviam de provas suficientes para declarar sua culpa. Nyad e Waring concordaram em prender Beth Lipschitz, providenciar uma sala para que fosse interrogada e auxiliá-los na obtenção de um mandado de extradição para que pudessem levá-la de volta a Nova York.

Os quatro policiais se espremeram no carro de Waring. Nyad disse que o endereço dela na Broadway ficava em um bairro calmo e elegante. Foram até lá e pararam em fila dupla a um quarteirão de distância da casa dela, que era uma casa de três andares de estuque, que a certo ponto tinha sido uma grande casa de uma só família mas que agora tinha sido dividida em três apartamentos. Ela tinha melhorado seu padrão em relação aos apartamentos imundos e minúsculos de aluguel da região da 2nd Avenue. Por outro lado, o Toyota verde usado dela estava estacionado a três vagas de sua porta.

A Broadway terminava sem saída no Presidio, que tinha sido um forte espanhol, depois uma base do Exército dos EUA e agora era um parque nacional, de acordo com Nyad. Waring pegou a esquerda antes de chegar ao quarteirão sem saída, subiu a ladeira da Pacific Street e estacionou. Desceram a escada perto de Presidio, os quatro examinando a situação.

Waring voltou para o carro, deu a volta no quarteirão e estacionou em fila dupla com uma boa visão da casa. Enquanto Ballestrino se posicionava no beco à direita da casa, e Nyad se colocava na calçada com visão para as janelas da frente, Sprague subiu os degraus para tocar a campainha.

Ninguém respondeu.

— Serviço de entrega — gritou Nyad, e Sprague tocou a campainha de novo.

Uma cortina se movimentou à janela. Um instante depois, ouviram barulho de vidro quebrado.

Ballestrino viu alguma coisa sair voando pela janela do segundo andar e correu na direção do objeto. Era um *laptop*. O computador o atingiu na lateral da cabeça, mas ele conseguiu segurar. Colocou-o no chão, atrás de si.

Nesse ínterim, Sprague e Nyad colocaram abaixo a porta da frente; Sprague viu uma mulher de cabelo comprido saindo pela janela para uma grade de treliça. Parecia que estivera organizando suas contas na mesa da sala de jantar.

O ouvido direito de Ballestrino apitava devido ao golpe do *laptop*. Viu uma mulher de *jeans* aparecer na janela lateral do segundo andar, usando a treliça como escada. Já tinha descido quatro degraus quando a madeira se partiu com seu peso; tentou se segurar e caiu de cerca de três metros de altura sobre latas de lixo com um estrondo. Aterrissou e rolou, de frente para uma parede, enroscada na treliça quebrada, nas plantas e no lixo. Ballestrino se aproximou dela. Parecia estar com dor, retomando o fôlego, segurando o tornozelo. Olhou para cima e ele parou de sorrir.

Ela estava agora com aparência muito californiana, com cabelo escuro comprido, franja sobre os olhos, bijuterias étnicas, *jeans* e um suéter verde. Apesar das trepadeiras e do lixo, estava claro que tinha melhorado bastante. Estava usando batom. Para falar a verdade, Ballestrino poderia tê-la confundido com Janice, de longe. Não queria pensar naquilo. Ficou olhando para aquela transformação, pouco à vontade.

Ela não parecia surpresa em vê-lo. Mas não tinha proferido palavra.

Ela se esforçava para se livrar de toda aquela confusão no chão, e ele esticou a mão para ela. Ela pegou a mão dele e se levantou para ficar em pé. Havia tanta coisa que queria perguntar... Ela jogou todo o peso do corpo para cima dele e deixou-o completamente sem fôlego, antes que caísse de bunda sobre o cimento. Agarrou o *laptop*, saiu em disparada pelo beco e começou a correr pela Broadway, arrastando consigo lixo, treliça quebrada e trepadeiras.

Ballestrino se levantou aos trancos, furioso. Ninguém podia derrubá-lo, ainda mais uma mulher, quanto mais uma contadora feia e fora de forma com pele ruim e personalidade repelente. Por que tinha estendido a mão para ela? Alcançou-a com facilidade, esticou o braço para pegá-la pelo ombro e pegou o cabelo, que escorregou da cabeça.

Ela saiu correndo livre, careca e veloz. Ele parou, estupefato, segurando o cabelo. Jogou a peruca no chão revoltado e então retomou a perseguição. Ela dobrou a esquina e disparou descendo uma escadinha estreita que se estendia até onde a vista alcançava.

Enquanto isso, Waring tinha engatado a ré no carro e descia a Broadway. Sprague e Nyad ficaram esperando reforços para isolar o apartamento como cena de crime. Quando o carro de polícia apareceu, saíram do prédio para a rua. Sprague pegou a peruca da sarjeta e seguiu a pé.

Ballestrino estava a dez metros da suspeita, que tinha acabado de derrubar uma mulher asiática de meia-idade que passeava com um cão pastor alemão.

— Ela está correndo para o norte, na direção de Lyon, perto do Presidio — gritou Nyad no rádio.

Ballestrino se enroscou na coleira do cachorro que latia; Nyad pulou por cima da confusão. Sprague vinha atrás, sentindo a adrenalina correr pelas veias, superando a limitação de suas articulações.

— Descrição da suspeita? — quis saber alguém no rádio.

— A suspeita é uma mulher branca, careca e de suéter verde, carregando um *laptop* — prosseguiu Nyad, arfando enquanto corria. — Ela está correndo escada abaixo com três detetives atrás. A suspeita não parece estar armada.

Os degraus de pedra eram infinitos. Sprague desejou ter passado mais tempo na academia, mas aquela era a única coisa que tinha a lamentar. Se existisse uma perseguição perfeita, seria aquela. Dava para ver tudo do topo da colina: o céu era de um azul intenso, o parque à esquerda parecia cerrado e profundo, uma cerca viva verde bem podada acompanhava as laterais da escada com um desenho geométrico, emoldurando a suspeita que fugia, com sua cabeça branca reluzente. Ela corria rápido, pulou um adolescente masculino branco que fazia abdominais em um patamar de pedra.

Para onde ela iria? O parque à esquerda tinha um muro de pelo menos três metros de altura. As casas sólidas e glamourosas à direita eram bem cercadas, com jardins lindamente planejados e que abrigavam carros elegantes; parecia inevitável a existência de barreiras para evitar a entrada de estranhos. Ballestrino vinha logo atrás dela, e Nyad logo atrás dele. Sprague segurava firme a peruca enquanto descia os degraus: podia servir de prova.

Waring estacionou na rua lá embaixo, saiu do carro e começou a trotar escada acima na direção dela. Erica King deu uma freada brusca, pulou por cima da cerca viva baixa à esquerda e começou a tropeçar pela moita na direção do muro alto do parque.

Ballestrino quase a tinha pegado quando ela atirou o *laptop* para o outro lado do muro.

Os quatro policiais de informática prenderam a respiração ao ver sua prova voando.

Mas a máquina se acomodou na folhagem verde frondosa de um galho logo acima do muro.

Erica King se esforçava para subir o muro, mas também não tinha freqüentado muito a academia nos últimos tempos. Ballestrino pegou-a com facilidade, puxando-a para o chão pelo suéter verde. Erica King se estatelou no mato, dando golpes com os pés e as mãos rosnando baixinho, como um animal. Ballestrino torceu um dos braços dela para trás e colocou o joelho nas costas dela. Sprague e Nyad chegaram arfando.

— Vá lá — disse Ballestrino, e Nyad pulou por cima da cerca viva.

— Erica King — começou Nyad, e Sprague sentiu um choque elétrico percorrendo suas veias, como se fosse café gasoso. — A senhora está presa por estelionato, fraude de identidade, transferências monetárias fraudulentas, fraude postal, fraude da previdência social e roubo de identidade.

Enquanto Nyad ia recitando os direitos dela, um por um, e Erica King respondia a cada um deles com um grunhido, Sprague ficou sentado nos degraus, debruçado, com as mãos nos joelhos prejudicados, retomando o fôlego, sorrindo sob o sol.

Dava para ver Ballestrino olhando para ela, com repulsa e fascínio. Por que ela tinha raspado a cabeça? A visão era tão incomum que masoquistas vestidos de *Lycra* que subiam as escadas apressados tiveram de parar para dar uma olhada.

Ballestrino puxou-a pelas algemas e Waring pediu uma escada para recuperar da árvore o *laptop* voador.

Nyad se sentou em um dos degraus infinitos e riu.

— Não dá para acreditar que ela tentou escapar para dentro do Presidio!

Ballestrino sentiu uma satisfação que quase chegava a elação. Alívio e orgulho se misturavam em seu estômago quando ele ligou para a delegacia e mandou chamar o tenente.

— A Sra. Erica King foi presa e informada a respeito de seus direitos há um minuto em São Francisco, enquanto fugia da cena do crime pela escadaria mais comprida já construída — começou. Nenhum trabalho em banco privado algum lhe traria tanta satisfação, e nenhuma quantidade de dinheiro no mundo compensaria a falta daquilo em sua vida.

— Não demorem para escrever o relatório, como fizeram da última vez — disse Greeley, seco. — Quero tudo na minha mesa no minuto em que vocês voltarem. E não se esqueçam dos boletos.

Por outro lado, trabalho nenhum no setor privado faria com que ele se sentisse tão pequeno quanto se sentia na posição de detetive de terceiro grau.

EPÍLOGO

Na manhã seguinte à acusação de Erica King, Sprague e Ballestrino foram chamados ao andar de cima, ao gabinete do Comissário de Polícia, com o capitão e o tenente, usando o elevador particular do Comissário de Polícia. Era a primeira vez que isso acontecia a Sprague e Ballestrino.

O chefe dos detetives, que não sabia ligar algo mais complicado do que um interruptor de luz, apresentou-os ao Comissário de Polícia, dizendo:

— Aqui estão os CDFs! Deixaram os bonezinhos com hélice lá embaixo.

O Comissário de Polícia era um homem com mais consideração. Cumprimentou-os pela prisão e então disse:

— Digam-me do que precisam para facilitar seu trabalho.

O capitão respondeu imediatamente:

— Melhor treinamento, mais gente, equipamento melhor e mais carros.

— Carros! — exclamou o comissário, que tinha feito seu nome na patrulha. — Para que é que vocês precisam de carros?

— Para fazermos investigações.

— Vocês fazem *investigações?* — perguntou o comissário, embasbacado.

❖

Ballestrino não era capaz de criar um ambiente justo (um extraordinário então, nem pensar) no meio da burocracia desleixada. Não podia fazer nada a respeito da fuligem, da poeira, das moscas-das-frutas perto do parapeito da janela, das baratas no armário do café ou da meleca fermentando no fundo das latas de lixo. Mas podia arrumar sua mesa e organizar seus arquivos depois de resolver um caso, fornecendo a si mesmo uma pausa para preparar a mente para o próximo problema. E era exatamente o que estava fazendo quando ouviu o capitão gritar.

Todo mundo foi correndo para a sala do capitão e ficou olhando para a TV dele. O FBI estava dando uma entrevista coletiva à imprensa, tomando para si o crédito pela prisão das pessoas que tinham planejado a *cyber*-fraude das celebridades da Friedman, Greiff e Slavin. O tenente saiu pelo corredor batendo o pé, com o rosto perigosamente vermelho.

O capitão simplesmente sorriu.

— A gente precisa mesmo adorar este trabalho, não é?

Sprague deu de ombros como sempre, a caminho do armário do café, em busca de açúcar e carboidratos. Ballestrino tirou o resto do dia de folga.

Foi diretamente para o escritório de um *headhunter* do Vale do Silício que, a certa altura, ficava sempre ligando para ele com ofertas. Quando visitara o lugar, quatro anos antes, era um local muito agitado. Agora o *headhunter* falava ao telefone em uma sala vazia e uma mulher asiática de trinta anos (a outra única pessoa da empresa) supervisionava a remoção de seu equipamento de escritório.

— Preciso ser honesto com você — disse o *headhunter*, examinando o currículo dele. — Esta não é uma boa época para procurar emprego.

Ballestrino descreveu seus principais talentos.

— Certo, para começar — o *headhunter* interrompeu —, tire toda a ênfase do trabalho com a polícia. E também não entre nos lugares como se fosse policial.

— Como assim, não devo sacudir meu cassetete nem gritar ordens?

— Exatamente.

— O que o senhor acha que eu sou? — perguntou ao espertalhão. — Eu tenho mestrado. Não saio por aí espancando os outros.

— Claro que não — o *headhunter* tomou um gole de água de grife.

DA RUA, BALLESTRINO ligou para Frank Defina e marcou uma reunião para o dia seguinte. Durante um almoço saudável no restaurante executivo do Grandview Group, que dava visão panorâmica para o porto, os terminais de balsas e a estátua da Liberdade, o detetive Ballestrino e Frank Defina conversaram a respeito do emprego de Chefe de Segurança Eletrônica.

O único item de negociação de Ballestrino era um apartamento corporativo pago integralmente pela empresa.

— Para falar a verdade, temos apartamentos neste prédio. Isto o interessaria?

Depois do almoço, Defina levou Tony para dar uma olhada nas instalações, apresentou-o para todo mundo como se fosse alguém muito importante e terminou com a visita a um lindo apartamento mobiliado que poderia vir a ser dele. Ballestrino assinou um contrato e voltou para casa em Carroll Gardens com a cabeça leve. O apartamento nunca parecera tão pequeno e feio. Contou tudo para a mãe.

— Bom, já estava na hora — disse ela.

O transmissor da polícia estava quieto, um milagre.

— Eu posso vir para cá em um minuto se tiver algum problema — explicou ele, cheio de gentileza.

— Parece ótimo, Tony. — Ela pegou mais um pedaço de pão de alho.

Ele se sentiu um pouco culpado.

— Espero que você venha me visitar — disse ele.

— Claro que sim. — Ela assentiu com a cabeça. — E você sabe que é sempre bem-vindo aqui. Faço jantar para você quando quiser, certo?

Espera um pouco: ela *queria* que ele saísse de casa?

❖

Na manhã em que Ballestrino entregou sua carta de demissão, o capitão reuniu todo mundo na sala do esquadrão para fazer um pronunciamento. Devido ao trabalho sólido da equipe, o comissário de polícia e o chefe dos detetives tinham liberado US$ 250.000 para o Esquadrão de Crimes de Informática comprar equipamentos novos.

Houve um momento de silêncio e surpresa. Então todos começaram a comemorar.

— Tem mais! — gritou o capitão. — A força de trabalho vai aumentar de sete para 25 detetives!

Uma profusão de aplausos.

— Sabe como é, vão precisar de 18 pessoas para me substituir — disse Ballestrino, e foi completamente ignorado pela animação.

Ele queria festejar com eles, mas era tarde demais. Já não era mais integrante do esquadrão. Será que era sua imaginação ou seus colegas tinham mesmo se fechado, dando as costas para ele? Deixou-os com suas comemorações. Sobre a mesa, encontrou o papel cor-de-rosa de recado com o número do telefone de Gloria Florimonte e discou, por uma razão qualquer e sem pensar muito sobre o assunto.

— Por que você demorou tanto para retornar a minha ligação? — foi logo dizendo ela.

Interessante.

— Eu estive viajando, para prender uma fugitiva. Diga.

— Minhas provas acabaram.

— As suas mãos devem estar cansadas — arriscou.

Ela não disse nada.

— É brincadeira. Quer sair para comemorar? Que tal hoje à noite? — disse ele, pensando: que tal agora?

— Estou ocupada hoje à noite. Que tal na quinta à noite?

— Quinta está bom para mim.

Desligaram. Ele deslocou a cadeira até a mesa de Sprague, onde Dennis olhava fixamente para uma rosquinha em cima de um guardanapo, como se o doce pudesse falar com ele.

Quando lhe contou a respeito do emprego, durante o jantar para comemorar a prisão de Erica King, Sprague lhe deu o sorriso triste que parecia dar para tudo nos últimos tempos. Não tinha tentado convencer Tony a desistir.

— Vamos sentir a sua falta — foi o que disse. Mas não disse "*Eu* vou sentir a sua falta".

Então, Ballestrino disse:

— Gloria Florimonte ligou mesmo para mim.

— Que legal, Tony.

— Vamos jantar na quinta à noite.

— Fico feliz.

Ballestrino ergueu o ombro e disse:

— É.

— Qual é o seu problema? — Sprague desviou a atenção de sua rosquinha e perguntou como se quisesse mesmo saber. — Você não queria ligar para ela porque não tinha certeza se ela gostava de você. Agora ela liga e você fica sabendo que ela gosta. Então, qual é o problema?

— Todo mundo já sabe dela. É quase uma coisa pública. Aquele idiota da farmácia veio me encher por causa dela. E a gente ainda nem saiu de verdade.

— Achei que você tivesse ido jantar com ela em um restaurante italiano.

— Aquele foi um encontro às cegas. Eu tinha de fazer aquilo. O primeiro encontro é depois que a gente já se conhece e daí eu a convido para sair.

— Então, na quinta à noite vai ser a primeira vez que vocês saem.

— Não, porque foi ela quem me ligou. O cronômetro só começa a correr quando *eu* ligar *para ela.*

— Estou começando a entender por que você não se dá bem com telefones — disse Sprague.

❖

Depois do trabalho, na sexta-feira, Dennis se encontrou com Cathy no abrigo de animais. Quando empurrou a porta de vidro, foi acometido pelo cheiro de cachorrinhos e todos os seus fluidos. Ele gemeu e sorriu ao mesmo tempo. A partir de agora, aquele seria o cheiro que sua vida teria. Olhou para a esposa, que conversava com um homem de avental verde-hortelã. Cathy estava em seu ambiente. Se ela tivesse rabo, estaria balançando.

Conduziu-o até as gaiolas, onde animais pulavam e arfavam por cima de tiras de papel.

— Não vamos nos apaixonar pelo primeiro animal que virmos — avisou ele.

— Claro que não — respondeu ela. — Vamos ser seletivos.

Na primeira gaiola, uma pequena galga estava deitada de barriga para cima com as pernas abertas, enquanto um *terrier* hiperativo pulava em cima da dela e mordia seu rosto e seu rabo.

— Que horror — disse ele. Ela assentiu com a cabeça, e os dois seguiram em frente.

Dois *shin-tzus* preto-e-branco dormiam intermitentemente na gaiola seguinte.

— Desatentos — disse ela, e eles prosseguiram.

Quando pararam na frente da gaiola seguinte, um *chow* preto virou a cabeça quando os viu e ficou observando-os de canto de olho.

— Arrogante — disseram os dois ao mesmo tempo e continuaram seu trajeto.

Os *spaniels* na gaiola seguinte lutavam com afinco por um osso vermelho de plástico, apesar de haver vários outros brinquedos na gaiola.

— Exigentes — disse ela.

— Exaustivos — concordou ele, e seguiram em frente.

Na gaiola seguinte, uma *beagle* caprichosa com o rosto cheio de inteligência e esperança estava sentadinha, como que esperando chegar a sua vez.

Cathy colocou a mão no peito e olhou para ele da mesma maneira que a cadela o olhava. Como é que ele poderia desprezar tal criatura?

Ele esticou a mão, tirou a cadela da gaiola e a ergueu. A cachorra lambeu-lhe o nariz e ele a colocou no chão. A cachorra começou a pular.

— Gostou desta? — perguntou ele.

A cachorra olhava para ele toda sedutora, acertando-o com o rabo, cheia de afeição.

— Gostei, mas ela não é para mim. É para *nós* — respondeu ela, abaixando-se para deixar que a cachorra cheirasse e lambesse suas mãos.

— Está certo. — Ele se abaixou para acariciar a cadela.

— E nós vamos dividir igualmente as tarefas de criar um cachorro?

— É isso mesmo — concordou ele. — E, dessa maneira, vamos ver se somos capazes de assumir responsabilidades maiores.

A cachorra sentou-se e ficou quietinha, olhando de um para o outro, como se soubesse que estava no meio de negociações muito delicadas.

— Estou disposta a fazer parte desta experiência — disse ela —, mas gostaria de me assegurar de que tem data para terminar, quando retomaremos a questão de assumir responsabilidades maiores.

— Acho que é justo — disse ele. — Você escolhe a data.

— Três meses?

Três meses era muito pouco tempo.

— Um ano. — Ele se agachou para brincar com as orelhas da cadela.

— Seis meses — negociou ela, agachando-se para acariciar o traseiro da cachorra.

— Está combinado.

— Ah, isso é emocionante — disse ela, beijando-o por cima da cadela. O animal se intrometeu para beijar o rosto deles.

— Certo, pequena *beagle*, você é a nossa primeira filha — disse ele, e pegou no colo o bicho de estimação novo.

A cadela respondeu dando-lhe um olhar agradecido e urinando em suas calças, as únicas que serviam.

❖

A prisão era um pesadelo constante de humilhação, degradação e frustração. Era nojento. Era apavorante. Era pior do que qualquer coisa que Erica poderia ter imaginado. Ela entregara sua peruca com as roupas que usava quando chegou e agora tinha de andar careca o tempo todo. E não era a única.

CERTA MANHÃ, o vice-diretor da prisão chamou-a a seu gabinete.

— Compreendo que você sabe mexer com computador. — Ele fez um gesto para que o guarda largasse o braço de Erica e a deixasse sozinha.

— Sei sim — respondeu Erica.

O vice-diretor mostrou-lhe seu computador, que tinha travado no meio de um aplicativo.

— O que há de errado com esta porcaria? — perguntou ele, massageando a mão direita.

— Posso? — perguntou ela, e ele assentiu com a cabeça. Ela se sentou na frente do PC antiquado que chiava e o vice-diretor debruçou-se por cima dela para observar. Uma caixa de *software* de contabilidade estava em cima da mesa, por cima de um livro-caixa verde antiquado. Aquela cadeira era melhor do que qualquer coisa que ela experimentava havia semanas.

— O senhor está tentando instalar um programa novo? — perguntou ela.

— Estou! É muito frustrante — implorou ele.

— O que tem de errado com esta porcaria é que ela foi feita em... — ela olhou de volta para ele — 1995? — Ele deu de ombros. — E este programa aqui saiu no ano passado. Os dois não falam a mesma língua. O senhor precisa de vários outros apetrechos para fazer os dois se comunicarem.

Ele olhou amedrontado para ela.

— Quer que eu anote o que é preciso? — Ela lhe deu uma marca para pedir e sugeriu um número 0800 para ligar. Levantou-se da cadeira dele.

Ele se levantou e fez um sinal com a cabeça.

— Como é que eu saio disso agora?

Ela se sentou de novo, desligou o computador e ligou de novo.

— Compreendo a natureza do crime que você cometeu para ser mandada para cá — disse ele enquanto esperavam que o computador reiniciasse. — Mas você precisa ter uma função por aqui, e estamos precisando de alguém que saiba trabalhar em escritório.

— Eu ficaria contente em ajudar — disse ela com honestidade.

— Se me convencer de que você está mesmo arrependida dos crimes que cometeu, e que vai usar este tempo como integrante honesta e produtiva da nossa comunidade — ele a olhou por cima do cachimbo —, eu posso tirá-la da separação do lixo e colocá-la neste escritório. Espero que você saiba que isto é muito incomum.

— Sim, eu sei — disse Erica lentamente, olhando o vice-diretor nos olhos, escolhendo as palavras com cuidado. — Estou arrependida de verdade pelo que fiz. Estou à sua disposição para desempenhar qualquer função que o senhor julgue apropriada para mim. Se eu puder ser útil para o senhor e a nossa comunidade, espero que o senhor possa utilizar meus conhecimentos.

Erica começou a trabalhar no escritório do vice-diretor no dia seguinte.

IMEDIATAMENTE FICOU claro que a primeira tarefa de Erica era ajudar o vice-diretor a convencer o diretor que o equipamento precisava ser atualizado. Aparentemente, o diretor era da escola do ábaco da administração.

Ela orientou o vice-diretor, ajudando-o a elaborar um argumento conciso e convincente. Sugeriu que treinassem a apresentação várias vezes para não errar.

— Garanto que tudo será muito mais eficiente sem anotações — ela disse, tirando da mão dele as fichas que segurava. Ele memorizou o discurso que lhe tinha escrito.

Erica ficou esperando no escritório dele com um sentinela no dia seguinte, quando o vice-diretor apresentou seu pedido ao diretor. Vinte minutos depois, ele voltou feliz da vida. Ele tinha feito o diretor mudar de idéia.

— Você sabe do que precisamos? — perguntou ele a ela.

— De maneira geral — respondeu ela, sentando-se com a coluna ereta na cadeira para visitantes do escritório do vice-diretor. — Mas diga para o que o senhor costuma usar o equipamento que tem e me diga, de maneira ideal, o que gostaria de fazer com ele.

QUANDO O EQUIPAMENTO novo chegou, Erica começou a configurar o sistema. Explicou ao vice-diretor todo o trabalho que era necessário para criar um banco de dados e perguntou se várias outras prisioneiras poderiam ajudar na inserção dos dados.

— Não, acho que só você deveria fazer isto — respondeu ele.

— Ótimo, só quero que saiba que vai demorar mais.

Dessa maneira, Erica obteve permissão para trabalhar até tarde, evitando a humilhação da revista e o desespero da hora de trancar as celas. Na primeira noite de serviço, voltou para seu bloco de celas uma hora depois do toque de recolher; todo mundo ficou gritando obscenidades para ela quando passou pelo corredor. Sua companheira de cela lhe deu um chute na barriga sem razão aparente. Na segunda noite que voltou para a cela tarde, sua companheira lhe deu uma surra, atingindo-a no rosto com uma meia cheia de peças de metal. No dia seguinte, o vice-diretor examinou seus ferimentos e fez com que fosse transferida para uma cela onde ficava sozinha e que ficava mais perto do gabinete dele.

Assim que a estrutura da prisão e todas as presas estavam no computador, Erica começou a criar um sistema novo para acompanhar as compras, obter informações sobre as prisioneiras e organizar as fichas dos funcionários. Ela o fez economizar dinheiro. Ela o fez economizar tempo. Toda segunda-feira, ela lhe dava uma lista de itens a serem discutidos com o diretor, e o treinava para a apresentação.

Depois de um pouco de pesquisa, achou um desconto enorme em um carro novo em uma concessionária próxima. Ele lhe deu permissão para almoçar com ele no gabinete, para que não precisasse interromper o trabalho. Ela se ofereceu para ensiná-lo a navegar na internet, mas ficou bem claro que ele não queria encostar no *mouse*.

— Tem algo errado com a sua mão? — perguntou ela.

— Só uma dor que não pára — respondeu ele.

— Pode ser uma lesão por esforço repetitivo, tipo síndrome do túnel do carpo — sugeriu ela. — O senhor já foi ao médico?

— Já. Ele disse que eram os nervos, e que eu devia ficar apertando uma bola.

— O senhor deveria procurar uma segunda opinião — disse ela, e marcou consulta para ele com um especialista em mãos coberto pelo plano de saúde dos funcionários da prisão.

Depois disso, o vice-diretor deu a Erica permissão para jantar em seu gabinete sozinha, depois de ele já ter ido embora para casa.

Em quatro meses, Erica King já estava fazendo toda a contabilidade da penitenciária, preenchendo os cheques dos vendedores, dos fornecedores e da folha de pagamento, além de marcar horário no barbeiro e na fisioterapia para o vice-diretor.

Em uma tarde gélida de fevereiro, ajudou o vice-diretor a fazer sua declaração de imposto de renda.

AGRADECIMENTOS

Este livro não poderia ter sido escrito sem a ajuda profissional das seguintes pessoas:

Por ter me ajudado a entender como são conduzidas as investigações criminais e como funciona o Departamento Municipal de Polícia de Nova York, gostaria de agradecer ao detetive Walter Burns, diretor do Gabinete de Informação Pública do Departamento Municipal de Polícia de Nova York; ao capitão George Duke, ao detetive John F. O'Boyle e ao detetive John M. Ryan do Esquadrão de Casos Principais; ao tenente Robert Groth, ao detetive Daniel Heinz e à detetive Caroline Shebunia do Esquadrão de Fraudes Espaciais; ao detetive-sargento Paul Helbock da força-tarefa contra o terrorismo do Departamento Municipal de Polícia de Nova York e do FBI; ao sargento James Boyle da Unidade de Investigações e Tecnologia Computacional, e a Don Calahan, ex-detetive da Unidade de Investigações e Tecnologia Computacional; ao detetive Thomas McHale Jr. da força-tarefa contra o terrorismo da Polícia da Autoridade dos Portos e do FBI e ao detetive-investigador John P. Heintz da TARU. Estou em dívida com o sargento Richard DelGaudio da Academia de Polícia do Departamento Municipal de Polícia de Nova York, por ter permitido que eu assistisse a sessões do Curso de Investigação Criminal da Unidade de Treinamento Especializado.

Por me dar uma noção de como os casos de crime do colarinho-branco são processados, gostaria de agradecer a Barbara Thompson da Divisão de Informação Pública do gabinete do Promotor Distrital de Manhattan, e a LeRoy Frazier, diretor da Divisão de Processos Especiais do Gabinete do Promotor Distrital de Manhattan.

Gostaria de destacar dois oficiais de polícia que foram extraordinariamente receptivos ao projeto: o detetive Michael Fabozzi da Unidade de Investigações e Tecnologia Computacional, cujas instruções detalhadas a respeito da arte e das habilidades das técnicas forenses de informática foram valiosíssimas; e o detetive Thomas Nerney do Esquadrão de Casos Principais, um veterano com trinta e seis anos de departamento cuja generosidade de espírito e entusiasmo pelo projeto foram verdadeiramente notáveis. Esses detetives fizeram tudo que puderam, além de suas funções, para me ajudar a compreender tanto os detetives quanto os criminosos, respondendo às minhas perguntas com paciência, corrigindo as concepções errôneas e a falta de precisão durante o trajeto. Se ainda sobraram erros sobre os procedimentos da polícia neste livro, a culpa é toda minha.

Baseei-me em diversos livros confiáveis para obter informações a respeito do trabalho da polícia, dos crimes de informática e do roubo de identidade: *Turnaround*, de William Bratton com Peter Knobler. *Target Blue*, de Robert Daley; *Missing Persons*, de Fay Faron; *Armed and Dangerous*, de Gina Gallo; os romances do ex-detetive do Departamento Municipal de Polícia de Nova York Dan Mahoney; *My Fathers's Gun*, de Brian McDonald; *Bulletproof Privacy*, de Boston T. Party e Kenneth W. Royce e *23rd Precint: The Job*, de Arlene Schulman.

Por seus conhecimentos profissionais e seus conselhos pacientes a respeito do mundo da contabilidade e dos impostos, gostaria de agradecer a Fred Slomovic, gerente de contas sênior da Hecht and Company, P.C., e a Ed Riall, sócio da Deloitte & Touche LLP. Por me apresentar ao mundo da vida e dos aquários marinhos, agradeço a Pal e Joanna Czech.

Estou em dívida com a Sra. Drue Heinz, DBE, e com as administradoras do Refúgio Internacional para Escritores no castelo de Hawthornden, em Lasswade, Midlothian, por terem permitido que eu passasse um mês no interior da Escócia para começar o trabalho neste livro. Gostaria de agradecer a Adam Czerniowski, administrador, por toda sua ajuda e paciência durante minha estadia no castelo.

Agradeço à minha editora brilhante e agradabilíssima, Nancy Miller, por ter trabalhado tanto em meu nome. Agradeço a Gina Centrello da Ballantine Books por seu voto de confiança em meu trabalho.

Agradeço à minha agente literária, Gail Hochman, por sua sabedoria e energia. Agradeço a Marianne Merola da Brandt and Hochman por seu entusiasmo e bom humor.

Barbara Block, James Block, Karen Dukess, Lydia Heller, Sally Higginson, Abby Knopp, Mameve Medwed, Lisa Miller, Alexis Romay e Pamela Schneider leram rascunhos iniciais deste livro. Agradeço a todos por sua diplomacia e suas críticas construtivas.

Gostaria de agradecer à minha família por apoiar meu trabalho de escritora.

Gostaria de agradecer principalmente ao meu marido, Alexis Romay, que é o meu primeiro e melhor leitor e fonte de muita inspiração.

Este livro foi composto na tipologia GoudyOldStyle,
em corpo 11/15, e impresso em papel off-set 90g/m²,
no Sistema Cameron da Divisão Gráfica
da Distribuidora Record.

Seja um Leitor Preferencial Record
e receba informações sobre nossos lançamentos.
Escreva para
RP Record
Caixa Postal 23.052
Rio de Janeiro, RJ – CEP 20922-970
dando seu nome e endereço
e tenha acesso a nossas ofertas especiais.

Válido somente no Brasil.

Ou visite a nossa *home page*:
http://www.record.com.br